KB271125

염상섭 문학의 재인식

문학과사상연구회

양문규(梁文奎, Yang Mun Kyu) 강릉원주대학교 국어국문학과 교수
김영민(金榮敏, Kim Young Min) 연세대학교 국어국문학과 교수
최현식(崔賢植, Choi Hyun Sik) 인하대학교 국어교육과 교수
김재용(金在湧, Kim Jae Yong) 원광대학교 국어국문학과 교수
한수영(韓壽永, Han Soo Yeong) 연세대학교 국어국문학과 교수

염상섭 문학의 재인식 |개정판|

초판인쇄 2016년 4월 30일 **초판발행** 2016년 5월 10일
지은이 문학과사상연구회 **펴낸이** 박성모 **펴낸곳** 소명출판 **출판등록** 제13-522호
주소 서울시 서초구 서초중앙로6길 15, 1층
전화 02-585-7840 **팩스** 02-585-7848
전자우편 somyungbooks@daum.net **홈페이지** www.somyong.co.kr

값 21,000원 ⓒ 문학과사상연구회, 2016
ISBN 979-11-5905-061-9 93810

문학과사상연구회

| 개정판 |

염상섭 문학의 재인식

A NEW UNDERSTANDING OF YEOM SANG-SEOP'S LITERATURE

문학과사상연구회가 발족된 것은 1996년이다. 1995년에 이선영 교수가 연세대학교 국문학과를 정년퇴임하자 훈도를 입은 제자들 중 지향과 마음이 맞는 이들이 선생님을 모시고 매달 한 번 공부한 것이 그 시작이다. 모여서 발표와 토론을 거듭하게 되면서 성과들을 그냥 흘려보내는 것이 아까워서 책을 내기로 했다. 한국 근대문학 연구 학계에 생산적이고 창조적으로 개입하는 형식을 모색하다가 붙잡은 것이 한국 근대문학의 중요한 작가를 다양한 시각에서 연구하고 이를 단행본으로 묶는 작업이었다. 그 첫 책이 바로 『염상섭 문학의 재인식』(1998)이었다. 다양한 주제를 갖고 발표하는 것도 좋은 공부의 길이기는 하지만, 자칫 산만할 수 있기에 문제적인 작가를 정하고 그에 대한 논문을 발표하여 모아 책을 내기로 한 이 결정은 시간이 흐를수록 한층 빛을 발하였다. 올해 말에 제10권으로 『이상 문학의 재인식』이 발행될 예정이다. 20년 동안에 10권의 재인식 총서를 냈기에 2년에 한 권 꼴로 책을 낸 셈이다. 결코 큰 업적이라고 할 수 없을지 모르지만, 단일한 지향의 모임이 지속적으로 해냈다는 것은 한국 근대문학 연구사에서 그렇게 흔한 풍경이 아님은 분명하다.

첫 작가로 염상섭을 택한 것은 탄생 100주년을 기념하는 뜻도 있었지만 한국 근대문학사에서 염상섭이 점한 지대한 역할이 제대로 조명되지 못하고 있는 학계의 현실을 감안한 것이었다. 계몽주의 문학이 사명을 다한 시점에 나온 염상섭 문학은 한국 근대문학의 방향을 새롭게 열었다. 이전의 계몽주의 문학은 서구의 근대를 추종하는 것에 그쳤다면, 염상섭은 서구 근대 자체를 질문한 첫 작가였다. 제1차 세계대전을 계기로 서구 근대의 한계가 확연하게 드러나는 것을 일찍 깨달았던 염상섭은 식민지 조선을 서구 근대의 단순한 반복으로 삼기를 거부하고 새로운 길을 모색하였다. 단순한 독립을 넘어 근대 자체의 극복도 고민하였기에 이러한 치열한 작가정신은 비단 식민지에 그치지 않고 분단시대에도 지속되었다. 비서구 세계문학의 새로운 차원을 열기도 한 이러한 염상섭의 문학을 대하는 우리 학계의 기존 태도에 만족할 수 없었던 연구원들은 새롭게 염상섭을 해석하려고 하였던 것이기에 첫 작가로 염상섭을 선정하였다. 출판된 지 20년이 가까이 되면서 그 사이에 염상섭 문학에 대한 조명은 학계 전반에서 한층 깊어졌기에 다시 새롭게 해석할 필요성을 느꼈다. 이번에 출간하는 『염상섭 문학의 재인식』(개정판)은 그런 문제의식 속에서 나온 것이기에 기존의 책에 새로운 글을 덧보태는 것이 아니고 전면적으로 새로운 글을 싣는 방식이다. 지적 태만에 빠지지 않고 갱신하려고 하는 우리 연구회 나름의 뜻이 담긴 것이다.

문학과사상연구회의 20년은 한국 근대문학 연구의 흐름에서도 격동의 세월이었다. 냉전이 무너지면서 사고의 틀이 현저하게 달라지자 과거의 틀로는 더 이상 연구할 수 없다는 반성이 여기저기서 터져 나왔다. 다양한 노력들 중에서 한국 근대문학 연구에서 큰 영향을 미친 것은 역시 근대 국민국가에 대한 반성과 비판이었다. 구미 제국주의를 떠받쳐 준 것이 국민국가의 내셔널리즘이었기 때문에, 제국주의 근대의 비판에 있어 내셔널리즘의 비판과 해체는 필수적이다. 하지만 제국주의에 대한 비서구 식민지의 모든 저항을 내셔널리즘이라고 규정하고 이를 구미 제국주의의 내셔널리즘과 꼭 같은 성격의 것으로 간주하는 것은 유럽중심주의의 변형으로 또 다른 지적 식민주의라고 할 수 있다. 비서구의 식민지에서 일어난 제국주의 내셔널리즘에 대한 비판 가운데에는 구미의 내셔널리즘을 새롭게 반복하는 것도 없지는 않지만, 이와는 차원이 다른 이론적 모색도 많았다. 이들은 내셔널리즘이 아닌 새로운 이론적 틀로, 서구 근대를 넘어서려는 지적 모험을 하였던 것으로 오늘날 인류의 중요한 지적 자산이라고 할 수 있다. 20세기 전반기의 한국 작가를 탐구하였던 이 재인식 총서는, 그 필자의 미세한 차이에도 불구하고, 이러한 지적 기반 위에 서 있었다고 할 수 있다. 얼핏 보면 작가론이라는 구태의연한 방식처럼 보일 수도 있지만, 이러한 치열한 이론적 모색의 한가운데서 있었기에 한국 근대문학 연구에 새로운 자극을 주었을 것이라고 믿는다.

진보적 시각에서 한국 근대문학 연구를 연구하겠다는 기치하에 출발한 연구원들이 이 정도라도 공부를 하고 성과를 낼 수 있었던 것에는 이선영 선생님과의 만남이 결정적이었다. 한때의 인연으로 사라질 수도 있었던 것이 학문의 맥으로까지 이어질 수 있었던 것은 지금까지도 책을 놓지 않고 연구를 질책하는 선생님의 강한 눈빛 때문이었다. 10권의 재인식 총서가 이러한 선생님으로부터 받은 학은에 작은 보답이었으면 한다.

2016년 봄
문학과사상연구회

차례

제1부

근대성 · 리얼리즘 · 민족문학으로의 도정—염상섭 연구사

근대성·리얼리즘·민족문학으로의 도정

염상섭 연구사

| 양문규 |

1. 근대사실주의 문학으로서의 염상섭 소설

1990년 전후로 일어난 현존사회주의의 몰락과 더불어 야기된 자본주의의 전 지구화라는 세계사적 대전환은 이전 시기 민족문학이 지향해 왔던 의미들을 무화시키는 듯하다. 민족문학이란 근대민족사의 출발과 함께 형성된 문학 이념이다. 그런데 국제화니 세계화니 하는 탈민족 혹은 초민족을 지향하는 이데올로기의 팽배가 민족문학이 갖는 가치와 지금의 현실 상황을 희석시키는 효과를 드러내게 한다. 그리하여 이러한 민족문학을 대신하여 탈근대를 표방한 포스트모더니즘이니 다원주의니 하는 외피를 두른 경박한 대중문화가 그 세를 더해만 가는 듯하다. 그러나 자본의 전 지구화가 실현되는 듯한 지금 이 시기가, 우리의 경우 민족의 문제를 초월해 근대 이후로 나아가는 시점이라고 말할 수 있을까? 오히려 현재는 탈근대는커녕 자본주의적 근대의 절정일지도 모르며 근대의 문제를 안고 있는 민족문학의 관점이 더욱더 요구되는 시기라고 말할 수 있겠다. 이러한 요구가 근자에 '근대성'을 다시 문제적 범주로 떠올리게 하고 있다.[1]

염상섭은 우리 소설사에서 근대소설을 개척해나가고 한국 근대사실주의 소설의 전통을 수립해나가는데 있어서 중요한 역할을 수행한 작가다. 즉 염상섭 문학은 한국문학의 근대성이 어떠한 모습으로 관철되고 있는가를 보여주는 가장 주요한 근대문학적 대상의 하나다. 따라서 이 글의 염상섭 문학에 대한 연구사 검토도 그것의 근대성 및 근대소설로서의 사실주의적 성과와 한계를 밝혀 나가는데 어떠한 연구적 접근들이 있었느냐에 초점을 맞춰 논의를 진행코자 한다. 그것은 근대성의 문제를 다시금 긴요하게 떠올리고 있는 현금의 민족문학적 요구에 대한 또 하나의 실마리를 제공할 수 있을지도 모른다는 기대에서다.

---

1 민족문학연구소 편, 『민족문학과 근대성』, 문학과지성사, 1995 참고.

2. 초창기의 논의 ─해방 전~1950년대

1920년대 초 염상섭 소설에 내한 당대의 비평직 빌인은 같은 시대 문인이었던 박종화에 의해 시직된다.[2] 중신충 출신 유학생 문학인으로서 상섭과 공통의 문제의식과 고민을 가졌던 박종화는 「암야(暗夜)」, 「제야(除夜)」(1922) 등의 작품이 드러내는 암울한 분위기 등에 공감을 표한다. 당시 염상섭은 사회 및 인습 자체의 억압성으로 고립된 개체의 현실에 대한 적대 의식 그리고 이의 폭로를 자연주의 문학으로 이해했고[3] 근대 문학으로서의 자신의 문학 역시 이를 지향코자 했는데 박종화 역시 이에 동의하는 셈이다. 대체로 이 시기의 동료 문인들은 억압된 자아, 부정적 현실의 폭로에서 연유된 상섭 문학의 "침통미(沈痛味)" 내지 "비통미(悲痛味)" 등을 인상적으로 지적하는 바,[4] 이들은 이를 자연주의문학의 특징적 성향으로 간주한다.

1920년대 후반 프로문학이 대두하면서 프로문학 측 대표적으로 김기진 등은 염상섭 문학을 역시 자연주의 문학으로 보고 이를 신경향파 문학의 전사적(前史的) 단계의 것으로 설정한다. 자연주의 문학에 대한

2　박종화, 「癸亥文壇의 一年을 追憶하여」, 『개벽』 31호, 1923.1; 박종화, 「嗚呼我文壇」, 『백조』 2호, 1923.3; 박종화, 「新春創作評」, 『개벽』 45호, 1924.3; 박종화, 「大戰以後의 朝鮮文藝運動」, 『동아일보』, 1929.1.1~12 중 1월 4일 자.

3　염상섭, 「個性과 藝術」, 『개벽』, 1922.4. 참고.

4　김억, 「悲痛의 想涉」, 『生長』 2호, 1925.2; 김동인, 「朝鮮近代小說考」, 『조선일보』, 1929.8.1~16 중, 8월 6~7일 자 등.

프로 측의 이해 내용은 앞의 시기와 동일하나, 프로 측은 이러한 자연주의 문학을 프로문학이 넘어서야 할 '소시민문학'으로 평가한다.[5] 하여튼 1920년대 염상섭 문학은 이미 그 시대에 자타가 공히, 자연주의 문학으로 평가하고 있으며 이러한 견해는 그 후 오랜 기간 이어져 내려오게 된다. 물론 염상섭 문학의 사실주의적 경향을 지적하는 논자들도 있지만, 염상섭이 타계하는 1960년대까지 사실주의에 대한 이해 및 논의는 상당히 소박한 수준에서 이뤄진다.

염상섭 소설에 대한 식민지 시대의 평가들이 지극히 인상적이고 소박한 비평의 수준에 머물고 있는데 반해, 임화는 「조선신문학사론 서설」(『조선중앙일보』, 1935.10.9~11.13)에서 우리 근대소설사의 전개 과정을 기술하면서 염상섭 소설에 대해 각별한 주목을 하고 있다.[6] 물론 그것이 염상섭에 대한 본격적 작가론 내지 작품론의 성격을 띠는 것이 아니고, 신경향파문학을 설명하기 위한 과정의 문학으로 설명된 것이기는 하지만, 해방 이전에 나온 평가들 중에서는 염상섭 문학이 갖는 핵심적 성격에 가장 접근하고 있다는 생각이다. 임화는 이 글에서 1920년대의 자연주의 문학을, 이광수 문학과 신경향파 문학을 연결하는 매개적 단계의 문학으로 보고 있다. 가령 자연주의 문학은 일단 춘원의 계몽주의 문학을 관류하고 있는 소시민적 현실인식 파악의 일면성을 그대로 계승하는 한계를 안고 있음을 지적한다. 그러나 소시민의 문학으로서의 자연주의 문학은 춘원문학의 인도주의와 이상주의적 귀결의 낭만적 환상이 소멸

5 　김기진, 「十年間 朝鮮文藝變遷過程」, 『조선일보』, 1929.1.9.
6 　염상섭 문학을 언급한 부분은 10월 23일~26일 자.

되며 부정적 반항 정신을 낳아 신경향파문학으로 나아가는 계기를 마련하고, 조선 사실주의 건설자의 영예를 갖는다고 높게 평가한다. 가령 염상섭의 「제야」는 성격, 심리 묘사의 높은 리얼리즘을 획득하였으며, 극히 제한된 범주에서나마 당대 지식청년의 심리사상 생활을 그때의 역사적 사회적 분위기 중에서 묘사 개괄할 수 있었던 작품으로 평가한다. 그리하여 「만세전」 같은 작품을 당대에서 발견할 수 있는 유일한 기념비적 작품으로 평가하며, 염상섭을 프로 문학이 이기영을 발견하기까지 조선문학사가 수확한 최대의 작가로 평가한다. 그러나 염상섭으로 대변되는 자연주의 문학은 외국의 자연주의 문학과 같이 현실의 단편(斷片)과 지엽(枝葉)에 집착함에도 "精神化된 世界의 形相을 描寫하는데 始終"하여 졸라류의 수준에 도달치 못한다고 본다. 그리하여 조선 자연주의 문학의 "트리뷔아리즘"화한 예술적 약점은 곧 형식주의와 예술지상주의로 발전할 길을 열었다고 비판적 지적을 한다.

이러한 임화의 평가는 염상섭 문학에 대한 당대의 평가를 종합하면서 여타의 평가와는 변별되는 주장들을 보여 준다. 가령 염상섭 문학을 자연주의 문학으로 보는 데에는 견해를 같이 하면서도 그 자연주의 문학이 조선의 문학이 사실주의 문학으로 진전해나가는데 한 계기적 역할을 담당하고 있다고 평하고 있다. 그리고 이러한 역할을 담당한 작품으로 「만세전」 등을 거론하며, 염상섭을 프로문학의 이기영 이전의 최대의 부르주아 리얼리스트로 평가하는 것이다. 염상섭에 대한 임화의 이러한 평가는 그가 우리 근대소설사의 현실을 정태적으로가 아니고, 그것이 어떠한 형성, 발전 과정 속에 놓여 있는 전체인가 하는 변증법적 방법을 고려한 데서 나온 결과라는 점에서 앞으로의 연구에 시사점을 많이 던져준 셈이다. 물론 임화는 염상섭을 프로문학 이전 최대의 작가라고 했음에도 불구하고 실제로 구체적 작품론은 전개하지 않았다. 그리고 프로 문학의 등장 이후에는 염상섭 문학이 어떠한 변화를 겪고 그 변화가 어떤 의미를 지니는가에 대해서는 더 이상 언급하지 않고 있다.[7]

이후 해방이 되고 나서 백철은, 한국현대문학사를 최초로 하나의 통사체계로 완결한 『조선신문학사조사·근대편』(1948)에서 해방 전 염상섭에게 부여된 자연주의문학으로서의 문학적 평가를 반복한다. 즉 그는 염상섭이 조선에서 최초로 졸라 식의 자연주의의 이론적 근거를 마련했으며 그를 주요한 자연주의 작가로 간주한다. 그리하여 염상섭의 작품 중, 「표본실의 청개구리」에서 시작하여 「제야」, 「암야」를 거쳐 그 결론격인 「만세전」에 이르기까지, 이들은 암담한 현실을 더듬어서 우울과 불평과 증오와 냉소적인 태도로 현실을 냉혹하게 묘사했다는 점에서[8] 자연주의적 경향을 보여 준다고 지적한다. 이러한 자연주의적 경향은 현진건, 나도향 소설에서도 나타나며 우리 근대 문학사 전체를 통해 가장 중요한 주류적 사조로 본다. 백철은 염상섭 문학이 자연주의 문학이라는 결론을 얻어내는 데 상당한 설명을 부여하고 있지만, 이러한 결론을 통해 염상섭 문학이 우리 근대소설사의 발전 과정 안에서 어떠한 의미를 가지고 있는 지에 대한 본질적 대답은 못하고 있다. 따라서 해방 전

---

7 임화는 그 후 「소설문학의 20년」(『동아일보』, 1940.4.12~22)에서도 염상섭에 대해 대체로 비슷한 평가를 내리고 있으나, 오히려 이전에 비해 그 문학의 문학사적 평가가 소홀해지는 느낌이다.

8 백철, 『조선신문학사조사』, 수선사, 1948, 352면.

임화가 부여한 염상섭 문학에 대한 문학사적 의미를 발전적으로 계승하지 못하고 단절시켜 버린다. 이는 백철이 우리 근대 문학사를 오로지 서구근대문학의 모방사로 파악하는 한계에서 비롯된 문제이다.

이후 19년대 남한 분단의 우이를 잡은 조연현은 백철의 견해를 대체로 계승하면서 염상섭이 타계하기까지 염상섭의 문학 및 당대 그의 작품들에 대한 평가를 하는 데 주도적 역할을 담당한다. 그는 자연주의와 사실주의가 서로를 범칭하는 것으로 보아 염상섭을 세계관에 있어서는 자연주의, 창작방법상에서는 사실주의를 지향하여 그가 자연주의 및 사실주의를 이 땅에 건설한 최초의 작가로 평가한다. 그러나 조연현의 사실주의에 대한 이해는 글자 그대로 기법상의 문제에 국한되고 있다. 그리하여 그는 염상섭의 작품들을 평하면서 그가 사물을 그려내는데 있어 사실주의적 묘사의 치밀함을 보여줌에도 불구하고 작가정신 혹은 사상의 빈곤함을 드러낸다는 지적을 하게 된다.[9] 이러한 조연현의 평가는 같은 시기 다른 평자들도 거의 그대로 따른다.

---

9   조연현, 「寫實主義의 確立—염상섭론」, 『신태양』, 1955.4; 조연현, 「염상섭론」, 『새벽』, 1957.6.

3. 리얼리즘론을 통한 재인식―6 · 70년대

1963년 염상섭이 타계하고 난 이후 그에 대한 연구 방법상의 한 전환의 계기가 나타난다. 즉 1960년대부터는 리얼리즘적 분석을 통한 염상섭 문학의 의미에 대한 재인식이 이뤄지기 시작하는데 여기에는 시대적 상황도 일정하게 작용했다고 볼 수 있다. 가령 1948년 분단의 고착화, 그리고 50년대 한국전쟁 및 반공 이데올로기의 전면화는 문학의 현실에 대한 관심을 위축시키며, 이에 대한 비판적 성찰을 불가능하게 했다. 그러나 4 · 19라는 역사적 사건이 발생함으로써 1960년대 남한 문학은 이데올로기적 콤플렉스에서 다소 벗어나며 민족현실에 대한 각성의 계기를 마련할 수 있게 되었다. 한편 4 · 19라는 역사적 개화는 5 · 16으로 인해 그 좌절을 겪게 되며 이후 대두한 군사정권과 이로부터 시작되는 60년대 '근대화'의 초기 진행 과정 중에서 문학은 우리의 근대 및 민족적 현실에 대해 그 관심을 돌릴 수밖에 없게 되며 이것이 현실에 대한 리얼리즘적 관심을 배태시킨다. 60년대 순수, 참여 논쟁의 대두와 확산 등 역시 그것이 어떠한 결론을 내렸든 현실에 대한 문학적 관심의 고조에서 비롯되었음은 두말할 나위 없다. 이러한 시대의 흐름이 염상섭 문학의 리얼리즘적 분석을 고무한다.

앞서 살펴보았듯이 1960년대 이전의 염상섭 연구는 그의 문학을 자연주의 혹은 기법상의 사실주의에 가둬 놓고 그의 작품의 문학적 의미를 살펴보고자 하는 것이 주종을 이루었다. 그런데 김치수의 「염상섭 재고」(『중앙일보』, 1966.1.15~1.20)는 염상섭 문학이 기존의 주장대로 자연주의 문학이냐 하는데 일단의 의문을 제기하고[10] 굳이 사조상으로 따져보자면 자연주의 보다는 사실주의 문학에 가깝다는 지적을 한다. 그러나 그는 궁극적으로 염상섭 문학이 자연주의냐 사실주의냐를 따지는 것이 중요한 문제가 아니라, 그의 작품들이 이룩한 문학적 성과를 규명해내는 것이 선결 문제임을 지적한다.[11] 가령 염상섭은 한국적인 여러 상황 속에서(특히 식민지 시대에 있어서) 자기가 선택한 몇 개의 전형(典型; type)을 통해서 당시 한국 사회가 부딪치고 있는 정신사적, 문화사적 변화의 중요한 측면을 관찰함으로써 그의 문학이 서야 할 자리를 분명히 했고 그렇게 함으로써 한국 소설의 새로운 전통을 형성하였음을 중요한 문학적 성과로 본다. 그리고 이러한 성과는, 결과적으로 염상섭을 자연주의 작가이기 보다 사실주의 작가라는 것을 말해 주고 있으며, 동시에 이는 한국문학에서 리얼리즘 문학의 가능성을 보여주고 있는 것임을 주장한다. 김치수의 이 글은 염상섭 문학의 성과를 사실주의 문학론의 관점에서 다뤄야 함을 강조한다. 그리고 사실주의라는 것은 단순히 현실의 정확한 모사라는 기법의 차원에 놓인 것은 아님을 얘기하고 있다. 이 부분에서 식민지 시대 임화가 일단의 발언을 했지만 건성으로 짚고 넘

---

10 염상섭 문학의 자연주의적 성격에 대한 이의 제기는 이후 정명환의 「염상섭과 졸라」(한불연구, 1974)에 의해 더욱 정밀하게 이뤄진다.

11 이후 염무웅 역시 염상섭 문학을 '리얼리즘문학'으로 보느냐, '리얼리즘적 요소를 지닌 자연주의 단계의 문학'으로 보느냐 하는 것은 거의 무의미한 문제제기라고 본다. 중요한 것은 염상섭의 구체적인 작품을 앞에 놓고 리얼리즘이 달성된 측면과 염상섭적 리얼리즘의 한계로 지적된 측면을 분석, 비판하는 것으로 보았다(「리얼리즘의 역사성과 현실성」, 『문학사상』 창간호, 1972.10, 226면).

어간 대목이 다시 부각되기 시작하는 것이다.

김치수가 제기한 염상섭 문학의 리얼리즘적 성격은 신동욱의 「염상섭의 『삼대』」(『현대문학』, 1969.3) 등에서 구체화된다. 신동욱 역시 염상섭 문학의 사실주의를 단순히 모사적 기법의 미학으로 국한시키지 말아야 함을 강조한다. 그는 염상섭의 작품 「표본실의 청개구리」와 「만세전」 및 『삼대』를 비교·검토하면서, 초기작인 「표본실의 청개구리」에 나타난 광인적 우울의 주제가 이후 「만세전」, 『삼대』 등에서 반복되며 심화되어 가는 발전적 충계를 드러낸다고 본다. 즉 일상적 개인 생활에 부착된 의식의 눈을 사회적인 문제로 발전시키면서, 일상적인 생활의 의미나 비중이 사회적인 수준에서 어떻게 나타나는가를 뚜렷하게 형상화해 나게 된다는 것이다. 그리하여 『삼대』에서는 개인의 본성이 사회적 현실과 밀접한 관련을 갖고, 사회구조는 인물의 성격과 신념을 결정하고 있음을 보여 준다. 그리고 각 계층의 이질적인 성격이 이루는 갈등과 대립은 역사적 전환점을 보여주는 주제들의 대결을 드러내 서사문학으로서의 특성을 잘 보여 준다고 한다. 따라서 역사학자 홍이섭은 『삼대』의 이러한 성격에 주목하여 이 작품이 역사의식을 도울 어떠한 기본적이고 역사적인 기록보다도 높이 평가될 가치를 지니고 있다고 평가하기도 한다.[12]

60년대에 제기된 염상섭 문학의 리얼리즘적 성격에 주목하는 연구들은 70년대에도 계속 이어지며 심화된다. 가령 불문학자 김현은 19세기

---

12 홍이섭, 「염상섭의 삼대에 대하여」, 『한국사학』, 1969.11.

프랑스의 탁월한 리얼리스트인 발자크와 염상섭의 문학을 비교 연구한다.[13] 그는 발자크나 염상섭이 가졌던 복고주의적 세계관이 일단은 자신들의 보수주의적 이념을 파괴시키려는 새로운 힘들(근대 자본주의적 흐름)에 대한 강한 반발심을 갖게 한다고 본다. 그러나 이러한 반발심이 오히려 그들을 새로운 힘에 대한 냉정한 관찰자, 분석가로 만들어내게끔 하며, 따라서 어느 누구보다도 당대 사회의 풍속화를 성공적으로 그려낸다고 본다. 특히 발자크나 염상섭은 새로운 근대적 자본주의 사회를 움직이는 가장 큰 동인(動因)인 돈을 주목하며 바로 그 돈에 의해 자극되고 만들어지는 인간의 형상을 창조해내는데 성공한다. 염상섭의 경우 이것이 『삼대』에서 가장 잘 구현되고 있으니, 이러한 점에서 이 작품은 전기(前期)의 「표본실의 청개구리」 및 「만세전」에 나타난 '책상물림' 냄새가 나는 정열의 과잉표출을 극복하고 있다고 본다. 김현은 염상섭을 발자크와 비교함으로써 이전에 인지하지 못했던 염상섭 문학의 주요한 특질을 드러내고 있다. 그러나 이 논의가 염상섭 문학과 발자크 문학에 공히 나타나는 근대성을 주목하는 성과를 드러내고 있음에도 불구하고, 발자크와 구별돼 염상섭 문학만이 갖고 있는 고유한 민족의 문제를 주목하지는 못하고 있으니, 이는 다음 시기의 연구를 기다려야 했다.

김현은 이어 염상섭의 『삼대』와 채만식의 「태평천하」의 비교 연구[14]를 통하여, 전자는 민족주의자-보수주의 입장에서 후자는 사회주의자-진보주의 입장에서 30년대의 한국사회를 문학적으로 뛰어나게 형상화

---

13 김현, 「염상섭과 발자크」, 『창연』 3, 1970.12.1.
14 김현, 「식민지시대의 문학―염상섭과 채만식」, 『문학과지성』, 1971 가을.

하고 있다고 본다. 그 누가 더 우수하게 당대 사회를 그려냈느냐를 말할 수는 없지만, 염상섭의 관심 대상은 토착부르주아지와 사회주의의 상호 침투 과정이었다는 점을 지적한다. 즉 『삼대』에서 염상섭은 특별한 결론을 이끌어내지 않지만 그는 덕기가 사회주의와 맞서서 그것을 어떻게 용해하고 극복하느냐 하는 어려운 문제를 제기함으로써 자신이 속한 사회를 훌륭하게 형상화하고 있음을 지적한다.

　김우창은 여기서 한 발 더 나아가 염상섭의 「만세전」에 나타난 '전체의식'에 주목한다.[15] 그동안 「만세전」은 그 시대의 사회 실정을 놀라울 정도로 충실하게 그리고 있다는 사실이 자주 지적되어 왔다. 그러나 「만세전」에서 좀 더 중요한 것은 이 작품의 주인공의 삶 속의 여러 세력을 자기의 삶의 한 부분으로서 유기적인 관계 속에 파악하려고 하는 의식 즉 전체의식이 나타난다는 사실이다. 즉 「만세전」에서 한 인물의 극히 개인적인 사건과 사회 전체의 모습이 어떻게 맺어지는가를 바르게 이해해야 한다고 보며, 김우창은 이를 입증키 위해 세밀하고도 구체적인 작품론을 전개한다. 그리하여 결론적으로 「만세전」에서 한 가닥의 성숙에 이른 한국문학의 근대의식은 개인의 일상적인 삶을 남김없이 감싸고 또 그 지평을 이루는 역사의 세계에 닿으며 개체와 사회의 삶의 안팎을 하나로 거머쥘 수 있게 된다고 본다. 삶이 우연이 아니라 필연적 연관 속에 있음을 알게되고, 삶의 착잡한 얼크러짐의 전체를 하나의 통튼 연관 속에 인식할 수 있게 된다는 것이다. 즉 김우창이 강조한 전체는, 그것이

15　김우창, 「비범한 삶과 나날의 삶」, 『뿌리깊은나무』 창간호, 1976.

모든 사실들을 의미하는 것이 아니라, 구조화된 변증법적 전체로서의 현실을 의미하며, 이 전체 속에서 어떠한 특수한 사실도 합리적으로 이해될 수 있다는 것이다. 「만세전」의 구체적 총체성으로서의 현실에 대한 이해를 문학의 근대성으로 강조하는 김우장의 논의에 이르면 염상섭 문학의 리얼리즘적 연구가 한 성숙한 국면에 도달했음을 보여 준다. 이어 유종호는 염상섭 문학이 후기작의 경우 「만세전」과 달리 전체성을 상실하고 일상적 세밀주의에 집착을 보일 때 '트리비알리즘'이라고 부르는 위험에 부딪치게 될 수도 있음을 지적하기도 한다.[16] 그러나 이러한 지적은 염상섭 후기작의 구체적 전모가 밝혀지지 않은 상태에서 이뤄진 평가이기에 일면적일 수밖에 없다. 요컨대 외국문학 연구자들에 의해 진행된 6, 70년대의 염상섭 문학에 대한 리얼리즘적 논의들은 염상섭 문학에 대한 재인식의 계기를 마련한 공은 있으되, 그 논의들이 대체로 서구적 관점에 서있으며 몇몇 작품들을 대상으로 한 평론의 형식을 취하고 있어 염상섭 문학의 본령을 이해하는 데 근본적 한계를 안고 있다.

반면 같은 시기, 김종균 같은 연구자는 염상섭 문학 전반에 대한 실증주의적이며 역사주의적 연구들을 시도한다.[17] 그의 연구는 염상섭에 관한 모든 종류의 언급들을 담고 있다. 가령 연구목록과 염상섭의 전기적 사실 정리, 전 작품의 연보 작성, 개별 작품의 평설 등등으로, 이들은 일단 염상섭 문학의 온전한 연구를 위한 기초적인 이정표로서의 구실을

---

16 유종호, 「염상섭론」, 『한국현대작가연구』, 민음사, 1976.
17 김종균, 『염상섭 연구』(고려대 출판부, 1974)가 일단 그 연구들이 종합화된 것인 셈이다.

한다. 그러나 이러한 제반 연구들을 통해 드러낸 김종균의 염상섭 문학의 평가는 이전의 논의들을 취합한 수준에서 크게 벗어나지는 못하고 있다.

아울러 이 시기 염상섭 작품에 대한 서지적 측면에서의 실증적 연구[18] 등이 이뤄져 염상섭 문학의 온전한 평가를 위한 유효한 기반을 제공해 준다. 가령 이재선 등은 염상섭 작품에서도 수작으로 불리는 「만세전」이 기실 1922년에서 1948년에 이르기까지 네 번이나 개작됨으로써 비로소 완결된 작품임을 주목한다. 특히 해방 후의 개작인 「만세전」은 이전의 그것에 비해서 상당한 변경과 윤색이 가해졌음을 지적한다. 이러한 개작은 작품의 완결성을 위한 작가의 노력의 일면으로 볼 수도 있지만, 식민지 시대의 검열과 통제의 위압이 문학의 상상력이나 의식을 규제했던 것임 또한 부인할 수 없는 사실임을 강조한다. 물론 그러한 개작들이 작품해석에 있어서 어떤 결정적인 차이를 드러나게 하는 것은 되지 못한다고 할지라도 염상섭 문학을 연구함에 있어 텍스트 선정상의 신중함을 환기시켜 주었다.

---

18 『삼대』의 판본 문제를 고찰한 오효진, 「작가의식과 정치상황—염상섭의 『삼대』를 중심으로」(서울대 석사논문, 1974) 및 이재선, 「일제하의 검열과 「만세전」의 개작」(『문학사상』, 1979.11) 등.

4. 리얼리즘론의 계승 및 연구 지평의 확대

—1980년대 이후

1980년대에 들어서서는 70년대의 리얼리즘적 연구 성과를 수용하되, 비평의 형태가 아닌 학문적 방식으로 연구 지평을 확장한다.[19] 이러한 80년대 연구의 정점에 놓인 것이 김윤식의 『염상섭 연구』(서울대 출판부, 1987)다. 김윤식은 염상섭 생애 전체를 통해 걸쳐 산출된 작품 연구를 통해 염상섭 문학에 대한 가히 총체적 이해를 지향코자 한다. 이러한 염상섭 문학에 대한 전면적 이해를 위해 그는 작가의 전기를 가장 세밀한 부분까지 복원하고 이를 시대의 특징과 관계를 맺으며 문학사적 인습에 의해 배제되었던 작품들에 주목하면서 방대한 분량 속에 기술함으로써 염상섭 연구 지평의 확대를 꾀했다.

그런데 이 연구는 그 방대한 외적 모습에도 불구하고 김종균의 연구와 달리 그 연구를 지탱하는 기본적인 논제가 설정되어 있다. 그것은 바로 '근대성'의 문제다. 즉 이 연구는 염상섭 문학에서 우리의 근대성 및 근대소설로서의 모습이 어떻게 구현되느냐 하는 점에 초점을 맞춘다. 이러한 문제 제기는 느닷없는 것은 아니다. 바로 6, 70년대 연구에서 염상섭 문학의 리얼리즘적 성과를 따지는 것이 바로 다름 아닌 근대소설

---

19 80년대까지 염상섭을 중심으로 다룬 박사학위논문이 유병석의 「염상섭 전반기소설연구」(서울대, 1985) 등을 비롯하여 12편이 되는데, 그중 9편이 80년대 들어와서 발표된 것이다(윤홍로, 「염상섭의 연구사적 비판」, 『염상섭 문학 연구』, 민음사, 1987, 451면).

로서의 염상섭 문학의 의미를 묻는 작업이었기 때문이다. 가령 김우창의 경우 염상섭 문학의 근대성으로, 삶의 구체적 모습을 전체성을 통해서 표현하고 있다는 점을 든다. 그리하여 개인적 삶과 사회와의 복잡한 얼크러짐을 드러내고 이를 통해 나타나는 반성적 의식의 성장을 근대성의 주요한 조건으로 제시하는 것이다.

김윤식의 경우 염상섭 문학의 근대성으로 우선 '가치중립성' 혹은 '가치중립적 현실감각'을 설정한다. 그리고 염상섭이 이러한 가치 체계를 각별히 갖추게 되는 이유로 그가 서울 중산층 출신이라는 전기적 사실을 든다. 요컨대 이념 지향이 아닌 합리주의자의 태도, 중도 보수주의 태도가 서울 중산층의 삶의 논리이고 염상섭은 그것이 몸에 밴 사람으로 이것이야말로 '근대주의자'의 참 모습이라는 것이다. 따라서 염상섭의 소설은 자연히 일상성을 소중한 것으로 여기는, 그리고 그 일상성을 세밀히 관찰하고 그것을 묘사하는 것으로 나타나게 되었고 그 점이 바로 그의 소설을 근대 소설이게끔 하는 것이다.[20] 그리고 역시 그의 가계 및 신분적 특징에서 연유하는 바, 작가로서의 아이러니적 시각과 앰비밸런트(ambi-valent)한 심리는 현실을 보다 객관화해서 볼 수 있는 염상섭 문학의 최대 강점이자 근대적 성격으로 본다. 이는 그의 문학의 '주의자'에 대한 '심퍼다이즈(symphathize)' 현상을 설명하는 중요한 근거로 기능하기도 한다. 즉 이념보다는 일상의 현실에 충실하면서도 이념에 대한 상대주의적 세계관이 일상과 조화되며 형상화가 이뤄질 때, 『삼

20　김철, 「한국소설의 근대성」, 『우리시대의 문학』 6, 1987, 36면.

대』같은 작품이 등장하게 된다는 것이다. 한편 '증기기관'으로 대유화되는 근대화와 식민화의 이중적(양면적) 힘을 가장 선명하게 깨달은 자가 염상섭이며 이것 역시 그의 문학의 근대성을 결정짓는 중요한 요인으로 본다. 그런데 염상섭 문학에서 이데올로기가 빠지고, 서울 중산층의 삶의 삼각만이 남을 때 대 사회적 인식이 퇴회하면서『삼대』가 아닌『이심』(1928~9)의 세계로 떨어지게 된다고 본다. 그리하여 해방 이후 중산층의 보수주의만 남아「일대의 유업」·「임종」(1949) 유의 세계로 함몰한다고 본다.

　김윤식의 이러한 연구는 6, 70년대 염상섭 문학의 리얼리즘적 성과, 곧 근대문학적 성과를 묻는 연구들을 학문적으로 좀 더 정치하게 진전시키고 있는 일면이 있다. 가령 식민지 시대 염상섭 문학이 일상성에 집착하면서도 당대의 총체성에 접근할 수 있었던 계기를, 염상섭이 가진 가치중립적 현실감각, 아이러니적 감각 혹은 앰비밸런트한 심리 등의 개념들을 통해 따져 보고 있는 것이다. 그러나 서울 중산층의 실체를 파악함에 있어, 그리고 그 중산층의 감각을 가치중립적 현실감각으로 대치시키는데 있어서는 좀 더 신중한 태도가 고려되어야 할 법하다. 가령 역사적 구체성이 증발해버린 가치중립성이라는 보편적 개념을 우리 문학의 근대성의 핵심으로 확대, 염상섭 문학의 근대적 의의를 강조하다 보니 그의 문학이 갖는 근대민족문학적 의미를 간과하게 되는 것이다. 그럼에도 불구하고 김윤식의 연구는「만세전」·『삼대』등의 작품에 주목되었던 염상섭 연구의 대상 지평을 대폭 확장시키고, 염상섭의 각각의 작품들을 그의 전 생애와 전체적인 작품의 연관성 안에서 설명하려

했던 점은 염상섭 연구에 있어 하나의 큰 진전이라 볼 수 있겠다.

염상섭 연구 지평의 확대는 1987년 전집의 출간[21]도 이끌어 낸다. 특히 전집에는 그동안 단행본으로 출간되지 않았던 '신문연재 장편' 등도 수록돼있고 그에 대한 평설 및 연구도 고루 곁들임으로써 염상섭 문학의 전모와 그의 작가적 발전 과정을 체계적으로 확인해볼 수 있는 계기를 마련하게 되었다. 최근 출간된 근대소설 선집[22]에는 「남충서(南忠緒)」(1927)·「양과자갑」(1948) 등, 기존의 소설사 기술에서 배제된 염상섭의 단편들이 새로운 의미 부여를 받고 수록돼있기도 하다.

90년대 들어서도 염상섭 문학의 리얼리즘적 성과를 좀 더 정교하게 따져 보는 연구들은 계속 이어지고 있다. 가령 유문선의 「식민지시대 대지주계급의 삶과 역사적 운명」(『민족문학사연구』 창간호, 1991)은 염상섭의 대표작이라 일컫는 『삼대』에 대한 좀 더 정밀한 연구를 꾀하고자 한다. 가령 『삼대』가 당시 사회적 삶의 면모를 탁월하게 그려낸 사실주의 작품이라 하는데, 이러한 결론을 내리기 위해서는 과연 『삼대』가 객관적 현실의 본질을 얼마나 진실하게 인식하고 그것이 파악한 역사적 방향성의 폭과 정당성 및 수준을 재보는 작업이 필요함을 강조한다.

이 연구는 신문 연재본을 연구 텍스트로 삼아 세밀한 검토를 거쳐 『삼대』의 작품 배경을 '1929년에서 1931년까지 중의 어느 한 해의 초반'

---

21 『염상섭 전집』(민음사, 1987)은 별권『염상섭 문학 연구』를 포함해 전체 13권으로 구성되어 염상섭 문학의 일차적 자료를 일반 독자나 연구자들에게 접근, 가능토록 했다. 그러나 애초 기획했던 『광분(狂奔)』(1930), 『무화과(無花果)』(1932)는 마저 출간을 못했다.
22 『한국현대대표소설선』 1, 창작과비평사, 1996.

으로 확정 짓는다.[23] 아울러 이 작품의 조씨 가문이 기존의 연구에서와 같이 결코 '중산층'이 아니고 1930년을 전후한 시기 '조선인 대지주의 한 가문'임을 밝힌다. 그리하여 이 작품이 갖는 사실주의적 성과는, 돈 의 논리가 인간과 그 인간들의 현실을 규율하고 있는 당대 사회의 모습 을, 바로 그 '보이지 않는 손'의 힘에 몰락해가는 '식민지시대 대지주계 급의 한 역사적 운명'이라는 축도 속에서 냉정히 드러내고 있다는 사실 에서임을 주장한다. 그러나 『삼대』가 식민지 대지주계급의 역사적 운명 을 냉정히 그리면서도 그 위기와 몰락의 원인을 철저히 비사회적, 비역 사적 영역에 돌리고 있는 점을 중요한 한계로 지적하고 있다. 요컨대 이 연구는 염상섭의 작품에 대한 사실주의적 성과는 인정하되 구체적으로 어떠한 점을 성과로 인정하며 또 그 한계로 보아야 할 것인가를 정밀하 게 다시 따져볼 것을 환기시킨다.

이선영의 「리얼리즘과 한국 장편소설」(『민족문학사연구』 2호, 1992)은 기존의 리얼리즘적 연구 방식이 작품을 오직 이념적 구성체로 보고 거기 서 이념을 분석하고 평가하는 데 온 힘을 기울이는 폐단이 있었음을 지 적한다. 그리하여 리얼리즘 분석법을 정교화한 프레드릭 제임슨의 서사 분석과 정신분석을 연결, 종합하는 방법을 고려하여 『삼대』에 대한 새 로운 해석을 꾀하고자 한다. 가령 소설을 일단 작자의 소망을 충족하는 이야기로 보고, 『삼대』의 경우 그 궁극적인 소망은 가족의 화합과 민족

---

23   『삼대』 무대의 시대적 배경을 신간회 결성이 논의되던 1926년 말과 1927년 초로 보는
      견해도 있다(김재용, 「염상섭의 민족의식」, 『염상섭 선생 탄생 100주년 기념 학술대회
      발제문』, 문학사와비평연구회, 1997.9).

의 통합, 재생임을 주장한다. 그리고 『삼대』에서 이러한 소망 충족법은 돈의 위력에 기대는 부르주아적 현실타협주의에 기초하고 있으며, 그 과정에서 당대 부르주아 사회의 표상 재현이라는 일정한 리얼리즘의 성과를 획득하고 있다고 지적한다. 시론적 성격을 띠고 있는 연구이긴 하지만 염상섭 등 사실주의적 전통을 가진 작가들을 연구함에 있어 리얼리즘적 연구 방식의 다양화가 펼쳐질 것을 기대하는 글이라 할 수 있다.

김재용 등의 『한국근대민족문학사』(한길사, 1993; 이하 '민족문학사')는 이렇게 60년대부터 본격화되기 시작해 현금에 이른 리얼리즘적 관점에서의 염상섭 연구의 성과를 수용, 문학사 안에 체계화시켜 놓았다. 민족문학사는 1920년대 전반기 염상섭 문학에서 역시 「만세전」을 주목하여, 그것이 '식민지적 근대화'의 본질을 일상성 안에서 포착하고, 개인과 사회의 변증법을 통해 소시민 지식인의 자기인식에 이르게 됨을 주요하게 평가한다. 그리고 「만세전」 이후로는 생활현실의 반영에 좀 더 다가서는데, 염상섭이 발견한 생활이란 주로 애욕과 식욕에서 빚어지는 인간들의 갈등과 투쟁의 현장이며, 이런 것들에서 벗어난 개인이나 인간생활은 없다는 것을 깨달음으로써 리얼리스트로서의 면모를 띠게 된다고 본다. (「전화」(1925), 「조그만일」(1926) 등) 그러나 염상섭 문학은, 현상적으로는 애욕과 식욕에 의해 움직이는 것처럼 보이는 생활현실의 배후에 돈이라는 만만치 않은 현실의 힘이 작동하고 있음을 깨닫게 된다. 그리하여 돈으로 상징되는 조선의 식민지 자본주의의 현실을 그 본질로부터 파악하고자 하는 가능성을 『삼대』에서 보여 주는데 이를 통해 염상섭은 본격적인 리얼리즘 작가의 면모를 보이게 된다고 평가한다. 즉

『삼대』는 인간의 모든 생각과 행동을 돈과 관련해서 묘사하고 설명함으로써 돈에 철저히 지배당하는 자본주의 사회의 모순을 그리며, 이러한 모순을 부르주아 개량주의의 입장에서 비판하고, 극복하려는 모습을 그리고 있다고 본다.[24]

그런데 민족문학사에서 염상섭에 대한 정작 흥미로운 기술 부분은, 비평사를 기술하면서 그동안 자연주의 문학론으로 설명되어 왔던 염상섭의 초기 문학론을 '리얼리즘론'으로 적극적인 해석을 하고 있는 점이다.[25] 따라서 민족문학사는 「개성과 예술」 등에 나타난 염상섭의 설명이 서구 자연주의에 대한 올바른 설명인가 아닌가의 여부는 중요한 것이 아님을 전제한다. 즉 우리의 경우 자연주의 문학론은 1919년을 전후하여 부르주아 계몽문학론이 그 이념적 주도권을 상실해가면서 이 문학론에 반기를 든 새로운 비평적 흐름의 하나로 본다. 그리고 그중 염상섭의 자연주의문학론은 현실에 대한 적극적인 관심을 강조하며 본격적 리얼리즘론으로서의 면모를 보여 준다는 것이다.

가령 염상섭은 「개성과 예술」에서 근대의 가장 큰 성과를 자아의 각성이라고 본다. 자아의 각성이란 곧 개성의 발견인데 예술이란 바로 이 개성을 표현하는 활동으로 본다. 이는 낭만주의 문학론과 얼핏 유사하게 보인다. 그러나 염상섭은 독특하게도 이것을 자연주의와 연결시키는

24　이 부분은 『삼대』를 염상섭의 민족주의문학운동의 일환으로 보는 이주형의 견해(「민족주의문학운동과 『삼대』」(김열규·신동욱 편, 『염상섭 연구』, 새문사, 1982)가 반영돼 있는 셈이다.

25　권영민의 「염상섭의 문학론과 리얼리즘의 인식」, 위의 책에서 염상섭 비평론의 리얼리즘적 성격에 대한 논의의 단초를 드러낸다.

데, 즉 자아를 각성한 근대인이 과거의 모든 권위와 우상을 부정하고 현실세계를 있는 그대로 보려고 노력하는 과정에서 필연적으로 자연주의 문학이 등장하게 되었다는 것이다. 따라서 염상섭의 자아의 각성은 현실의 객관적 인식을 가능케 해주는 원동력이라고 본다. 요컨대 염상섭이 근대의 과제로 제기한 자아해방이란 바로 리얼리즘적 현실인식의 완성이라는 의미를 내포하게 된다. 따라서 개성의 문제를 자아해방에 기초한 사회적 해방이라는 근대적 과제와 연결시켜 설명한 것은 1920년대 비판적 리얼리즘 문학의 형성과 발전에 중요한 이론적 기여를 한 것으로 본다.

한편 개성론과 더불어 '생활문학론' 또한 염상섭의 리얼리즘론을 받쳐 주는 중요한 기둥으로 본다. 염상섭은 문학이 생활의 구체성으로부터 출발한다는 점을 이해하고 강조했다. 그리고 「문예와 생활」(1927)에서는 한발 더 나아가 인간과 현실의 변증법적 관계 속에서 생활의 문제를 이해하려 하고 있음을 발견할 수 있어 리얼리즘의 본질에 한 걸음 더 접근한다고 본다. 그러나 한편으론 생활문학론이 신경향파 문학의 비판에 대응해 자신의 소시민적 문학론을 옹호하는데 쓰여져 오히려 그 진보성이 약화되는 점도 있음을 지적한다. 특히 문학의 계급성을 개성이나 민족성과 같은 범주의 것으로 보아 현실인식의 약점을 가져오며 그 결과 상섭의 리얼리즘론은 초기의 비판적 성격을 상실한다고 본다. 염상섭 소설들이 이후 자연주의적 혹은 세태소설로 침몰하는 것도 이와 관련이 깊은 것으로 보아, 염상섭 소설과 비평의 연관성을 이끌어내고 있는 것이 주목할 만하다.

한편 민족문학사는 염상섭의 '절충주의'적 평론들이 민족주의문학과 프로문학의 관계를 모색하면서 적어도 조선의 식민지적 특수성을 강조했다는 점에서 타당성이 있다고 평가한다. 그러나 염상섭은 민족주의문학과 프로문학 양자의 독자성을 인정하면서도 그 문학적 연대가 이렇게 가능한지에 대해서는 해결책을 제시하지 못했다고 본다. 그럼에도 불구하고 진보적 문학들의 연대를 위한 이론적 해결책을 찾으려 한 절충주의 문학론의 문제의식은 당시의 현실에서나 비평사라는 맥락에서 소중한 의의를 갖는다고 평가한다.

마지막으로 이 글의 연구사 검토에서 전혀 언급하지 않은 것으로 염상섭 문학에 대한 문체론적 혹은 담론적 연구[26]가 있는데, 대체로 이들 연구들은 그동안 염상섭 문학에 내려졌던 평가들을 예술적 형식의 측면에서 뒷받침하는 수준에서 이뤄지고 있음을 참고로 덧붙일 수 있겠다.

26　근자에 김승종, 「염상섭소설연구—서술양식분석을 중심으로」, 연세대 박사논문, 1992 및 김종욱, 「관념의 예술적 묘사 가능성과 다성성의 원리」, 『민족문학사연구』 5, 1994 등이 기존의 문체론적 연구들을 발전시켜 이뤄진 연구들이다.

5. 근대성·리얼리즘·민족문학

이 글은 염상섭 문학의 연구사 검토를 함에 있어서, 상섭 문학의 근대성과 근대소설로서의 사실주의적 성과 및 한계를 밝혀 나가는데 어떠한 연구적 접근들이 있었느냐에 초점을 맞춰 논의를 진행했다.

우선 해방 전에는 염상섭 문학을 자연주의로 규정하고 자연주의 문학으로서 그의 문학의 근대성을 해명하려는 논의들이 그 주류를 이루었다. 이러한 해방 전의 그의 문학에 대한 논의는 60년대 이전까지 거의 그대로 계승된다. 이 논의들은 염상섭 문학의 자연주의적 특성을 강조하고 있음에도 불구하고, 이러한 논의를 통해 그것이 서구의 자연주의와 얼마나 정합을 이루는가에 초점을 맞출 뿐, 염상섭의 자연주의가 궁극적으로 우리 근대소설사의 발전 과정 안에서 어떠한 의미를 가지고 있는 지에 대한 본질적 대답은 못하고 있다. 그리고 간혹 염상섭 문학의 사실주의적 경향을 지적하는 논자들도 나타나지만, 60년대 이전까지 사실주의란 단순히 모사적 기법 수준에서 이해된다. 물론 식민지 시대 임화는 염상섭 문학을 자연주의 문학으로 이해하면서도 그것이 조선의 사실주의 문학 건설의 매개적 역할을 담당한다고 강조하고 있지만, 구체적 작품론이 배제된 단편적인 언급에 머물고 있다.

그러나 염상섭이 타계하고 난 이후인 60년대에는 염상섭 문학의 사실주의적 성격에 주목하며 그의 문학의 근대소설로서의 성과를 규명해 나가기 시작한다. 이는 60년대 들어서서 산업화의 초기 진행 과정에서 겨게 되는 사회, 정치 상황의 변화가 근대사 및 현실에 대한 문학적 관심을 불러일으키고 이러한 시대의 흐름이 리얼리즘적 분석을 통한 염상섭 문학의 의미에 대한 재인식을 가능케 한다. 이 시기의 연구들은 염상섭 문학을 사실주의로 보는가, 자연주의로 보는가 하는 정태적 분석은 무의미한 문제제기라고 본다. 보다 중요한 것은 염상섭의 구체적인 작품을 앞에 놓고 리얼리즘이 달성된 측면과 염상섭적 리얼리즘의 한계로 지적된 측면을 분석, 비판하여 한국문학에서의 사실주의의 가능성을 따져 보는 것이라고 본다. 이러한 연구는 70년대에도 계속 이어져 염상섭 소설을 서구 리얼리즘과 비교해보기도 하고, 염상섭 문학의 근대성으로 삶의 구체적 모습을 전체성을 통해서 표현하고 있다는 점, 그리하여 개인적 삶과 사회와의 복잡한 얼크러짐을 드러내고 이를 통해 나타나는 반성적 의식의 성장 등을 제시하여 염상섭 문학에 대한 성숙한 사실주의적 이해에 도달한다.

80년대 이후는 6, 70년대의 리얼리즘적 연구를 수용하되, 비평적 이해를 넘어서 좀 더 학문적인 방식을 통한 염상섭 문학에 대한 총체적 이해를 지향하여 연구 지평의 확대를 꾀한다. 더불어 염상섭 문학에 대한 리얼리즘적 분석을 더욱 다양하게 심화시키는 연구들이 지속되고 있다. 이렇게 놓고 볼 때 염상섭 문학의 의미를 재인식하고 본격적인 연구에 들어간 것은 60년대 이후로 볼 수 있으며 이러한 계기는 그의 문학을 성숙화된 사실주의론의 관점에서 다루면서 가능해진 셈이다. 그리고 사실주의 문학으로서의 성취 정도가 곧 그의 문학의 근대성을 가늠하는 중요한 기준이 됨에 다름 아닌 것이다.

한편 최근 염상섭이 우리 근대작가들 중에서 민족문제를 가장 심층적으로 탐구한 작가 중의 대표적인 사람이라는 점에서 염상섭 문학의 의미를 다시금 환기하는 주장들이 나오고 있다. 즉 일제하 염상섭의 작품들 중 문학적 성취를 보였던 작품들은 예외가 없이 민족문제에 관한 것이었음이 지적된다. 그리하여 상섭은 이를 떠나서는 우리 자신의 삶은 물론이고 우리의 근대성을 제대로 파악할 수 없다고 믿었고 이 점이 그로 하여금 민족문제를 천착하게끔 했다는 것이다. 실제로 그가 당시 프로문학을 반대했던 것의 가장 중요한 이유는 카프가 민족문제를 제대로 인식하지 못하고 있다는 것에 대한 불만일 정도로 이에 대해 적극적이었다는 것이다. 물론 민족과 계급이 결코 배치되는 것이 아니고 통일될 수도 있다는 것을 간파하지 못한 것이 그의 한계 중의 하나로 지적될 수도 있지만 그 만큼 민족문제에 대해 철두철미했던 사람도 없다는 것이다. 이는 해방 이후 분단을 막고 통일된 민족국가의 수립을 위해 보여 주었던 그의 몇몇 행적에서도 나타나며 이후 그의 작품은 여건이 허락하는 한 이 민족문제에 달라붙게 된다고 본다.[27] 이러한 주장은 그의 문학의 리얼리즘적 성격과 근대성 및 민족문제의 친연성을 주목케끔 한다. 이는 근대성, 민족문제, 사실주의를 통일하여 염상섭 문학의 문학사적 성과를 규명하는 작업이 지속적으로 요망됨을 시사해주고 있다.

---

27 이러한 관점에서 해방 직후에 발표된 장편『효풍』(1948) 등이 식민지 시대의『삼대』와 더불어 한국근대문학사에서 중요한 의의를 갖는 작품으로 새롭게 평가되고 있다(김재용, 「8·15 이후 염상섭의 활동과『효풍』의 문학사적 의미,『한국문학평론』, 1997 여름).

참고문헌

『염상섭 전집』 1~12권, 민음사, 1987.

권영민, 「염상섭의 문학론과 리얼리즘의 인식」, 『염상섭 연구』, 새문사, 1982.

권영민 편, 『염상섭 문학 연구』, 민음사, 1987.

김기진, 「十年間 朝鮮文藝變遷過程」, 『조선일보』, 1929.1.9.

김동인, 「朝鮮近代小說考」, 『조선일보』, 1929.8.6~7.

김억, 「悲痛의 想涉」, 『生長』 2호, 1925.2.

김우창, 「비범한 삶과 나날의 삶」, 『뿌리깊은나무』 창간호, 1976.

김윤식, 『염상섭 연구』, 서울대 출판부, 1987.

김재용, 「8·15 이후 염상섭의 활동과 『효풍』의 문학사적 의미」, 『한국문학평론』, 1997 여름.

김재용 외, 『한국근대민족문학사』, 한길사, 1993.

김종균, 『염상섭 연구』, 고려대 출판부, 1974.

김철, 「한국소설의 근대성」, 『우리시대의 문학』 6집, 1987.

김치수, 「염상섭 재고」, 『중앙일보』, 1966.1.15~1.20.

김현, 「염상섭과 발자크」, 『향연』 3호, 1970.12.1.

____, 「식민지시대의 문학-염상섭과채만식」, 『문학과지성』, 1971 가을.

민족문학사연구소 편, 『민족문학과 근대성』, 문학과지성사, 1995.

박종화, 「癸亥文壇의 一年을 追憶하여」, 『개벽』 31호, 1923.1.

______, 「嗚呼我文壇」, 『백조』 2호, 1923.3.

______, 「新春創作評」, 『개벽』 45호, 1924.3.

______, 「大戰以後의 朝鮮文藝運動」, 『동아일보』, 1929.1.4.

백철, 『朝鮮新文學思潮史』, 수선사, 1948.

신동욱, 「염상섭의 『삼대』」, 『현대문학』, 1969.3.

염무웅, 「리얼리즘의 역사성과 현실성」, 『문학사상』 창간호, 1972.10.

유문선, 「식민지시대 대지주계급의 삶과 역사적 운명」, 『민족문학사연구』 창간호, 1991.

유종호, 「염상섭론」, 『한국현대작가연구』, 민음사, 1976.

이선영, 「리얼리즘과 한국 장편소설」, 『민족문학사연구』 2호, 1992.

이재선, 「일제하의 검열과 「만세전」의 개작」, 『문학사상』, 1979.11.

임화, 「朝鮮新文學史論 序說」, 『조선중앙일보』, 1935.10.23~26.

____, 「小說文學의 二十年」, 『동아일보』, 1940.4.12~22.

정명환, 「염상섭과 졸라」, 『한불연구』, 1974.

조연현, 「사실주의의 확립-염상섭론」, 『신태양』, 1955.4.

______, 「염상섭론」, 『새벽』, 1957.6.
홍이섭, 「염상섭의 삼대에 대하여」, 『한국사학』, 1969.11.

제2부

염상섭 초기 문학의 재인식―「제야(除夜)」 연구

염상섭 초기 산문 연구

혼혈 / 혼종과 주체의 문제―염상섭 「남충서」와 김사량 「빛 속으로」를 중심으로

염상섭 초기 문학의 재인식

「제야(除夜)」 연구

| 김영민 |

1. 머리말

염상섭은 소설가로 문단활동을 시작하기 이전에 「부인의 각성이 남자보다 긴급한 소이(所以)(『여자계』, 1918.3) 등의 산문(散文)을 발표했다. 아울러, 「백악(白岳) 씨의 「자연의 자각」을 보고서」(『현대』, 1920.2) 등의 평론을 통해 김동인과 비평가(批評家) 역할 논쟁을 펼친 바도 있다.[1] 염상섭은 자신의 산문과 비평을 통해 표출한 인생관이나 문학관을 소설

---

1   이와 관련된 상세한 논의는 필자의 글, 「비평의 공정성과 범주·역할 논쟁」, 『한국 근대 문학 비평사』, 소명출판, 1999, 13~38면 참조.

창작에 굴곡 없이 반영한 작가로 평가받는다. 그런 점에서, 그의 산문에 대한 이해는 소설 이해에 적지 않은 도움이 된다는 주장에 힘이 실린다. 하지만, 이른바 신여성이 등장하는 작품들에 관한 한 이러한 생각은 종종 반론의 벽에 부딪히곤 한다. 그가 산문에서 여성의 자아 각성과 자유로운 삶에 대한 지향을 주장했던 것과 달리, 소설에서는 가부장적이고 여성에 대한 혐오주의적 태도를 보인다는 해석 또한 어렵지 않게 발견할 수 있다. 같은 맥락에서, 염상섭의 작품 중 신여성의 삶을 다룬 몇몇 작품들에 대해서는 논자별로 평가가 엇갈리는데, 그렇게 평가가 엇갈리는 대표적 작품 가운데 하나가 「제야(除夜)」(『개벽』, 1922.2~6)이다.

이 글은 염상섭의 초기 문학에 대한 온전한 이해를 위해서는 「제야」에 대한 올바른 이해가 필요하다는 생각에서 출발한다. 「제야」에 대한 연구는 이미 어느 정도 이루어진 편에 속하고 그 성과 또한 적지 않다. 따라서, 이 글에서는 그동안 이루어진 「제야」에 대한 주요 선행 연구들을 먼저 점검하고, 거기서 도출된 문제점과 남겨진 과제들을 차례로 해결해 가는 방식으로 논의를 전개해나가기로 한다. 이러한 논의 과정을 통해 「제야」의 위상과 가치가 새롭게 드러날 수 있게 될 것으로 기대한다.

2. 연구사와 문제의 제기

염상십 연구의 신편을 집있딘 김종균의 「제야」에 대힌 평기는 호의적
이지 않다. 김종균은 「제야」의 여주인공 정인이 '윤리 도덕관의 혁신과
현사회의 신임을 얻는데 모두 실패한 신여성'의 전형으로 정리하고, 「제
야」는 그 오산(誤算)의 구렁텅이에서 헤매는 여성들을 계도하기 위해 쓴
작품으로 해석한다. 「제야」에 나타난 신여성의 비애와 환멸은 이후 염
상섭의 작품에서 단절 없이 지속된다는 것이 김종균의 견해이다. 김종
균은 「제야」가 소설 작품이라기보다는 장황하고 애절한 고백서에 지나
지 않는 글이라는 의견을 제시한 후, 여기에서는 자연주의 작가로서의
염상섭의 모습을 발견하기가 어렵고 '극히 비과학적(非科學的)이며 비유
전적(非遺傳的)인 면을 다루어 내고 있음을 볼 뿐'이라고 결론짓는다.[2]

「제야」가 지닌 가치를 적극적으로 인정한 최초의 연구자는 김윤식이
다. 김윤식은 이른바 염상섭의 초기 삼부작 중 「표본실의 청개고리」(『개
벽』, 1921.8~10)와 「암야」(『개벽』, 1922.1)가 작가의 내면풍경을 그린 자
료였던 반면, "「제야」는 이와 달리 작품 자체로 읽기가 가능한 것"[3]임을
지적한다. 염상섭이 「만세전」을 통해 비로소 한 사람의 작가가 되었다
고 말할 때, 「만세전」에 이르는 길에 「제야」가 있음을 결코 놓쳐서는 안
된다는 것이 김윤식의 견해이다. "「제야」 역시 작가의 내면풍경 읽기의

---

2   김종균, 『염상섭 연구』, 고려대 출판부, 1974, 88~90면 참조.
3   김윤식, 『염상섭 연구』, 서울대 출판부, 1987, 175면.

일종으로 알맞은 것이긴 하나, 또한 「표본실의 청개고리」나 「암야」와는 썩 다른 세계를 보여주고 있어, 「만세전」의 세계로 나아가는 실마리를 만들고 있다"[4]는 것이다. 김윤식의 판단 중 김종균의 견해와 대비되는 또 하나의 지점은 「제야」가 에밀졸라의 자연주의에 연결되어 있다는 점이다. 다만, 김윤식이 「제야」의 가치를 적극적으로 인정하고 있음에도 불구하고 김종균과 다르지 않은 점은, 이 작품에 염상섭의 이른바 여성혐오증이 반영되어 있다고 보는 것이다. 김윤식은 「해바라기」(『동아일보』, 1923.7.18~8.26) 등 신여성이 등장하는 일련의 소설들을 분석하면서 거기에 나타난 여성혐오증의 근원을 「제야」까지 소급해 거론한다.[5] 이밖에 김윤식은 「제야」가 이른바 모델소설이었던 바 '간접적 모델이 내면풍경으로서의 나혜석이라면, 그 직접적인 내면풍경은 아리시마 다케오[有島武郎]의 「돌에 짓눌린 잡초」였음'을 지적한 바 있다.

　김우창은 「제야」가 '염상섭의 주관적이며 낭만적인 작품의 마지막'에 해당하는 소설이며 '현대적 윤리에 따라서 살려고 하는 신여성이 어떻게 타협과 자기기만에 떨어지고 급기야는 파멸에 이르는가를 보여준' 작품으로 정리한다. 김우창은 염상섭이 여주인공 정인의 행각을 부정적으로 보는 것은 사실이지만, 작가가 여주인공의 잘못만을 비난하고 있

4　위의 책, 175면.
5　다음에서 이를 확인할 수 있다. "그것은 이들 작품에서 한결 같이 등장하는 여자들의 허영심의 근거가 '예술'로 되어 있음에서 확인된다. 「제야」에서의 주인공 최정인은 동경음악학교 출신의 신여성이었다. 그녀는 자결을 택함으로써 자신의 창녀적인 피의 더러움을 청산하였다. (…중략…) 음악학교, 미술학교 또는 문학을 공부하는 신여성들은 염상섭이 경멸해 마지않는 대상들이다"(위의 책, 276면).

다고는 말하기 어렵다는 입장을 취한다. 염상섭이 당대 사회의 관습적 기준과 판단에 어느 정도 동의하고 있는 것은 사실이지만, 그가 거기에 무조건적으로 동의한 것이라고만 보기 어렵다는 것이다. 그리하여 "「제야」는 그 의미가 분명하지는 않은 채로, 대체적으로 인습적 도덕을 타파하고 새로운 도덕에 의하여 살려고 하는 사람이 부딪치게 되는 내면적 외면적 좌절을 그리고 있다"[6]라는 것이 김우창의 결론이다. 김우창의 연구에서 중요한 것은 '작가가 이 작품에서 여주인공의 주장의 상당 부분이 옳은 것임을 암시하고 있다'는 견해를 제시한 것이다. 이는 앞에서 김종균이나 김윤식이 염상섭 소설에 등장하는 신여성을 실패한 인물들이라거나 경멸의 대상으로 보고 있는 것과는 구별되는 태도이다.

이보영은 「제야」가 지닌 가치를 가장 적극적으로 인정하고 높이 평가한 연구자이다. 이보영은 「제야」의 중요성을 다음의 세 가지로 제시한다. "첫째로는 「제야」에 와서 그 이전의 두 작품에서 거의 단절되었던 일상적 시민사회와의 관련이 회복되었고, 두 번째로 그 이전의 불안한 자아의 문제에 대한 그 나름의 해결의 시도는 최종적으로 이 작품의 작가가 「암야」 「표본실의 청개구리」에서 「만세전」으로 발전할 수 있는 중요한 계기를 마련하였고, 세 번째로는 한국소설에서는 최초로 페미니즘의 문제를 제기하고 있다는 점"[7]이 그것이다. 이보영은 「제야」의 가장 큰 원동력을 '최정인의 육체적, 내면적 욕구의 충족을 통한 자기실현의 의지'라고 정리한다. 이를 위하여 인습적인 정조관념이나 남성우위관념

---

6   김우창, 「리얼리즘에의 길―염상섭의 초기 단편」, 『염상섭 전집』 9, 민음사, 1987, 444면.
7   이보영, 『난세의 문학―염상섭론』, 예지각, 1991, 91면.

은 과감하게 부정되거나 도전을 받아야 했다는 것이다. 「제야」의 여주
인공 최정인이 다른 신여성과 다른 점은 '사회적 관심이 윤리적 관심에
깊이 관련된다는 점'이라는 사실도 지적한다. 이런 점 등으로 인해 「제
야」가 한국 페미니즘 문학의 고전으로 남게 되리라는 것이다.

서종택은 「제야」의 모티브가 성(性)과 연관되어 있다는 점에 착안하
여 논의를 전개시킨다. 그는 이 작품에서 여주인공 정인의 자유분방한
성적 방황이 유전과 환경에 의한 것이었다는 점을 강조하고, 이를 통해
염상섭과 에밀 졸라의 관계에 대해 천착한다. 서종택은 「제야」가 이후
「만세전」이나 「삼대」 등으로 이어지는 염상섭의 탁월한 문학적 성과에
이르게 되는 단서를 제공한 작품이라는 견해 또한 덧붙이고 있다. 서종
택의 견해에서는, 「제야」를 자연주의와 연결시키려는 김윤식의 논의가
더 구체적으로 진전되는 양상을 확인할 수 있다. '신여성으로 대표되는
정인의 죽음을 사회적으로 확대하고자 한 의도로 읽을 수 있다'는 점을
강조한 것도 주목할 만하다.[8] 그러나, 이 작품의 결말을 두고 '작중화자
의 죽음을 새로운 윤리 질서의 대두를 뜻하는 것'으로 보는 해석은 논란
의 여지가 있다. 이는 이보영의 경우와 대비시켜 볼 때 단순히 세부에 대
한 해석의 차이가 아니라, 작품이 지향하는 세계에 대한 근본적 견해 차
이로 볼 수 있기 때문이다.

마지막으로 김경수의 견해를 살펴보기로 한다. 김경수는 「제야」를 염
상섭의 개성론 및 연애론과 연관지어 분석하고 있다. 그는 「제야」를 비

8　서종택, 「성 모티브와 윤리의식─「제야」」, 『염상섭 소설 연구』, 국학자료원, 1999, 393
　　~410면 참조.

롯한 「해바라기」 등의 작품이 '완고한 가부장제의 이데올로기 속에서 자아의 각성이 신성한 연애를 통해 구현된다는 것이 얼마나 어려운 일인지를 역설하고 있다'는 점을 강조한다. 김경수는 「제야」에 대한 종합적 평가에서 "결론적으로 말하면 「임야」와 「제야」는 횡보의 개성론과 연애론의 소실직 풀이로시 각각 그 남성적 판본과 여성적 판본이라고 할 수 있다"[9]는 견해를 제시한다. 김경수의 논의에서 특별히 주목할 점은 그의 초기 소설이 「개성과 예술」 등의 초기 산문과 긴밀한 관련성을 지니고 있음을 구체적으로 분석 지적한 점이라 할 수 있다.

　기존의 논의들을 염두에 둘 때 우선 살펴볼 문제는 「제야」의 창작 동인과 관련된 것이다. 그 가운데 비교문학적 관심사인 외래적 요인의 문제는 여러 연구자들이 공통적으로 제기하고 있다는 점에서 구체적으로 점검해 볼 필요가 있다. 이와 관련해, 「제야」가 모델소설인가 그렇다면 그 모델을 어떻게 상정할 것인가 하는 문제도 부수적인 것이기는 하나 짚어볼 필요가 있다. 이어서 해결해야 할 문제는 「제야」의 창작 의도가 어디에 있는가를 구명하는 것이다. 「제야」가 신여성에 대한 비판과 계도를 목적으로 쓴 것이라는 견해는, 염상섭에게서 나타나는 이른바 가부장적 태도와 여성혐오주의의 근원이 「제야」에 있다는 주장과 서로 통한다. 하지만 이러한 주장은, 「제야」야말로 페미니즘 문학의 고전으로 남을 것이라는 견해와는 크게 상충된다. 그밖에 「제야」가 자연주의에 반하는 작품인가 혹은 이를 지향하는 작품인가에 대한 서로 다른 의견

9　김경수, 「염상섭의 초기 소설과 개성론과 연애론―「암야」와 「제야」를 중심으로」, 『어문학』 77, 2002, 239면.

들, 「염상섭」의 초기 산문과 「제야」의 관계를 어떻게 설정할 것인가 하
는 문제 또한 물론 중요하다.

3. 「제야」와 각본(脚本) 〈인형(人形)의 가(家)〉

　「제야」의 창작 동인에 대해서는 대부분의 연구자들이 외국문학 작품
과의 연관성을 거론하고 있다. 김윤식은 「제야」에 직접 영향을 미친 작
품으로 일본의 근대 작가 아리시마 다케오[有島武郎]의 「돌에 짓눌린 잡
초」를 지목한 바 있다. 「제야」는 「돌에 짓눌린 잡초」가 취한 고백의 형
식과 내면풍경을 드러내는 방식 등에서 완전히 일치하는 작품이라는 것
이다.[10] 김윤식의 이러한 지적은 「제야」와 아리시마 다케오의 여타 근
대문학 작품 사이의 상관관계를 추적하는 후속 논문들로 이어졌다.[11] 이
보영은 도스토예프스키가 창조한 인물 카라마조프와 입센의 희곡 〈인
형의 집〉의 영향에 대해 지적한 바 있다. 「제야」에는 '노라'라는 인물에

10　김윤식, 앞의 책, 184면 참조.
11　예를 들면 다음과 같은 연구가 있다. 박수영, 「「제야」와 「어떤 여자」에 나타난 신여성의
　　성 서사전략으로서의 매체 활용 양상 비교」, 『외국문학연구』 43, 2011, 117~146면;
　　유숙자, 「염상섭과 아리시마 타케오—초기 3부작을 중심으로」, 『비교문학』 20, 1995,
　　133~155면; 류리수, 「한국 근대 서간소설을 통해본 신여성의 자아연소—아리시마
　　다케오의 「돌에 짓눌린 잡초」와 염상섭의 「제야」」, 『일본학보』 50, 2002, 197~212면.

대한 언급이 두 번 나온다. 이보영은 이 점에 착안해 「제야」와 〈인형의 집〉의 연관성에 대해 거론한 것이다.[12] 이보영의 지적은, 염상섭 문학에서 〈인형의 집〉의 영향이 「제야」에만 한정된 것이 아니라 「너희들은 무엇을 얻었느냐」 등 여타 소설에서도 발견된다는 후속 언구들로 이어진다.[13] 서종택은 「제야」가 졸라의 작품 「나나」를 상기시킨다는 견해를 제시한 바 있다.[14]

　「제야」의 창작 동인으로 거론된 작품들 가운데서 상대적으로 영향이 가장 큰 작품을 지목한다면 입센의 희곡 〈인형의 집〉이라고 단정 지어 말할 수 있다. 「제야」와 〈인형의 집〉의 관련성은 지금까지 기존의 연구들이 관심 가졌던 것 이상으로 매우 깊다. 「제야」는 〈인형의 집〉의 한두 구절을 인용하는 데 머무른 작품이 아니다. 앞으로 증명해 보이겠지만, 「제야」는 〈인형의 집〉의 기본적인 이야기 전개 구도를 차용한 작품이다. 「제야」는 창작 의도와 서사구조 등에서 〈인형의 집〉으로부터 직접 영향을 받았다. 그렇다면 염상섭은 어떠한 계기로 입센의 희곡 〈인형의 집〉을 읽고, 그 결과 「제야」라는 작품을 구상하게 되었을까? 염상섭이 처음 〈인형의 집〉을 접한 것이 언제인지는 알 수 없지만,[15] 그가 특별히

12　이보영, 앞의 책, 102~110면 참조.

13　예를 들면 다음과 같은 연구가 있다. 안미영, 「한국 근대소설에서 헨릭 입센의 〈인형의 집〉 수용」, 『비교문학』 30, 2003, 109~131면; 김미지, 「〈인형의 집〉 '노라'의 수용 방식과 소설적 변주 양상」, 『한국현대문학연구』 14, 2003, 173~197면; 최인숙, 「염상섭 문학에 나타난 '노라'와 그 의미」, 『한국학연구』 25, 2011, 195~229면.

14　서종택, 앞의 글, 400면 참조.

15　참고로, 일본에서는 1910년대에만 이미 여섯 권의 번역서가 간행될 만큼 〈인형의 집〉에 대한 관심이 높았다. 따라서 염상섭이 일본 체류 중 이미 이 작품을 접했을 가능성도 없지 않다. 〈인형의 집〉의 번역 상황에 대해서는 김재석, 「1920년대 〈인형의 집〉 번역

관심을 기울여 이 작품을 읽은 것은 「제야」를 쓰던 해인 1921년으로 추정된다.[16] 1921년 1월 25일부터 4월 3일까지 『매일신보』에는 입센의 희곡 〈인형의 집〉이 '각본(脚本)'이라는 양식 표기와 함께 〈인형(人形)의 가(家)〉라는 제목으로 연재되었다. 이듬해인 1922년, 〈인형의 가〉가 두 종류의 단행본으로 출간된 점 등으로 미루어 보면[17] 이 작품은 당시 대중적으로 적지 않은 관심을 끌었던 것으로 보인다. 『매일신보』 연재본 〈인형의 가〉는 양백화(梁白華)와 박계강(朴桂岡)의 합역(合譯)으로 발표되었다.[18] 연재에 앞서 『매일신보』는 다음과 같은 안내 문구를 싣고 있다.

此脚本은 저 諾威의 文豪 헨리크·입센先生의 原作으로 今日 世界에셔 婦人問題의 聖書라고까지 일커르는것이오 또 高級藝術의 作品으로 譯者가 今般 『新女子』社의 依囑을 밧어 譯述ᄒ야 몬져 本紙 一面에 發表ᄒᄂ 것이라 本社에 셔는 來月曜부터 揭載ᄒ기로 ᄒ얏는 바 讀者諸賢은 此를 諒ᄒ라[19]

에 대한 연구」, 『한국극예술연구』 36, 2012, 12면 참조.

16 「제야」는 1922년에 발표된 작품이지만, 염상섭이 이 작품을 집필하기 시작한 것은 1921년이다. 「제야」 최종회가 수록된 『개벽』 1922년 6월호에는 염상섭이 이 작품을 1921년 12월에 쓰기 시작해 22년 1월에 마무리한 것으로 기록되어 있다. 「제야」 제5회, 『개벽』, 1922.6, 47면 참조.

17 1920년대 국내에서는 입센의 〈인형의 집〉이 세 번 번역되었다. 첫 번째가 『매일신보』 연재본 〈인형의 가〉이다. 두 번째는 이 연재본을 수정해 간행한 단행본 『노라』(영창서관, 1922)이다. 세 번째는 이상수 역으로 간행된 『인형의 가』(한성도서, 1922)이다. 판본 비교에 관한 더 상세한 논의는 김재석, 앞의 글, 13면 참조.

18 『매일신보』 연재본과 달리, 영창서관 발행 단행본 『노라』에는 역자가 양백화한 사람으로만 표기되어 있다. 그런데, 이 책에는 양백화의 역자 서문 앞에 이광수가 쓴 「노라야」라는 글이 들어 있어 두 사람 사이의 관계를 짐작할 수 있게 한다. 참고로, 「노라야」는 『이광수전집』(삼중당, 1962)에 수록되지 않았으며 여타 이광수 자료 목록에도 올라있지 않은 미정리 자료이다.

『매일신보』는 입센의 이 작품이 '부인문제의 성서'로 일컬어지는 작품이라고 소개한다. 그런데 이 광고 문안에는, 원래『매일신보』가 작품의 번역을 기획한 것이 아니라『신여자』사(社)의 의뢰를 받아 양백화와 박세강이 작품을 번역한 것이라는 사실이 명기되어 있디. 『신여자』는 1920년 3월 김일엽에 의해 여성 계몽운동을 목표로 창간된 잡지이다.[20] 월간으로 발행되던 이 잡지는 1920년 6월 제4호를 마지막으로 갑자기 종간된다. 전후 사정으로 미루어보면 김일엽이 양백화에게 〈인형의 가〉의 번역을 의뢰했고, 이후 갑작스러운 폐간으로 인해 번역된 원고를『신여자』에는 게재할 수 없게 되었던 것으로 보인다. "나도 二三年 前에 先生과 協力하야 이 노라를 舞臺에 紹介하랴 하지 안핫슴니까. 그러나 그째에는 여러 가지 事情으로 中止하얏섯슴니다"[21]라는 술회를 보면 김일엽은 〈인형의 가〉를 번역하는 일에만 머무르지 않고 이를 무대에서 공연하려는 계획도 지니고 있었음을 알 수 있다. 백화 양건식(梁建植)은 이광수의 장편소설『무정』연재와 관련해『매일신보』에「춘원(春園)의 소설을 환영하노라」(1916.12.28~29)라는 글을 발표한 바 있다. 이광수의 작품이 신문에 실리기도 전에 양건식이 미리 이 작품을 환영하는 평론을 발표했다는 것은『매일신보』편집진과 양건식 사이에 이미 교류 관계가 있음을 말해준다. 이후 양건식은 국여(菊如)라는 필명으로『매일신보』에「홍루몽(紅樓夢)」(1918.3.23~10.4)과「기옥(寄獄)」(1919.1.15~3.1)을 번역

---

19 「각본(脚本) 인형(人形)의 가(家)」,『매일신보』, 1921.1.23.
20 『신여자』의 서지와 관련된 자세한 논의는 유진월,「김일엽의『신여자』출간과 그 의의」,『김일엽의『신여자』연구』, 푸른사상, 2006, 29~49면 참조.
21 김일엽,「발(跋)」, 양백화 역,『노라』, 영창서관, 1922, 178면.

발표한 바도 있다. 「홍루몽」은 중국의 전형적인 귀족 가문에 대한 해부를 통해 지배계급의 허위의식을 폭로한 작품이다. 「기옥」은 자유연애의 실패로 인한 남녀의 비극적 결말을 통해 지식인 독자를 계몽하려는 의도를 내포한 작품이다.[22] 『신여자』 사가 양건식에게 〈인형의 가〉의 번역을 의뢰한 것은, 양건식의 번역 경력과 그가 지녔던 여성문제에 대한 관심 등을 두루 염두에 둔 것으로 보인다.[23]

『매일신보』 연재 각본 〈인형의 가〉에 대해 염상섭이 특별한 관심을 보였다고 추정하게 되는 근거는 우선 〈인형의 가〉의 삽화를 나혜석(羅蕙錫)이 그렸다는 점에 있다.[24] 연재 각본 〈인형의 가〉 마지막 회에는 입센의 원본 희곡에 없는 노래가 한 곡 실려 있다. 이 노래의 가사를 지은이가 나혜석이었다는 점도 주목할 필요가 있다.[25] 나혜석은 〈인형의 가〉

---

22 이희정, 『한국 근대소설의 형성과 『매일신보』』, 소명출판, 2008, 242~246면 참조.

23 〈인형의 가〉 연재 후 양건식은 『매일신보』에 1921년 4월 6일~9일에 걸쳐 「〈인형(人形)의 가(家)〉에 대(對)ㅎ야」라는 글을 발표한 바 있다. 김재석은 『신여자』 제4호에 실려 있는 번역물에 대한 예고가 입센의 〈인형의 집〉에 대한 예고로 보인다고 추정한다. 김재석, 앞의 글, 13면 참조.

24 〈인형의 가〉의 삽화 형식은 특이하다. 이는 당일 연재 내용을 그린 것이 아니라, 이미 지나간 내용을 소재로 하고 옆에 그림과 관련된 내용이 추가 기술되어 있다. 그림에는 나혜석 여사 필(羅蕙錫女史筆)이라는 표시가 있다.

25 이 노래는 나혜석 작가(作歌) 김영환(金永煥) 작곡(作曲)으로 발표되었다. 악보와 함께 실린 가사의 전문은 다음과 같다. "(1) 내가 인형을 가지고 놀재 / 깃버ㅎ듯 / 아바지의 쌀인 人形으로 / 남편의 안히 人形으로 / 그들을 깃부게 ㅎ는 / 慰安物되도다 / 노라를 노아라 / 最後로 순순ㅎ게 / 嚴密히 막어논 / 墻壁에서 / 堅固히 닷첫든 / 門을 열고 / 노라를 노와쥬게 // (2) 남편과 子息들에게 對ㅎ / 義務가치 / 내게는 神聖ㅎ 義務잇네 / 나를 사람으로 만드는 / 使命의 길로 밟아셔 / 사람이 되고져 // (3) 나는 안다 억계홀 수업는 / 늬 마음에셔 / 온통을 다 헐어 맛보이는 / 진정 사람을 졔ㅎ고는 / 늬 몸이 갑업는거슬 / 늬 이졔 깨도다 // (4) 아아 사랑ㅎ는 少女들아 / 나를 보와 / 精誠으로 몸을 밧쳐다오 / 만흔 暗黑 橫行홀지나 / 다른 날 暴風雨 뒤에 / 사름은 너와 나"(『매일신보』,

를 교열해 출간한 단행본 『노라』에도 「노라」라는 시를 수록했는데, 이 시는 앞의 연재본에 실린 것과는 가사가 많이 다르다.[26] 염상섭이 일본에 유학하던 시절, 1910년대 중반 이후 주로 머물렀던 삶의 근거지는 교토를 포함한 관서(關西) 지역이었다. 도쿄와 일정한 거리를 두고 지내던 염상섭에게 원고를 청탁하고 유학생 문단으로 불러낸 인물이 나혜석이었다. 염상섭은 나혜석이 편집에 관여하던 유학생 잡지 『여자계』 제2호에 산문을 발표하면서 문필 생활을 시작한다. 기존의 연구에서는 염상섭과 나혜석의 교류가 시작된 시기를 염상섭이 게이오대학으로 진학한 1918년 봄 무렵으로 추정하고 있다.[27] 그러나, 두 사람 사이의 교류는 이보다 훨씬 더 빠른 시기에 이루어졌던 것으로 보인다. 염상섭과 나혜석의 교류는 나혜석의 오빠 나경석[28]을 매개로 시작되었을 가능성이

1921.4.3)

26 1922년도에 발행된 단행본 『노라』에 수록된 시 「노라」의 전문은 다음과 같다. "나는 人形이엇네 / 아바지 쌀인 人形으로 / 남편의 안해 人形으로 / 그네의 노리개이엇네. // 노라를 노하라 / 순순히 노하다고 / 놉흔 墻壁을 헐고 / 깁흔 閨門을 열고 / 自由의 大氣中에 노라를 노하라. // 나는 사람이라네 / 남편의 안해 되기 전에 / 子女의 어미 되기 전에 첫재로 사람이라네. // 나는 사람이로세 / 拘束이 이미 쯧헛도다 / 自由의 길이 열렷도다 / 天賦의 힘은 넘치네. // 아아 少女들이어 / 쌔여서 뒤를 싸라오라 / 일어나 힘을 發하여라 / 새날의 光明이 빗첫네." 참고로 서정자 편, 『원본 정월 라혜석 전집』(국학자료원, 2001)에도 시 「노라」가 수록되어 있는데 이는 박화성의 단편소설 「광풍 속에서」에 인용된 가사를 활용한 것이다. 『정월 라혜석 전집』에 인용된 시는 원본과 약간의 차이가 있다. 단행본에 수록된 시 「노라」의 작곡자는 백우용(白禹鏞)으로 『매일신보』 수록본 작곡자와는 다른 인물이다. 물론 악보도 전혀 다른 악보이다. 『원본 정월 라혜석 전집』은 개정증보판 『원본 나혜석 전집』(푸른사상, 2013)을 간행하면서 이 자료를 새롭게 추가해 화보로 소개하고 있다.

27 "廉想涉이 東京 유학시절에 羅蕙錫과 교유했다는 것은 이미 알려진 사실이거니와, 그 시기는 대략 廉想涉이 게이오대학으로 진학한 1918년 봄 무렵으로 추정된다"(김경수, 「1차 유학시기 염상섭 문학 연구」, 『어문연구』 38-2, 2010, 297면).

크다. 교류가 시작된 시기는 나혜석이 도쿄에 도착해 사립여자미술학교
에 입학한 시기인 1913년 무렵으로 보인다. 그렇게 생각할 수 있는 이
유 가운데 하나는, 사립여자미술학교 학적부에 기재된 나혜석의 주소가
당시 도쿄의 마포중학(麻布中學)에 다니던 염상섭의 주소와 일치하기 때
문이다.[29] 나혜석의 유학이 오빠 나경석의 주선을 통해 이루어졌다는
점을 고려하면, 나경석이 자신의 여동생이 머물게 될 주소지에 이미 거
주하고 있던 한국인 유학생 염상섭의 존재를 몰랐을 가능성은 거의 없
다. 염상섭과 나혜석 그리고 나경석 사이의 교류는 이들이 각각 유학을
마치고 귀국한 이후까지도 지속되었다. 염상섭이 귀국 후 1920년 초부
터 『동아일보』의 창간 기자로 근무하던 시기, 나경석은 이 신문의 객원
필진으로 「만주(滿洲) 가는 길에」(『동아일보』, 1920.6.23~7.3), 「노령견문
기(露領見聞記)」(『동아일보』, 1920.7.9) 등의 글을 기고 연재한 바 있다.[30] 나
혜석은 염상섭이 초기 단편들을 모아 작품집 『견우화(牽牛花)』(박문서관,
1924)를 발간할 때 그 장정을 맡기도 했다.[31]

　　나경석·나혜석 남매와 교류를 지속하던 염상섭이, 나혜석의 삽화가

28　나경석의 연보에 대한 자세한 정리는 나경석, 『공민문집(公民文集)』, 정우사, 1980,
　　260~263면 참조.

29　두 사람의 학적부 원본은 하타노 세츠코, 최주한 역, 『일본 유학생 작가 연구』, 소명출판,
　　2011, 589·616~617면 참조.

30　염상섭의 문단 진출 과정 및 나혜석과 나경석의 관계에 대한 자세한 논의는 필자의
　　글, 「염상섭 초기 산문 연구」, 『1920년대 한국문학의 형성과 전개』, 연세대 근대한국학
　　연구소 제37회 학술회의 발표자료집, 2013, 1~19면 참조.

31　작품집 『견우화』의 발행 시기는 1924년 8월이다. 그러나, 염상섭의 서문 집필 날짜가
　　1923년 5월인 것으로 미루어 보면 나혜석의 표지 그림 장화(裝花) 등의 작업은 1923년
　　경에 마무리 되었을 가능성이 크다.

실린 『매일신보』 연재물 〈인형의 가〉에 특별히 관심을 가졌으리라는 추정은 그리 무리한 것이 아니다. 염상섭은 일시적으로 나혜석을 연모했던 것으로도 알려져 있다.[32] 염상섭은 입센의 〈인형의 가〉를 읽는 데만 그치지 않고, 한걸음 더 나아가 이를 활용해 작품을 구성하는 단계로까지 나아가게 된다. 그렇게 해서 탄생한 작품이 바로 「제야」이다. 〈인형의 가〉를 바탕으로 나혜석이 그림을 그리고 한 편의 시를 썼다면, 이를 바탕으로 염상섭은 한 편의 소설을 구상했던 것이다.

「제야」에는 〈인형의 가〉의 구체적 줄거리를 염두에 두고 사용된 문장이 두 번 나온다. 첫 번째 문장은 "「노라」는 男便을 살려 노코, 奇蹟을 바랏지만, 나는 男便될 사람의 要求를 滿足시켜노코, 奇蹟이 나타나라고 祝數하고 안젓습니다"[33]이다. 두 번째 문장은 "노라의 借用證書를 스토―프에 불지른 뒤의 헬머―의 깃븜어엇습니다"[34]이다. 이 두 문장은 「제야」에서 매우 중요한 의미를 지니고 있다. 그런데, 이들 문장의 의미를 바로 알기 위해서는 〈인형의 가〉의 줄거리에 대한 선행 이해가 필요하다. 그럼에도 불구하고 「제야」에는 이들 문장이 의미하는 바에 대한 설명이 전혀 없다. 이는 독자들이 〈인형의 가〉의 줄거리를 알고 있다는 전제 아래 염상섭이 「제야」를 쓰고 있다는 사실로도 해석될 수 있는 부분이다. 그러한 전제가 무리한 것이라 할지라도, 염상섭이 「제야」를 쓰면서 〈인형의 가〉의 존재를 계속 염두에 두고 있었다는 사실만은 분명

---

32 이와 관련된 구체적 논의는 김윤식, 앞의 책, 47~50면 참조.
33 염상섭, 「제야」 제3회, 『개벽』, 1922.4, 47면.
34 염상섭, 「제야」 제5회, 『개벽』, 1922.6, 46면.

하다. 「제야」의 정인이 남편 A의 전부인(前夫人)의 가출에 대해 언급하며 그녀가 더 이상 '귀군의 품에 안식을 구하는 아릿다운 비둘기'가 아니라고 말하는 것도,[35] 〈인형의 가〉의 노라가 자신이 더 이상 남편의 '종달새'가 아니라는 사실을 깨닫는 장면을 떠올리게 한다.

〈인형의 가〉와 「제야」의 이야기 전개 구조는 동일하다. 〈인형의 가〉와 「제야」는 모두 크리스마스를 배경으로 일어난 사건을 다루고 있는 작품이다. 「제야」에서는 크리스마스를 맞아 남편이 여주인공 정인에게 편지를 보내면서 이야기가 시작된다. 〈인형의 가〉에서도 크리스마스 주간에 배달된 편지는 파국을 향해가는 중요한 매개물로 작용을 한다. 〈인형의 가〉의 노라와 「제야」의 정인은 모두 남편에게 비밀로 숨겨둔 과거가 있는 여주인공들이다. 노라의 비밀은 그녀가 남편의 병구완을 위해 돈을 빌리면서 아버지의 서명을 위조한 것이고, 정인의 비밀은 그녀가 남편과 결혼하기 이전에 임신을 했다는 것이다. 노라와 정인의 과거는 전혀 다른 성질의 것처럼 보이기도 하지만, 노라와 정인은 모두 '부도덕한 여자'라는 점에서는 차이가 없다. 가부장적 권위를 중시하는 노라의 남편 헬메르는 '일찍 인생을 망친 대부분의 사람들은 그 어머니가 거짓말쟁이'였다는 편견을 내세워 거짓말쟁이는 어머니도 아내도 될 수 없다는 발언을 하기도 한다. 두 작품의 여주인공들은 남편이 자신들의 과거를 용서하는 '기적'을 기대한다. '기적'이라는 단어는 〈인형의 가〉에서도 「제야」에서도 반복적으로 사용되는 중요한 어휘이다. 〈인형의 가〉

---

35 염상섭, 「제야」 제1회, 『개벽』, 1922.2, 41면 참조. 방점도 원문대로임.

의 노라와 「제야」의 정인이 행한 과거는 모두 남편의 사회적 지위와 그
에 따른 위신의 추락을 감수해야 하는 일들이다. 그녀들은 자신들의 과
거를 남편이 감싸 안고 고통을 함께 나누기를 기대한다. 그러나, 그러한
'기적'은 일어나지 않는나. 결국 그녀들은 과거가 드리나게 되자 남편에
게 비난 받고 심리직 고통에 시달리게 된다. 그런데, 두 작품의 스토리
는 결말로 가면서 갑자기 반전된다. 모두 남편들의 갑작스러운 '용서'
선언이 이어지는 것이다. 하지만, 남편의 용서 선언에 대한 노라의 반응
은 가출이고, 정인의 반응은 자살로 나타난다. 두 작품의 여주인공이 처
음에는 모두 남편의 용서를 갈구하지만, 결국은 모두 그 용서를 거부하
고 자신의 길을 선택하게 되는 것이다.

　기존의 연구에서는 '모델 없이 작품을 쓰기 못하는 염상섭의 창작방
법'을 들어, 염상섭이 한 때 연모하던 나혜석이 「제야」의 여주인공 정인
의 실제 모델이었을 것이라는 의견을 제시한다.[36] 저간의 사정을 고려하
면 「제야」가 나혜석의 존재를 염두에 두고 쓴 작품임은 분명하다. 그럼
에도 불구하고, 이 작품이 나혜석을 모델로 한 작품이라는 견해에는 동
의하기 어렵다. 이 작품을 「해바라기」의 경우처럼 꼭 모델소설로 볼 것
인가[37]하는 데에도 의문의 여지가 있지만,[38] 모델소설로 보아야 한다면

36　김윤식, 앞의 책, 176면 참조.
37　「해바라기」는 나혜석의 실제 연애와 결혼 생활을 소재로 삼아 쓴 소설이다. 염상섭은
　　이 소설의 집필에 앞서 자신이 나혜석의 동의를 얻었다는 사실을 밝힌 바 있다. 염상섭,
　　「횡보 문단 회상기」, 『사상계』, 1962.11~12(『염상섭 전집』 12, 민음사, 1987, 230면
　　참조).
38　염상섭은 「제야」가 「해바라기」의 경우와는 달리 모델 없이 쓴 작품이라는 사실을 스스
　　로 토로한 바 있다. 염상섭, 「「만세전」과 그 여성」(『삼천리』, 1930.5), 한기형 · 이혜령

그 모델은 특정한 개인이 아니라 여러 인물형의 중첩으로 해석하는 것이 타당해 보인다. 「제야」의 여주인공 정인의 이미지에는 여성 자신의 삶의 소중함을 외치는 노라의 이미지도 겹쳐 나타난다. 물론, 정인이라는 인물의 성격 창조에는 당시 실존하던 유학생 신여성들의 삶의 행적이나 풍문들 역시 참조가 되었을 것이다. 「제야」에서는 유학생 출신 신여성 최정인이 '첩의 자식'이라는 사실이 매우 중요하다. 재혼하는 남편 A가 정인에게 당당히 청혼할 수 있었던 데에는 이러한 전제 조건이 바탕에 깔려 있다. 김윤식은 "염상섭은 나혜석을 모델로 하되 이 점(최승구와의 관계─인용자)을 가려놓은 것이다. 그 대신 '첩의 자식'이란 점을 제일 중요한 것으로 표나게 내세우고 있다. 이 조건이야말로 작가 염상섭의 독창성이라고 해도 지나친 말은 아니다"[39]라는 의견을 낸 바 있다. 나혜석을 첩의 자식으로 각색해 놓은 데에서 염상섭의 독창성이 드러난다는 것이다. 하지만 '첩의 자식'이라는 인물 설정에 대해서도 전혀 다른 해석이 가능하다. 이 경우 나혜석보다는, 유학생 출신 신여성으로 구제도에 반항하며 디아스포라적 삶을 살았던 작가 김명순(金明淳)이 있었다는 사실을 떠올릴 필요가 있다.[40] 김명순을 끌어내리기 위해 당시 주변 인물들이 실제로 사용했던 공격의 가장 큰 도구는 그녀가 '첩의 딸'이라는 것이었다.[41] 그

편, 『염상섭 문장 전집』 2, 소명출판, 2013, 215면 참조.

39 김윤식, 앞의 책, 178~179면.

40 심진경은 「제야」가 '여성작가 김명순을 연상케 한다'는 지적을 한 바 있다. 심진경, 「세태로서의 여성─염상섭의 신여성 모델소설을 중심으로」, 『사상의 형상, 병문의 작가 새로운 염상섭 문학을 찾아서』, 성균관대 동아시아학술원, 2013, 49면 참조.

41 서정자는 김명순의 생애를 정리하며 "소실의 딸이라는 태생적 콤플렉스와 함께 국가와 민족, 남성우월주의, 가부장주의가 고리를 이루어 그를 평생 동안 괴롭혔으며……"(서

녀의 어머니가 기생 출신이었다는 사실 또한 그녀가 감당해야 할 운명이라면 운명이었다.[42] 나혜석과 김명순은 모두 「제야」의 여주인공 최정인처럼 당시 스물 대여섯 살의 동갑내기들이었다.

4. 「제야」의 창작 의도

염상섭의 초기 삼부작 가운데 지금까지 가장 큰 주목을 받고 있는 작품은 「표본실의 청개고리」이다. 「표본실의 청개고리」가 주목 받은 이유는 이 작품이 염상섭의 이른바 처녀작이면서 지식인의 정신적 고뇌를 깊이 있게 드러냈다는 점 등에 있다. 「표본실의 청개고리」를 발표할 무렵의 염상섭은 이미 평론가로서 문단에서 자리를 잡은 상태였다. 따라

정자, 「디아스포라 김명순의 삶과 문학」, 『김명순 전집』, 푸른사상, 2010, 35면)라고 적고 있다. 김명순은 이른바 매체의 폭력으로 인해 1915년 '투신자살 소동'을 벌이기도 했다(같은 책, 36~37면 참조). 이후에도 김명순의 자살 시도는 수차례 더 있었다. 서정자는 조선의 매체 폭력이 김명순을 국외로 추방해 결국 디아스포라적 삶을 살게 했다고 본다.

42 김명순은 1921년 후반 두 번째 유학을 마치고 귀국해 왕성한 작품 활동을 지속한다. 1924년 김기진은 「김명순 씨에 대한 공개장」을 써서 김명순에 대해 비판한다. 서정자는 '김명순이 우울과 퇴폐와 히스테리를 지닌 무절조한 여자가 된 것은 태생적으로 나쁜 피의 소유자인 때문'이라고 김기진 적고 있다고 요약한다. 위의 책, 45면 참조. 김기진은 김명순의 가족(유전)과 성장 배경(환경)의 문제를 구체적으로 거론한다. 이에 관해서는 김기진, 「신여성(新女性) 인물평(人物評)―김명순(金明淳) 씨(氏)에 대(對)한 공개장(公開狀)」, 『신여성』, 1924.11, 46~50면 참조.

서 그가 『개벽』에 소설을 발표했다는 것은 그 사실 자체만으로도 세간의 관심을 끄는 일이었다. 염상섭과 비평이론 논쟁을 벌이던 김동인조차도 그의 소설가 등단에 대해서는 반가운 마음을 숨기지 않았다.[43] 하지만 염상섭 자신은 「표본실의 청개고리」에 대해 처녀작으로서의 의미를 그리 크게 부여하지 않는다.[44] 「표본실의 청객고리」가 이른바 염상섭의 처녀작이자 출세작이라는 평판에도 불구하고, 염상섭은 초기 삼부작을 모아 자신의 첫 단편집 『견우화(牽牛花)』를 내면서는 그 배열의 순서를 「제야」와 「암야」, 그리고 「표본실의 청개고리」로 정한다.

「제야」는 「표본실의 청개고리」와 「암야」에 비해 처음으로 대상 세계를 객관화시켜 다루기 시작한 작품으로 평가받는다. 「제야」에 대한 가장 적극적인 평가는 이 작품이 「만세전」으로 가는 길목에 놓여 있는 작품이라는 것이었다. 하지만 「제야」를 단순히 「만세전」을 위한 징검다리로만 이해한다면 이는 염상섭 작품의 깊이를 바로 보지 못하는 것이다. 「만세전」이 염상섭 소설의 새로운 경지를 연 작품이라면, 「제야」는 염상섭의 초기 문학을 집대성하고 마무리짓는 작품이다. 염상섭은 「부인의 각성이 남자보다 긴급한 소이」를 발표한 이래 「머리의 개조와 생활의 개조」(『여자시론』, 1920.1), 「여자 단발문제와 그에 관련하여―여자계(女子界)에 여(與)함」(『신생활』, 1922.8) 등 여러 편의 산문들을 통해 여성의 자아실현과 그 실현이 가능한 사회적 여건 조성의 필요성을 주창한 바 있다. 등단

---

43 김동인, 「문단회고」, 『매일신보』, 1931.8.23~9.2 참조.

44 염상섭, 「처녀작 회고담을 다시 쓸 때까지」(『조선문단』, 1925.3), 한기형·이혜령 편, 『염상섭 문장 전집』 1, 소명출판, 2013, 348~349면 참조.

초기에 풍속 개량과 가치관의 개조를 반복 주장한 염상섭이 「제야」라는 작품을 집필한 것은 어쩌면 당연한 결과였다고 할 수 있다.

『견우화』의 서문에는 「제야」에 대한 염상섭의 언급이 실려 있다. 「제야」에 대해 염상섭은 이 작품이 "자살에 의히여 자기의 정화(淨化)와 순일(純一)과 소생(甦生)을 얻으려는 해방적 젊은 여성의 심적 경로를 고백한 것"[45]이라고 언급한다. 그런데 주목할 것은, 이 언급에 앞서 염상섭이 『견우화』라는 작품집의 표제가 '야차(夜叉)의 마음을 가진 보살(菩薩)'을 의미하는 것임을 밝힌 바 있다는 점이다.

> 야차(夜叉)의 마음을 가진 보살(菩薩)이나, 보살의 마음을 가진 야차나 그 모순에 고뇌·번민하는 것은 같을 것이다. 야차에게 야차의 마음이 있고, 보살에게 보살의 마음이 있을진대, 자기의 개성 그대로가 정당히 완성되고 충분히 발휘될 수 있을진대, 자기를 자기대로 온전히 살릴 수가 있을진대 아무 모순도 없고, 따라서 아무 고통과 오뇌도 없을 것이다. 그러나 사람은 야차의 마음을 가진 보살 같고, 보살의 마음을 가진 야차 같이 자기모순과 자기분열에 번뇌하도록 만들어놓은 것이다. (…중략…) 그러나 사람이 모순과 분열에서 고뇌하도록 만들어졌다는 것은 불행 중에도 다행한 일이다. 만일 사람에게 고뇌가 없었다면 사람에게는 '생활'이라는 것이 없었을 것이다. 다만 '존재'하였다고 할 뿐이었을 것이다. 우리는 모순당착(矛盾撞着)과 분열(分裂反撥)에서 끊임없이 고뇌하고 또 고뇌하며, 번민하고 또 번민한다.

---

45 염상섭, 「자서(自序)」(『견우화』, 박문서관, 1924), 위의 책, 277면.

뿌리가 빠지도록 고민하고 번뇌하는 거기에만 생명이 늘 새로워지고 생활의 모든 크가 교향적(交響的)으로 뛰노는 것이다. (…중략…) 이러한 의미로 나의 처음 발간하는 단편집에 대하여 야차의 마음을 가진 보살을 의미하는 『견우화』라는 표제를 택하였거니와……[46]

「표본실의 청개고리」와 「암야」, 그리고 「제야」라는 초기 삼부작에는 모두 자기모순과 자기분열에 번뇌하는 인물형들이 등장한다.[47] 그 가운데 야차와 보살의 마음을 지닌 인간이라는 성격 규정에 가장 잘 어울리는 인물은 단연 「제야」의 최정인이다. 누구의 자식인지도 모를 아이를 임신한 채로, 아버지의 강요에 못 이겨 남편과 혼례를 치러야 하는 정인의 삶은 야차와 같은 암흑에 둘러싸인 삶이다. 그녀는 자살을 통해 정화(淨化)와 순일(純一)과 소생(甦生)을 얻게 되는데, 염상섭은 죽음을 맞이하는 정인의 모습에 보살의 그림자를 투영시키고자 의도했던 것으로 보인다. 야차와 보살이 공존하는 삶에 대한 염상섭의 인식은 「제야」의 결말에서 정인의 자살 행위를 '두 생명을 구하는' 행위로 서술한다. 그렇게 보면, 「제야」의 결말에 나오는 정인의 자살 장면은 과거에 대한 징벌이나 계도 혹은 단순한 파멸을 의미하는 것이 아니라, 그 이상의 깊은 뜻

---

[46] 위의 글, 275~276면.
[47] 다음의 지적 참조. "염상섭이 소설의 목표를 인간 고뇌의 형상화로 설정할 때, 이는 곧 일반적인 인간의 모습이 아니라 모순과 분열로 인해 깊이와 강도가 부여된 한 개인의 독특한 정신의 모습을 그려야 함을 의미하는 것이다. 염상섭의 초기 삼부작은 모두 이러한 맥락에 속해 있다"(이희정·김상모, 「염상섭 초기 소설의 변화 과정 고찰」, 『한민족 문화연구』 38, 2011, 121면 참조).

을 내포하고 있는 것임을 알 수 있다. 야차와 보살에 대한 인식은 다소 난해해 보이는 「제야」의 결말을 이해하는 데 적지 않은 도움이 된다. 이 작품의 창작 의도가 결코 '타락한' 신여성 정인에 대한 징벌에 있는 것이 아님을 보여주는 섯이다.[48]

「제야」의 창작 의도가 어디에 있는기를 이해하기 위해서는 이 작품의 서두와 마무리에 대한 이해가 필수적이다. 「제야」의 서두와 마무리는 각각 다음과 같다.

> 最後의 瞬間은, 가장 重大한 使命을 遂行합니다. 그리고 絶對的 終結을 告합니다. 그러면 그 뒤에 남는 것은, 무엇일가요. 다만 空이올시다. 空으로부터 空에 흘러가는 겨긔에, 永遠한 安住가 잇고, 絶對的 解說이 잇고, 眞純이 잇고, 神聖이 잇고, 至善이 잇지 안은가 하나이다.[49]

> 只今 나의 이 決心이, 그동안 無意識 한 가운데에, 不知中 마음에 새겨잇섯던 것인지 모릅니다마는, 나의 눈물은 나를 淨케 하얏습니다 나의 눈물은, ……… 새 生命의 샘이엇습니다. 나는 삽니다. 나는 삽니다. 永遠히 삽니다.

---

[48] 김재용은 염상섭 문학의 여성의식에 대해 "염상섭이 신여성을 비판한다고 해서 그것이 가부장적 권력을 지키기 위해 나온 것이라거나 혹은 무의식적 차원에서라도 그것에 침윤되어 있기 때문이라고 폄하하는 것은 결코 올바른 독서가 아닌 것이다. 그런 점에서 당시 우리 문학가들 중 일부가 신여성을 그리면서 일방적으로 비하하는 것과 염상섭의 그것을 동일한 것으로 보는 것은 결코 온당한 태도라 할 수 없을 것이다"(김재용, 「염상섭 문학과 여성의식」, 『작가연구』 9, 새미, 2000, 242면)라는 견해를 제시한 바 있다. 김재용은 염상섭이 신여성 전체를 비난하거나 부정한 것이 아니라 어디까지나 부박한 신여성을 비판한 것이라는 사실을 강조한다.

[49] 염상섭, 「제야」 제1회, 『개벽』, 1922.2, 35면.

貴君의 품에 안기어, 永遠히 삽니다. ·········· 이, 허리에 매인 한줄기 치마끈이 나에게 永遠한 生을 주겟지요. 아— 깃븜니다. 시원합니다. 애비업는 子息에게 어머님이라는 소리를 듯지 안케 되는 것만하야도, 얼마나 罪가 가벼위질는지 모르겟습니다. 얼마나 깃분지 모르겟습니다. 한 時間만 잇스면 新年이올시다. (…중략…) 그러나 그 生命을 救할 全責任이, 나에게 잇습니다. ··············· 두 生命은 求하야첫습니다.

·········· 貞義를, 崔哥의 피에서, 求하야주시옵소서.[50]

이 두 인용문은 각각 작품의 가장 처음과 마지막에 나오는 문단이다. 그런데 이 두 문단은 그대로 이어서 읽어도 전혀 어색하지 않다. 그 이유는 두 문단이 모두 정인의 죽음을 염두에 둔 서술이기 때문이다. 죽음은 절대적 종결이고 그 뒤에 오는 것은 단지 공(空)일 뿐이다. 그러나 죽음은 단지 허망한 것이 아니다. 거기에 영원한 안주(安住)와 절대적 해탈과 순수함과 신성(神聖)과 지선(至善)이 존재하기 때문이다. 정인이 소설의 마지막 장면에서 죽음을 앞에 놓고 '나는 삽니다. 영원히 삽니다. 귀군의 품에 안기어, 영원히 삽니다'라고 말할 수 있었던 것은 죽음의 의미에 대한 첫 문단의 서술이 있었기 때문이다. 죽음이 정인에게 받아들여야 할 운명이기는 하지만, 그 의미가 징벌이 아니라는 것은 여기에서도 새삼 드러난다.

「제야」의 여주인공 정인에 대한 염상섭의 태도를 결코 혐오적이라고

는 말하기 어렵다. 정인의 이른바 실패한 삶을 통해 신여성을 계도하려 했다는 주장 또한 쉽게 동의하기 어렵다. 그보다는 오히려, 한 여성에게 강제된 결혼이라는 가족제도가 그녀를 어떻게 고통 속에 몰아넣고, 어떻게 가족과 이별하게 했는가를 그려냈다고 보는 것이 옳을 것이다. 염상섭이 「제야」를 통해 분명한 비판의 대상으로 삼고 있는 것은 인습적 혼인제도이다. 정인의 삶이 비난받아 마땅한 것이라고 할 경우라도, 거기에 돌을 던질 수 있는 자가 누구인가라는 질문 역시 함께 제기된다.[51]

아모 動機도 手段도 條件도 업는 因襲的婚姻이라는 徹底한 罪惡이, 先祖의 遺物로서, 우리도 쏘한번 反復치 안흐면 안 되엇든 것이, 第一의 缺陷이엇나이다. 勿論 이 缺陷은, 今日에 當한 無慘한 破綻에 對하야 直接 原因이 되지는 안핫스나, 缺陷으로서는 根本的이요, 쌀아서 이 缺陷에 對하야 透徹한 自覺으로써, 考慮하고 廻避하얏슬진대, 처음부터 나와 結婚 問題도 업섯슬 것이외다. 이러한 意味로 이에 對한 責任은 거의 그 全部가, 貴君에게 잇다 하겟습니다.

第一에 貴君은 그러한 쓴 經驗을 맛본 結婚 生活의 失敗者 로서, 그 失敗의 原因에 對하야 反省이 업섯고, 第二에 그 瘡痍를 慰癒하고 幾許의 家庭的 幸福을 엇고자 할 제, 亦是 同一한 手段과 形式을 取하섯슴이, 忌避할 수 업는 貴君의 責任이엇나이다.[52]

51　그런 점에서, "남편에게 보내는 유서의 형식을 취하는 이 소설의 형식 안에서 줄거리에 앞서 전면화되는 것은, 그와 같은 일탈적 삶을 살았던 신여성 정인의 자기정당화의 논리이다"(김지영, 『연애라는 표상』, 소명출판, 2007, 262~263면)는 지적을 참고할 필요가 있다.
52　염상섭, 「제야」 제1회, 『개벽』, 1922.2, 47면.

「제야」에서 정인의 삶을 지옥보다 더한 고통으로 몰아넣은 근본적 원인은 애정 없이 행해지는 인습적 혼인제도에 있다. 정인이 남편을 원망하는 가장 큰 요인도, 남편이 이미 인습적 결혼의 대가가 무엇인가를 경험했던 인물이었다는 점에 있다. 전부인과의 불행한 사건의 기억을 떠올린 채 다시 같은 일을 반복하는 남편 A에게 정인은 세속적이고 타산적이며 반성 없는 인물이라는 비판을 쏟아 붓게 되는 것이다. 정인은, 그 결과로만 보면 직접 자신에게 치명상을 준 것은 자신의 과거 행위라 할 수 있겠으나, 자신으로 하여금 위선적(僞善的) 수단을 선택하게 한 원인은 역시 '귀군이 취한 바 인습적 결혼제도와 부친의 소위 가장권(家長權)의 남용과 폭군적(暴君的) 위압'에 있음을 주장한다.

현실주의자였던 염상섭에게는 「제야」에서 다른 결말을 선택할 수 있는 여지가 거의 없었다. 염상섭은 「제야」에서 여주인공 정인의 이야기를 다루면서 이 작품이 비현실적인 이야기로 읽힐 가능성에 대해 크게 경계했다. 「제야」의 정인은 연인 E와 독일로 도망갈 계획을 실현하기 위해 부산행을 선택했을 때 자신의 행위가 '활동사진(活動寫眞)이나 통속소설(通俗小說)을 실연(實演)하는 것 같아' 스스로 처량해지기도 하고 웃음이 나기도 한다.[53] 여기서 자신의 행위가 통속소설로 읽히지 않아야 한다는 자의식은 주인공 정인의 것이기에 앞서 작가 염상섭의 것이었다. 염상섭은 정인이 연인 E와 독일로 도피하는 것도, 그녀가 남편의 '용서'를 받아들여 행복한 삶을 살게 되는 것도 실제 현실에서는 불가능

---

[53] 「염상섭, 「제야」 제2회, 『개벽』, 1922.3, 62면 참조.

한 일로 판단했던 것으로 보인다.[54]

「표본실의 청개고리」에서 다소 맹아를 보이던 염상섭의 자연주의적 태도가 「제야」에서 소멸되고 있는가 혹은 확산되고 있는가 하는 문제 또한 이 작품의 결말을 통해 명확하게 확인힐 수 있다. 앞에서 인용한 바 있는 정인의 유서는 실질적으로는 "두 生命은 求하야첫습니다"[55]라는 문장으로 끝이 난 것이다. 이 문장은 그녀가 죽음을 통해 저주받은 어린 생명의 생애를 구하고, 또한 남편의 명예를 지킬 수 있었다는 사실을 의미한다.[56] 그런데 주목할 것은 이 뒤에 "……… 貞義를, 崔哥의 피에서, 求하야주시옵소서"[57]라는 짧은 구절 하나가 덧붙어 있다는 점이다. '정의(貞義)'는 정인의 여동생이다. 정인은 자신의 삶을 마무리하면서, 자신의 여동생은 자신과 같은 길을 가지 않기를 소원한다. 이 구절을 통해 알 수

---

54 「제야」의 결말에 대해 하정일은 "자살은 현실에서 근거지를 마련할 수 없었던 보편주의적 이념이 스스로의 순결성을 지키는 마지막 방책이었던 셈이다"(하정일. 「보편주의의 극복과 '복수(復數)의 근대' – 일제하 중·단편소설」, 『염상섭 문학의 재인식』, 깊은샘, 1998, 53면)라는 견해를 제시한 바 있다. 아울러, 다음과 같은 해석도 참고가 된다. "정인이 남편의 용서를 받아들인 순간 남편은 강력한 자아를 가진 우월한 존재로 우뚝 서고, 정인은 자신을 내세울 수 없는 비굴한 존재가 되어 버린다. 용서받은 자의 삶이 떳떳하고 당당할 리 없으므로 정인은 남편에게 평생 죄인으로 살아야 할 것이다. 정인이 굴욕적인 삶 대신 자살을 선택하는 것은 남편만큼, 아니 남편보다 더욱 강력한 자아를 가진 존재가 된다는 것을 의미한다"(최인숙, 앞의 글, 205~206면).

55 염상섭, 「제야」 제5회, 『개벽』, 1922.6, 47면.

56 이와 관련된 논의는 이보영, 앞의 책, 113면 참조 이동하는 「제야」의 결말에 대해 '표면적으로만 보면 최악의 사태가 빚어진 셈이라 할 수 있으나, 각도를 달리해서 보면 최정인에게는 영혼의 정화를 통한 구원이 이루어졌고 남편은 그 구원을 확인할 수 있었다고 간주될 가능성도 있다'고 해석한다. 이동하, 「염상섭 소설에 나타난 기독교 문제」, 『염상섭 문학의 재조명』, 새미, 1998, 76면 참조.

57 염상섭, 「제야」 제5회, 『개벽』, 1922.6, 47면.

있는 것은, 염상섭이 정인의 삶의 경로에 영향을 미친 요소로 '최가의 피' 즉 유전적 요인을 크게 중요시하고 있다는 점이다. 정인은 남편에게 자신이 '소실이 둘이나 되는 아버지'와 '파륜적(破倫的) 성적밀행(性的密行)에 대하야 괴이한 흥미와 습성을 가진 어머니' 사이에서 태어난 딸이란 사실을 잊으면 안 된다고 발언한다.[58] '어머니는 나를 배고 정부(情夫)에게로 도망(逃亡)하여 왔지만……'[59] 하는 구절이나 '그 덕택으로 나의 행동은 어려서부터 일호(一毫)의 감독(監督)과 지도(指導) 없이 완전한 자유(?)를 가졌습니다'[60]라는 문장도 주목할 필요가 있다. 동생의 미래를 걱정하는 「제야」의 결구(結句)는 염상섭이 유전과 환경을 중시하는 입장에서 이 작품을 구상하고 전개해 나가고 있음을 명백히 보여준다.[61] 이 마지막 구절 하나만으로도, 「제야」에 반영된 염상섭의 자연주의적 성향의 깊이를 추정할 수 있게 되는 것이다. 그렇게 보면 앞에서 정인이 왜 자신의 죽음을 '생명을 구할 책임'을 실현하는 행위로 서술했는가 하는 점도 명확해진다. 자신의 죽음을 통해 '최가의 피'가 전해지는 일을 멈출 수 있다고 믿기 때문이다.[62] 더불어 놓치지 말아야 할 점은, 『개벽』

---

58 염상섭, 「제야」, 제1회, 『개벽』 1922.2, 46면 참조.

59 염상섭, 「제야」, 제5회, 『개벽』, 1922.6, 42면 참조.

60 염상섭, 「제야」, 제1회, 『개벽』 1922.2, 47면 참조. 부호도 원문에 있는 것임.

61 이와 관련해서는 "환경이 인간의 성품을 결정한다는 자연주의적 발상"(김윤식, 앞의 책, 179면)이라는 지적 참조.

62 인간의 삶이 유전과 환경에 의해 결정된다는 졸라의 인간 이해에 대한 비판적 견해들 불구하고, 이는 '인간을 전적으로 자유로운 존재로만 보아 오던 종래의 편견에 대한 도전'이라는 점에서 의미가 있다. 전통과 환경을 인간 형성의 가장 중요한 두 요소로 보려는 그의 입장은 문학사상적으로 볼 때 낭만주의에 대한 가장 두드러진 안티테제로서 의미가 있다. 정명환, 「염상섭과 졸라」, 권영민 편, 『염상섭 문학연구』, 민음사,

연재본에는 없는 또 하나의 문장이 단행본 『견우화』 속 「제야」에 추가되어 있다는 사실이다. 단행본 속 「제야」는 이렇게 끝을 맺는다. "이것이 마즈막 부탁입니다."[63] 염상섭은 『개벽』 연재본 「제야」를 교열해 단행본으로 출산하면서 '이것이 마지막 부탁'이라는 새로운 구절을 추가해, 여동생 정의를 최가의 피에서 구하는 일이 정인의 간절한 소망이라는 사실을 거듭 강조하고 있는 것이다.

5. 「제야」와 초기 산문(散文)의 관련성

「제야」에 대한 온전한 이해를 위해서는 염상섭의 초기 산문을 검토하는 일 또한 필요하다. 염상섭의 초기 산문들을 정밀히 읽고나면, 그가 지닌 여성문제에 대한 관심이 매우 지대한 것이었음을 알 수 있다. 염상섭이 초기 산문 전반에 걸쳐 드러낸 가장 큰 관심사는 여성문제였고, 그가 초기 산문을 통해 제안했던 궁극적인 삶의 목표는 자유의 획득과 해방의 실현이었다. 자아의 각성과 개성의 발견 및 실현이라는 명제 또한 결국은 여성문제에 대한 관심에서 출발해 그 답을 찾아가는 과정에서 제안된 것들이다. 염상섭이 다양한 산문들을 통해 조선 여성의 삶에 지속적으로

1987, 321면 참조.
63 염상섭, 「제야」, 『견우화』, 박문서관, 1924, 103면.

관심을 표명한 이유는 그가 설정한 자유와 해방이라는 삶의 목표와 관련이 깊다. 조선의 여성들이야말로 자유와 해방이 꼭 필요한 사람들이었기 때문이다. 열악한 노동환경과 노동자의 구차한 삶에 대한 관심 또한 이와 맥을 같이 한다. 염상섭은 조선에 산재한 여성문제 해결의 길이 단지 여성 자신의 각성에만 있는 것이 아니라, 각성이 가능한 사회적 여건의 조성에도 있다는 사실을 강조했다. 노동 문제에 대한 해결의 길 또한 마찬가지이다. 그런 점에서, 염상섭에게는 조선의 여성문제와 조선의 노동 문제가 별개의 사안이 아니라 함께 묶일 수 있는 것이었다.[64]

「제야」와 짝을 이루는 염상섭의 산문을 하나 택한다면 그것은 명백히 「지상선을 위하여」가 된다. 「제야」가 염상섭의 초기 소설 세계를 대표한다면 「지상선을 위하여」는 그의 초기 산문 세계를 대표하는 글이다.[65] 「지상선을 위하여」는 「제야」와 마찬가지로 〈인형의 가〉를 처음부터 끝까지 염두 두고 집필한 글이다. 이 글의 서두는, 〈인형의 가〉에서 노라가 남편의 곁을 떠나겠다고 선언하는 장면의 직접 인용으로부터 시작된다. 염상섭은 노라의 선언이 '수많은 여성을 위한 만장(萬丈)의 기염(氣焰)이며 전 인류에 대한 경고'라는 견해를 드러낸다. 이어서 염상섭은 '신장하는 영혼의 생명은 반역에 있고, 일체의 구(舊)에 대하여 반기를

---

64 필자의 글, 「염상섭 초기 산문 연구」, 『1920년대 한국문학의 형성과 전개』, 연세대 근대 한국학연구소 제37회 학술회의 발표자료집, 2013, 1~19면 참조.

65 「제야」와 「지상선을 위하여」의 관련성에 대해 특별히 주목한 기존의 연구로는 김경수의 앞의 글 및 공종구, 「염상섭 초기소설의 여성의식」, 『한국언어문학』 74, 2010, 391 ~415면 참조. 김경수는 "비록 개성에 관한 언급이 없는 것은 아니지만, 「지상선을 위하여」는 사실상 전통적인 완고한 가족주의를 비판하는 데에 더 중점이 주어져 있는 글"(227~228면)임을 지적한 바 있다.

올리고 '신(新)'을 향하여 매진'해야 함을 주장한다. 「지상선을 위하여」에서 반기를 들어야 할 과거를 상징하는 것은 금일의 가족제도이다. 그는 "기계화한 도덕의 청수(淸銹)로 장식한 전통 위에 형성한 바, 관념의 사생아, 전제수의의 잔해가, 곧 금일의 가족제도가 아닌가"[66]라고 질타한 후, 가족제도가 더 이상 시대의 흐름에 역행하는 것은 이제 불가능한 일이라고 단언한다. 염상섭은 계속해서 다음과 같은 말로 가족제도에 대해 비판한다.

> 실제로 금일의 소위 가정이라는 것이, 어떠한 형식과 실질로써, 성립되어 있는가를, 세밀히 규찰(窺察)하여보라. 가장권의 전제·횡포·남용·위압과, 이에 대한 노예적 굴종과, 도호적(塗糊的) 타협과, 위선적 의리와, 형식적 허례와, 뇌옥적(牢獄的) 감금과 질타, 매리(罵詈), 오인(嗚咽), 원차(怨嗟) 등 모든 죄악의 소굴이, 금일의 소위 가정이 아닌가. 거기에는 개성의 자유로운 발전도 기대할 수 없거니와, 인생의 가장 아름다운 인정의 따뜻한 유로(流露)도 볼 수 없다. 따라서 부절히 활약하고 성장하는 생명의 비침이 있을 리 없다. 음산하고 침정(沈靜)하며 살풍경한 묘지 속에, 오직 존재하였을 따름이요, 생활이라는 것을 모르는 생물이 준동함을 볼 뿐이다.[67]

전통적 가족제도의 문제점을 지적하고, 가부장적 권한의 남용을 비판한 것은 염상섭이 처음이 아니다. 하지만, 금일의 가정의 모습을 노예적

굴종과 도호적 타협, 위선적 의리, 감금, 질타, 매리, 오인, 원차 등 수많은 부정적 수식어를 동원해 '죄악의 소굴'로 단정한 경우는 흔하지 않다. 각본 〈인형의 가〉와 소설 「제야」, 그리고 산문 「지상선을 위하여」는 서로 간섭하는 텍스트이다. 〈인형의 가〉와 「제야」의 줄거리를 염두에 두고 「지상선을 위하여」를 읽을 때, 이 글의 진의를 가장 잘 파악할 수 있다. 「지상선을 위하여」는 염상섭의 산문 가운데 가장 큰 주목을 받았던 「개성과 예술」(『개벽』, 1922.4)에 담긴 주장을 지속적으로 발전시킨 글이다. 「개성과 예술」에서 주장하던 인간의 '자아 실현과 개성 표현'이라는 명제는 「지상선을 위하여」에서 더욱 구체화된다. 염상섭은 자아의 완성 혹은 자아의 실현을 저해하는 가장 큰 장벽을 부(父) 혹은 가장(家長)의 권위에 기대는 현 사회의 가족제도로 설정한다. 「지상선을 위하여」의 마지막 구절은 "노라와 같이 타협하지 마라. 이것이 지상선을 위한, 자아실현을 위한 제1잠언이다"[68]이다. 염상섭은 이렇게 〈인형의 가〉의 노라에게 타협하지 말 것을 권고함으로써, 그녀의 가출을 지지하는 자신의 입장을 숨기지 않고 드러낸다. 이는 이광수가 「노라야」를 통해, 노라에게 가정으로 복귀할 것을 촉구하던 것과도 분명히 구별되는 태도이다.[69] 그렇다면 그는 「제야」의 정인을 위해서는 무엇을 할 수 있

68　위의 글, 224면.

69　그런가 하면, 이광수의 언급에는 '개성의 해방'에 대한 오해를 지적하는 구절이 있다. 이를 통해 이광수와 염상섭이 차별화되는 지점이 어디인가를 구체적으로 확인할 수 있어 흥미롭다. "그런즉 노라야, 다시 네 남편에게로 돌아오너라, 그래서 새로운 意味에서 얌전하고 귀여운 안해가 되고 어미가 되어라 (…중략…) 노라의 소리에 불려나온 우리 누이들은 지금 甚히 思想이 惑亂한 모양이외다. 그네는 걸핏하면 男女의 差別을 닛고 男子와 同化함으로만 個性의 解放을 完成하는 것가티 誤解하야 그 天職인 家庭의

었을까? 작가 염상섭은 여주인공 정인의 최후의 선택인 죽음이라는 행위를 설명하는 일에 '진순(眞純)'과 '신성(神聖)'과 '지선(至善)'이라는 표현을 사용했다. 이 시기 염상섭이 매우 소중한 가치로 생각하던 단어들을, 정인이 죽음을 앞두고 자신을 변호하는 일에 쓸 수 있도록 배려혰던 것이다. '신성(神聖)'은 나혜석이 시 〈인형의 가〉에서 노라의 기출을 옹호하기 위해 선택했던 단어이기도 했다.

6. 마무리

염상섭의 여성인식 혹은 여성주의에 대한 태도가 산문과 소설에서 서로 차이가 난다는 지적은 옳지 않다. 그가 산문에서는 여성의 자아 각성과 실현, 그리고 개성을 구현할 수 있는 자유로운 삶에 대한 지향을 주장했지만 소설에서는 일관되게 가부장적이고 여성에 대한 혐오주의적 태도를 보였다는 해석은 잘못된 것이다.

「제야」의 직접적인 창작의 동인은 1921년 『매일신보』에 번역 연재된 각본 〈인형의 가〉에 있다. 연재본 〈인형의 가〉의 삽화를 나혜석이 그

治理와 夫와 子女에게 對한 愛의 生活을 버리고 工場과 會社와 選擧場에 돌아다니기로 目的을 삼는 것 가틈니다. 더욱이 方今 눈비비고 닐어나랴는 우리집 姉妹들이 이러한 그릇된 思想에 浸染하는 듯함을 볼 째에 甚히 焦悶함을 마지아니합니다"(이광수, 「노라야」, 양백화 역, 『노라』, 영창서관, 1922).

렸다는 사실도 중요하다. 〈인형의 가〉의 줄거리를 염두에 두고 나혜석이 그림을 그리고 시를 썼다면, 이를 바탕으로 염상섭은 한 편의 소설을 구상했던 것이다. 「제야」의 이야기 전개 구조는 〈인형의 가〉의 이야기 전개 구조와 상당 부분 일치한다. 〈인형의 가〉와 「제야」는 모두 비밀을 간직한 여주인공이 남편에게 용서받는 '기적'을 기대하는 이야기이다. 하지만 정작 그 용서가 선언되었을 때, 여주인공들은 남편의 용서를 수용하는 일을 거부하고 각자 자신의 길을 선택한다. 노라의 각성은 아버지도 남편도 자신을 사랑한 적이 없다는 사실을 깨달으면서 시작된다. 「제야」에서 정인의 불행의 가장 큰 원인은 아버지의 강압적인 권유와 독단적인 결혼 절차의 진행, 그로 인한 애정 없는 결혼에 있다. 물론, 〈인형의 가〉와 「제야」의 주제가 온전히 일치하는 것은 아니다. 〈인형의 가〉의 여주인공 노라의 가출과, 「제야」의 여주인공 정인의 자살에 대한 독자들의 공감 혹은 감정 이입의 정도 또한 적지 않게 차이가 나는 것도 사실이다. 두 작품의 여주인공이 모두 '부도덕한' 행위를 저지른 인물들이기는 하나, 그 부도덕한 행위에 대한 독자들의 이해 혹은 동의의 정도 또한 같을 수 없다.

염상섭의 초기 산문에 나타난 최대 관심사 가운데 하나가 여성문제였고, 「제야」는 이 문제에 대해 본격적으로 접근한 염상섭 최초의 소설이다. 초기 산문의 최대 관심사를 작품화했다는 점 하나만으로도 「제야」를 중요하게 다루어야 할 이유는 충분하다. 「제야」는 염상섭의 작품 가운데 가장 과소평가된 사례의 하나에 속한다. 「제야」가 과소평가된 이유는 이 작품을 이른바 타락한 신여성의 삶을 계도하기 위해 쓰여진 작품으로 이해하려 한 데 있다. 그러한 이해의 바탕에는 작품의 결말에 나오는 여주인공 정인의 죽음을 작가 염상섭의 징벌 혹은 훈계로 해석하려는 태도가 자리 잡고 있다. 이러한 편견은 「제야」가 지닌 무게와 거기에 담긴 작가 염상섭의 사고의 깊이를 바로 보지 못하게 한다. 그가 초기에 관심을 지녔던 자연주의적 문학관 역시 이 작품에 매우 깊게 반영되어 있다. 작품의 결말에서 정인이 자신의 죽음을 통해 최가의 피가 전해지는 일을 멈출 수 있다고 생각하는 것은, 작가 염상섭이 여주인공 정인의 고통스러운 삶의 요인을 근본적으로는 유전과 환경의 문제로 파악하고 있음을 보여준다.[70] 여동생 정의를 최가의 피에서 구하여 달라는 간청으로 마무리되는 마지막 문장에는 작가의 의도가 강하게 반영되어 있다. 『개벽』 연재본에는 없는 마지막 한 문장이 단행본에 새롭게 추가되어 있다는 점도 주목해 보아야 한다.

「제야」의 결말은 역설적으로 염상섭의 인간에 대한 애정과 삶의 다면성에 대한 깊이 있는 성찰을 보여주는 장면으로 해석되어야 한다. 염상섭은 야차 같은 삶을 살아온 인간에게도 보살의 마음이 숨겨져 있음을 작품의 결말에서 보여주고 싶어 했다. 정인이 야차 같은 혹은 그녀의 표현을 빌면 '지옥 같은' 삶을 살게 된 직접적 원인은 혼전 임신이라는 사건이다. 지옥 같은 삶에 대한 책임이 그녀에게 없는 것은 아니다. 하지만 「제야」에서 염상섭은 그보다 더 큰 책임, 더 근본적인 원인이 애정 없

---

70 다만, 정인의 삶에 대한 이해를 위해 자연주의적 시각을 도입한 것이 과연 효과적이었는가 하는 문제는 계속 과제로 남는다. 여성주의와 자연주의의 결합에 대한 비효율성의 문제가 제기될 수 있는 것이다. 이는 염상섭의 페미니즘의 의의 및 한계라는 별개의 논제로 계속 이어질 수 있을 것이다.

이 강요되는 혼인제도에 있다는 것을 반복해서 강조한다. 「제야」에서 염상섭은 여주인공 정인의 삶을 결코 일방적으로 비난하지 않았다. 염상섭은 이른바 사회적 통념을 앞세운 비난의 목소리를 전달할 때마다 정인에게 언제나 변명의 기회를 주었다. 「제야」는 정인이 죽음을 앞두고 남편에게 써 보내는 서간문의 형식을 취하고 있다. 염상섭이 「제야」에서 선택한 서간체 형식은, 작가와 등장인물 사이에 객관적 거리를 유지하면서도, 세상 사람들의 비난에 대해 여주인공 정인이 자신을 스스로 변호하는 데 가장 효과적인 서술 형식이었다.

염상섭은 이미 그의 실질적 처녀작이었던 단편소설 「암야」에서부터, 사랑하지도 않는 약혼자의 사진을 주머니에 넣고 다니는 주인공의 심리적 방황을 문제 삼았던 적이 있다. 「제야」에서 극대화되어 나타나는 주인공의 심리적 갈등은 「암야」에서 이미 예비된 것이기도 했다. 「암야」에서 촉발된 혼인 제도에 대한 심리적 갈등과, 「표본실의 청개고리」에서 시도된 인간의 행태에 대한 자연주의적 이해가 있었기에 「제야」라는 작품은 탄생할 수 있었다. 염상섭의 문학세계에서 「제야」가 차지하는 위상은 단순히 「만세전」으로 가기 위한 과도기적 소설이라는 것만으로는 충분하지 않다. 그보다는 초기 산문의 최대 관심사를 작품화하고, 초기 삼부작에 투영된 인생관을 집약해 표현한 작품으로서의 독자적 가치를 주목할 필요가 있는 것이다.

염상섭 초기 산문 연구

| 김영민 |

1. 머리말

염상섭의 초기 산문들에 대한 연구는 그 중요성에 비해 상대적으로 소홀히 다루어진 편이다. 최근 염상섭의 50주기를 기념하는 학술회의 등을 통해 그의 생애와 문학에 대한 새로운 조명이 이루어졌고, 적지 않은 학문적 성과가 있었다. 하지만 여기에서도 염상섭의 산문에 대한 새로운 접근은 별반 시도된 바 없다.[1]

---

1   최근에 개최된 염상섭 관련 학술회의로는 성균관대학교 동아시아학술원과 경향신문사가 공동 주최한 「사상의 형상, 병문(屛門)의 작가 새로운 염상섭을 찾아서」(2013.1.17

근대 초기에 활동을 시작한 문학가 가운데 염상섭만큼 깊이 있는 현실인식을 바탕으로 시종일관 흔들림이 없는 문학관 내지 예술관을 펼쳐 보인 경우도 드물다. 이는 동시기의 문학가 이광수가 유미론과 효용론 사이를 배회하다 결국은 효용론으로 방향을 잡게 되는 과정과도 대비가 된다.[2] 염상섭의 초기 산문에 대한 정리는 한국 근대문학의 이론적 · 사상적 토대를 점검하는 일이기도 하다. 염상섭의 초기 문장에 대한 이해는 그의 초기 소설들을 이해하는 데도 필수적이다. 염상섭만큼 자신의 문학관을 작품 창작에 굴곡 없이 반영한 작가도 흔하지 않기 때문이다.[3]

~18)와 한국작가회의 · 국제어문학회 · 경향신문사가 공동 주최한 「냉소와 소문의 경성, 그리고 염상섭」(2013.6.21) 등이 있다. 여기에서 발표된 총 22편의 논문 가운데 염상섭의 산문에 대한 본격적 연구는 박현수의 「비루와 엄정—염상섭의 소설론 연구」 1편뿐이다. 박현수의 논문은 1920년대 중반 이후 염상섭의 소설론을 다루고 있다. 그런 가운데, 최근에 한기형과 이혜령이 엮어 학계에 제공한 『염상섭 문장 전집』(소명출판, 2013 · 2014)의 출간은 염상섭 산문 연구에 매우 중요한 의미를 지닌다. 『염상섭 문장 전집』에는 그동안 학계에 잘 알려져 있지 않았던 염상섭의 다양한 '문장'들이 발굴 소개되어 있다.

2   이광수의 문학관의 변모 과정에 대한 논의는 김영민, 「1920년대 한국문학 비평 연구」, 『한국 근대 문학비평사 연구』, 세계, 1989, 181~193면 참조.

3   김종균은 염상섭의 문학 세계에서 평론이 소설과 함께 중요한 부분을 차지하며, 특히 사회비판적인 태도가 나타나는 초기 평론이 중요하다는 사실을 지적했다. 더불어 "그의 評論을 平面的으로 分類할 때, 우선 自己 人生과 社會에 철저하고자 苦惱한 모습과 時代意識이 그대로 나타남을 볼 수 있다. 더욱 그의 모든 글을 年代順에 따라 읽어 보면 그때그때의 問題意識이 무엇이었는지를 잘 알 수 있는 것이 특징이다"(김종균, 『염상섭 연구』, 고려대 출판부, 1974, 385면)라는 견해를 피력한다. 이보영은 염상섭의 산문(특히 문학평론)의 연구 필요성을 다음 두 가지로 설명한 바 있다. "첫째로 그의 초기 평론은 망국문학자의 식민지적 위기의식과 정신적 고통의 산물로서 그의 중요한 소설을 준비해 주면서 그 시대의 비판적 증언이 될 수 있는 가치를 충분히 지니고 있고, 다음으로는 한국에서는 처음 있는 일인 그 평론의 자기 변호적 성격 때문이다"(이보영, 「역사적 위기와 비평적 대응(1)—염상섭의 문학평론」, 『염상섭 문학론』, 금문서적, 2003, 324면).

염상섭이 쓴 문장들을 그 성격에 따라 시기별로 나누어 정리해보면 1918년부터 1924년까지를 첫 단계로 삼을 수 있다. 1925년 이후로 가면 염상섭은 「계급문학시비론—작가로서는 무의미한 말」(『개벽』, 1925.2) 등의 글을 발표하면서 프로문학 진영과 논쟁을 벌이게 된다. 프로문학 진영과의 논쟁 및 1926년의 2차 도일(渡日) 등의 경험은 그의 산문의 성격 변화에 영향을 미치는 중요한 요인으로 작용한다.[4]

염상섭의 초기 산문에 관한 주목할 만한 기존의 연구 성과로는 우선 김경수의 「1차 유학시기 염상섭 문학 연구」를 꼽을 수 있다. 이 연구는 1918년 이후 그가 귀국하게 되는 1920년까지 발표한 초기 평문 등을 분석한 것이다. 여기서는 1차 유학시기 염상섭의 정신적 추이를 고찰하고, 염상섭이 사회적 · 정치적 비평에서 출발하여 문학 비평과 창작의 길로 들어섰다는 사실들에 대해 밝히고, 일본어 자료 등을 새롭게 발굴해 소개했다.[5] 김경수의 또 다른 논문 「염상섭의 초기 소설과 개성론과 연애론—「암야」와 「제야」를 중심으로」에도 염상섭의 초기 산문에 관한 논의가 포함되어 있다. 여기에서는 염상섭의 개성론(個性論)이 '그의 소설 세계의 정립에 있어서는 물론이거니와 그것이 한국 소설사에서 차지하는 중요성이 크다'는 사실 대해서 논증한다.[6] 정호웅은 「염상섭 전기문학론

---

4   염상섭 소설의 경우도 1924년 무렵이 첫 번째 분기점이 된다는 견해가 있으므로 참고할 수 있다. 이와 관련한 논의는 유문선, 「3 · 1운동 전후의 현실과 문학적 대응」, 『새 민족 문학사 강좌』 2, 창비, 2009, 89~109면 참조.

5   김경수, 「1차 유학시기 염상섭 문학 연구」, 『어문연구』 38-2, 2010, 293~319면 참조.

6   김경수, 「염상섭의 초기 소설과 개성론과 연애론—「암야」와 「제야」를 중심으로」, 『어문학』 77, 2002, 223~243면 참조.

(前期文學論)」에서 염상섭의 개성론을 '반봉건의 근대지향성과 반제국주의의 정치의식의 복합·혼합물'로 정리한다. 이는 염상섭의 개성론의 핵심을 가장 명쾌하게 파악해 보여준 지적이라 할 수 있다.[7] 서영채의 「염상섭의 초기 문학의 성격에 대한 한 고찰」도 이 분야의 주목할 만한 연구 성과 가운데 하나이다. 서영채는 염상섭의 산문 「개성과 예술」을 화두로 삼아 이를 한국문학의 근대성에 관한 논의로 연결지으려고 시도한다.[8]

본 글에서는, 기존의 연구가 거둔 이러한 성과들을 바탕에 두고 논의를 진전시켜 나갈 것이다. 다만, 기존의 연구들이 염상섭의 초기 산문 전반에 대한 이해보다는 대부분 「개성과 예술」(『개벽』, 1922.4) 등 두 세 편의 대표적 산문들만을 중심으로 논지를 전개시켰다는 점은 문제로 인식하고 보완해 나갈 예정이다. 김경수의 「1차 유학시기 염상섭 문학 연구」의 경우는 다양한 자료들을 바탕으로 염상섭의 초기 산문에 관한 종합적인 정리를 시도했고, 충분한 학술적 성과를 거두었다는 점을 확인할 수 있었다. 하지만, 이 경우에도 여기서 설정한 분석의 범위가 1차 유

---

7 정호웅, 「염상섭 전기문학론(前期文學論)」, 『한국문화』 6, 1985, 143~167면 참조.
8 서영채, 「염상섭의 초기 문학의 성격에 대한 한 고찰」, 『염상섭 문학의 재조명』, 새미, 1998, 37~50면 참조. 그 외에, 한기형의 「초기 염상섭의 아나키즘 수용과 탈식민적 태도 ─ 잡지 『삼광』에 실린 염상섭 자료에 대하여」의 경우는 소설 「박래묘(舶來猫)」에 초점이 기울어 있기는 하나 이 역시 염상섭의 초기 문학론과 관련된 중요한 선행 연구로 꼽을 수 있다. 여기서는 초기 염상섭 문학과 아나키즘의 관계를 주로 논의하고 있다. 한기형, 「초기 염상섭의 아나키즘 수용과 탈식민적 태도 ─ 잡지 『삼광』에 실린 염상섭 자료에 대하여」, 『한민족어문학』 43, 2003, 73~105면 참조. 이보영은 「역사적 위기와 비평적 대응(1) ─ 염상섭의 문학평론」에서 「개성과 예술」을 염상섭의 초기 평론으로서 뿐만 아니라 한국 근대 문학평론사에서도 획기적인 의의를 지닌 글로 평가한 바 있다. 이보영, 앞의 글, 323~355면 참조.

학시기 즉 1920년까지로 제한되어 있다는 점으로 인해 후속 연구의 필요성이 제기된다. 염상섭이 1차 유학 시절 관심을 갖고 고민하던 다양한 논제들이 체계를 갖추고 명확히 드러나게 되는 것은 그가 귀국을 한 이후부터이다. 그의 초기 사상과 문학관의 맹아가 보이기 시작하는 것은 1920년 이전 유학 시기의 산문들이지만, 그 실체가 온전히 드러나는 글들은 1920년 이후에 주로 쓰인 것이다. 이 점에서 보면, 염상섭의 초기 사상과 문학관을 이해하기 위해서는 유학 이전과 이후를 분리해 살피기보다는, 이들을 하나의 맥락으로 이어서 파악하는 것이 효과적이다. 본 글이 1918년부터 1924년 사이에 발표된 염상섭의 모든 산문 및 이와 연관된 2차 자료들을 분석 대상으로 삼은 것은 이러한 이유 때문이다. 본 글이 목표로 하는 것은 염상섭의 초기 산문을 관통하는 인생관과 문학관에 대한 종합적 이해이다. 이를 통해 염상섭의 사유 구조의 정수를 살펴보는 일과 더불어, 초기 산문에 대한 과거의 산발적 이해 방식이 지니던 한계를 극복할 수 있을 것으로 기대한다.

2. 염상섭의 등단 과정에 대한 새 접근

염상섭은 1918년 4월 이전에 「산문화(散文化)의 사회」를 발표한 것으로 추정된다. 염상섭의 글 「현상윤(玄相允) 씨에게 여(與)하여 '현시(現時)

조선청년과 가인불가인(可人不可人)을 표준'을 갱론(更論)함」(『기독청년』,
1918.4)에는 "이는 나의 졸문 「산문화(散文化)의 사회」를 보시고 혹 오해
하여 '불가인'이라는 씨의 선고를 받을까 염려하여 지금부터 변명함은
아니나……"[9]라는 구절이 있어, 그가 이 제목으로 이미 원고를 발표한
바 있음을 말해 준다. 1910년대 당시의 원고 수합 과정과 이후 인쇄에
소요되는 일자 등을 감안하면 「산문화의 사회」가 염상섭의 첫 글일 가
능성이 매우 높다. 그러나, 이 자료는 아직 발굴되지 않았으므로 단정해
말하기는 어렵고 일단은 논외로 할 수밖에 없다.

지금까지 확인된 염상섭의 첫 글은 「부인의 각성이 남자보다 긴급한
소이(所以)」(『여자계』, 1918.3)이다. 「부인의 각성이 남자보다 긴급한 소
이」는 글의 내용뿐만 아니라 발표 매체가 『여자계』라는 점에서도 관심
을 끈다. 『여자계』는 1910년대 중반부터 일본의 도쿄에서 발간된 잡지
로, 조선유학생학우회(朝鮮留學生學友會)의 기관지였던 『학지광』과 함께
근대 초기의 유학생 잡지를 대표한다.[10] 『여자계』 창간호는 『학지광』
필진들의 도움으로 평양숭의여학교 동창회 잡지부의 구성원들이 발간
했다.[11] 제2호부터는 동경여자유학생친목회(東京女子留學生親睦會)가 중심

---

9 제월(霽月), 「현상윤(玄相允) 씨에게 여(與)하여 '현시(現時) 조선청년과 가인불가인
   (可人不可人)을 표준'을 갱론(更論)함」(『기독청년』, 1918.4), 한기형·이혜령 편, 『염
   상섭 문장 전집』 1, 소명출판, 2013, 33면.
10 근대 초기의 유학생 잡지의 발행 상황 전반에 대한 정리는 김영민, 「근대 유학생 잡지의
   문체와 한글체 소설의 정착 과정―『여자계』를 중심으로」, 『현대문학의 연구』 41,
   2010, 39~69면 참조.
11 『여자계』의 창간에는 특히 전영택의 도움이 컸던 것으로 알려져 있다. 『여자계』의 창간
   호는 두 개의 판본이 있었던 것으로 전해진다. 하나는 1915년 4월 초에 발간된 등사본
   이고, 다른 하나는 1917년 6월 말에 발간된 활판본이다. 그러나, 실물은 어느 쪽도 발굴

이 되어 발행했는데, 『여자계』 제2호의 기사 속에는 『학지광』을 "우리 오래비 잡지"[12]라고 칭하는 구절이 있어 두 잡지 사이의 관계를 짐작할 수 있게 한다. 『여자계』에 대한 『학지광』의 도움은 필자 섭외와 편집 및 재정적 지원에 이르기까지 광범위하게 이루어졌다. 1910년대 『학지광』의 필자와 초기 『여자계』의 필자가 겹치는 이유도 우선 여기에서 찾을 수 있다. 그런데, 염상섭의 경우는 1910년대 『학지광』과는 거의 교류가 없었다. 염상섭은 오랜 유학 생활에도 불구하고 1920년대 중반까지는 『학지광』에 전혀 원고를 게재한 바 없다. 염상섭이 『학지광』에 원고를 발표한 것은 그가 2차 도일을 한 해인 1926년이다. 염상섭은 『학지광』 제27호에 수필 「지는 꽃잎을 밟으며」를 게재한 바 있다. 참고로, 1926년은 『학지광』의 편집진이 전 시기와는 달리 사회주의 사상을 비교적 적극적으로 수용하기 시작한 때이기도 하다.[13] 염상섭이 1910년대 『학지광』과 교류하지 않았던 이유에 대해서는 『학지광』이 외형상 재일유학생을 대표하는 잡지였지만, 실제로는 도쿄를 중심으로 한 잡지였다는 점[14]을 가장 큰 요인으로 꼽을 수 있을 것이다. 염상섭이 1910년대 중반 이후 주로 머물렀던 삶의 근거지는 교토를 포함한 관서(關西)지역이었다. 염상섭은 "나는 철이 날 만한 때부터 근자(近者)까지 5, 6년간을

된 바 없다. 『여자계』의 서지에 대한 종합적 정리는 이혜진, 「『여자계』 연구―여성 필자의 근대적 글쓰기를 중심으로」, 연세대 석사논문, 2008, 11~23면 참조.

12 「신간소개(新刊紹介)」, 『여자계』, 1918.3, 74면.

13 『학지광』의 서지와 성격에 대한 정리는 이한결, 「『학지광』 연구」, 연세대 석사논문, 2013, 10~19면 참조.

14 정종현·미즈노 나오키[水野直樹], 「일본 제국대학의 조선유학생 연구(1)」, 『대동문화연구』 80, 2012, 448면 참조.

조선청년과 절연을 하고 촌리(村里)에서 혼자 무용(無用)한 번민으로 세월을 보내었을 뿐 아니라, 꿈을 꾸고 있었나이다"[15]라는 말로 도쿄와의 절연을 회고한 바 있다.

도쿄와 일정한 거리를 두고 지내던 염상섭에게 원고를 청탁하고 유학생 문단으로 불러낸 인물은 기존의 해석처럼 나혜석이었던 것으로 생각된다.[16] 기존의 연구에서는 염상섭과 나혜석의 교류가 시작된 시기를 염상섭이 게이오대학으로 진학한 1918년 봄 무렵으로 추정하고 있다.[17] 그러나, 두 사람 사이의 교류는 이보다 훨씬 더 빠른 시기에 이루어졌던 것으로 보인다. 우선 『여자계』 제2호의 원고 수합 일자로만 미루어 보아도 두 사람의 교류가 시작된 것은 염상섭의 게이오대학 진학보다 최소한 6개월 이상은 빠른 시기였다. 『여자계』 제2호의 편집 후기에 따르면, 잡지의 편집이 마무리된 것은 그가 아직 교토에서 중학교에 다니고 있던 시기인 1917년 가을이었다.[18] 염상섭과 나혜석이 만나게 된 계기에 대해서도, 기존의 연구에서는 나혜석의 약혼자 김우영과의

---

15 제월(霽月), 「상아탑 형께—「정사(丁巳)의 작(作)」과 「이상적 결혼」을 보고」(『삼광』, 1919.12), 『염상섭 문장 전집』 1, 54면.

16 이에 대해서는 "『女子界』 2호의 편집에 許英淑과 羅蕙錫이 관여했다는 사실을 감안하면, 廉想涉이 이 글을 쓰게 된 데에는 일정 부분 羅蕙錫과의 교분이 작용했을 것이라는 추정이 가능하다"(김경수, 앞의 글, 2010, 297면)는 견해 참조. 김경수는 염상섭의 공식적 글쓰기가 여성문제에 대한 발언에서부터 비롯되었다는 점에 주목하고, 그 이유의 하나가 나혜석과의 교분임을 지적했다.

17 "廉想涉이 東京 유학시절에 羅蕙錫과 교유했다는 것은 이미 알려진 사실이거니와, 그 시기는 대략 廉想涉이 게이오대학으로 진학한 1918년 봄 무렵으로 추정된다"(위의 글, 297면).

18 「제2호 발행에 제(際)하야」, 『여자계』, 1918.3, 76면 참조.

관련성을 지목한 바 있다.[19] 물론 그러한 가능성이 전혀 없는 것은 아니나, 그 개연성이 높아 보이지는 않는다. 자료들에 근거한다면, 염상섭과 나혜석의 교류는 김우영이 아니라 나혜석의 오빠 나경석[20]을 매개로 시작되었을 가능성이 더 크다. 교류가 시작된 때는 나혜석이 도쿄에 도착해 사립여자미술학교에 입학한 시기인 1913년 무렵으로 보인다. 그렇게 생각할 수 있는 이유 가운데 하나는, 사립여자미술학교 학적부에 기재된 나혜석의 주소가 당시 도쿄의 마포중학(麻布中學)에 다니던 염상섭의 주소와 일치하기 때문이다.[21] 두 사람의 학적부에 기재된 주소는 모두 神田區今川小路2丁目2番地로 동일하다.[22] 다만, 나혜석과 염상섭의 주소지가 겹치는 기간은 그리 길지 않다. 이듬해 염상섭은 도쿄의 성학원(聖學院)으로 전학을 하면서 주소지를 옮기기 때문이다.[23] 나혜석의 유

---

19 김윤식은 이에 대해 다음과 같은 견해를 제시한다. "그런데 나혜석과 염상섭은 경도에서 만났는지도 모를 일이다. 경도에 김우영이 있었던 만큼 나혜석은 자주 경도에 들리곤 했다. (…중략…) 나혜석이 회고하고 있음을 보면 김우영을 따라 그녀가 경도에 자주 드나들었음을 알 수 있다. 그녀는 만 5년간이나 동경 생활을 했던 만큼 육군중위의 아우 염상섭이 경도에 있다는 것을 몰랐을 이치가 없다"(김윤식, 『염상섭 연구』, 서울대 출판부, 1987, 49면). 김윤식은 염상섭 연보에서 나혜석과의 교류 시기를 1917년으로 표기한 바 있는데, 아마도 이러한 추정을 근거로 연보를 작성한 것으로 보인다.

20 나경석의 연보에 대한 자세한 정리는 나경석, 『공민문집(公民文集)』, 정우사, 1980, 260~263면 참조.

21 두 사람의 학적부 원본은 하타노 세츠코, 최주한 역, 『일본 유학생 작가 연구』, 소명출판, 2011, 589・616~617면 참조. 하타노 세츠코는 나혜석의 유학 시절 연표를 정리하면서 그의 주소가 염상섭의 학적부 주소와 동일하다는 사실을 각주로 제시했다.

22 참고로, 두 사람의 주소지가 같다는 사실이 의미하는 바에 대해 일본의 한국 근대문학 연구자 시라카와 유타카 교수는 이들이 2층 건물의 아래층과 위층에 거주했을 가능성이 있다는 의견을 필자에게 제시했다. 염상섭의 유학과 관련된 질문들에 의견을 보내준 시라카와 교수께 감사드린다.

23 염상섭이 새로 옮겨간 주소는 本鄕區元町一丁目一番地이다.

학이 나경석의 주선을 통해 이루어졌다는 점을 고려하면, 나경석이 자신의 여동생이 머물게 될 주소지에 이미 거주하고 있던 한국인 유학생 염상섭의 존재를 몰랐을 가능성이야말로 거의 없는 셈이다. 염상섭과 나경석과의 관계는, 나혜석과의 관계 못지않게 중요해 보인다. 염상섭과 나경석과의 관계는, 1920년대 중반 이후 염상섭의 사회주의 문학 운동 진영에 대한 태도를 이해하는 데도 중요한 참고가 될 수 있다. 나경석은 장전고등학교(藏前高等學校)[24]를 다녔으므로 그의 생활 근거지는 도쿄 지역이었다. 하지만, 나경석의 활동 무대는 도쿄에 한정되어 있지 않았다. 그는 1914년 7월 고등학교를 졸업한 후, 1915년 1월부터 9월까지 오사카 최초의 한인단체 「재판조선인친목회(在阪朝鮮人親睦會)」의 총간사를 맡아 활동한 바 있다. 「재판조선인친목회」는 노동자 구호를 목적으로 하는 단체로 1914년에 결성되었다. 나경석은 1915년 이후부터 이 모임의 총간사를 맡았지만 실제로는 창립시기부터 이 모임에 관여했다.[25] 일찍부터 오사카와 교토 등지를 비롯한 관서지방(關西地方)의 유학생들과 교류하며 노동자 구호 등 사회운동에 관여했던 것이다. 도쿄에서 활동하던 유학생들이 오사카 등 관서지방으로 활동 범위를 넓혀 사회운동을 하는 것은 당시로서는 보편적 현상 가운데 하나였다.[26] 1915

---

24 이는 도쿄공업대학(東京工業大學)의 전신이다.

25 「재판조선인친목회」의 발기인 겸 초대 총간사는 정태신(鄭泰信)이 맡았다, 그런데 도쿄에 유학 와 있던 정태신을 오사카로 보내며 그곳에 정착할 수 있도록 소개장을 써준 인물이 나경석이라는 회고가 있다. 이에 대해서는 나영균, 『일제시대, 우리 가족은』, 황소자리, 2004, 46~47면 참조.

26 나경석의 활동과 오사카 한인 단체 관련 논의는 정혜경, 「대판(大阪) 한인단체의 성격 (1914~1922)」, 『한일관계사 연구』 4, 1995, 65~98면 참조.

년 9월 교토로 옮겨간 염상섭이, 나경석과 직접 만나 함께 활동을 할 기회가 있었는지는 알 수 없다.[27] 하지만 오사카 지방의 노동자 구호 문제 등을 계기로 해서 두 사람 사이에 어떠한 형태로든 교류가 이어졌고, 그 교류는 두 사람이 각각 유학을 마치고 귀국한 이후까지도 지속되었던 것으로 보인다. 염상섭이 귀국 후 1920년 초부터 『동아일보』의 창간 기자로 근무하던 시기, 나경석은 이 신문의 객원 필진으로 「만주(滿洲) 가는 길에」(『동아일보』, 1920.6.23~7.3), 「노령견문기(露領見聞記)」(『동아일보』, 1920.7.9) 등의 글을 기고 연재한 바 있다. 염상섭과 나경석의 관계가 귀국 이후에도 비교적 긴밀히 지속되었다는 사실을 유추할 수 있게 하는 또 다른 근거 가운데 하나는 염상섭이 『동명』에 쓴 글 「니가타현[新潟縣] 사건에 감(鑑)하여 이출노동자에 대한 응급책」(『동명』, 1922.9.3~10)이다. 이 글은 니가타현에서 발생한 조선인 노동자 학살 사건에 대해 정리

---

27 염상섭과 나경석과의 관계에 대해서는 한기형도 다음과 같은 관심을 표명한 바 있다. "1910년대 후반 나혜석과의 만남을 각별하게 기억했던 염상섭이지만 그보다 이른 시기인 1915년 19세의 나이로 京都府立第二中學을 다니던 그가 아나키스트 나경석을 오사카에서 만났는지는 불확실하다. 따라서 염상섭과 아나키즘의 만남이 과연 나경석을 매개로 한 것인지에 대해서는 새로운 자료의 출현을 기대할 수밖에 없다"(한기형, 앞의 글, 20면). 나경석은 식민지하 노동운동에 대해 관심을 가졌지만 사회주의와는 일정한 거리를 유지했다. 그는 1923년 무렵 민족운동 내부에서 사회주의 계열이 분화해 나갈 때 사회주의적 실천활동에 참여하지 않는다. 나경석은 당시 조선사회가 안고 있는 문제 해결의 단위로 '민족'을 고려했고, 민족주의 계열의 대표적 운동으로 평가되는 물산장려회 운동에 참여한다. 그는 전위조직을 중심으로 노동대중이 결합한 볼셰비키적 변혁 방법을 인정하지 않았다. 하지만 그는 물산장려회에 참여하면서도 '사회주의를 이해 내지는 용인하는' 경향성을 지니고 있었다. 나경석은 자본주의의 모순을 극복하는 방안의 하나로 사회주의에 대한 긍정적 태도를 보임으로써 민족주의 계열 내부의 다양한 경향성을 보이는 인물로 정리된다(이와 관련된 자세한 논의는 유시현, 「나경석의 '생산 증식'론과 물산장려운동」, 『역사문제 연구』 2, 1997, 293~322면 참조).

한 것인 바, 당시 이 사건을 조사하기 위해 니가타로 파견된 조선인 대표가 나경석이었다.[28]

염상섭은 1919년 3월 19일 일본 경찰에 체포될 당시 지니고 있었던 「독립선언서(獨立宣言書)」에서 스스로를 '재(在)오사카[大阪] 한국노동자 일동대표'라고 지칭했다. 이는 그가 당시 오사카를 중심으로 성행했던 한인 대상 노동운동에 관심을 표명하고 있었음을 보여준다.[29] 오사카 한국노동자 대표라는 자의식은 교토부립중학을 졸업하고 도쿄의 명문

<hr>

28 이 사건을 보도한 『동아일보』는 나경석이 단지 며칠 동안 파헤친 학살의 내용이 그동안 해당지역 경찰이 오랜 시간 조사한 것보다 많다는 점을 지적하고 있다. "羅景錫氏가 不過 幾日에 探査하야 得한 그 虐待의 事實을 該地方 警察官吏는 長久한 時日에도 能히 發見하지 모한 것이 아닌가"(「조선인 노동자 조사에 대하야 사회의 동정을 구함」, 『동아일보』, 1922.9.29). 그런가 하면 나경석은 1930년대 후반 만주에서 만주협화회의 위원으로 활동했다. 참고로, 1938년 1월 29일 자 『동아일보』의 '소식(消息)'란에는 "나경석씨(羅景錫氏) 만주협화회위원(滿洲協和會委員) 동광(東光) 학교문제(學校問題)로 입경(入京) 인사차본사내방(人事次本社來訪)"이라는 기사가 실려 있다. 이 시기 염상섭은 『만선일보(滿鮮日報)』의 편집국장이었다. 두 사람이 같은 시기 만주에 거주하며, 오족협화(五族協和)를 기치로 내세웠던 두 기구에 각각 관여했던 것이다. 염상섭은 진학문의 권유로 『만선일보』의 편집을 맡았던 것으로 알려져 있다.

29 독립선언의 준비와 체포 과정에 대해서는 염상섭, 「횡보문단회상기(橫步文壇回想記)」 (『사상계』, 1962.11~12), 『염상섭 전집』 12, 민음사, 1987, 226~227면 참조. 이와 관련해서는 다음의 서술을 참조할 수 있다. "염상섭은 「회상기」에서 '단독으로 거사할 준비에 동분서주하였었다'고 술회하고 있지만, 이 사건을 실행하기 전에 두 명의 유력한 인물을 만나 상의하여 사상적인・자금적인 협력을 얻었음을 상기할 필요가 있다. 한 명은 아나키즘적 경향을 지니고 있었던 황석우(黃錫禹)이고, 다른 한 명은 1919년 2월 24일 도쿄 히비야[日比谷]공원에서 「조선청년독립단민족대회소집촉진부취지서」를 인쇄하여 배포하려다가 체포되었다가 석방된 변희용(卞熙瑢)이었다. (…중략…) 그렇다면 오사카 독립선언은 표면적으로는 단독거사였지만 실제로는 점차 사회주의에 기울고 있었던 변희용을 비롯하여 아나키스트 황석우 간의 공동기획으로 봄이 타당할 것 같다"(이종호, 「염상섭의 자리, 프로문학 밖, 대항제국주의 안―두 개의 사회주의 혹은 '문학과 혁명'의 사선(斜線)」, 『사상의 형상, 병문의 작가 새로운 염상섭 문학을 찾아서』, 성균관대 동아시아학술원 인문한국연구소, 2013, 32면).

게이오대학 문과에 진학한 염상섭을 식민지 현실에서 멀어지지 않게 부여잡는 역할을 했다.

3. 초기 산문의 범주와 특질

1) 풍속 개량과 가치의 개조

염상섭의 첫 산문 「부인의 각성이 남자보다 긴급한 소이」는 『여자계』 편집진의 요청에 의해 작성된 글이다.[30] 「부인의 각성이 남자보다 긴급한 소이」에는 염상섭이 자신의 삶에서 지향하는 바가 무엇인가 하는 점이 명확히 드러나 있다. 그가 명시적으로 제안하는 삶의 목표는 '자유의 획득과 해방의 실현'이라는 구절로 요약된다. 주권에 대한 불평과 반항, 전제에 대한 민주, 계급에 대한 평등, 구속과 압박에 대한 해방 등 자유를 강구하는 근본적 정신의 일관됨이 곧 역사 속 인류의 정신 활동의 요체가 된다는 것이 염상섭의 주장인 것이다.[31] 염상섭이 '부인의 각성'에

---

30 『여자계』 제2호에 수록된 글은 모두 청탁에 의한 것이었다. 이에 대해서는 "본지(本誌) 의 편집상 관계로 본사에서 부탁드린이의게 한(限)하야 기고(寄稿)를 밧기로 합니다" (「투고(投稿)에 대하야」, 『여자계』, 1918.3, 77면)라는 내용 참조.

31 "인류의 간단(間斷)없는 노력은 필의(畢意) 인생의 무한한 향상과 생명의 진전 우(又) 는 행복의 증식을 도(圖)함에 불과하다 하나 나의 관찰하는 바로 논(論)하면 우리 —

대해 관심을 가지게 된 이유 또한 이러한 신념과 관련된다. 그는 오늘날의 구(舊) 가정은 자유와 평등을 몰각한 전제주의 아래 성립이 되었고, 가장(家長)과 처자의 관계가 마치 위인(偉人)이라는 악마와 무지몽매한 민중의 관계처럼 되어버렸다고 진단한다. 이에 부인이 각성하고 자식이 자각하여 우선 자유평등의 평주적(平主的) 가정을 건설한 후라야 민족적·세계적 해방을 얻을 수 있다는 것이다. 염상섭은 조선의 여성이 낡은 습관(習慣)을 벗어나야 할 것임을 역설한다. 이는 '선악을 불문하고 습관이 천성을 마비시키고 중독시키기' 때문이다. 염상섭은 부인의 각성이 시급한 이유를 구체적으로 제시하며, 이른바 신여자의 출현을 기대한다. 그리하여 이 글은 "우리가 전인적으로 생활하려는 요구가 심각할수록 그만치 해방에 대한 노력을 해야 할 것이요, 그 해방은 각성을 전제로 한다"[32]는 구절로 마무리 된다. 물론, 염상섭의 「부인의 각성이 남자보다 긴급한 소이」에는 이른바 남성 필자들이 바라본 새로운 여성상에 대한 상투적 관점의 표현이 전혀 없는 것은 아니다. '건실한 현모양처'에 대한 요구 및 '건실한 제2국민을 양성할 책임'에 대한 언급은 그러한 예가 될 수 있다.[33] 하지만 이러한 부분적 상투성에도 불구하고 염

생물의 일부인 인류의 노력은 생물의 본능적 요구되는 자유의 획득, 즉 모든 것에 대한 해방을 수행·실현하려 함에 있고, 향상·발전은 그 결과라 하고자 하나이다"(제월(霽月), 「부인의 각성이 남자보다 긴급한 소이(所以)」(『여자계』, 1918.3), 『염상섭 문장 전집』 1, 15면).

32 위의 책, 27면.
33 이는 염상섭의 경우뿐만 아니라, 『여자계』에 수록된 남성 필자들의 글에서 비교적 자주 발견할 수 있는 항목들이다. 이는 여성 필자들이 자아실현에 초점을 맞추어 새로운 여성관을 기술하고 있는 것과 구별된다.

상섭의 이 글은 부인의 자각과 구도덕의 철폐 및 새로운 가치관의 도입
이 곧 인류의 자유와 해방을 실현하는 길이 될 수 있다는 점을 지적했다
는 점에서 의미가 크다. 풍속의 개량과 가치관의 변화가 단순히 삶의 소
소한 행복을 추구하기 위한 수단이 아니라, 인류기 지향하는 궁극적 가
치인 해방의 실현으로 이어진다는 주장도 주목할 만하다.

「부인의 각성이 남자보다 긴급한 소이」와 동일한 맥락에서 쓰인 글로
는 「머리의 개조와 생활의 개조」(『여자시론』, 1920.1)를 들 수 있다. 『여자
계』의 발행지가 일본 도쿄였고 주요 독자층이 지식인 여성이었던 것에
반해, 이 글이 실린『여자시론』은 발행지가 경성이었고 주요 독자층 또
한 평범한 조선의 부인들이었다. 『여자시론』은 원고를 순한글로 작성하
는 것을 원칙으로 했다. 따라서 「머리의 개조와 생활의 개조」는 염상섭
의 산문으로서는 드물게 순한글로 쓰였다. 염상섭이 여기서 우선 제안
한 것은 조선 가정의 생활 습관을 개량해 부인의 여가 시간을 확보하는
일이다. 생활 습관의 개량 없이 부인들에게 교육을 제안하고 각성을 촉
구하며 가정 이외의 일에 눈을 뜨라고 말하는 것은 현실성이 없다는 것
이다. 「머리의 개조와 생활의 개조」는 「부인의 각성이 남자보다 긴급한
소이」에 비해 관념어의 사용을 줄이고 현실성을 강화시킨 글이다.[34] 염

34　예를 들면, 다음과 같은 구절을 통해 이를 확인할 수 있다. "자기 집에는 아무쪼록 군사
　람을 쓰지 않고 될 수 있는 대로 자기의 마누라, 며느리, 딸자식들 혹은 누이들을 종년부
　리듯이 부려서, 조금도 신지식을 얻으며 수양할 여유를 주지 않습니다. 이것이 첫째
　돈에 잇속이 있고, 또 여자가 깨어오면 이전같이 자기 수중에 넣고 마음대로 휘두를
　수가 없게 될까 봐서 그리함이요, 셋째에는 습관이 되어서, 여자도 으레히 이러한 경우
　가 있으려니 하며, 또 남자도 그것밖에는 여자의 할 바 직책이 없다고 생각하기 때문이
　외다. 이것을 시체 문자로 말하면 '자본가계급'이란 돈푼 가진 자의 흉악한 수단이오,

상섭이 이 글에서 주장하는 것은 조선 부인에게 무조건 각성을 요구할 것이 아니라 먼저 그들에게 각성이 가능한 사회적 여건을 제공해야 한다는 것이다. 이와 더불어, 사회적 장애를 물리치기 위한 노력에 부인들이 동참해야 한다는 사실 또한 강조한다. 부인의 각성이라는 문제를 개인적 노력의 문제로 한정짓지 않고 사회적 여건 조성의 문제로 확장시킨 것이 이 글의 핵심적 성과라 할 수 있다.

「여자 단발문제와 그에 관련하여─여자계(女子界)에 여(與)함」(『신생활』, 1922.8) 역시 풍속과 가치의 문제를 다룬 글이다. 염상섭은 이 글에서 자신이 왜 풍속 문제에 대해 관심을 표명하는가에 대한 견해를 밝힌다. 염상섭은 조선인들의 일상적 삶에 대해 시비를 가리는 일이, 조선총독부 정무총감의 경질과 같은 정치적 사건이나 마르크스의『자본론』혹은『공산당선언』에 대해 시비를 논하는 일 못지않게 중요하다는 사실을 언급한다. 사물의 가치 여하는 대상을 바라보고 판단하는 입장에 따라 달라질 수 있기 때문이다. 의원(議院)의 정담(政談)을 방청하거나 강연회에 들어가 앉아 선하품을 하는 것보다는, 때로는 동리 하인들의 이야기에 귀를 기울이는 일이 여러 가지 의미로 흥미 있고 소득이 있는 일이다. 왜냐하면 "우리는 그러한 데에서만 본연 그대로의 인생을 엿볼 수가 있고, 생활의 진상을 알 수가 있기 때문"[35]이다. 염상섭은 인생에 대한 이

또 구식 가정의 가장 포학한 '전제군주'의 특색이외다. / 하여간 여자의 거의 전수가, 모두 이 같은 처지에서 고행하고 있는 것은 사실이올시다. 하므로 순리로 말하면 여러분더러 깨이라고 하기 전에, 여러분이 깨일 만한 경우를 만들어드리고 나서, 재촉을 하여야 하겠습니다"(염상섭, 「머리의 개조와 생활의 개조─안방주인마님께」(『여자시론』, 1920.1), 『염상섭 문장 전집』 1, 66면).

해가 없이는 진정한 정치가가 될 수 없고, 사회에 대한 이해가 없이는 진정한 사회개량가가 될 수 없다고 주장한다. 염상섭으로서는 인생과 사회에 대해 언급하는 일, 풍속과 가치에 대해 관심을 갖는 일이 곧 정치에 대한 관심이고 사회 개량에 대한 관심이 된다. 「여자 단발문제와 그에 관련하여—여사계에 여함」에서 염상섭이 내리는 결론은 "모든 개조운동이나 인습타파운동이 개인의 외관을 변작(變作)하라고 명령치는 않았다"[36]는 점이다. 인습을 타파하고 가치를 개조하는 일의 핵심은 외관을 바꾸는 데 있지 않다. 인습의 타파와 새로운 가치에 대한 지향은 외관보다 내면이 중요하다. 부인문제와 남녀 동권(同權)의 문제, 사회개조와 인습타파, 사회주의와 공산주의 등 격변의 사상을 소화할 능력과 여유 없이 단지 그 명사(名辭)에만 심취하는 일이야 말로 인심을 부허(浮虛)하는 일이라는 것이다. 그가 동일한 시기에 발표한 글 「지상선(地上善)을 위하여」(『신생활』, 1922.7)에서 자아의 발견과 확립 및 이상의 실현을 새로운 삶의 지표로 설정했던 것도 결국은 모두 이러한 생각과 관련이 깊다.

2) 표현의 욕망과 논리의 초월

염상섭은 1910년대의 『학지광』 및 그 주요 필진들에 대해 거리감마

---

35 상섭(想涉), 「여자 단발문제와 그에 관련하여—여자계(女子界)에 여(與)함」(『신생활』, 1922.8), 위의 책, 228면.
36 위의 책, 241면.

저 느끼고 있었던 것으로 보인다. 『학지광』에 대한 언급 태도[37] 및 현상윤과의 논쟁, 이광수에 대한 비판 등이 모두 그 근거가 될 수 있다.『학지광』의 편집에 관여하던 인물은 현상윤, 최두선, 전영택, 이광수, 최승만, 서춘 등이었는데, 이들은 대부분 당시 지식인 사회에서 유행하던 사회진화론의 영향을 받아 실력양성론을 수용하는 입장에 서 있었다. 근대 초기 일본 유학생들에게는 사회진화론에 근거한 실력양성론이 피식민 국가의 지식인이 느끼는 무력감을 극복할 수 있는 사상적 토대가 될 수 있었다.『학지광』의 필자들과 편집진의 성향을 일반화 시켜 단정 짓기는 어렵다. 이들이 실력양성론을 주장하면서도 한편으로는 2·8독립선언의 주도세력이기도 했다는 점으로 인해, '실력양성과 독립의 성취라는 문제는 당시의 최고 선각자들인 유학생들이 동시에 이루어야 하는 공동과제였다'는 지적이 나오기도 한다.[38] 이 시기 도쿄 유학생들 사이에 유행한 실력양성론의 핵심은 약육강식(弱肉强食)과 우승열패(優勝劣敗)를 20세기 사회의 철칙으로 이해하고 강력주의(强力主義)를 제창하는 것이었다. 이는 일제에 대한 저항보다는 실력양성을 통한 경쟁이라는 이른바 개량적 방법을 통해 독립을 도모하자는 것이었고, 자본주의적인 문명의 건설을 의미하는 것이기도 했다.[39] 그런데, 염상섭이 원래부터

---

37 염상섭은 월평에서 다른 잡지를 살필 때와는 달리,『학지광』에 수록된 작품들에 대해서는 지극히 간략한 언급만을 하고 지나친다.『학지광』에 대한 이러한 태도는 다소 의식적이었던 것으로 보인다.

38 정혜경, 앞의 글, 88면 참조.

39 실력양성론은 당시 국내외 한국인들의 전체적인 사상계의 구도 속에서 본다면 부르주아민족주의 우파의 입장에 해당하는 것으로, 1920년대 초에 그 논리적 완결성을 보이게 되는 문화운동론의 초기 형태가 된다. 박찬승,『한국 근대 정치사상사 연구』, 역사

『학지광』에 대해 무관심했던 것은 아니다. 이는 그가 1919년 봄 무렵에 『학지광』에 원고를 투고했지만 반려된 사실이 있다는 회고를 보면 알 수 있다.[40] 염상섭은 자의에 의한 것이건 혹은 타의에 의한 것이건 간에 1910년내 『학지광』의 주도 세력과는 일정한 거리를 두고 문필 활동을 했다. 이는 결과적으로 그가 이 시기 부르주아 민족주의 우파 그룹과 어느 정도 거리를 두고 문필 활동을 했다는 사실로도 해석될 수 있다.

염상섭이 『학지광』의 대표 필자인 현상윤을 비롯해 이후 김동인 등과도 빈번히 논쟁에 휘말렸다는 사실은 그의 초기 산문의 특질을 이해하는데 매우 중요하다. 수사(修辭)가 거세된 소박한 표현, 우회보다는 직설적 표현을 선호했던 그에게 논쟁은 피해갈 수 없는 결과물이었다. 염상섭이 「현상윤(玄相允) 씨에게 여(與)하여 '현시(現時) 조선청년과 가인불가인(可人不可人)을 표준'을 갱론(更論)함」(『기독청년』, 1918.4)을 써서 현상윤과 논전을 벌인 이유도 이와 직접 관련이 있다. 염상섭으로서는 현상윤이 제시한 '좋은 사람[可人]'과 '좋지 못한 사람[不可人]' 또는 '선악'의 표준을 세우는 논리를 결코 그냥 보고 지나칠 수가 없었다. 염상섭이 이 글을 시작하면서 한 말 즉, "나의 경솔함을 자시(自示)함일 듯하여 실로 주저하는 바이나, 나의 열정은 묵묵히 간과하도록 냉담치 못하기에 드디어 펜을 든 것이다. 이것이 결코 태변가(馱辯家)의 논리를 위한 논리가 아니며, 발표를 위한 발표가 아니요, 나 역(亦) 우리 조선을 사랑하고 우리 청년을 위하여 다소의 참고가 될까 하는 비망(非望)을 가진 까닭임은

비평사, 1992, 120~137면 참조.

40 염상섭, 「부득이하여」(『개벽』, 1921.10), 『염상섭 문장 전집』1, 174~175면 참조.

물론이다"[41]라는 진술은 췌언이나 허사가 아니다. 염상섭은, 사람의 인격을 '사회적 인격'과 '개인적 인격'으로 나누고 현상윤 스스로가 정한 표준에 의거 선인과 악인을 나누려는 시도에 동의하기 어려웠다. 이는 '합리적 의견이 아닐 뿐만 아니라 잘못하면 민중에게 해를 줄 수 있는 것'이라는 판단 때문이다. 염상섭은 모든 사인(私人)은 곧 공인(公人)이 아닌 자가 없으며, 따라서 개인의 도덕적 행위가 곧 사회적 도덕적 행위가 된다고 주장한다. 염상섭이 표준으로 삼는 '가인(可人)'은 특정한 논리적 기준을 충족시키는 사람이 아니라 '악착 모지게' '살려고 하는 사람'이다. 낙심하지 않고 '강하게 살려고' 부둥부둥 발버둥질 칠만한 '힘' 있는 사람이 제일 좋은 사람인 것이다. 개인주의도 국가주의도 세계주의도 크게 중요한 것이 아니다. 왜냐하면 이들은 모두가 '어떠한 목적의 일점(一點)에 집중'될 것이기 때문이다.

염상섭의 이 글에 대해 현상윤은 「제월(霽月) 씨의 비평을 독(讀)함」(『기독청년』, 1918.5)을 통해 반론을 편다. 「제월 씨의 비평을 독함」의 첫 구절은 "霽月氏와 나와는, 氏가 임의 宣言한 것과 갓치, 아직것 面識도 업고, 쏘한 서로 사이에 思想上의 理解도 업다"[42]는 점이다. 현상윤으로서는 일면식도 없는 교토 출신 유학생 염상섭의 갑작스러운 출현이 당황스러웠을 수도 있다. 현상윤의 대응은 염상섭의 '비평적 무지'와 '비평의 형식적 착오'에 대한 지적으로부터 시작된다. "第一, 氏는 批評의 形式

---

41 「현상윤(玄相允) 씨에게 여(與)하여 '현시(現時) 조선청년과 가인불가인(可人不可人)을 표준'을 갱론(更論)함」(『기독청년』, 1918.4), 위의 책, 28면.
42 현상윤(玄相允), 「제월(霽月) 씨의 비평을 독(讀)함」, 『기독청년』, 1918.5, 11면.

的錯誤를 가졋으니, 그 形式을 가지고는 氏가 내의 思想을 올케 理解할 수는 萬無하얏을 일인가 함이다."[43] 비평의 본질과 형식에 대해 전혀 알지 못하는 염상섭이 자신의 글을 옳게 이해하기는 어려웠을 것이라는 이러한 지적에서는 염상섭을 한 발치 아래로 내려다보려는 현상윤의 대응 대도가 읽힌다. 그러나 처음부터 염상섭의 관심은 본질이나 형식적 논리에 있는 것이 아니라, 현실에 있었다. 현상윤의 생각과는 달리, 상대적 기준이건 절대적 기준이건 현실에서는 선인과 악인을 가르는 기준은 존재하기 어렵다는 인식을 염상섭은 지니고 있었던 것이다. 염상섭은 현상윤의 반론에 대해 「비평, 애(愛), 증오(憎惡)」(『기독청년』, 1918.9)로 답을 하면서, "지식이란 것이 무엇이냐는 고상한 근본문제는, 나의 무학(無學)으론 말할 수 없으나, 하여간 사람에게 지식욕이 있고, 또 얻은 바 지식을 확실히 이해·조사코자 함은 본능이다"[44]라고 발언한다. 그에게 중요한 것은 지식의 본질이 아니라, 지식을 습득해 사용하는 일이다. 그는 비평의 본질보다는 비평의 역할에 대해 더 많은 관심을 기울이고 있었다. 그가 "비평의 의의에 관하여는, 지금의 나론 전문적 논평을 할 만한 책임을 질 수가 없고, 또 차(此) 문제를 논함에는 그리 필요치 않기로 다만 보통 쓰는 의미의 '비평'이란 뜻으로 한정하고"[45] 논의를 펼치는 이유도 이 때문이다. 염상섭은 이 글에서 비평의 목적을 세 가지로 제시한다. 첫째는 '지식의 확실성'을 얻으려 함이요, 둘째는 '대상의 가치

---

[43] 위의 글.

[44] 제월(霽月), 「비평(批評), 애(愛), 증오(憎惡)」(『기독청년』, 1918.9), 『염상섭 문장 전집』 1, 37면.

[45] 위의 글, 36면.

를 평정(評定)하려 함이고, 셋째는 '민중'을 '교양'하려는 것이다. 이러한 목적을 달성하기 위한 비평의 근본정신이 바로 '애(愛)'이다. 비평은 상대를 비난하는 경우에나 찬양하는 경우에나 '애'가 근본을 이룬다. 상대의 결점에 대한 지적 또한 그에게 향상의 계기를 만들어준다는 점에서 긍정적일 수 있다. 인류를 사랑하고, 자기를 사랑하는 열애자(熱愛者)만 능히 비평의 권리를 가질 수 있음은 비평의 제1요건이 바로 '애'이기 때문이다. 염상섭은 이 글의 부기(附記)에서, 현상윤에 대한 자신의 논박이 조금도 악의가 없었다고 자신한다. 염상섭으로서는 현상윤의 반박이 의외로 생각되었던 것이다. 염상섭은, 이는 자신의 표현 방법이 졸렬했거나 혹은 상대의 오해로 인한 것이라고 생각한다. 그는 자신이 '애'의 정신을 바탕으로 글을 쓰고 있다는 사실에 대해 한 점 부끄러움을 느끼지 않는다. 그가 현상윤에게 '사의'를 표하고 '관용'을 바랄 뿐만 아니라, 겸하여 상대에게 '반성'을 권하는 것은 그 자신이 스스로 당당하기 때문이다.

형식 논리에 얽매이기보다는 현실에 대한 성찰을 중요시했던 염상섭이 「독립선언서」를 쓴 것이나, 격문(檄文)을 써서 한국노동자들의 궐기를 촉구하게 되는 것은 지극히 자연스러운 귀결이 아닐 수 없다. 「조야의 제공에게 호소함(朝野の諸公に訴ふ)」(『デモクラシイ』, 1919.4)을 써서 조선청년의 심정을 호소한 것 또한 마찬가지이다.[46] 제1차 세계대전 이후의

---

46 이 글의 전문(全文)과 그 의미에 대해서는 김경수의 연구에 자세히 소개되어 있다. 김경수는, 현상윤으로부터 '사회에 향하야 의견을 세우고 주의를 선전'하는 지도자의 자격이 없다고 하는 충격적인 지적을 받은 염상섭이 「독립선언서」와 「조야의 제공에게 호소함」을 통해 상처받은 자존심을 어느 정도 상쇄했을 가능성이 있다고 보았다. 김경수,

이른바 세계개조 논의를 보면서 "그러나 '해방'을 전제로 하지 않는 개조, '해방'을 의미치 않는 개조, 부분적·비세계적 개조는 쓸데없다. 또 다른 새로운 화근을 잉태한 개조인 까닭이다. 나는 '해방'을 상상치 않고는 개소를 생각할 수 없다"[47]는 주장을 하게 된 것도 현실에 대한 성찰이 없이는 불가능한 일이다. 「노동운동의 경향과 노동운동의 진의」(『동아일보』, 1920.4.20~4.26) 및 「니가타현[新潟縣] 사건에 감(鑑)하여 이출노동자에 대한 응급책」(『동명』, 1922.9.3~10) 등에서 보여준 노동운동 및 노동자에 대한 관심 또한 같은 맥락에서 해석이 가능하다.

　염상섭의 초기 산문이 다소 거칠어 보인다거나, 상대적으로 논리적 치밀성이 결여된 것처럼 보인다는 기존의 평가 자체가 전혀 사실이 아니라고 말하기는 어렵다. 그러나, 이를 염상섭 문장이 지닌 결함으로 이해할 필요는 없다. 염상섭의 글쓰기는 지식이나 논리의 과시가 아니라 현실 표현의 욕망에서 시작된 것이었기 때문이다. 그는 현실에 대한 자신의 생각을 그대로 전하는 것이 가장 효율적인 글쓰기라고 생각했다. 그에게 표현의 욕망이 귀결되는 지점은 언제나 현실이었고, 현실의 문제를 제시하는 데 가장 중요했던 것은 형식과 논리가 아니라 진심의 전달이었다.

앞의 글, 307~310면 참조.
47　「이중해방(二重解放)」(『삼광』, 1920.4), 『염상섭 문장 전집』 1, 73면.

3) 사색(思索)과 사상(思想)의 득달(得達)

염상섭의 초기 산문 가운데는 그 성격이 문학평론에 속하는 글들이 적지 않다. 그런데 이 글들은 문학원론보다는 작품 평에 집중되어 있다. 이역시, 원론적 지식 표출보다 문단 현실에 대한 관심의 표명이라는 점에서 염상섭의 초기 문필활동의 특질을 보여주는 징표 가운데 하나가 된다.

염상섭의 작품 비평은 「상아탑 형께―「정사(丁巳)의 작(作)」과 「이상적 결혼」을 보고」(『삼광』, 1919.12)에서부터 시작된다. 이 글에는 황석우의 시 「정사의 작」에 대한 염상섭의 호감이 잘 드러나 있다. 하지만, 이글에서 더 큰 관심을 끄는 것은 서두에 담겨 있는 이광수에 대한 비판이다. 이광수에 대한 비판이 상대의 실명을 밝히지 않은 우회적인 것이기는 하나, 「상아탑 형께―「정사의 작」과 「이상적 결혼」을 보고」에서 비판의 대상이 된 인물이 이광수라는 사실을 짐작하는 것은 그리 어렵지 않다.[48] 염상섭은 「월평(月評)―7월 문단」(『폐허』, 1921.1)을 쓰면서도 이광수가 『창조』에 발표한 「H군에게」를 '그리 취할 점이 없는 글' 속에 포함시킨다.[49] 염상섭은 당시 문단에서 이른바 '대천재, 대문호'로 꼽히는 문사 이광수에 대한 실망감을 드러내며, 조선의 문학이 지향해야 할 바가 무엇인가에 대해 다음과 같이 언급한다. "우리는 첫째, 문학이란 것은 능

---

[48] 제월(霽月), 「상아탑 형께―「정사(丁巳)의 작(作)」과 「이상적 결혼」을 보고」(『삼광』, 1919.12), 위의 책, 55면 참조. 이 글은 원래 염상섭이 『학지광』에 투고했던 글이나 반려되었고, 황석우가 원고를 찾아와 『삼광』에 다시 투고해 거기에 게재된 것이다. 염상섭, 「부득이하여」(『개벽』, 1921.10), 같은 책, 174~175면 참조.

[49] 염상섭, 「월평(月評)―7월 문단」(『폐허』, 1921.1), 위의 책, 162면 참조.

필(能筆)・달필(達筆)이거나, 미문(美文)을 쓰는 것이 아니라는 것을 깨달아야 하겠소이다. (…중략…) 문장이란 것은 문장 자신으로 제일의(第一義)일지 모르나, 문학이란 것으로 보면 제이의(第二義)라고 생각합니다. 자연이란 것은 사르치지 않고, 사회의 진성을 뚫지 않고, '사람'을 기르치지 않고, 인생과 및 인생의 기미(機微)에 부딪히지 않는, 즉 어떠한 제재를 가지고 종횡으로 묘사를 마음대로 하더라도, 우리의 생활과 아무 교섭이 없으면, 아무리 능란한 미문을 써놓았더라도, 결국은 미장(美裝)한 '현대여자'요, 청보(靑褓)에 개똥 싼 것이요, 빈탕이 아닐지요."[50] 여기서 염상섭이 특별히 강조한 것은 '우리의 생활과 교섭이 없는 문학은 빈껍데기에 불과하다'는 사실이다. 염상섭은 미문과 능필만으로 걸작이 될 수 없다는 사실을 반복해 강조한다. 그보다는, 무엇 때문에, 무엇을 독자에게 나누어 주려고 글을 쓰는가 하는 점이 중요하다는 것이다.

염상섭이 「백악(白岳) 씨의 「자연의 자각」을 보고서」(『현대』, 1920.2)를 써서 또 한 번의 논쟁을 시작하게 된 이유 또한 명확하다. 염상섭은 현상윤의 글을 읽었을 때와 마찬가지로, 백악 김환의 소설을 읽고는 '한 마디 아니 쓸 수 없는' 표현의 욕망을 느낀다. 그가 붓을 든 이유는 '적어도 우리의 신흥하는 문단계(文壇界)를 위해서 너무나 느껴짐이 많기 때문'이다. 염상섭은 이 작품을 요꼬하마의 인쇄공장에서 노동자로 일하며 채자(採字)를 하는 과정에서 만나게 된다. 따라서 그는 잡지의 독자들보다 먼저, 그리고 보통 때에 작품을 읽는 것보다 더욱 세밀하게 작품을 읽을

50　제월(霽月), 「상아탑 형께―「정사(丁巳)의 작(作)」과 「이상적 결혼」을 보고」, 위의 책, 55면.

수 있었다.[51] 「백악(白岳) 씨의 「자연의 자각」을 보고서」에 표현된 염상섭의 감정은 '슬픔과 통곡'이다.[52] 미문(美文)과 능필만으로는 작품이 될 수 없다는 견해를 표현했던 염상섭으로서는, 미문을 통해 자신을 광고하는 것으로 비추어진 「자연의 자각」을 그대로 두고 볼 수가 없었다. 「자연의 자각」이 타락의 심연으로 빠져드는 작품이라고 판단한 이상 그에 대한 조언 혹은 비난을 감행하지 않을 수 없었던 것이다. 이 글 또한 염상섭으로서는 그 스스로 제시한 비평의 제1요건인 애(愛)를 바탕으로 한 표현의 결과일 수 있다. 이 글을 통해 김환의 '반성'도 돕고, 또 우리 문단의 일반적 경향의 악화(惡化)도 바로 잡겠다는 의도 또한 그가 현상윤과 논전을 벌이던 의도와 크게 다르지 않다.

염상섭의 이러한 언급에 대해 김동인이 「제월 씨의 평자적(評者的) 가치」(『창조』, 1920.6)로 반박을 하고 나섬으로써, 염상섭과 김동인 두 사람은 한국 근대비평사 최초의 본격적인 문학 이론 논쟁을 시작하게 된다. 염상섭이 「여(余)의 평자적 가치를 논함에 답함」(『동아일보』, 1920.5.31~6.2)으로 답을 하고, 김동인이 「제월 씨에게 대답함」(『동아일보』, 1920.6.12), 「비평에 대하여」(『창조』, 1921.5) 등으로 다시 반론을 펴자 염상섭은 「김 군께 한 말」(『동아일보』, 1920.6.14), 「월평(月評)—7월 문단」(『폐허』, 1921.1), 「부득이하여」(『개벽』, 1921.10) 등의 글로 논지를 이어간다.[53] 김동인과

51　염상섭, 「부득이하여」, 위의 책, 176면 참조.
52　제월(霽月), 「백악(白岳) 씨의 「자연의 자각」을 보고서」(『현대』, 1920.2), 위의 책, 68면 참조.
53　이 논쟁의 구체적 전개 과정에 대해서는 여기서 길게 다루지 않는다. 논쟁 과정에 대한 자세한 정리는 김영민, 『한국 근대문학 비평사』, 소명출판, 1999, 13~38면 참조.

의 논쟁은 염상섭에게 비평의 역할과 범주에 대해 자신의 생각을 정리해 발표하는 기회가 된다. 이 논쟁 과정에서 염상섭은 이른바 '판사론'을 주장하고, 그에 반해 김동인은 '변사론'을 주장한다. 판사론이란 작품 외적 요소들에 대한 고려를 통한 작품에 내한 가치 판단을 시도하는 '판단자'로서의 비평가론이다. 변사론이란 작품 자체에 대한 해설만을 담당하는 '해설자'로서의 비평가론이다.[54] 염상섭은 문예비평가를 활동사진 변사에 비유한 것은 마치 예술가를 은방(銀房)의 직공이라 하는 것과 다름없다고 비판한다. 더불어 이 논쟁을 『폐허』와 『창조』의 대립으로 보는 시각 또한 명백한 오류라는 점을 지적한다.[55]

염상섭의 「월평—7월 문단」에는 그가 작가들에게 요구하는 점들이 비교적 상세히 드러나 있다. 이 글에서 염상섭은 작품에 대해 평가할 뿐만 아니라, 작가가 앞으로 유념해야 할 사항들에 대해서도 구체적으로 적고 있는 것이다. 그는 주요한의 시 「생(生)과 사(死)」에 대해 거론하면서 이 작품의 미덕을 '가장 평범한 말로써 인생의 대변자의 직능을 다한 것'에서 찾는다. 더불어 그에게 더 요구되는 것은 '사색'이다. 염상섭은 다음과 같은 말로 주요한에게 더 깊은 사색과 더 큰 사상에 이를 것을 요구한다. "다만 군이 더욱 사색하면, 더욱 더욱 깊고 큰 사상에 득달할 것을, 지금의 얕고 적은 사색으로 어떠한 단안(斷案)을 내림으로써 안가(安價)한 안정을 얻음에 만족치 말고, 더욱 깊은 회의에 들어감이 군을 위하여 취할 바이라 함이라."[56] 그는 김명순의 작품 「조로(朝露)의 화몽

---

54 위의 책, 36면 참조.
55 염상섭, 「월평(月評)—7월 문단」, 『염상섭 문장 전집』1, 168~169면 참조.

(花夢)」에 대해서도 '깊은 맛 없고, 아무 암시 없는 소품'이라는 비판에 이어 '이만한 붓이 있거든, 진정으로 사상(思想)의 화원을 깊고 크고 굳게 쌓을 것'을 주문한다. 염상섭이 이 글에서 결론적으로 작가들에게 요구하는 것은 '침묵과 정사(靜思)에 의한 깊은 사색'이다. 현하 우리의 청년 작가들에게 이를 실현하기 어려운 사정이 있을 것이나, 그 부득이한 사정을 물리쳐가며 한 걸음 한 걸음 앞으로 나아가야 한다는 것이다. 그러나, 염상섭은 사상에 득달하는 것만을 작품의 미덕으로 삼지는 않았다. 그는 고한승의 단편소설 「친구의 묘하(墓下)」에 대해서는 '자연의 묘사가 심히 부족하다'는 점을 지적하면서 '원래 자연의 묘사는 극히 중대한 바이며, 중대하니만치 지난한 바'라고 강조한다. 그밖에 '대화의 취사선택'이나 '인물 묘사에 대한 노력' 등도 중요하다. 소설이 너무 귀착점만 바라보고 돌진하는 폐(弊)를 삼가야 한다는 것이다.

그러나, 문학에서 사색과 사상을 강조하는 일은 문학의 계몽성(啓蒙性)을 강조하는 일과는 거리가 있다. 이광수의 작품 「거룩한 죽음」에 대한 염상섭의 작품 평은 이를 명확하게 보여준다.[57] 이광수의 작품에 대

---

56 위의 책, 162면.

57 "이광수 씨에게 대하여는 별로 아는 것이 적다. 『무정』이나 『개척자』로 문명(文名)을 얻었다는 말과, 『동아일보』에 『선도자』를 연재할 때에 "그건 강담이지 소설은 아니라"라고 자미없는 소리를 하는 것을 들었고, 또 씨의 유창한 문장을 보았을 뿐이다. 소위 예술적 천분이 얼마나 있는지 나는 모른다. 기회 있으면 상기한 장편을 보겠다는 생각은 지금도 가지고 있다. 그러나 이번에 본 「거룩한 죽음」은 나에게 호감을 주었다는 것보다는 실망에 가까운 느낌을 받게 한 것을 슬퍼한다. 일언(一言)으로 폐(蔽)하면 문예의 작품이라는 것보다는 종교서의 일절(一節)이라거나 전도문(傳道文) 같다. 읽으며 앉았으니까, 공일(空日)에 천도교당에 가서 앉아 있는 것 같았다"(염상섭, 「문단의 금년, 올해의 소설계」(『개벽』, 1923.12), 위의 책, 287면).

한 염상섭의 비판은, 『창조』 동인들이 이광수를 향해 던지던 '얼굴을 찌푸리고 계신 도학선생(道學先生)'[58]이라는 지적과 크게 다르지 않다. 염상섭은 작품 창작에서 사색과 사상의 중요성에 대해 인식했지만, 그것을 이광수와 같은 방식으로 펼쳐 보이는 것에 대해서는 적지 않은 반감을 지니고 있었다.[59] 「문인회 소직에 관하여」(『동아일보』, 1923.1.1) 역시 염상섭의 문학관이 잘 드러나 있는 글이다. 염상섭은 여기서 '예술이나 문학을 유희와 오락으로 생각하는 것이 근본적 오류'임을 지적한다. 그는 예술가 혹은 문인이 '세책가(賃冊家)'가 아니라는 사실을 강조하면서 다음과 같이 주장한다. "내적 생활의 백병전에 종군하는 투사인 것을 우리는 깨달아야 하겠다. 그리하여 그네들의 하는 일은 연소되는 생명과 영혼의 화염에 비치는 것 없고 가린 것 없는 그 불빛에 비치는 것을 그리는 것이다. 그들은 누구보다도 전적으로 살려고 노력하는 자요, 결코 경조부박한 인생의 유희자가 아니라는 점만으로도 모멸 받을 하등의 이유가 없다."[60] 이는 곧 인간의 내적 생활을 투철하게 탐구하고, 생명력 있게 활동하는 자가 예술가라는 주장이 된다.

---

58 동인(同人), 「남은 말」, 『창조』, 1919.2, 81면 참조.
59 이와 관련해서는 다음의 지적을 참고할 수 있다. "염상섭 또한 이광수와 마찬가지로 문학의 효용성을 강조하였는데, 그렇다면 그는 이광수 문학의 어떤 측면에 반발하였던 것인가? 그것은 창작방법인 것으로 판단된다. 이광수가 작품 전면에 작가가 직접 나서서 마치 독자에게 설교하듯 지식을 전달하는 그러한 창작방법을 가졌음에 반해, 염상섭은 현실과 인생의 구체적 모습을 독자 앞에 제시하려는 창작방법을 가졌던 것이다. 이른바 '現實暴露'라는 것이 그것이다"(정호웅, 앞의 글, 149~150면).
60 염상섭, 「문인회 조직에 관하여」(『동아일보』, 1923.1.1), 『염상섭 문장 전집』 1, 274면.

4) 사랑과 증오, 그리고 자기 해방의 길

염상섭의 초기 산문에는 자아에 대한 고민을 표현한 글들이 적지 않다. 이러한 글들에서는 자신에 대한 애(愛)와 증(憎)의 교차의 폭이 매우 크게 드러나고, 희망과 절망 사이의 기복 또한 매우 크다. 염상섭이 귀국 후 『동아일보』의 기자가 되어 기고한 첫 글 「자기학대에서 자기해방에─생활의 성찰」(『동아일보』, 1920.4.6~9)은 이러한 특질을 보여주는 대표적 산문 가운데 하나이다. 염상섭은 글의 서두에서 자기학대의 구체적 실상을 낱낱이 드러낸다. 자기 학대의 극치는 자살에까지 생각이 미치는 일이다. 염상섭에게는 두 개의 자아가 공존한다. 하나는 자신을 학대하는 자아이고, 다른 하나는 그것을 타자화시켜 바라보는 또 다른 자아이다. 또 다른 자아는 자신을 학대하는 자아를 바라보며 쾌감을 느낀다. 가학성(加虐性)과 피학성(被虐性)을 동시에 드러내는 자아의 분열 현상이 일어나는 것이다. 그러나 염상섭은 이것이 주관적으로 보면 '참을 수 없는 고통이고 비애(悲哀)이고 불안정'이며, 객관적으로 보면 용서할 수 없는 '자기위만(自己僞瞞), 자기조롱, 자기몰각(自己沒却), 자기포기'라는 점을 모르지 않는다. 이보다 더 한 자기학대는 없다는 사실을 스스로 인식하고 있는 것이다. 결국 염상섭은 "그러나 나는 오늘날까지, 이것의 인생의 일면을 탐구하는 유일의 수단이요, 특수한 일 개성의 발전이고 또 관조라고, 변명하여 왔습니다. 이것은 추부(醜婦)의 지분(脂粉) 이외에 아무것도 아니었나이다"[61]라는 고백을 하게 된다. 이러한 고백의 바탕을 이루는 것은 어리석은 자일수록 자학(自虐)과 자애(自愛)를 혼동한다는 사실에 대한 깨달음이다. 이러한 깨달음은 자기를 사랑하고, 자기에게 충실하는 일, 자신의 의지를 존중하는 일이야말로 자기해방의 출발점이며 생활개조의 제1조건 및 그 과정이 될 수 있다는 주장으로 이어지게 된다. 「자기학대에서 자기해방에—생활의 싱찰」은 외형적 구조로만 보면 당시에 유행하던 세몽직 논설과 닮아 있다. 지기학대의 삶에서 빠져나와 자기해방의 삶을 살아야 한다는 당위성을 강조하는 논설들과 닮아 있는 것이다. 하지만, 자기고백을 통해 자기해방의 길을 추구하는 염상섭의 산문들은 계몽적 논설들과는 거리가 멀다. 그렇게 말할 수 있는 가장 큰 이유는, 염상섭이 자기학대와 자기해방을 선과 악의 논리로 해석하지 않기 때문이다. 염상섭은 그동안 살아온 8,132일 동안의 삶을 결산하면서 자기학대 개전(改悛)의 최후 통첩을 보내고, 조론모개(朝論暮改)적 방황에서 벗어났음을 천명한다. 자기학대의 길에서 자기해방의 길로 스스로가 들어섰음을 알리는 것이다. 그러나, 염상섭은 자신이 그동안 긍정과 부정의 양로(兩路)를 방황하다가, 오늘날의 입각지에 도달한 것이 단지 선악(善惡)의 논리로만 평가할 수는 없는 일임을 강조한다. 지금까지 자신이 그렇게 흔들리며 살아온 데에는 그만한 이유가 있었기 때문이라는 사실을 간과할 수 없기 때문이다.

「저수하(樗樹下)에서」(『폐허』, 1921.1)는 「자기학대에서 자기해방에—생활의 성찰」과 내용과 구조가 서로 닮아 있는 글이다. 이 글에서는 자아에 대한 고민, 자살에 대한 유혹, 선과 악을 구별하려는 관념들 및 규

61　염상섭, 「자기학대에서 자기해방에—생활의 성찰」(『동아일보』, 1920.4.6~4.9), 위의 책, 77면.

정된 가치체계에 대한 저항, 그리고 다시 현실에 대한 희망의 끈을 놓지 않으려는 의지 등을 읽어낼 수 있다. 「저수하에서」는 『폐허』의 동인으로 활동하던 염상섭이 탈퇴의 충동을 벗어나 다시 잡지 발간에 함께 하게 된 심리적 방황의 과정이 담겨 있다. 글을 쓰는 일이 더러는 군중을 현혹하는 죄악과 같이 생각된다는 염상섭의 고백은 일종의 고해성사처럼 느껴진다.[62] 그 고백에 이르기까지 염상섭이 견뎌야 했을 시간들의 무게가 고스란히 전해져 오기도 한다. 염상섭은 『폐허』 동인들이 겪었던 갈등과 그에 대한 세간의 소문과 평가, 그리고 조소에 대해서 "이에 이르러 가장 중요한 문제는 '그러면 선악의 판단을 여하히 할까' 함이다"[63]라고 적는다. 사람들이 타인에 대해 칭송하거나 비난하는, 선과 악의 절대적 기준에 대한 의문을 다시 한 번 제기하고 있는 것이다. 아무런 글도 쓸 수 없는 심리적 상태에 이르게 된 고통, 허언조차 할 수 없는 상태에서 느끼는 고통은 죽음에 대한 상상으로 이어진다. 흥미로운 것은, 염상섭이 죽음을 논하는 과정에서 그 죽음을 자신의 예술관과 엮어 표현한 부분이 있다는 것이다. 죽음과 예술의 연관성에 대한 그의 서술은 정사(情死)의 미(美)를 거론하기도 하고, "원래 나의 생명은 확실히 우주의 일대 손실인 사치품이었다"[64]는 구절로 이어지면서 삶에 대한 어두

---

62 "근일 나의 기분을 가장 정직하게 토설하면 앵무의 입내는 물론이거니와 소위 사람의 특권이라는 허언도 하기 싫은 증(症)이 극도에 달하였다. 간혹 구설(口舌)로서 하는 것은 부득이 일일지 모르되 붓끝으로까지, 붓끝은 고사하고 활자로까지 무수한 노력과 시간과 금전을 낭비하여가며 빨간 거짓말을 박아서 점두(店頭)에 벌여놓고 득의만면하여 착각된 군중을 우(又) 일층 현혹케 함은 확실히 죄악인 것같이 생각된다"(상섭(想涉), 「저수하(樗樹下)에서」(『폐허』, 1921.1), 위의 책, 141면).

63 위의 책, 145면.

운 시각을 드러낸다. 그러나, 「저수하에서」의 마무리는 그리 비관적이지 않다. 그의 생각이 죽음에 대한 집착으로부터 삶에 대한 애착으로 전환되는 것이다. '사(死)의 애(愛)'를 이야기하던 중 교육 개조와 사회 개량을 주장하게 되는 것은 다소 의외라는 느낌을 준다. 그럼에도 불구하고, 염상섭이 원래 이 글에서 전하려던 메시지가 죽음에 관한 것이 아니라 삶에 관한 것이라는 점만은 분명해 보인다. 다만, 죽음의 길을 벗어나 삶의 길을 가야한다는 목소리를 독자에게 전달하는 일이 염상섭에게는 쉽지가 않다. 그것은 확신이 없어서라기보다, 자신의 목소리가 군중을 현혹하는 계몽의 목소리로 들릴까 염려되기 때문이다. 염상섭의 문체가 만연체로 길어지는 이유 또한 이와 관련이 있어 보인다. 염상섭의 사유는 곧바로 단문으로 구현되지 않는다. 그의 생각은 일정 시간 자신 안에서 머무는 과정을 거친 후 밖으로 나오게 된다. 이 과정이 염상섭 특유의 만연체를 만들어 내는 것이라 보아도 크게 틀리지 않을 것이다.

「『오뇌의 무도』를 위하여」(『오뇌의 무도』, 조선도서주식회사, 1921)에 담겨 있는 생각도 「저수하에서」의 경우와 크게 다르지 않다. 여기서도 염상섭은 "근대의 생(生)을 누리는 사람으로 번뇌·고환(苦患)의 춤을 추지 아니하는 이 그 누구냐. 쓴 눈물에 축인 붉은 입술을 복면 아래에 감추고, 아직도 오히려 무곡(舞曲)의 화해(和諧) 속에 자아를 위질(委質)하지 아니하면 아니 될 검은 운명의 손에 끌려가는 것이 근대인이 아니고 무엇이랴. 검고도 밝은 세계, 검고도 밝은 흉리(胸裏)는 이 근대인의 심정

---

64 위위 책, 153면.

이 아닌가"[65]라고 탄식한다. 하지만 이 글에서도 염상섭은 어두움을 이기고 밝음의 세계로 나아가야 한다는 점을 역설한다. "그러나 이것은 결코 인생을 희롱하며 자기를 자기(自欺)함이 아닌 것을 깨달으라. 대개 이는 삶을 위함이며, 생(生)을 광열적(狂熱的)으로 사랑함임으로써니라"[66]는 말로 생에 대한 사랑을 강조하고 있는 것이다.

「개성과 예술」(『개벽』, 1922.4)은 수년간에 걸친 방황 혹은 고뇌의 과정을 거쳐 염상섭이 도달한 경지가 어디인가를 가장 명확히 보여주는 글이다. 이는 「자기학대에서 자기해방에—생활의 성찰」에서 간단히 언급한 '개성의 발전과 관조'의 문제에 대한 심층적 탐구이기도 하고, 「자기학대에서 자기해방에—생활의 성찰」 및 「저수하에서」를 통해 결별을 천명하고 부정했지만 아직은 벗어나지 못했던 사상적·감정적 방황을 종결짓는 글이기도 하다. 염상섭은 「개성과 예술」에서 자아의 각성에서 유래하는 개성의 발견과 그 의의, 그리고 예술 창작에서 개성이 차지하는 지위와 의의에 대해 차례로 접근한다. 「개성과 예술」은 자아의 각성이 예술 창조로 이어지는 과정을 단계적·논리적으로 접근한 글이라는 점에서도 다른 글들의 구성 방식과는 구별되는 측면이 있다.

염상섭은 근대문명의 모든 정신적 수확물 중 가장 본질적이며 중대한 의의를 가진 것을 '자아의 각성' 및 그 '회복'이라 단언한다. 근대인의 특색과 가치가 여기에 있고, 오늘날의 모든 문화적 성과가 여기서 출발

65　염상섭, 「『오뇌의 무도』를 위하여」(『오뇌의 무도』, 조선도서주식회사, 1921), 위의 책, 170~171면.
66　위의 책, 171면.

했다고 해도 과언이 아니라는 것이다. 자아의 발견은 곧 인간성의 발견이며, 이는 결국 개성에 대한 발견이자 그에 대해 새로운 가치를 부여하는 일이다. 그렇다면 '개성'은 무엇인가? 이는 '개개인의 품부(稟賦)한 독이석(獨異的) 생명'을 말한다. 이리한 생각을 바탕으로 염상섭은 "개성의 표현은 생명의 유로이며, 개성이 없는 곳에 생명은 없다"[67]는 주장을 하게 된다. 그렇다면 또한 '생명'은 무엇인가? "나는 이것을, 무한히 발전할 수 있는 '정신생활'이라 하려 한다"[68]는 구절은 그 답이 된다. 위대한 개성의 표현만이 모든 이상과 가치의 본체인 진·선·미를 구현하는 일로 이어질 수 있으며, 영원한 생명을 지닌 예술을 가능하게 한다. 예술과 개성의 관계는 미(美)의 의미에 대한 정리를 통해 드러난다. "하므로 이를 요약하여 말하면, 예술미는, 작자의 개성, 다시 말하면, 작자의 독이적 생명을 통하여 투시한 창조적 직관의 세계요, 그것을 투영한 것이 예술적 표현이라 하겠다. 그러하므로 개성의 표현, 개성의 약동에 미적 가치가 있다 할 수 있고, 동시에 예술은 생명의 유로요, 생명의 활약이라고 할 수 있는 것이다."[69] 예술의 생명은 개성과 독창성에 있다. 예술은 모방을 배격하고 독창을 요구한다. 생명의 향상 발전의 경지가 넓고 끝이 없듯이, 예술의 세계도 넓고 끝이 없다. 예술의 세계가 무한하다는 것은 곧 개성의 발전과 발현에 제한이 없고 표현의 자유가 무한하다는 사실을 의미한다. 그리하여 염상섭은 예술 활동을 통해 "우리의 정신생

---

67   상섭(想涉), 「개성과 예술」(『개벽』, 1922.4), 위의 책, 194면.
68   위의 책, 195면.
69   위의 책, 198면.

활의 내용은, 더욱더욱 풍부하며 충실할 것이요, 영혼은 나날이 빛나질 것이다"[70]라는 말로 글을 맺는다. 각성된 자아가 예술을 만나 자유롭고 빛나는 영혼으로 거듭나는 과정이 여기에 담겨 있는 것이다.[71]

「지상선(地上善)을 위하여」(『신생활』, 1922.7)는 염상섭의 초기 산문을 대표한다. 염상섭의 글 한 편을 뽑아 그의 초기 산문의 특질을 살핀다면, 이 글이 거기에 가장 적합한 대상이 될 것이다. 이 글에는 염상섭이 그동안 관심을 가졌던 다양한 문제들에 대한 입장이 종합적으로 정리 제시되어 있다. 그의 첫 산문 「부인의 각성이 남자보다 긴급한 소이(所以)」에 제시된 새로운 가치관의 문제에서부터, 「개성과 예술」에서 제안한 자아의 실현과 개성의 표현이라는 문제까지 모두 언급되어 있는 것이다. 염상섭은 입센의 작품 〈인형의 가(家)〉의 사례를 통해 조선에서 여성의 삶의 문제에 대한 관심을 드러낸다. 그는 "오늘날 새로운 생활을 영위하려는 새 사람에게 대하여, 개체의 존재를 굳게 주장하고, 자아의 확립과 존엄을 고조(高調)함은, 신인(新人)의 생명인 동시에 신도덕의 기조(基調)요, 최상의 의의가 있는 것이다"[72]라는 말로 새로운 도덕과 새로운 가치의 필요성을 제안한다. 끊임없이 신장(伸張)하는 영혼, 탄력과 활기가 넘치는 영혼의 생명은 반역에 있다는 것이 염상섭의 생각이다. 〈인형의 가〉의 주

---

70 위의 책, 199면.
71 참고로, 하정일은 염상섭의 초기 삼부작이 「개성과 예술」의 문학관을 근거로 하고 있다는 사실을 지적하면서 이 글의 논지가 1910년대 양건식과 현상윤이 관심을 표명했던 자연주의문학론과 이어진다는 점을 강조한 바 있다. 하정일, 「보편주의의 극복과 '복수(複數)의 근대'」, 『염상섭 문학의 재인식』, 깊은샘, 1998, 47~77면 참조.
72 염상섭(廉尙燮), 「지상선(地上善)을 위하여」(『신생활』, 1922.7), 『염상섭 문장 전집』 1, 202면.

인공 노라는 반역을 통해 지상선을 성취한 인물이라 할 수 있다. 노라는 타협하지 않은 인물의 본보기이다. 타협은 위선(僞善)이며 자기를 기만하는 일이다. 새로운 삶을 지향하는 조선에서 타협하기 어려운 것 가운데 하나가 조선의 가족제노이나. 따라서 염상십은 '과거의 그릇된 권념의 소산인 금일의 가정에 대하여, 반역자가 될 수밖에는 없는 결론'에 도달하게 된다. 가족제도에 대한 반역은 '전제(專制)로부터 민주(民主)에, 계급적 차별로부터 평등에, 인습으로부터 해방에' 이르는 새로운 가치를 수긍하는 일이기도 하다. 가족제도의 문제에서부터 출발해 낡은 가치에 대한 반역과 새로운 가치의 수립을 제안하는 글 「지상선을 위하여」는, 자아의 확립과 개성의 발견과 발전이라는 명제를 확인하는 것으로 마무리된다. 인류 근대문명사의 가장 큰 수확은 자아의 발견이다. 그렇게 말할 수 있는 이유는, 근대가 이룩한 모든 문화적 성과가 자아의 발견에 토대를 둔 것이기 때문이다. 자아의 확립과 실현의 실질적 내용은 개성의 발전과 표현이라는 말과 서로 통한다. 개성이 자유롭게 발전되고 배양되며 살이 찌는 거기에서 자아는 확립되고 확충되며, 개성이 자유롭게 표현되는 거기에서 자아는 완성되고 실현된다. 그리하여 염상섭은 타협하지 않는 삶을 살 것을 거듭 제안한다. 타협하지 않는 것, 이것이 지상선을 위한 그리고 자아실현을 위한 가장 중요한 잠언이 되는 것이다. 「지상선을 위하여」에서는 『매일신보』에 번역 연재되었던 입센의 희곡 〈인형의 가〉(1921.1.25~4.3)[73]가 도처에서 활용된다. 염상섭이 이 글을 쓰게 된 표면

---

[73] 〈인형(人形)의 가(家)〉는 각본(脚本)이라는 양식 표기 아래 박계강(朴桂岡)과 양백화(梁白華) 합역(合譯)으로 『매일신보』에 연재되었다.

적 동기는 『매일신보』에 연재된 입센의 희곡 〈인형의 가〉를 읽었기 때문이라고 할 수 있다. 하지만 그 내면적 동기는 입센의 작품 때문이 아니라, 이 작품의 최종회에 덧붙여진 나혜석의 시 「인형의 가(家)」(1921.4.3)에 있다고 보는 것이 옳을 것이다. 나혜석이 『매일신보』에 〈인형의 가〉의 삽화(挿畵)를 그렸다는 사실 또한 무시할 수 없다.

염상섭의 초기 산문에서 자아에 대한 고민 혹은 삶에 대한 고뇌는 힘든 일이기는 하지만 결코 회피의 대상이 되지는 않는다. 그보다는 오히려 역설적으로, 기쁘게 받아들여야 하는 일이 되기도 하다. 인간만이 자아에 대해 고민하고, 삶에 대해 고뇌하기 때문이다. 염상섭은 자신의 첫 단편집 『견우화』(박문서관, 1924)의 머리글인 「자서(自序)」에서 '사람이 모순과 분열에서 고뇌하도록 만들어졌다는 것은 불행 중에도 다행한 일'이라는 견해를 피력한다. "모순당착(矛盾撞着)과 분열반발(分裂反撥)에서 끊임없이 고뇌하고 또 고뇌하며, 번민하고 또 번민한다. 뿌리가 빠지도록 고민하고 번뇌하는 거기에만 생명이 늘 새로워지고 생활의 모든 키가 교향적(交響的)으로 뛰노는 것"[74]이다. 모순 속에서 고민하는 가운데 생명은 성장하기 마련이다. 염상섭의 실질적인 첫 단편소설 「암야(闇夜)」에 담겨 있는 생각 역시 이러한 것이었다. 고뇌의 필요에 대한 염상섭의 논의는 「고뇌의 갑자(甲子)를 맞자」(『동아일보』, 1924.1.1)로 이어진

---

[74] 염상섭, 「자서(自序)」(『견우화』, 박문서관, 1924), 『염상섭 문장 전집』 1, 276면. 『염상섭 문장 전집』에는 단편집 『견우화』의 출간연도가 1923년으로 표기되어 있으나, 이 책의 실제 출간연도는 1924년이다. 『견우화』의 초판 판권지에는 이 책의 발행일이 대정(大正) 13년 즉 1924년 8월 25일로 명기되어 있다. 다만, 이 책의 서문에 해당하는 「자서」는 그보다 앞선 1923년 5월 30일에 쓴 것으로 기록되어 있다.

다. 여기서도 그는 "고뇌에서 발견된 행복이 아니면 그것은 진정한 행복이 아니라"[75]는 견해를 제시한다. 시대를 창조하고 자기를 창조하는 가운데 자아는 실현되고 완성된다. 자아의 실현과 확대는 곧 지상의 일절이라 할 수 있는 진(眞)과 선(善)과 미(美)의 획득으로 구체화되어 나타난다. 염상섭은 고뇌하는 과정을 거쳐 확장되고 완성된 자아가 얻을 수 있는 가치가 진선미(眞善美)라고 생각한다. 진선미가 인류 최고의 가치, 지상의 일절이 될 수 있는 이유는 그것이 바로 고뇌의 산물이기 때문이다. 조선 사람에게 사상(思想)이 없는 것은 바로 고뇌가 없기 때문이다. 고뇌가 없다는 것은 진정한 의미의 '생활'이 없는 것이나 다름이 없다. 그리하여 염상섭은 고뇌의 열탕에 우리의 영혼을 맑게 씻을 때만이 새로운한 해가 '빛'과 '기쁨'과 '다행'으로 다가올 것임을 역설하게 된다.

4. 마무리

염상섭이 초기 산문 전반에 걸쳐 드러낸 가장 큰 관심사는 여성문제였고, 그가 초기 산문을 통해 제안했던 궁극적인 삶의 목표는 자유의 획득과 해방의 실현이었다. 자아의 각성과 개성의 발견 및 실현이라는 명

---

75 염상섭, 「고뇌의 갑자(甲子)를 맞자」(『동아일보』, 1924.1.1), 위의 책, 298면.

제 또한 결국은 여성문제에 대한 관심에서 출발해 그 답을 찾아가는 과정에서 제안된 것들이었다. 염상섭이 다양한 산문들을 통해 조선 여성의 삶에 지속적으로 관심을 표명한 이유는 그가 설정한 자유와 해방이라는 삶의 목표와 관련이 깊다. 조선의 여성들이야말로 자유와 해방이 꼭 필요한 사람들이었기 때문이다. 열악한 노동환경과 노동자의 구차한 삶에 대한 관심 또한 이와 맥을 같이 한다. 염상섭은 조선에 산재한 여성문제 해결의 길이 단지 여성 자신의 각성에만 있는 것이 아니라, 각성이 가능한 사회적 여건의 조성에도 있다는 사실을 강조했다. 노동 문제에 대한 해결의 길 또한 마찬가지이다. 그런 점에서, 염상섭에게는 조선의 여성문제와 조선의 노동문제가 별개의 사안이 아니라 함께 묶일 수 있는 것이었다. 이 둘은 동일한 근원에서 출발하고 동일한 처방을 필요로 하는 사안들이었다. 여성 및 노동문제와 관련해서는 『여자계』를 통한 염상섭의 등단 과정에 나혜석의 역할이 있었고, 나혜석을 일본에 유학시킨 나경석이 노동문제에 대해 지속적으로 관심을 표명하던 인물이었다는 점도 시사하는 바가 크다. 염상섭이 초기 산문에서 여성문제에 크게 집착했다는 사실은, 그가 만년의 소설들에서 여성 및 가족 문제에 지대한 관심을 드러냈다는 사실과 연관지어 생각할 때 적지 않은 의미를 지닌다.[76]

---

[76] 한수영은 염상섭이 만년의 10여 년에 발표한 작품들 가운데 여성문제에 대한 관심을 표명한 작품이 압도적으로 많다는 사실을 확인하고 '왜 횡보가 이런 문제에 그토록 집착했는가'라는 의문과 함께 '무엇보다 주목할 만한 것은, 여성문제에 대한 횡보의 시각이 여성을 중심에 놓고 고민하는 쪽으로 기운다는 것'임을 지적한 바 있다. 이와 관련된 상세한 논의는 한수영, 「소설과 일상성—후기 단편소설」, 『염상섭 문학의 재인식』, 깊

염상섭은 그의 첫 산문에서부터 여성문제에 착안해 구도덕의 철폐와 새로운 가치관의 도입을 강력히 주장한다. 이때 풍속의 개량과 가치관의 변화가 단순히 개개인의 행복 추구를 위한 수단에 머무르는 것이 아니라, 인류가 궁극적으로 시향하는 가치인 해방의 실현으로 이이진다는 점을 강조했다는 짐은 주목힐 만하다. 그는 이이서 인생에 대한 이해가 없이는 진정한 정치가가 될 수 없고, 사회에 대한 이해가 없이는 진정한 사회개량가가 될 수 없다고 주장한다.[77]

염상섭의 초기 산문의 토대를 이루는 것은 현실에 대한 절실한 인식을 바탕으로 한 표현의 욕망이다. 그에게는 현실에 대한 인식과 거기서 오는 표현의 욕구가, 이론적 지식을 체계화시키는 형식 논리보다 더 중요했다. 현학적 지식 혹은 논리의 과시가 아니라, 현실에 대한 표현 욕구가 그로 하여금 문장을 쓰도록 만들었던 것이다. 하지만, 수사(修辭)가 생략된 소박함과 우회보다는 직설적 표현을 선호했던 그에게 논쟁은 피해갈 수 없는 결과물로 다가왔다. 염상섭은 현실을 간과한 논리의 전개에 쉽게 동의할 수 없었고, 자신의 존재를 과시하는 글쓰기에 대해서는 크게 혐오했다. 현상윤과의 논쟁이 전자의 사례에 해당한다면, 김환 및 김동인과의 논쟁은 후자의 사례에 해당한다.

염상섭은 초기 문학평론을 통해서도 문학 원론에 대한 관심보다는 현실 문단에 대한 관심을 드러냈다. 염상섭이 문단의 현실을 분석하면서

은샘, 1998, 155~184면 참조.

77 염상섭의 초기 산문에 나타난 여성문제에 대한 태도는 「제야」, 「너희들은 무엇을 얻었느냐」 등 여성문제와 관련된 소설과 연관 지어 설명할 때 그 특질이 더 분명히 드러날 수 있다. 이에 대해서는 별개의 논문으로 이어서 다룰 예정이다.

주장한 것은 생활과 교섭이 없는 문학은 빈껍데기에 불과하다는 것이었다. 그가 이광수의 문학에 대해 지속적으로 비판적 태도를 보인 근본적 이유가 여기에 있다. 염상섭이 비평을 통해 작가들에게 요구한 것은 깊은 사색(思索)의 과정을 거쳐 큰 사상(思想)에 도달하는 것이었다. 그는 사색을 통해 사상을 얻는 것이 문학가에게 필요하다는 사실을 강조했고, 인간의 내적 생활을 투철하게 탐구하고 생명력 있게 표현하는 자가 진정한 예술가라 생각했다.

염상섭은 번민을 무용(無用)의 것이라 표현했지만, 염상섭으로 하여금 글을 쓰게 만든 가장 큰 동력은 끝없이 반복되던 번민이었다. 오사카 거주 한인은 이주 초기부터 노동을 목적으로 도일했고, 그들의 삶은 일본 내 최하층의 상황에 놓여 있었다.[78] 그들의 열악한 삶에 둘러싸여 학업을 지속한 지식인 유학생 염상섭에게 번민(煩悶)은 일상과도 같은 것이었다. 번민과 고뇌야말로 염상섭의 초기 산문에서 가장 빈번히 등장하는 핵심적 개념어라 할 수 있다. 염상섭이 작가가 될 수 있었던 것은 그가 번민으로부터 도피하지 않았기 때문이다. 염상섭의 초기 산문에서 읽을 수 있는 자아에 대한 고민 혹은 삶에 대한 고뇌는 견디기 힘든 일이기는 하지만 결코 회피의 대상이 되지는 않는다. 그보다는 오히려 적극적으로 대면하고, 경우에 따라서는 역설적으로, 기쁘게 받아들여야 하는 일이 되기도 한다. 고뇌는 자살에 대한 유혹으로 이어지기도 하지만, 대개의 경우는 곧바로 새로운 삶의 동력으로 재생된다. 염상섭은 고뇌하는

---

[78] 정혜경, 앞의 글, 65면 참조.

과정을 거쳐 확장되고 완성된 자아가 얻을 수 있는 가치가 진선미(眞善美)라고 생각했다. 진선미가 인류 최고의 가치, 지상의 일절이 될 수 있는 이유는 그것이 바로 고뇌의 산물이기 때문이다. 그런 점에서, 염상섭이 추구하는 문학은 신선미를 함께 추구하는 예술 양식이기도 하다. 동시내의 문학가들이었던 이광수와 김동인이 진선미(眞善美), 특히 그 가운데서도 선(善)과 미(美)를 선택의 문제로 파악했던 것과 달리 염상섭은 이를 하나의 통합된 가치로 이해했다. 이는 선과 미의 갈등 속에서 이광수가 선(善)을 강조하고, 김동인이 미(美)를 선택하던 것과 구별된다.

염상섭의 초기 산문들 전체를 이어놓고 정독하다보면 크게 두 가지 사실을 발견할 수 있게 된다. 하나는 그가 끊임없이 갈등하고 있다는 점이고, 다른 하나는 그가 그러한 갈등에도 불구하고 결국은 자기 해방의 길을 향해 계속 나아가고 있다는 점이다. 염상섭은 결코 확신에 차 글을 쓴 작가가 아니다. 그는 자아에 대한 애증(愛憎)으로 고민하고, 자기학대와 자기해방의 길에서 방황하던 인물이다. 그는 자신의 최대 약점을 조론모개(朝論暮改)적 방황에 있다고 인식했고, 이를 벗어났을 때 비로소 자기해방의 길에 들어섰다고 생각했다. 이렇게 자기해방의 길로 들어섰을 때, 염상섭 산문의 한 단계가 마무리 된다. 하지만, 문필가로서 염상섭의 가치는 그가 자아에 대한 애증을 극복하고 자기해방의 길에 들어섰다는 점에 있지 않다. 그의 문장이 지닌 최대의 가치는, 자기해방의 길에 대한 선택 과정이 꼭 자랑스러운 것만 아니듯, 자기학대의 과거 또한 결코 수치스러운 일이 아니라고 인식한다는 점에 있다. 염상섭에게는 그가 선택한 결과 못지않게, 거기에 도달하는 과정에 대한 성찰이 중요했다. 이러한 인식 체계로 인해, 염상섭은 문학의 사회적 효용성을 적극적으로 받아들이면서도 단순히 결과만을 중시하는 계몽주의자가 되지 않을 수 있었던 것으로 판단된다.

혼혈/혼종과 주체의 문제

염상섭 「남충서」와 김사량 「빛 속으로」를 중심으로

| 최현식 |

1. 혼혈 / 혼종을 바라보는 시선과 태도의 양가성

'혼혈인'은 근대 국민국가의 성립과 함께 그 의미가 증폭된 대표적인 '영락물'이라 할만하다. '영락물'은 '초과적이며 거부되었지만 그럼에도 불구하고 그것을 내버린 신체에 도전으로 남아 있는 어떤 존재가 지닌 문화적으로 종종 터부시되는 조건'을 의미한다. "사이에 있는 것. 모호한 것. 합성된 것"이란 점에서 '가공의 기괴함'이라 부를 수 있는 영락물은 특정 사회나 문화의 경계와 위치, 규칙들을 위반함으로써 그 동일성과 체계, 질서를 불안하게 만드는 매우 실제적인 위협에 해당한다.[1]

이런 위협에 대한 가장 편리하고도 악랄한 주술은, 우리말 '튀기'가 환기하듯이, 순혈주의에 기초한 배제와 차별의 정치학, 다시 말해 인종적·민족적 편견과 멸시에 기대어 그들을 매우 위험천만하거나 그 가치가 미미한 존재로 끊임없이 재생산하고 각인하는 일이다. 얼마 전 '튀기'임을 강제(!) 고백하면서 '떳떳한 한국인'으로 살고 싶다며 눈물을 훔치던 한 여성 탤런트의 모습은 그런 푸닥거리의 힘이 얼마나 강고하며 뿌리깊은가를 예증하고도 남는다. 이 비극적인 코미디는 그녀가 경험하는 '굴욕'의 시작과 끝이 '국민 되기' 문제, 구체적으로 국민에서의 배제와 국민에의 편입이라는 문제와 직결되어 있음을 짐작케 한다.

'혼혈'의 문제는 따라서 식민주의 아래에서 가장 예각화될 수밖에 없다. 식민주의는 피식민 주체를 민족적, 종교적, 인종적 성분을 이유로 식민 주체와 구별(차별)한다. 동시에 식민지의 지속적이고 안정적인 경영을 위해 피식민 주체의 자국민 만들기에 전력하는 모순행위를 자기 동력으로 삼는다. '나'이면서 '나'가 아니고 '너'이면서 '너'가 아닌 '튀기'의 이중성과 양가성은 저런 편입과 배제의 정치학을 수행하는 데 알맞춤한 공모자가 되기도 하지만 그것을 곤란한 지경으로 빠트리는 방해자가 되기도 한다.

'혼혈인' 고유의 이런 유사성과 모방의 아이러니는, 호미 바바의 주장에서 보듯이, 식민 지배의 인종적 차별에 막대한 혼란과 장애를 초래하는 혼종적 저항의 훌륭한 거점 가운데 하나가 된다.[2] 그러나 그가 구사

---

1 '영락물'은 크리스테바의 개념이다. 보다 자세한 내용은, 레이 초우, 심광현 역, 「종족 영락의 비밀들」, 『흔적』 2, 문화과학사, 2001, 80~82면 참조.

하는 문화적 혼종성 개념은 궁극적으로 식민 주체와 피식민 주체의 상호모방과 혼성에 따른 식민화된 문화의 탈안정화 현상의 드러냄에 집중하며, 어느 지점에 가면 문화간 취향의 차이와 혼합에 대한 대담한 인정으로 귀착하는 듯한 인상마저 풍긴다. 따라서 '혼혈인'이 현실에서 경험하는 '영락'과 '굴욕'의 해명과 극복에 관한 적절한 틀과 방향을 일러주기에는 역부족이다. 왜냐하면 '혼혈인'들은 자신의 영락과 굴욕을 제국에 대한 적극적 저항보다는 그것의 일원이 됨으로써 극복하거나 해소하는 경우가 훨씬 우세하기 때문이다. 이런 경우, 혼혈, 즉 인종적 혼종성은 식민주의에는 더할 나위 없는 공모자로, 반식민 저항에는 심각한 장애로 기능하게 된다.[3]

이런 사정들을 고려할 때, '혼혈'에서 제기되는 '탈식민'의 문제는 인종적 혼종성이 강제하는 굴욕과 영락의 본질 및 그들이 그 저주받은 운명을 극복하거나 초월하기 위해 수행하는 주체의 기획을 밝히는 작업으로부터 논의의 실마리를 삼을 필요가 있다. 이때 그들 개인의 주체의 기획이 긍정이든 부정이든 '국민 되기' 기획과 강하게 연동되어 있음은 다시 강조되어 마땅하다.

---

2 바바의 탈식민주의 이론의 핵심어에 해당하는 '모방(mimicry)'의 개념 및 그것의 양가성에 대해서는, H. 바바, 나병철 역, 『문화의 위치』(소명출판, 2002)의 제4장 '모방과 인간'을 특히 참조.

3 혼혈(인종적 혼종성)의 현실적 처지나 지향을 적당히 괄호 친 채 제국주의와 식민지 사이의 문화적 혼성성을 탈식민의 유력한 경로로 설정하는 호미 바바의 한계를 논한 글로는, L. 간디, 이영욱 역, 『포스트식민주의란 무엇인가』, 현실문화연구, 2000, 제7장 '하나의 세계─포스트민족주의의 전망'; 이경원, 「탈식민주의의 계보와 정체성」, 고부응 편, 『탈식민주의─이론과 쟁점』, 문학과지성사, 2003; 박상기, 「탈식민주의의 양가성과 혼종성」, 고부응 편, 같은 책 참조.

이를 염두에 두면서, 이 글은 염상섭의 「남충서(南忠緒)」(『동광』, 1927.1 ~2)와 김사량의 「빛 속으로(光の中に)」(『文藝首都』, 1939.10)를 중심으로 '혼혈'이 제기하는 식민 / 탈식민의 문제를 살펴보고자 한다.[4] 두 작품은 조선인과 일본인의 '혼혈'에 대한 다각적인 비교와 대조를 가능하게 한다는 점에서 무엇보다 흥미롭다.

남성인 주인공들이 조선과 일본에 함께 존재하되 부르는 방식은 다른 성(姓) '南'[5]의 소유자라는 사실(그러나 남충서는 '혼혈'이지만 남선생은 순혈 조선인이다)과, 그 이중적 호명이 주체의 분열과 혼란은 물론이고 재통합의 기원이 된다는 점, '혼혈'을 둘러싼 가족과 민족의 갈등이 서사의 중핵을 이룬다는 점, 그리고 각각 조선어와 일본어로 창작되었으되 서사 내부는 이중언어 상황[6]이 벌어지고 있다는 점 등은 공통요소이다.

다른 점으로는, 전자의 경우, 식민지 조선의 경성(京城)이 배경이고 남충서의 아버지는 조선인이다. 이에 반해, 후자의 경우, 일본 도쿄가 배

---

4 텍스트로는, 「남충서」는 『동광』 연재본을, 「빛 속으로」는 원작은 아쿠타가와상[芥川龍之介賞] 후보 자격으로 재수록된 『文藝春秋』(1940.3)본을, 번역본은 오근영 역, 『빛 속으로』(소담출판사, 2001) 수록본을 취했다. 작품을 인용할 때에는 「남충서」는 상, 하편의 구별과 면수를, 「빛 속으로」는 원본과 번역본의 면수를 본문에 직접 표기한다.
5 일본어 발음으로는 '미나미'임. 또 다른 예로는 임(林, 하야시)과 류(柳, 야나기) 등이 있다.
6 이중언어 문제는 주체의 식민 / 탈식민과 관련해 매우 중요한 요소이다. 그러나 아직은 필자의 능력 밖에 있는 문제이므로 여기서는 그 중요성을 환기하는 정도로 그친다. 이중언어 상황과 '국민 되기' 기획의 연관에 대한 고찰로는, 酒井直樹, 「多民族国家における国民的主体の製作と小数者の統合」, 酒井直樹 外, 『總力戰下の知と制度』, 岩波書店, 2002. 김사량 소설의 이중언어 문제에 대해서는, 정백수, 『한국근대의 식민지 체험과 이중언어 문학』, 아세아출판사, 2000, 제2부 '식민지 후기의 언어상황과 김사량문학' 및 윤대석, 「'국민 문학'의 양가성」, 『트랜스토리아』 2, 2003 상반기 참조.

경이고 또 다른 주인공 혼혈아 야마다 하루오[山田春雄]의 아버지가 일본인(이지만 그 역시 어머니가 조선인인 '튀기'로 암시되어 있다)이다. 이 '피의 계보'가 특정한 '국민(민족) 되기'의 각축장을 형성할 것이라는 추측은 어렵지 않다.

두 작품의 이런 동일성과 이질성은 그것들이 생산된 시·공간과 연관지을 때 일본과 조선 사이에 벌어지는 식민/탈식민의 시대별 심급을 엿볼 수 있는 어렴풋한 창이 되기도 한다는 점에서도 그 의미가 자못 중요롭다.

2. 강요와 자발 사이의 '자아'와 '민족' —염상섭의 「남충서」

「남충서」는 횡보가 2차로 도일(渡日), 도쿄에 머물면서 창작한 중편 분량의 소설이다. 하지만 "이것은 장편의 성질을 가진 제재의 일점을 택하여 종단면으로 묘출함임을 주의 기픈 독자에게 특히 일언하여 둔다"(하, 82면)는 작자 후기에서 보듯이 장편을 염두에 두고 씌어졌다. 「남충서」는 작품의 서사공간은 비록 '경성'이지만, 장편을 궁극적 목표로 하여 도쿄에서 구상·창작되었다는 점만으로도 충분히 시사적이다. 서사의 주요 골격이 조선인 아버지와 일본인 어머니를 둔 남충서의 '민족' 선택을 둘러싼 갈등과 방황, 해소에 있다는 사실은 식민본국 일본의 심장부에서 조선(인)의 탈식민 문제에 대해 심사숙고하고 있었음을 반증한다. 최근 도쿄를 출발·종착점으로 하는 「만세전」의 여로형 서사를 "전도된 오리엔탈리즘 시선에 의한 식민지 지식인의 존재론적 분열상의 노정과 그 수습 과정"[7]으로 이해하는 견해도 있다. 이를 참조하면 염상섭이 그런 분열의 실질적 진원지이자 도피처로서 도쿄에서 민족정체성의 문제를 정면에서 제기했다는 사실은 결코 가볍게 처리될 사안이 아니다.

어쩌면 그는 당시 도쿄에서 일본 식민주의의 양가성, 즉 '나를 닮아라' 요구를 하면서도 '나와 같아서는 안 된다'는 허용과 금지, 편입과 배제의 정치학에 심각하게 맞부딪쳤는지도 모른다. 남충서가 P. P단의 동지들에게 언제 모반할지 모르는 의심스런 '공모자'로 인식되듯이, 피식민지의 유학생 횡보 역시 도쿄에서 그런 존재로, 아니 '잠재적인 저항자'로 간주되었을 가능성은 매우 크다.[8] 이런 상황은 필연적으로 자기보존과 지속의 안정적인 기반이 되어주는 민족정체성에 대한 새로운 인식과 각성을 요구할 수밖에 없다. 염상섭은 이 문제를 민족 귀속의 딜레마를 가장 첨예하게 경험하도록 운명지어진 '튀기' 남충서를 통해 서사화한 것으로 이해된다.

7　서재길, 「「만세전」의 탈식민주의적 읽기를 위한 시론」, 사에구사 도시카쓰[三枝壽勝] 외, 『한국 근대문학과 일본』, 소명출판, 2003, 149면.

8　「남충서」가 발표되기 직전인 1926년 12월 다이쇼[大正] 천황이 사망했다. 조선인이 진재(震災) 확대의 주범으로 몰려 다수 학살된 관동대지진이 일어난 때가 1923년 9월이었으며, 1925년 4월 일본 전역에 치안유지법이 공포되었다는 사실을 감안하면, 당시 재일 조선인에 대한 일본사회의 시선이 어떠했겠는가를 대략 짐작할 수 있다.

「남충서」에서 가장 많은 분량을 차지하는 서사의 축은 남충서의 '상속'과 친모 미좌서(美佐緖, 미사오)의 '민적' 입적을 둘러싼 가족 간의 갈등이다. 가부장제가 가족 원리로 완강하게 버티고 있는 상황에서 일본인 첩과 튀기 서자(庶子)라는 그들의 처지는 영락의 위기를 일상적으로 경험할 만큼 매우 불안정하다. 가령 충서의 아버지 남상철[9]은 이들 모자와의 갈등이 더 커질 경우, 혈통(가문)의 보존을 명분 삼아 정실 소생인 동생 충희에게 뒤를 물릴 궁리를 암암리에 하고 있다. '상속'과 '민적' 입적은 따라서 '모자란 조선인'에 해당하는 충서 모자에게 존재와 국민의 양 측면에서 안정성과 정통성을 보장하는 제도적·법적 잠금 장치인 셈이다.

그러나 온전한 가족 및 국민 되기의 원리로서 '상속'과 '민적'을 바라보는 부모와 충서의 시선에는 커다란 차이가 존재한다. 충서의 부모에게 그것들은 무엇보다 '이해관계'를 앞세운 교환의 논리에 가깝다. 일종의 거래인 셈인데, 다음 장면은 충서의 '상속'과 미좌서의 '민적' 입적을 둘러싼 남상철과 미좌서의 공모와 갈등을 충실히 요약한다.

그러자 남편은 팔중자(미좌서가 충서의 아내로 택한 일본 본토 여성―인용자)편을 파악할 것과 정희를 다려오게만 된 사정과 그편이 충서의 장내를 위하여 조타는 것으로 미좌서를 달래게 되엇다. 요컨대 충서가 남가의 집 장

---

⁹ 남상철의 캐릭터는 매우 문제적이다. 그는 "당당한 혁명가로 소년시부터 십여 년을 일본에 망명"했던 경력의 소유자지만, 지금은 "친일파라는 패를 차고 행세하고 다니는"(하, 80면) 장안에서 손꼽히는 거부이다. 또한 가부장제 논리의 화신으로, 피의 정통성 유지에 집착하면서도 다양한 신분의 여성들을 상대로 축첩을 일삼는 인물이기도 하다.

손 노릇을 하려면 조선 여자로 며누리를 다려와야 할것 그래야 완전히 상속을 시킬것 또 정희와 가튼 문벌가로 장가를 들지 안흐면 다른 사람이 적자로 인정해 주지 안흘 것이니 당자가 사회에 나서는 대에도 크게 유리하다는 등 이유로이엇다. 미좌서는 말인즉슨 그럴 듯하다고 생각하면서도 그지간에 충희의 이모가 끼어서 무슨 음모를 하고 또 남편의 맘이 금시로 변한 것도 그 게집 탓이 아닌가 하는 의심이 업지 안허서 거죽으로는 반대를 하여가며 은근히 그 교환조건으로 자긔를 민적에 정실로 올려달라고 졸라 보앗다. 그러나 그것은 차탈피탈하고 들어 주려는 긔색도 아니 보이엇다. (상, 68~69면)

미좌서의 '민적' 입적은, 장손 충서를 낳았음에도 아랫것들에게조차 "왜마마(倭媽媽)인지 홍역(紅疫)인지가 아까 어쩌케 하구"라는 식으로 '돌림쟁이'가 되고 있는 굴욕적 상황에서 "자긔와 자식들의 지위와 장내를 좀 더 튼튼히 하려는"(상, 69면) 미래기획의 일환이다. 그녀는 상속의 우선권을 가지고 있는 충서의 아내를 일본여성으로 취함으로써 그것을 더욱 확실히 하려 하지만, 혈통과 가문을 앞세운 남상철의 가부장제 논리 앞에서 좌절하고 만다. 그녀는 결국에는 민적 입적을 포기하는 대가로 일본으로 돌아가 살 돈 10만 원을 요구하기로 마음먹게 된다. 이런 장면은 민적 문제가 개인의 경제적 이익뿐만 아니라 '민족' 귀속을 둘러싼 이해관계의 산물임을 알게 한다. 남상철과 미좌서가 충서의 상속과 결혼 문제를 두고 극한의 갈등을 빚는 까닭도 충서의 선점을 통해서만 자기 핏줄의 관철이 가능하기 때문이다.

물론 이때의 승리자는 비록 식민지 부르주아지이기는 하지만 당연히도 남상철이다. 식민 상황임에도 굳건히 유지되고 있는 가부장제의 논리와 남성 중심의 호적 제도의 권위와 구속력을 미좌서가 넘어설 수는 없기 때문이다. 그러나 미좌서가 이런 한계를 넘어설 수 있는 방법이 하나 있다. 그것은 자신이 태어난 일본으로 돌아가는 일이다. 일본의 가족 제도는, "쌀이고 아들이고 빈적을 쌔어내서 어머니 성(姓)을 쌀게하고 소위 양자 사위란 것을 어더서 게집의 집 손(孫)을 잇게"(하, 78면) 하는 것을 허용한다. 미좌서 역시 딸이자 충서의 동생 효자(孝子, 다까고)를 자신의 가문, 곧 '시야'(矢野, 야노) 집안의 뒤를 잇게 함으로써 자신의 굴욕과 패배를 보상받고자 한다.[10] 그녀가 요구하려는 10만 원은 안주인의 자리와 충서에 대한 우선권을 포기하는 데 따른 보상금이자, 일본 국민으로의 안정적 재진입을 위한 보험금인 셈이다.

염상섭의 소설에서 가부장제의 논리와 돈의 논리가 밀접하게 연관되어 있음은 새삼스러울 것 없는 지적이다. 이들 논리는 개인의 내면적 욕망의 분출과 실현에도 커다란 영향력을 발휘하곤 한다. 그런데 재미있는 사실은 여성 쪽이 두 논리의 교집합 속에서 타자화되고 주변화되는 경향이 우세한데, 이는 혼혈을 다룰 때도 예외가 아니다. 가령 충서가 효자를 바라보는 시선을 보라. "말도 조선말은 여간 서투르지 안코 쏘 한사코 쓰지도 안흐며 조선옷은 몸에 걸치어 본 일이 한번이나 잇는지 모른다. 이름은 지금와서는 남효자(미나미 다까고)라고 행세를 한다"(하,

---

10 '혼혈'에게 민족 정체성이 생리적 요건이 아니라 구성과 선택의 문제임은 조선의 전통과 현실에 충실하려 하는 '충서'와, 일상생활과 언어, 교육을 통해 일본적 정체성을 획득하기에 골몰하는 '효자'의 서로 다른 자아 기획에서 잘 드러난다.

74면). 안타까움을 넘어 경멸의 기미조차 보이는 이런 시선에는 여성 쪽이 "민족의 감격"(하, 81면)보다는 사적 이해관계에 훨씬 민감하다는 편향된 사고가 반영되어 있는 듯하다.

염상섭은 이미 「만세전」에서 '일인 애비'와 '조선인 에미' 사이에서 태어난 어느 소녀가 낳고 길러준 어머니를 버리고 10여 년 전에 헤어진 아버지를 찾아가겠다는 것을 "부모의 정리(情理)를 초월한 어떠한 이해관계나 일종의 추세라는 타산(打算)이 압흘 스기 때문"[11]으로 파악한 적이 있다. 물론 이인화는, "조선이라는 두 글자는 자기의 운명에 검은 그림자를 던저준 무슨 주문이나 되는 것가티"라는 말에서 보듯이, 소녀가 일본을 선택한 궁극적 까닭을 식민지 '조선'에 대한 불안과 공포, 그리고 경멸의 감정에서 찾고 있다. 그러나 식민지라든가 전쟁 같은 특수한 상황에서 가장 심각한 폭력과 차별, 배제의 대상이 되는 존재가 여성이라는 사실의 이해에까지는 결코 나아가지 않는다. 소녀의 일본 국민 되기의 열망은 특히 순혈 이데올로기가 끊임없이 강제하는 인종적 폭력과 그에 따른 영락의 위험에 맞선 일종의 자기방어 기제일 수도 있다. 그럼에도 이에 대한 고려는 거의 보이지 않는 것이다.

하지만 염상섭에게 어쩌면 그녀들은 그 특유의 가부장제 논리 안에서 보호받고 계몽되어야 할 '타자'로서 존재할 따름이라는 추측은 이와는 대조적인 남성 혼혈을 인식하는 태도에 잘 드러난다. 예컨대 『사랑과 죄』(『동아일보』, 1927.8.5~1928.5.4)에는 류진이라는 혼혈청년이 등장한

---

11 이에 대한 에피소드는, 염상섭, 『만세전』, 고려공사, 1924, 94~99면 참조.

다. 기실 그는 친일 부르조아 류택수와 일본인 첩 사이의 소생이며, 특히 '붉은 사상'에 다가섬으로써 자아를 통합하며 삶의 진정한 가치를 도모한다는 점에서 이름만 바뀐 '남충서'이다. '혼혈'이라는 태생적 조건을 괄호칠 때, 이들이 『삼대』의 조덕기와 그리 멀지 않다는 사실을 아는 것 또한 어렵지 않다. 이처럼 염상섭의 남성 혼혈을 바라보는 시선은 매우 긍정적이다. 물론 그들이 스스로를 '조선인'으로 정위한다는 전제 아래 말이다.

이런 편향적 시선이 에스닉(ethnic)과 남성 중심의 가부장제 논리에 대한 충실한 수용에서 빚어지는 사태임은 비교적 분명하다. 그래서인지 기존 연구에서 염상섭 소설의 어떤 한계에 대한 지적과 비판은 이 부분을 향한 경우가 많다. 그러나 우리는 이를 확인하는 데에서 멈춰서는 안 된다. 염상섭이 혼혈인의 자아 통합의 핵심 심급으로 '민족' 선택 문제를 바라보는 이유라든가 그 통합의 기획에 관여하는 또 다른 요소의 존재 여부까지를 검토할 필요가 있다. 이를 제대로 알지 못한 상태에서의 비판은 이전의 동어반복이 되기 십상이다.

남충서에게 '상속'은 자발적인 의지와는 무관한, 전통과 제도가 강요하는 일종의 굴레이다. 그는 오히려 '상속'의 권리와 의무를 다 버리고 해외로 나가 자유롭게 자아의 실현에 몰두하고 싶어한다. 이런 의지는 무엇보다 그의 '상속'과 '결혼' 문제가 가족의 평화와 안정을 오히려 방해하는 요인으로 작용한다는 생각 때문이다. 그러나 더욱 중요한 까닭이 있으니, 주체의 확립과 보존을 위한 내면성 확보에 도움보다는 걸림돌이 될 소지가 다분하기 때문이다. 충서에게 '상속'은 단순히 재산과

봉제사 같은 가부장적 권위와 의무를 물려받는 것이 아니다. 남상철이 '친일파'라는 사실은 그의 '불순한 피'에 대한 의혹을 더욱 부풀려 그를 사회주의와 관련된 P. P단의 '모반자', 곧 일제의 공모자로 더욱 몰아가는 계기가 된다. 그러니까 '상속'은 그의 외면과 내면을 모두 구속하는 억압의 기제인 것이다.

남충서에게 자발적 선택의 결과인 '사상'은, 제도가 강요하는 '상속'과는 달리, 이성에 대한 진정한 사랑[12]과 함께 주체의 진정성을 보장하는 최종심급이다. 말하자면 그것은 '혼혈'이란 저주받은 운명을 성찰하고 극복함과 동시에 식민주의에 대한 저항을 가능케 하는 삶의 원동력이다. 예컨대 "그는 지금 사상적 전향긔(轉向期)에서 번민을 하고 또 그만치 자긔의 긔이한 운명과 '쌕르조아—지'의 자제인 자긔 처지를 몹시 예민한 비판으로 돌려다 보고 잇다"(상, 71면)는 말이 그렇다. 그런 만큼 그가 자신을 영락한 존재로 경험하는 '굴욕'은 '사상' 문제와 관련될 때 가장 심각한 것이 된다.

여러사람은 웃엇스나 충서는 쓰린 웃음을 체면에 못 이기어서 짤아 웃을 쑤 밧게 업섯다.

---

[12] 남충서는 정략적으로 추진된 문벌가 출신 '정희'와의 결혼에 대해 처음에는 뜻이 없었다. 그러나 결국은 정희의 '자태'와 '능력'에 매혹되어(상, 71면) 그녀를 "부댁긴 거친 맘을 쓰다듬어줄 이성"(상, 72면)으로 받아들이게 된다. 염상섭 소설의 애정(연애) 서사는 열정의 배제에 기초하여 사랑과 일상의 현실적 결합을 추구하는 특징을 보여준다 (서영채, 「한국 근대소설에 나타난 사랑의 양상과 의미에 관한 연구」, 서울대 박사논문, 2002, 제3장 '사랑의 리얼리즘과 장인적 주체—염상섭' 참조). 남충서의 '정희'에 대한 애정도 이를 크게 벗어나지 않는다.

"하지만 말하자면 나는 '야노[矢野]'도 아니요 '미나미'도 아니요 남가(南哥)도 아닐세마는 그러나 그중에 제일 적절히 나[我]라는 존재를 설명하는 것은 '미나미'라고 부르는 것이겟지! '야노'도 아니요 남가도 아닌 거긔에 내 운명은 긔묘한 진개를 보여 주는 걸세" 하며 진담도 이니요 자조(自嘲)하는 농담도 아닌 소리를 할쌔 여러사람은 걸작일세 걸자야— 하고들 웃엇다. P. P의 동지들이 자긔를 악의로 놀리거나 무슨 편견(偏見)을 가지고 자긔에게 속을 아니 주거나 하는 것은 아니지마는 그래도 간혹 가다가는 충서를 동지의 모반자(謀反者)인 듯 시피 경계를 하는 눈치가 보일제는 자긔의 존재가 얼마나 허잘것 업는 것인가 하며 새삼스럽게 자긔 자신을 돌려다보곤 하엿다. (하, 80면)

이 장면은 P. P단의 동지 한 사람이 그를 "'여보게 '야노'군…… '미나미'군…… 남군!" 하며 혀가 돌을 새도 업시 연거퍼 불러 노코 나서 / "…… 온 자네 가튼 '쓸조아―지'는 성(姓)도 만흐니까 한참 부르고나면 숨이 차이그려!'" 하며 놀려댈 때 남충서가 보이는 반응을 묘사한 것이다. 이 다양한 호명은 '튀기' 충서의 혼종적 본질, 그로 인한 주체의 분열과 혼란, 그리고 타자의 경멸적 시선 모두를 함축적으로 드러내기에 모자람 없다. 그것의 압축적 표상이 남(南)과 야노[矢野]를 포함하면서도 어느 것으로도 귀속되지 않는 '미나미'인 셈이다.

그러나 분명한 것은 '미나미'로의 귀착이 조선과 일본의 동시적 탈주를 통한 새로운 주체의 구성 작업과 연동되어 있는 것은 아니란 사실이다. '미나미'는 자기 '운명의 긔묘한 전개'를 보여주는 프리즘의 일종일

뿐, 식민지 조선과 제국 일본이 암암리에 주고받는 영토 초월적이며 문화 교차적인 혼성적 주체의 창안과는 별다른 관련이 없다.

남충서에게 '붉은 사상'은 혼혈과 부르조아란 외면적 조건이 초래하는 분열과 굴욕을 초월하는 최초의 가능성이자 최후의 보루이다. 무엇보다 그것이 주체의 자발성에 근거해 있기 때문이다. 이처럼 '사상'이 자아의 진정성을 보장하고 실현하는 핵심원리인 이상, 남충서에게는 그것 아닌 다른 조건, 이를테면 혈통이나 계급으로 자신이 저울질 당하는 것보다 더 큰 모욕은 없다.[13] 그러나 현실은 냉혹하다. 그의 동지들은 겉으로는 세계 노동자계급의 연대를 외치면서, 피와 계급 논리로 그를 평가하며, 심지어는 그 생득적 처지를 자신들의 혁명운동에 이용하는 데 급급할 따름이다. 주어진 조건에 의한 자발적인 내면의 억압과 패배, 여기에 남충서의 '굴욕'의 본질이 존재한다.

염상섭은 그러나 충서의 '굴욕'에 대한 낭만적 해결을 시도하지는 않는다. 오히려 피의 논리의 현실적 권위에 대한 담담한 인정으로 읽어도 그만일 아래의 발언으로 나아간다.

…… 하지만 사실은 사실이다. 전통(傳統)이란 것처럼 무서운 것은 업다. 관념으로나 의식으로 민족이란 자각은 없는 경우라도 그 민족의 전통이란

---

13 "충서가 P. P단에 전력을 쓰고 하는 것은 조선인이라는 의식과 관념이나 민족에 대한 감격이라는 점으로서는 다른 순실한 조선 청년에 비하여 못밋(不及)는 점이 잇슬씨 몰라도 자긔 자신의 일관한 신념에서 출발한 것이요 쏘 그들이 그러한 자극을 주고 안 줌을 짤아서 자기의 태도와 성의에 변동이 잇는 것은 아니언마는 하여간 불쾌하기 짝이 업는 것이엇다"(하, 81면).

무거운 짐은 누구나 지고 다니니까 허는수 업는 일이지. …… 무거운 짐이
아니라 피ㅅ속에 요약(要約)되어서 흐르는 것이다. 모든 진리가 뒤집혀도
그것만은 영원한 비밀이요 쏘 아무도 속일쑤 업는 사실이다. …… 대관절 사
람이 민족을 써나서 살 날이 잇슬까? — 그것은 어써한 남자를 붓들고라도
아버지라고 부르고 북극의 인종이 남극의 도회를 거니는 창부(倡婦)에게 어
머니라고 절하는 째의ㅅ일일 것이다. …… (하, 82면)

작품 결말에 문득 던져지는 충서의 패배를 어떻게 볼 것인가. 문맥 그
대로 피와 상속으로 대표되는 '민족의 전통'에 대한 순순한 인정과 수용
으로 읽을 것인가. 이 작품에서 '피의 논리'는 많은 경우 이른바 사상의
공동체조차도 무력화시킨다는 점에서 배타적 민족주의의 성격을 띤다.
염상섭은 이를 불가피한 현실 논리로 인정하는 듯하지만, 민족의 "전통
이 편견을 낫고 편견이 감정을 부리(驅使)고 감정은 이욕(利慾)이란 썍리
우에서 휘날리는 것이다"(하, 82면)란 사실 역시 날카롭게 파악하고 있다.
마지막 부분에 제시된 이상적 민족의식의 진면목, 즉 민족의식이 윤리
적 및 정치적으로 계몽된 전지구적 공동체의 출현을 위한 길을 포장할
수 있고 해야만 한다[14]는 말을 언뜻 상기시키는 장면들은 그런 균형감각
의 소산일 것이다. 그러나 그것을 말하는 냉소적이고 회의적인 어투에서
보듯이, 염상섭은 이후 작업에서 그것을 실현 가능한 꿈으로 계속 서사화
하지는 않는다. 그 대신 조덕기가 대표적인 예일 텐데, 가부장제와 인륜의

---

14 L. 간디, 앞의 책, 154면.

논리로 남충서와 같은 영락한 존재들을 감싸는 일에 주로 골몰한다.

하지만 이런 한계를 지적한다고 해서, '튀기' 남충서의 고민과 갈등이 드러내 보인 다음과 같은 성취가 퇴색되지는 않는다. '남충서'는, 사카이 나오키의 말을 빌린다면, 민족주의가 내장한 보편주의적 논리와 국민이란 테두리 속에서 민족적, 인종적, 계층적인 이유로 차별 받고 있는 소수자가 느끼는 보편주의적 논리의 매력과 폭력성을 유감없이 보여준다.[15] 그 보편주의의 핵심인 '피의 논리'의 희생자로 끝내 남는 '남충서'의 형상은, 조선 내부를 향해 있기도 하지만 제국 일본을 향해 있는 것이기도 하다. 그것은 보통명사로의 조선 혹은 피식민지 조선이 내면화하고 있는 민족주의와, 조선인을 일본인이 아닌 자로서 구별(차별)하면서도 일본 국민으로 자기를 확정할 것을 끊임없이 요구하던 일제의 식민주의를 동시에 폭로한다. 만약 염상섭이 '남충서'를 일본인 아버지와 조선인 어머니 사이의 '혼혈'로, 그리고 그의 삶의 근거지를 도쿄로 설정했다면, 후자의 폭력성이 보다 직접적으로 드러났을 터이다.

기실 조선인들은 이때로부터 불과 10여 년 뒤에 '대동아공영'의 허울 아래 황국신민이란 하나의 '국민 되기'를 강요받게 된다. 이에 대한 논리적 근거의 하나가 일선동근론(日鮮同根論)이었음은 주지의 사실이다. "모든 진리가 뒤집혀도 그것만은 영원한 비밀이요 쏘 아무도 속일쑤 업는 사실이다"이란 염상섭의 '피'에 대한 운명적 순응이 탈식민의 의지와 저항의 계기로 그 모습을 드러내게 된다면 바로 이 지점에서일 것이다.

15　酒井直樹, 앞의 글, 8면.

3. '이름'과 '핏줄'을 둘러싼 차별과 연대의 정치학

─김사량, 「빛 속으로」

김사량의 「빛 속으로」는 말 그대로 문제적인 작품이다. 조선인 '나'(남선생)와 튀기 야마다 하루오가 이름과 핏줄에 대한 정체성 확인을 두고 벌이는 갈등과 화해라는 서사 내용과 조선인 작가가 일본어로 썼다는 언어형식, 그리고 일제의 신체제론과 그것의 미학적 근거 '국민문학'이 한창 주창되던 때 발표되어 일본의 권위 있는 문예상인 아쿠타가와상(제10회)의 후보작으로 오른 창작과 수용 환경의 특이성 등이 우선 눈길을 끈다. 「빛 속으로」는 이런 예민하고도 복잡한 성격 때문에 일제 말 조선작가의 이중어 글쓰기의 의미나 문학상에 나타난 재일 조선인의 정체성과 이산(diaspora)의 문제 등과 같은 현재의 관심사에서도 빠져서는 안 될 텍스트가 되고 있다.[16] 요컨대 「빛 속으로」는 소설 자체의 하중보다 훨씬 무거운 역사성과 현대성의 끊임없는 개입에 의해 그 의미가 심화, 확산되는 흔치 않은 작품인 것이다.

물론 이런 조건은 소설 자체의 입장으로 본다면 마냥 유리한 것일 수만은 없다. 외부 현실과 담론의 지나친 개입은 또 다른 의미에서 텍스트를 어떤 틀 속으로 고정시킬 위험이 있다. 따라서 「빛 속으로」에 보다 객

---

16 전자의 문제를 집중적으로 천착한 글로는, 김윤식, 『일제 말기 한국작가의 일본어 글쓰기론』(서울대 출판부, 2003)을, 후자의 경우로는, 이연숙, 「디아스포라와 국문학」(민족문학사학회 편, 『민족문학사연구』 19, 2001)을 들 수 있다.

관적으로 다가서기 위해서는 무엇보다 작품의 서사를 충실히 이해할 필요가 있다. 그런 연후에 「빛 속으로」가 앞서 말한 관심들과 어떻게 연관되고 교섭되는지를 밝히는 것이 올바른 순서이겠다. 물론 이 글에서 그런 관심 모두를 해명할 수는 없다. 다만 제한적이나마 '남'선생과 하루오의 화해가 갖는 의미를 당대의 문학적·역사적 상황과 겹쳐 읽는 작업은 가능할 것이다.

「빛 속으로」의 서사에서 중심축은 이미 말한 대로 조선인 '나'(南선생)와 일본인 아버지와 조선인 어머니 사이의 튀기 야마다 하루오가 이름과 핏줄에 대한 정체성 확인을 둘러싸고 벌이는 갈등과 화해에 있다. 서사의 공간이 일본 도쿄이니 만큼 이들의 소수자적 위치, 즉 '조센진' 유학생(게다가 'S협회'로 표현되는 세틀먼트(settlement)[17]의 회원인)과 조센진 튀기란 태생적 조건이 불러들일 굴욕과 영락의 체험이 '남충서'의 그것보다 결코 덜하지 않으리란 추측은 그리 어렵지 않다. 이들의 훼손된 정체성은 외부의 시선에 포착된 부정적 이미지를 통해 선명히 부조된다. 서사의 진행 속에서 확인되는 것이지만, '나'나 하루오의 부정적 이미지 생성에서 가장 결정적인 역할을 하는 것은 역시 '핏줄'의 논리이다. 그러나 이것은 이들 주변의 타자만이 아니라 '나'와 하루오의 것이기도 하다. 이를 먼저 지적해두는 까닭은 그것이 둘 사이의 갈등과 화해 양쪽 모두에서 촉매제의 역할을 하기 때문이다.

---

17 빈민지구에 정착하여 현지 주민과 직접 접촉하면서 생활개선을 꾀하는 사회운동이나 시설을 말함. 김사량의 세틀먼트 운동을 비롯한 사상운동 참여와 그 체험이 「빛 속으로」 「도둑놈(泥棒)」 같은 작품에 어떻게 반영되고 있는가에 대해서는, 안우식, 심원섭 역, 『김사량평전』, 문학과지성사, 2000, 제3장 '민족주의 작가의 탄생' 참조.

먼저 '나'의 눈에 포착된 하루오의 모습을 보게 될텐데, 이는 하루오가 타자에게 인식되는 일반적인 형상으로 보아 무방하다.

이 장면만 보고는 하루오가 무엇 때문에 이질적이며 차별적인 존재로 취급받는지 쉽게 이해되지 않는다. 아이들 사이에서 흔히 벌어지는 '이지메'의 한 장면으로 보아도 되기 때문이다. 그러나 하루오가 어딘지 불순한, 다시 말해 타자들에게 불안과 공포를 유발하는 어떤 비정상적인 것의 소유자란 사실은 마지막 두 문장에 압축적으로 표현되어 있다. 그것은 남을 사랑하지도 않고 남에게 사랑 받지도 않는 하루오의 소외가 무엇보다 부모에게 물려받은 신체의 특이성, 다시 말해 남과 확연히 구별되는 육체적 이질성에 있음을 잘 보여준다.

---

18 앞서 밝힌 대로 번역은 소담출판사에서 낸 『빛 속으로』를 가져왔다. 그러나 원본을 참조하면서 필요에 따라 필자가 새롭게 가다듬은 부분도 있다. 이하의 모든 인용 역시 마찬가지이다.

나중에 밝혀지지만, 하루오의 부정적 이미지로부터 '나'가 좀처럼 벗어날 수 없었던 것은 유치장에서 만났던 하루오의 아버지 야마다 한베에[山田半兵衛]의 이미지가 겹쳐 보였기 때문이다.[19] '한베에'는 '모자라는 자'라는 의미를 지닌다. 그가 그런 별명을 갖게 된 것은 평소의 비열하고 난폭한 행위 때문이 아니다. 그보다는 일본인 아버지와 조선인 어머니 사이에서, 그것도 조선에서 태어난 '되다 만 일본인'[20]이었고, 또한 자신 역시 술집으로 팔려온 조선 여성(정순(貞順), 하루오의 어머니)과 결혼했기 때문이었다(397~99면; 43~48면). 이처럼 '나'의 하루오에 대한 편견과 경멸은, 비록 무의식적이기는 하지만, '순혈' 이데올로기에 근거한 것이었다.[21] 하지만 이것이 궁극적으로 하루오와 화해하는 동일화의 원리가 되기도 한다는 것은 두말할 나위 없다.

'나'에 대한 이해에서 핏줄의 논리가 작동하는 경로는 좀 복잡하다. 그와 관련한 문제가 한편으로는 '南'이란 성(姓)의 호칭 문제로 현상되고 있고, 다른 한편으로는 성인이니만큼 그에 따른 내면의 홍역을 '나' 스스로도 잘 알고 있기 때문이다.

---

[19] 번역본에는 '반헤이'라고 되어 있는데, 이는 김응교가 지적했듯이 '한베에'의 잘못이다. 자세한 내용은, 김응교, 「김사량 「빛 속으로」의 이름·지기미·도시유람」, 민족문학사학회 편, 『민족문학사연구』 20, 2002, 395면 참조.

[20] 일본어 표현은 '日本人になり損なった者'인데, '損'에 정통 일본인과 구별되는 결여와 손상의 의미가 담겨 있다.

[21] 소설의 분위기를 보면, '나'를 제외한 주변사람들은 하루오가 '튀기'임을 알고 있는 듯이 보인다. 이는 아무래도 '나'가 그들의 생활에 밀착되지 않은 지식인 유학생이기 때문이겠다.

그러고 보니 나는 이 협회 안에서는, 어느 샌가 미나미[南] 선생으로 통하고 있었다. 내 성(姓)은 알다시피 '남'으로 읽어야 하지만, 여러 이유로 일본식으로 불리고 있었다. 내 동료들이 먼저 그런 식으로 나를 불러주었다. 처음에는 그런 호칭이 매우 신성에 서슬렀다. 그러나 나중에는 역시 이런 순진한 아이들과 같이 놀기 위해서는 오히려 그편이 나을지도 모른다고 생각했다. 따라서 나는 위선을 부릴 까닭도 없고 또 비굴할 이유도 없다고 스스로에게 몇 번이고 타일러 왔다. 그리고 말할 것도 없이 만약 이 아동부 안에 조선 아이라도 있었다면, 나는 억지로라도 자신을 '남'이라고 부르도록 했을 것이라고 스스로 변명도 하고 있었다. 그것은 조선 아이에게도 또 내지 아이에게도 감정적으로 나쁜 영향을 줄 것임에 틀림없기 때문이라고. (386면; 22~21면)

'나'가 '남' 선생으로 불려야 됨에도 '미나미' 선생으로 불리는 것에 개의치 않는 까닭은 조선인이 환기하는 '이상한 선입견'(387면; 25면)을 배제함으로써 (일본) 아이들과 잘 지내기 위해서이다. 더군다나 도쿄 빈민가에서의 공부방 운영은 'S협회'라는 사상단체의 대중운동의 일환이기도 하다. 따라서 맹원(盟員)의 입장에서 본다면, 출신지(핏줄)와 언어(호칭)의 다름이 사상운동의 실천에 방해가 되어서는 결코 안 된다.

그러나 '남충서'와는 또 다르게 '나'는 자아의 정체성을 상징하는 '성'의 호칭 변경에 '위선'과 '비굴'이라는 내면으로부터의 '굴욕'에 맞닥뜨릴 수밖에 없다. 비록 주어진 것이긴 하지만 '남'이란 호칭에는 사상의 자발성만큼이나 자아의 자유의지를 증명하는 무엇이 있기 때문이다. 그 무엇은 말할 것도 없이 식민 본국에서 무엇과도 바꿀 수 없는 피식민지인의 정체성, 즉 이질성과 차이성이다. 사상운동이란 조건이 있어도, 그것의 은폐와 '미나미'라는 호칭의 승인은 식민주의에 대한 공모와 타협으로 비칠 수도 있다.

실제로 '나'의 자기 합리화는 하루오의 이웃에 사는 '이(李)'라는 조선인 운전조수, 다시 말해 '나'보다 훨씬 주변화된 삶을 살고 있는 '같은 핏줄'의 신랄한 비판에 의해 심각한 위기를 맞게 된다. 그리고 이 과정은 하루오에게는 그가 어렴풋이 눈치채고 있던 '나'의 민족정체성, '조센진'이란 사실을 분명히 확인하는 계기도 된다. 자아의 정체성은 타자가 아닌 동일자에 의해 그 본질이 폭로될 때 그 충격과 혼돈이 더욱 배가되는 법이다. "나는 이 땅에서 조선인임을 의식할 때는 늘 무장을 해왔던 것이다. 하지만 이제 나는 나 혼자만의 부질없는 연극에 지쳤다. 그리고 어느 샌가 나는 미나미가 되어 있던 것이다"(396면; 43면)[22]라는 '나'의 고백은 급격히 허물어지는 내면과 그에 수반되는 자기폭로의 비극을 뼈아프게 환기한다.

주변의 의혹과 경멸에 같이 시달리면서도 그것을 서로에 대한 타자화의 근거로 삼던 '나'와 하루오는 '정순'에 대한 한베에의 구타 사건을 통해 급격한 화해와 동일화의 계기를 갖게 된다. 요컨대 그들의 불우한 의식은 식민지적 남성적 폭력에 속수무책으로 노출된 '조선 여성 = 어머

---

22 번역본에는 『문예춘추』본에 존재하는 "그리고 어느샌가 나는 미나미가 되어 있던 것이다"라는 구절이 누락되어 있다. 이 부분은 번역본의 저본으로 사용된 것으로 보이는 고단샤[講談社] 간행의 『光の中に』(1999)에도 누락되어 있다. 이 대목이 있을 때와 없을 때의 '나'의 내면심리의 차이는 매우 클 수밖에 없다.

니'의 굴욕을 목도하면서 정체성에 대한 새로운 자각으로 이어진다. 다음은 '나'의 '위선'과 '비굴'이라는 이중적 감정이 하루오에게는 무엇으로 현상되었는가를 충실히 보여준다. 이것은 혼혈이란 훼손된 자아의 정체성 찾기, 다시 말해 주체화 방식과 긴밀히 연동되어 있다는 점에서 매우 중요하다.

> 나는 주위 사람들로부터 미움 받으며 배척당하고 있는 한 동족 부인을 생각했다. 그리고 내지인의 피와 조선인의 피를 물려받은 한 소년의 내부에 존재하는, 조화되지 않은 이원적인 것이 분열하는 비극을 생각했다. '아버지의 것'에 대한 무조건적인 헌신과 '어머니의 것'에 대한 맹목적인 배척, 그 둘이 언제나 상극하고 있을 터이다. 특히 빈고(貧苦)의 거리에 몸을 두고 있는 그이고 보면, 순진하게 어머니의 애정의 세계로 젖어드는 것이 허락되지 않았음에 틀림없다. 그는 드러내 놓고 어머니에게 안겨들 수가 없다. 그러나 '어머니의 것'에 대한 맹목적인 배척 뒤에도 역시 어머니에 대한 따뜻한 숨결은 배어 있었을 것이다. 그가 조선인을 보면 거의 충동적으로 큰 목소리로 조센진, 조센진 하고 부르지 않고는 견딜 수 없는 심정을, 나는 어렴풋하게나마 이해할 수 있을 것 같았다. (394면; 39면)

우리가 경험하는 바의 현실 논리로 말한다면, '혼혈'이 그들의 모호하고 부정적인 정체성을 벗어나는 길은 지배적인 것의 정체성을 자기 것으로 전유하는 일이다. 이 전유 행위는 당연히도 지배적인 것에 대한 '모방'과 주변적인 것에 대한 강력한 '부정' 또는 '배제'를 한 몸으로 거느린다. 하루오의 "'아버지의 것'에 대한 무조건적인 헌신과 '어머니의 것'에 대한 맹목적인 배척"은 교활한 삶의 논리라기보다는 체험적 진실에 바탕한 일종의 생존 본능이랄 수 있다.

하지만 '비뚤어진 우월감'(388면; 27면)으로 표현되는 이런 가면의 논리는 기만적이고 허구적이다. 혼혈에게 핏줄의 선택은 애초에 불가능한 것이다. 어느 한쪽을 선택하면, 그것은 다른 한편에 대한 난폭한 배제로 귀결되기 마련이다. 따라서 주체가 가면의 논리에 힘입어 비록 가상적으로 자아의 통합을 이룰지라도, 자아 내면에는 통합의 열망만큼이나 강고한 분열의 심연이 자리잡을 수밖에 없다. '남충서'가 그토록 해외로 도망치고자 했던 이유도 다른 무엇보다 스스로 치유 불가능한 내면의 혼돈과 고통 때문이었다.

물론 하루오의 '어머니의 것'에 대한 갑작스런 인정과 수용, 다시 말해 "'어머니의 것'에 대한 무의식적인 그리움"(395면; 39면)은 '남충서'와 같은 성숙한 남성의 논리에 의해 획득되지는 않는다.[23] '비뚤어진 우월감'의 근거였던 '아버지의 것'이 자행하는 무자비한 폭력에 대한 공포와 반감이 "본능적인 어머니에 대한 애정"(394면; 38면)과 연민을 자극했

---

23 일본에서 최하의 하위주체에 해당하는 하루오의 어머니 '정순'의 태도는 혼혈인이 인종적 차별에 맞서 구사할 수 있는 자기 보존에 대한 가장 일반적이고 현실적인 감각과 논리를 대변한다. '나'는 그녀에게서 '한베에'에 대한 증오를 확인하는 한편, "같은 고향 나라에서 온 사람으로서의 의분의 기쁨에 취하고 싶"어 한다. 하지만 그녀는 오히려 자신을 술집에서 빼내준 '한베에'에 대해 감사하고 있으며, 하루오는 '내지인'이지 조선인이 아니므로 '나'가 그것을 방해하는 것은 나쁘다고 생각한다(400~402면; 51~53면). 물론 그녀의 본심이 억압되고 은폐되어 있는 느낌이 적잖지만, 거기에 모성 본능 외에 피식민지인의 피해의식이 낳은 또 다른 보상 논리가 게재되어 있음을 아주 부인할 수는 없다.

다고 보는 편이 옳다. 왜냐하면 하루오 역시 '어머니의 것'을 반이나 소유하고 있다는 점에서 언제고 '아버지의 것'의 폭력에 노출될 가능성이 있는 '잠재적 피해자'이기 때문이다. 가령 아버지가 있는 집으로도 어머니가 입원한 병원으로도 가지 못한 채 비를 뚫고 협회의 기숙사로 나를 찾아온 하루오가 삼간 잠들었다 깨어나 "아버지가 다음엔 나를 혼내주겠다고⋯⋯"(399면; 48면) 잠꼬대처럼 뇌까리는 말은 내면에 잠재된 하루오의 피해의식을 선명히 부조한다.

하루오의 '아버지의 것'으로 인한 불안과 공포는 기실 '나'의 '위선'과 '비굴'의 주요한 근거이기도 하다. 겉으로는 아이들과 거리를 두고 싶지 않기 때문에 '미나미'로 불려도 괜찮다고 자신을 합리화하고 있지만, 그것은 결국 "자신을 끊임없이 감추려고 선술집을 찾는" 어떤 조선인의 행위와도, 또한 "자기는 조선인 아니라고 외쳐대는 야마다 하루오의 처지와 본질적인 점에서 아무런 차이도 없는 것이다"(396면; 43면).

하지만 이런 기만적인 주체 보존의 논리는 일상의 편의 도모라는 차원을 넘어, 궁극적으로는 당시 주창되던 일본 '국민 되기', 즉 황국신민화로 대변되는 식민주의의 국민화 기획에 의해 강요되고 조장되는 것이란 사실에 문제의 본질과 심각성이 존재한다. "어느샌가 나는 미나미가 되어 있던 것이다", 이것이야말로 일본 식민주의가 내심 바람직하게 여겼을, 피식민 주체의 '국민 되기' 방법이었을 테다. 그러나 주지하다시피 그것은 끝내는 '창씨개명'이란 제도의 폭력적 강제적 집행으로 외화되었다. 따라서 "내가 미나미라는 이름으로 불리고 있다는 사실"(396면; 42면)에 대한 '나'의 뼈저린 회오와 뒤늦은 각성은 여러 연구자의 지적처럼 조선인의 황국신민화를 획책하던 일제의 제도적 폭력에 대한 비판과 저항의 계기로 작용한다고 보아 무방하다.[24]

한 존재의 고유성은 타자와의 동일성보다는 차이성에 의해 드러나고 판별된다. 따라서 '나'나 하루오에게서 '아버지의 것', 바꿔 말해 일본 식민주의의 동일성에 결코 나포될 수 없는 고유한 정체성을 찾으라고 한다면, 그것은 당연히도 '어머니의 것 = 조선적인 것'이다.

> 그러나 그는 가운데쯤 내려오더니 갑자기 멈춰 서서, 내 몸에 바짝 달라붙어 나를 올려다보며 응석 부리듯이 이렇게 말했다.
>
> "선생님, 난 선생님 이름을 알고 있어요."
>
> "그래?" 나는 겸연쩍은 듯이 웃어 보였다. "말해 보렴."
>
> "남선생님이죠?" 그렇게 말하자마자 그는 내 손에 제 옆구리에 끼고 있던 웃옷을 던져 주고는, 좋아하면서 돌계단을 혼자서 뛰어 내려가는 것이었다.
>
> 그제서야 나도 '휴' 하고 구원받은 듯한 가벼운 발걸음으로 넘어질 뻔하면서, 후다닥 그의 뒤를 쫓아 내려갔다. (407면; 65면)

이 부분에 대한 해석은 입장에 따라 여러 가지일 수 있겠다. 우선 '남충서'가 그러했듯이 핏줄의 논리로 복귀함으로써 자아의 안정적인 통합과 주체성의 확보에 이르고 있다는 해석이 가능하겠다. 좀 더 거시적으로 본다면, 일제의 지배권 아래 놓여 있는 모든 사람들을 황국신민으로

---

24 이에 대한 보다 자세한 내용은, 정백수, 앞의 책, 311~326면 및 김응교, 앞의 글, 390~394면 참조.

일체화하려는 동시대의 이데올로기에 대한 역행과 저항의 표현으로도 읽힌다.[25] 그러나 정녕 중요한 것은 '나'나 하루오가 식민주의 사회에서는 오히려 거세와 배제의 위험마저 초래할 수 있는 소수자의 이질성과 차이성에 대해 흔쾌히 인정하고 있다는 사실이다. 이런 스스로의 타자성에 대한 인식은 외부의 힘에 의해 강요된 허구적 가면을 벗고 원래의 맨 얼굴을 되찾는 일이자, 또한 타자, 특히 또 다른 소수자의 정체성에 대한 존중과 연대감으로 나가는 첫걸음이다.

만약 이와 같은 타자성의 수용이 배제된 동일성으로의 복귀라면, 그것은 또 다른 차원에서 억압적이고 차별적인 지배 권력과 악수하는 것이나 다름없다. 물론 「빛 속으로」가 이 수준까지 나아간 작품이라고 자신할 수는 없다. 그러나 하루오의 '남선생님'이란 호칭과 그것을 일종의 '구원'으로 받아들이는 '나'의 기쁨을 필자는 무엇보다 서로 간의 '타자성'에 대한 인정과 개방으로 읽고 싶다. 이 지점은 말할 것도 없이 식민주의 권력에 저항하는 하위주체들의 윤리성이 확보되는 최초의 토포스(topos)이기도 하다.

그러나 저 마지막 장면을 비록 식민주의에 대한 공모는 아닐지라도 타협의 손짓으로 읽고 싶은 유혹도 존재할 수 있다. 일본어로 창작되었으며 '나'와 하루오의 화해가 '국민 통합'의 논리로도 읽힐 수 있다는 사실, 다시 말해 일제 파시즘의 미학으로서 '국민문학'의 요구에 일정 정도 부응하고 있다는 의구심은 그에 대한 강력한 근거이다. 우리 쪽에서

---

25 정백수, 위의 책, 333면.

제기되는 이런 의구심은 바른대로 말해 당시 일본문단에서는 오히려 하나의 기대치였다. 이 당시 아쿠타가와상은 이전과 달리 '국민문학'의 요구에 충실히 부응하는 작품에 주어지는 일종의 보상물로 전락해 있었다. 당연히도 작가의 출신 민족 자체보다는, 일본어를 매개로 그곳이 어디든 일본 제국의 힘이 미치는 곳에서 내지인과 외지인 사이의 바람직한 삶을 그린 소설들이 수상작이나 후보작이 되었다.

피식민지 작가에 한해 말한다면, 아쿠타가와상은 내지인의 욕망을 만족시키기 위해 이미 정해진 역할을 충실히 연기(演技)하고 수행하는 공모자에 대한 격려와 보상책이었다. 김사량의 「빛 속으로」 역시 그런 공모자의 문학으로 기대되었음은, 가와바타 야스나리[川端康成]의 "나는 「빛 속으로」를 선외로 하는 것이 어쩐지 유감스러웠다. 그러나 그것도, 작가가 조선인이기 때문에 추천하고 싶다는 인정이, 매우 강하게 영향을 미친 구석도 있고, 또 「밀렵자」에 비하면, 힘과 재미가 부족한 구석도 있기 때문에, 결국 사무카와[寒川] 씨 한 사람에 찬성했다"[26]는 말에 잘 드러나 있다. 작품 자체의 질보다 조선인이라는 사실, 아니 보다 자세히는 내선일체라는 국가적 중대사와 밀접히 관련되어 있다는 점이 높이 평가되고 있는 것이다.

김사량은 아쿠타가와상 후보작이 된 것을 내심 기뻐하면서도, 사토 하루오[佐藤春夫]의 심사평 "사소설 속에 민족의 비통한 운명을 풍부하게 짜넣은 작품" 운운하는 말을 보면서 오히려 심각한 자괴감에 빠졌다고

26　川端康成, 「芥川龍之介賞經緯」, 『文藝春秋』, 1940.3, 351면.

한다. 왜냐하면 「빛 속으로」를 쓰는 내내 "거짓말이다, 아직도 나는 거
짓말을 하고 있는 것이다"라는 내면의 질책에 시달렸기 때문이다.[27] 그
는 자신이 일본어로 글을 쓰는 까닭을 "조선의 문화나 생활이나 감정을
보다 넓은 내지의 독자에게 호소하고자 하는 동기"[28]에서 찾았다. 물론
여기서 말하는 '조선적인 것'은 그것의 찬란함이 아니라 오히려 "멸망해
가는 것에 대한 애수"로서의 성격이 강하다. 그것을 김사량은 "사회에
대한 격렬한 의욕과 정열" 속에서 미학화하고자 했던 것이다.[29]

그의 이런 지향은 한편으로는 조선 본토와 일본에서 조선인이 겪는
빈곤과 고통의 리얼한 묘사에 중심을 둔 「토성랑(土城郎)」(『文藝首都』,
1940.2), 「무궁일가(無窮一家)」(『改造』, 1940.9) 등의 창작으로 구체화된다.
다른 한편으로는 일본의 식민주의 정책에 적극 영합하거나 일본 '국민
되기'를 열망하는 조선 지식인의 비열한 행태에 대한 고발과 풍자를 담
은 「천마(天馬)」(『文藝春秋』, 1940.6), 「덤불 헤치기(草深し)」(『文藝』, 1940.7)
등의 창작으로 결실을 맺는다. 이를 참조하면, 「빛 속으로」는 조선인의
빈곤과 이산의 문제, 식민주의에 노출된 지식인의 정체성 문제로 대변
되는 소설적 관심을 자신 스스로를 대상으로 하여 반성적으로 성찰한
것임을 알 수 있다.

따라서 그의 '호소'라는 말은 조선의 비참한 처지를 '내지의 독자' 또
는 식민지배자들에게 널리 알려 이해 받겠다는 소극적 인정투쟁으로 읽

---

27 金史良, 「母への手紙」(『文藝首都』, 1940.4), 『金史良全集』 IV, 河出書房新社, 1973, 104
    ~105면.
28 金史良, 「朝鮮文化通信」(『現地報告』, 文藝春秋社, 1940.9), 위의 책, 29면.
29 이상은, 「後記」(金史良, 『光の中に』, 小山書店, 1940), 위의 책, 67면.

히지 않는다. 그보다는 모든 부분에서 차별과 억압, 왜곡에 시달리는 식
민지 조선(인)의 현실을 사실적으로 제시함으로써 식민주의의 불합리
성과 폭력성을 드러내겠다는 미학적 결투의 의지로 읽힌다. 요컨대 그
의 일본어 창작은 일본 '국민문학'이 추구하는 바의 식민주의적 동일성,
정치적으로 말한다면, 대동아공영을 앞세운 신체제론의 허구성을 드러
내는 동시에, 그것이 결코 포섭할 수 없는, 그리고 오히려 식민주의에
의해 더욱 강화되는 데가 있는 조선적 특수성(차이성과 이질성)을 예각적
으로 드러내는 '혼종적 저항'에 해당한다.

4. 「남충서」와 「빛 속으로」에서 배우는 현재

식민지 시대의 '혼혈' 문제를 역사화하는 입장에서 보면, 그것은 우리
의 현실과는 거의 무관한 일처럼 생각된다. 그러나 '혼혈'의 문제가 오
히려 본격화된 것은 해방 후라고 보아야 옳을지도 모른다. 적어도 일본
을 포함한 동아시아 내에서의 '혼혈'은 문화와 외모 양 측면에서의 유사
성 때문에 그들의 본질을 잘 모르는 타자에게까지 경계와 의혹의 눈초
리를 살 일은 별로 없었을 터이다. 그러나 한국전쟁과 이후의 대미 의존
관계의 지속은 그것과는 전혀 다른 차원의 '혼혈' 문제를 낳게 되었다.
해방 전의 '혼혈'이 민족주의의 자장에 크게 갇혀 있었다면, 한국전쟁

후의 그것에는 인종주의적 시선이 대폭 가세하게 된 것이다. 이것이 몇몇 지역이나 사람들의 문제가 아니라 우리의 일상이 되어가고 있음은 최근 급증한 제3세계 노동자를 둘러싼 여러 갈등과 부조리를 환기하는 것으로 족하다.

이런 상황은 불행하게도 오롯이 피해자라고 생각했던 우리의 위치가 어느덧 식민주의자의 그것에 올라 서있음을 새삼 깨닫게 한다. 세계화를 외치는 목소리의 이면에는 여전히 저 P. P단의 비뚤어진 '민족의 감격'이 메아리치고 있다. 이에 대한 자기반성과 비판 없이 피해자의 기억만을 떠올려 탈식민의 욕망을 부추기는 것은 아무래도 모순이다. 물론 혹자는 호미 바바 식으로 우리 안의 식민주의 담론에 새겨진 내적 모순과 균열에 주목함으로써 그런 욕망에 제동을 걸 수 있다고 생각할지도 모른다.

그러나 '혼혈'을 포함한 소수자의 문제는 우리 또한 욕망해 온 '평등주의적이고 실천적인 비전'이 그들에게도 똑같이 허락될 때라야 비로소 해결의 실마리가 풀리게 된다. 그저 '지당한 말씀'이라고 눈총을 주어도 별로 대꾸할 말이 없다. 「남충서」와 「빛 속으로」는 결국은 '민족'이란 동일성으로 회귀하고 말지만, 그러면서도 그것을 되찾고 유지하기 위해서는 스스로 '타자'의 위치에 서보는 것이 절대적으로 필요하다고 말하고 있는 흔치 않은 텍스트이다. 그런 '타자'의 감각은 적어도 주체 간의 차이와 이질성을 차별과 배제의 논리로 타락시키는 오류를 범하지는 않게 한다. 이런 '지당한 말씀'은 그러나 얼마나 해내기 어려운 숙제인가.

제3부

분단을 거부한 민족의식

8·15 직후 염상섭의 활동과 『효풍』의 문학사적 의미

| 김재용 |

1. 염상섭 문학의 재평가

올해가 작가 염상섭이 태어난 지 100년이 되고 죽은 지 34년이 되는 해이다. 세월의 검증을 이겨낸 그의 문학은 남한에서는 고전으로 자리 잡은 지 오래지만 북한에서는 아직 평가를 받지 못하고 있기에 국민작가로 되지는 못하고 있다. 앞으로 남북한 전체에서 평가받게 되어 그가 그토록 원하던 통일된 민족국가의 거인으로 설 날도 멀지 않은 듯하다.

그런데 탄생 100주년이 되는 오늘의 시점에서 우리가 간과할 수 없는 것은 과연 그의 작품과 문학 세계가 오늘날 남한에서만이라도 충분히 조명되고 있는가 하는 점이다. 최근에 와서 전집이 나오고 그동안 단행본으로 나오지 않아 별로 주목을 받지 못했던 작품들이 정리되어 출판되어 나오는 것을 볼 때 한국 근대문학사의 다른 작가들에 비해 많은 주목을 받고 있다고 말할 수도 있을 것이다. 그러나 염상섭의 작품들 특히 해방 직후 시기에 나온 것들은 아직도 제대로 평가받지 못하고 있다는 것이 필자의 판단이다. 해방 직후에 나온 작품에 대한 정확한 이해 없이는 염상섭 문학 자체에 대한 제대로 된 연구를 기대하기 어렵다. 이 시기의 작품에 대한 연구는 그동안 가려워져 왔거나 일그러져왔던 그의 문학을 끄집어내어 그 의미를 밝히는 것에 그치는 것이 아니고 염상섭 문학 전반을 이해하는 것에 직결되기에 한층 더 중요한 것이다.

해방 직후에 발표된 장편소설『효풍』을 비롯한 일련의 작품이 제대로 평가받고 있지 못한 데에는 여러 가지 이유가 있을 것으로 추측된다. 우선『효풍』과 같은 장편소설은 당시『자유신문』에 200회로 연재되었음에도 불구하고 이후 단행본으로 나오지 못했기 때문에 연구자들이 쉽게 접근하기 어려웠을 것이다.『삼대』나『취우』가 연재되었을 뿐만 아니라 단행본으로 나오기도 했기 때문에 쉽게 연구자들의 손에 넘겨질 수 있었던 반면『효풍』은 연재만 되었기 때문에 다루기가 상대적으로 어려웠던 것이 사실일 것이다. 그러나 연재만으로 그친 일련의 장편소설이 일찍이 연구자들의 관심을 끈 경우도 있고 반면 단행본으로 나왔어도 현재 주목을 받지 못하고 있는 작품도 있으니 단행본 간행 여부는 부차적인 문제이고 주된 이유는 다른 데 있을 것이다.

해방 직후의 염상섭 문학이 제대로 평가받지 못하고 있는 주된 이유는 자료와 이념의 제약 등 여러 가지 사정으로 해방 직후의 문학에 대한 전반적 연구가 여전히 부실하거나 충분치 않은 데 있는 것 같다. 해방 직후의 남북한의 문학이 폭넓게 연구되어야만이 그 속에서 개별 작가들이 갖고 있는 의미 같은 것이 한층 분명하게 떠오를 수 있을 터인데 우선 그 전반적인 연구가 태부족이고 그러다보니까 개별 작가에 대한 충분한 연구가 제대로 되어 있지 않은 것이다. 이런 상태에서 해방 직후의 염상섭의 문학에 대한 제대로 된 연구가 나오지 않는 것이다. 그렇기 때문에 염상섭을 연구할 경우 대부분이 일제시대로 국한되거나 이후의 작품을 연구한다 하더라도 해방 직후의 것은 지나치게 되고 이데올로기적 국가기구의 억압하에서 염상섭 자신이 자기 자유롭게 작품을 쓰기가 곤란하기 시작하던 무렵인 1949년 후반 이후의 문학에 대해서만 언급하게 되는 것이다. 그나마 이 시기 작품에 대한 연구라 하더라도 일부 단편에 국한되어 있어 전반적 연구와는 거리가 멀다. 이 글은 이러한 문제의식하에서 염상섭이 해방 직후부터 1949년 후반 이전까지의 시기에 발표한 작품들을 장편소설 『효풍』을 중심으로 살펴보고자 한다. 이것은 이 시기 염상섭 문학의 이해는 물론이고 나아가 염상섭의 작가세계 전반에 대한 새로운 이해를 도모하고자 하는 바램에서 출발한다. 이를 위해서 우선 해방 직후의 염상섭의 활동에 대해 전반적인 재검토를 하고자 한다. 염상섭이 국민보도연맹에 가입했던 사실이나 특히 1948년에 『신민일보』의 편집국장으로 있으면서 단선반대를 하다가 구류를 살았다든가 하는 행적에 대해서는 거의 언급되지 않았기 때문에 이것을 중심으로 이 시기 염상섭의 활동 전반을 재구성하고자 한다. 다음으로는 이 시기에 그가 발표한 단편소설을 검토하는 데 특히 1947년 말 이전과 이후를 나누어 그 전환이 갖는 의미를 중시하고자 한다. 마지막으로 이 시기에 발표된 장편소설 『효풍』을 분석하여 그 문학사적 의미를 따져보고자 한다.

2. 단선반대와 남북협상지지

해방 직후 염상섭의 활동 중에서 당혹스러울 정도로 의외라고 여겨지는 것은 그가 1949년 6월에 만들어진 국민보도연맹에 참가했다는 점이다. 1950년 1월 8일부터 3일간에 걸쳐 열린 '국민예술제전'은 국민보도연맹이 주최한 것으로 여기에 참가한 사람들은 전부 국민보도연맹에 가입했던 사람들이다. 1949년 12월 3일과 4일 양일에 걸쳐 이루어졌던 한국문학연구소 주최의 '종합예술제'가 국민보도연맹에 가입한 사람들뿐만 아니라 그 이외의 사람들도 참여한 것인 반면, 이 행사는 전적으로 국민보도연맹에 가입한 사람들만 참가한 것인데 여기에 염상섭의 이름이 있는 것이다. 해방 이후 좌파조직에 참여하였던 사람들 중에서 월북하지 않고 남아있던 사람들을 강제로 참여시켰던 국민보도연맹에 왜 염상섭의 이름이 올라 있는가. 이를 이해하기 위해서는 해방 직후 염상섭의 문학활동 전반에 관한 재검토를 해보아야 한다.

염상섭이 서울에 도착한 것은 1946년 6월경이다. 그가 1939년 만주

로 이주하여 지내다가 해방을 맞아 신의주로 들어온 것이 1945년 10월
경이기 때문에 염상섭은 신의주에서 8개월 이상 머물렀던 셈이다. 이
기간은 피난지였던 단동에서 자신의 고향이자 근거지이기 했던 서울을
향해 오다가 중간에 보냈던 시간으로만 이해하기에는 현실적으로 너무
길다. 그가 그곳에서 8개월이나 머물러 있었던 것은 신의주란 곳이 통
과점 이상의 의미를 그에게 주었던 것으로 보아야 옳을 성 싶다. 그는 신
의주에서 당시 해방된 조국의 모습뿐만 아니라 소련군이 들어온 상황에
서 이루어지고 있는 이북의 일련의 과정을 보고 관찰하면서 자신의 진
로를 타진했을 것이다. 그 과정에서 그는 그곳이 더 이상 자신이 삶의 뿌
리를 내릴 수 있는 곳이 아님을 깨달았던 것이고 그런 이유로 하여 험난
한 삼팔선을 거쳐 이남으로 내려왔던 것이다. 그런 점에서 그는 당시의
많은 월남 작가들과 비슷한 선택을 했다고 보아야 할 것이다. 물론 이북
이 특히 신의주가 그의 고향이 아니고 낯선 곳이라는 점에서 당시 고향
인 이북을 떠나온 다른 작가들의 경우와 다르기는 하지만 어쨌든 당시
이북의 체제에 대한 판단에 기초한 선택을 한 것으로 보아야 할 것이다.
당시 그곳에서의 생활은 그로 하여금 분단된 조국 현실을 실감하게 했
을 뿐만 아니라 이북의 현실에 대한 나름대로의 판단을 가능하게 해주
었을 것이다. 이것은 민족의 현실과 운명을 고찰할 때 남한에만 국한되
지 않고 남북한을 통틀어 보려고 하는 태도를 낳게 하는 데 일정하게 작
용했을 것이다.

　월남한 직후 염상섭은 1946년 10월에 『경향신문』의 편집국장으로 참
여하는 것 이외에는 창작활동도 그리 활발하지 않았다. 그런데 여기서

우리의 주목을 끄는 것은 그가 이 시기의 조선문학가동맹의 중앙집행위
원의 명단에 올려져있다는 점이다. 1946년 11월 8일에 열린 조선문학가
동맹 제8회 중앙집행위원회에서는 임원을 개편하였는데 새롭게 보선된
임원 중 염상섭이 중앙집행위원의 명단에 들어가 있다.[1] 이 회의는 당시
북조선예술총연맹에서 일을 하기 때문에 실제적으로 참여할 수 없었던
이기영, 한설야, 안함광 등의 사임을 받아들이고 그 대신에 이병기. 양주
동을 비롯한 여러 사람들을 새롭게 참여시켰다. 여기에 염상섭도 중앙집
행위원의 한 사람으로 들어 있는 것이다. 그런데 염상섭의 이러한 참여
를 어떻게 해석할 것인가는 이 시기 그의 활동과 문학을 이해하는 데 매
우 중요한 사안이지만 불행하게도 우리는 당시의 사정을 알려주는 자료
들을 갖고 있지 않다. 어렵지만 몇 가지 추측을 할 수밖에 없다.

　우선 염상섭이 적극적으로 조선문학가동맹에 참여한 경우를 상정할
수 있으나 이후의 활동이 거의 없었던 것을 미루어 볼 때 이는 별로 현실
성이 없다. 두 번째로 생각할 수 있는 것은 염상섭의 의사와 전혀 관계없
이 조선문학가동맹이 일방적으로 명단에 올린 경우이다. 그러나 염상섭
과 아무런 접촉 없이 그냥 조선문학가동맹의 일방적 의사대로 했을 경
우 이후에 문제가 제기되었을 것이다. 과거 일제하에서 프로문학에 대
해 가장 논리적인 비판을 행하기도 했던 염상섭이 이런 일을 그냥 넘기
지는 않았을 것이기 때문이다. 그런데 우리는 그와 같은 흔적을 찾을 수
없다는 점에서 이 경우도 생각하기 어렵다.

---

[1]　『예술통신』, 1946.11.11.

그렇다면 필자가 보기에 염상섭의 경우는, 당시 조선문학가동맹의 명단에 같이 올려져 있던(부의장으로) 이병기의 경우처럼, 문학가동맹측이 그를 끌어넣기 위하여 다각도로 노력하였으며 염상섭 쪽에서도 이를 적극적으로 반대할 의사는 없어 그냥 내버려 두었기에 명단에 오른 깃이 아닌가 생각한 아닌가 생각하나.[2] 조선문학가동맹에 침여한 문제는 이 당시로서는 별로 큰 문제가 아니나 나중에 냉전적 반공주의가 기승을 부리던 1949년 이후 특히 국민보도연맹의 결성이 논의될 때 심각한 문제를 야기시킨다.

염상섭이 정지용이 주필로 있던 경향신문사에 들어간 것은, 이 신문의 창간이 1946년 10월 6일이었던 것으로 미루어 1946년 10월 이전이었던 것으로 보인다. 그런데 그는 여기서 계속 있지 못하고 1947년 8월 무렵에 신문사를 그만두었다.[3] 지금까지의 자료로서는 왜 그가 그만두었는가의 문제에 대해서는 확실한 이유를 밝히기 어렵다. 다만 그가 나중에 『신민일보』를 창간하였다가 정치적 탄압 등의 이유로 그만두었던 것을 생각할 때 그것 역시 정치적 이유가 아닐까 생각한다. 물론 정치적 이유라 하더라도 그것이 『신민일보』 때의 일처럼 국가가 개입된 심각한 정도의 것은 아니고 신문사 내에 국한된 경미한 것에 지나지 않았을 것으로 짐작되는데 그것은 우선 그가 이 시기에 자신의 정치적 입장을 강하게 드러내지 않고 있었을 때이며 또한 이후에도 이 문제에 대해 대수

2 　이병기의 조선문학가동맹 참여 문제와 이로 인한 국민보도연맹의 참가에 대해서는 졸고, 「냉전적 반공주의와 남한 문학인의 고뇌」, 『역사비평』, 1996 겨울 참조.

3 　이 부분에 대해서는 김윤식, 『염상섭 연구』, 서울대 출판부, 1987 참조

롭지 않게 넘기고 있다는 점 때문이다(그는 『신민일보』 때의 사건에 대해서는 아주 중요하게 회고하고 있다).

염상섭은 월남하면서 이남은 이북과 다른 무언가가 있는 곳이라고 기대를 가졌을 것이다. 그러나 실제 생활해나가면서 이남 또한 이북과는 다른 차원에서 심각한 문제를 지닌 곳임을 알게 되었다. 특히 모리배들이 설치면서 부를 독점하고 있고 일반 민중들은 민생고에 시달리는 것을 보면서 실망을 금치 못하였던 것 같다. 그래서 그로서는 이남과 이북의 문제점을 다 비판하면서 이들이 지닌 문제점을 극복한 통일된 민족국가를 갈망하였고 이를 위해 자신이 노력하여야 한다고 생각하였다. 그렇기 때문에 막연한 의미의 좌우합작을 통한 통일적 민족국가의 건설이란 전망하에서 글을 쓸 수 있었고 다양한 활동을 했던 것이다. 그러나 이 무렵만 해도 당시 현실에 대해 대단히 낙관적이었다.

염상섭은 이 분단이 아주 일시적일 것으로 보고 장기화될 가능성은 거의 염두에 두지 않았다. 이 점은 민족문학이란 슬로건의 적절성 여부를 따지는 그의 글에서 잘 드러난다. 민족문학이란 구호가 문학계 내부에서 광범위하게 이야기되는 것을 비판적으로 보면서 그는 이 슬로건은 일제가 우리 민족을 식민지화했을 때 맞는 것이지 지금처럼 분단이 일시적인 현상에 지나지 않을 것으로 예견되는 상황에서는 사용할 필요가 없다는 요지의 글에서 다음과 같이 말하고 있다.

현재 우리가 지리적으로나 정치 경제상으로는 양분되어 있다 할지라도 이 것은 일시적 현상일 뿐 아니라 우리의 고유문화라든지 우리의 문학까지 분산 분해될 위기에 당면한 것이 아니니 민족적 문화의 분열이나 산일이나 인 몰을 방지하는 수단으로도 이런 용어를 써야만 될 형편은 아닐 것이다.[4]

그러나 단독정부 수립 운동이 일어나면서 그의 이러한 낙관적 태도에 결정적 변화가 초래되었다. 1947년 10월 제2차 미소공동위원회가 결 렬되면서 한반도 문제가 유엔으로 넘어가고 거기에서 가능한 남한지역 에서의 선거를 통한 정부수립이 결정되고 이에 호응하여 이승만을 중심 으로 한 이남의 분단세력이 진출하자 염상섭은 이러한 행동은 통일민족 국가 수립을 포기하고 미소라는 새로운 외세의 추종하면서 민족의 단결 을 저해하면서까지 자신의 권력을 확보하려는 짓으로 간주하였다. 그렇 기 때문에 이때부터는 이전의 막연한 남북좌우합작이란 전망에서 한걸 음 나아가 외세 주도하의 민족의 분단을 막아보는데 온갖 노력을 경주 하는 데로 나아갔다. 그리하여 『신민일보』 창간에 참여하여 편집국장으 로 일하게 되며 그 과정에서 필화사건으로 인해 구류를 살기도 한다. 이 러한 일은 이 시기 그의 문학을 이해함에 있어 매우 중요한 사안임에도 불구하고 그동안 잘 알려져 있지 않았기에 이 대목에 대해 좀 더 소상하 게 설명할 필요가 있다.

『신민일보』는 1948년 2월 10일에 창간되었는데 그 준비과정을 고려 하면 미소공동위원회가 결렬되고 단독정부 수립이 논의되기 시작할 무 렵에 출발한 것으로 보인다. 우리 민족이 분단이 되느냐 아니면 통일이

---

4 염상섭, 「민족문학이란 용어와 관련하여」, 『호남문화』, 1948년 5월호 창간호. 그런데 이 글은 실제 1947.12.23에 쓰여진 것으로 되어 있다.

되느냐 하는 기로의 순간에 이 신문이 나왔고 여기에 염상섭이 참여하였다는 사실은 염상섭이 새롭게 진행되고 있는 국내외 정세 속에서 점점 현실화되는 민족의 위기에 대해 대응하고자 하는 적극적 자세로 전환하였음을 잘 말해준다. 이는 이후 이 신문이 표방했던 입장을 이해하면 더욱 잘 이해할 수 있다. 이 신문은 당시 단독정부 수립을 반대하는 논조를 기본으로 하면서 미소라는 외세를 업고 민족을 분열시키려고 하는 태도에 대해서 단호하게 비판하고 있는 것이다. 이러한 입장은 1948년 5·10선거가 구체화되면서 더욱 강해졌다. 『신민일보』는 5·10선거가 단독정부 수립의 일환이기 때문에 민족적 통일을 멀게 하는 것이라고 규정하면서 이를 거부하였다. 그리하여 당시 미군정 당국은 이 신문이 선거를 거부한다는 이유로 편집국장을 연행하여 조사하였다. 1948년 4월 28일 염상섭은 열흘 정도 구류를 살다가 풀려나게 되었고 이후 5월 26일 신문은 폐간당했다. 당시 염상섭은 『신민일보』의 편집국장으로 일하면서 『자유신문』에 『효풍』을 연재했는데 이 사건으로 인하여 일주일간 소설 연재를 중단하는 사태까지 벌어졌다. 1948년 5월 3일 『효풍』의 105회가 연재되었다가 5월 10일 106회 연재가 다시 속개되는데 106회 연재에 독자들의 양해를 구하는 다음과 같은 작가의 말이 있다.

필자가 전자에 월여 전에 사임한 모지의 필화사건에 연좌하여 약 일주간 집필치 못한 관계로 연일 중단되었음을 미안하오나 다행히 곧 붓을 다시 들게 되었습니다. 양해하여 주소서 나중에 염상섭 자신이 이 시기를 회고하면서 "신문관계로 빨갱이로 몰려서 한때 고생도 또 한번 치루"었다고 하는 것을 보면 당시 냉전적 반공주의가 비이성적으로 설칠 때 그가 얼마나 내적으로 큰 고초를 겪었는가 하는 것을 짐작할 수 있다.

그런데 염상섭이 단선반대를 주장하면서 적극적으로 정치적 활동을 했던 것은 비단 여기에 그치는 것이 아니다. 1948년 들어 단선 주장이 나오자 김구와 김규식은 이를 반대하였고 그 대신에 남북한협상을 통하여 통일정부를 수립하려고 노력하였다. 남북 간에 서신이 오가다가 결국 김구와 김규식이 삼팔선을 넘어 이북으로 올라가는 것으로 결론이 났다. 김구는 북한이 자신을 이미 마련된 각본 속의 한 등장인물로 취급하는 것에 대해 대단히 불쾌하게 생각하면서도 민족분열을 방치할 수 없다는 사명감에 불타 쉽게 이를 결행하려고 한 반면, 김규식은 원칙적으로 찬성함에도 불구하고 머뭇거렸다. 바로 이 무렵인 1948년 4월 14일에 이남에서 108인의 문화인이 남북회담을 지지하는 성명인 「문화인 108명 연서 남북회담 지지 성명」을 발표하는데 여기서 우리는 염상섭의 이름을 확인할 수 있다. 이병기, 김기림, 정지용, 박태원, 허준과 더불어 서명한 염상섭의 이러한 행동을 비추어 볼 때 『신민일보』를 통하여 단선반대를 했던 것이 결코 우연이 아니고 1947년 말 이후 줄곧 노력한 그의 투쟁의 연속선 위에 위치함을 알 수 있다.

단선을 반대하면서 남북협상을 지지하던 이 시기의 염상섭의 활동은 남북좌우를 통틀어 가장 중요한 과제가 민주주의적 통일정부수립에 있다는 그의 현실인식에서 나온 것으로 그는 이러한 원칙 속에서 계속하여 글을 발표하고 행동했던 것이다. 이 시기에 쓴 『효풍』은 이러한 그의 현실인식을 바탕을 한 작품이기에 이것과 떼놓고 생각할 수 없을 것이다.

염상섭의 이러한 태도는 1948년 8월의 남한정부 수립에 관계없이 지속되었다. 그는 단선을 반대했던 까닭에 단선을 통하여 수립된 분단정부에 대해 지지할 턱이 없었다. 그렇기 때문에 그로서는 정부 수립과 관계없이 계속해서 자신의 투쟁을 행할 수 있었던 것이다. 그런데 그로 하여금 결정적으로 좌절하게 만든 일이 일어났다. 국민보도연맹이 결성되고 염상섭은 거기에 강제적으로 참여하게 된 것이다. 여순사건이 일어난 후 이를 빌미로 국가보안법이 1948년 12월에 제정되고 이의 연장선 위에서 1949년 6월 국민보도연맹이 결성되었다. 좌익 단체에 가담했던 사람들을 가담시켜 선도한다는 명분으로 만들어진 이 조직에 염상섭이 가담했다는 것은 얼핏 보아 이해되지 않을 수 있다.그런데 그가 여기에 속할 수밖에 없었던 것은 앞서 보았던 것처럼 조선문학가동맹의 중앙집행위원의 명단에 그의 이름이 올려 있었기 때문이다. 염상섭이 단선반대를 하면서 108인 문화인 서명을 했을 뿐만 아니라 『신민일보』의 단선반대 논조로 인하여 '빨갱이'로 지목되어 구류를 살기도 한 이력이 있기 때문에 조선문학가동맹에 적극적으로 참여하였는가 아닌가가 별로 문제가 되지 않는 상황이 되어 버렸다. 눈에 띌 행동을 별로 하지 않았던 양주동이 조선문학가동맹에 이름이 올려져 있다는 이유만으로 국민보도연맹에 가입되었던 사실을 고려할 때 염상섭의 가입은 결코 의외라 할 수 없을 것이다.

염상섭은 국민보도연맹에 가입한 이후에 그의 본의와는 관계없이 국가권력에 의해 이리저리 끌려다니면서 강연활동을 하였다. 그는 '종합예술제'뿐만 아니라 국민보도연맹 주최의 '국민예술제전'에도 참가하여 본의 아니게 강연을 행하였다. 국가권력의 강제에 의하여 이리저리 끌려 다니면서 자신의 본뜻과는 다르게 이야기를 해야만 생존할 수 있다는 것이 견디기 어려운 고통이었을 것이다.

염상섭의 국민보도연맹 참여는 그에게 회복하기 어려운 상처를 가져다주었다. 남북좌우를 아우르면서 민주주의적 통일민족국가 수립을 위해 노력하던 그가 일방적으로 사상을 강요당하며 거기에 굴종해야 한다는 것은 참기 어려운 일임에 틀림없다. 그러나 현실은 그러한 모습으로 흘러갔기 때문에 지식인 염상섭으로서는 어쩔 수가 없었다. 그는 자신의 마음을 숨길 수밖에 없었고 작품을 쓰더라도 자신의 뜻대로 할 수 없게 되었으며 매사에 자기검열을 거쳐야만 하였다. 그렇기 때문에 1949년 6월 이후의 그의 작품은 이전의 것과 현저한 차이를 가지게 되었다. 이 시기 이후의 작품이 리얼리즘과는 거리가 먼 세태 묘사에 그치고 만 것은 이런 사정과 떼어놓고는 이해될 리가 만무하다. 이때로부터 시작된 그의 이러한 억압적인 상태하에서의 활동은 4·19혁명이 나면서 일시적으로 깨어지기 시작하였다. 4·19 직후에 낸 작품집 『일대의 유업』 서문에 "건국 후 12년간의 독재로부터 해방된 기쁨을 협저에서 썩던 나의 작품들마저 함께 맞이하는 듯이 시원하기 짝이 없"다라고 썼던 것이다. 이 점은 1949년 6월 이후에 심각한 억압하에서 내적으로 얼마나 큰 고통을 겪었는가를 잘 보여준다.

3. 해방 직후 단편소설에 나타난 분단현실과 민족의식

　해방 후 염상섭의 작품활동은 그가 이남으로 내려온 후인 1946년 중반 무렵부터 시작된다. 해방 일주년 기념으로 창작했다고 하는 「첫걸음」은 해방 후 첫 작품으로 그가 이 시기에 관심두었던 것이 무엇인가를 잘 보여주는 작품이다. 안동에서 신의주로 건너와 살고 있는 홍규 부부가 과거에 안동의 같은 마을에 살았고 지금은 같은 집에 들어와 사는 일본인 여자를 만났는데 알고 보니 그 남편이 조선인 아버지와 일본인 어머니를 둔 트기였다는 것을 알게 된다. 현재 안동에 처져 그대로 살고 있는 남편을 구하러 갈 수 없어 홍규 부처에게 부탁을 하게 되자 홍규는 차제에 그 사람으로 하여금 확실한 조선인으로 거듭나게 만들려는 마음으로 승락하게 된다. 남편되는 조준식을 데려다가 신의주에서 부부가 상봉하게 주선하고 이후 같이 장작 패는 일을 하면서 생계를 해결해주고 그 과정에서 민족의식을 심어준다. 일본인들을 한 장소에 모아두는 정책 때문에 이들은 어쩔 수 없이 일본인들이 집단으로 거주하는 지역으로 옮아갔는데 거기서 조준식은 심한 핍박을 받게 되어 한 때는 다시 일본으로 돌아갈까 하는 생각도 했으나 홍규 부부의 지속적인 관심과 배려로 자기를 놀리는 일본인들과 대판 싸우고 돌아와 조선인으로서 살 것을 결심하는 것으로 마무리 된다. 트기로서 태어났지만 일본인으로 행세하는 것이 생활하는 데 이롭기 때문에 그동안 일본인으로 살아왔지만 해방이 된 시점에서 어려움을 극복하여 아버지의 나라인 조선을 자기의 조국으로 선택하게 되는 과정을 담은 이 작품은 일본의 오랜 식민지 속에서 의식마저 식민화되어버린 식민지 민중의 삶을 비판하면서 떳떳한 한 민족인의 구성원으로 당당하게 살아나가는 것의 소중함을 일깨우고자 한 작품이다.

이러한 경향은 「모략」과 「잉덩이에 님은 발자국」에도 그대로 투영되고 있다. 「모략」에서는 해방 후 만주 지역에서 전쟁에서 패해 고국으로의 귀환이란 일정을 남겨둔 일본인들이 만주인과 조선인을 이간시키면서까지 자신의 안전과 이익을 도모하는 행태를 비판함으로써 과거 일본인이 여러 민족이 서로 협조하여 잘 살 수 있다고 선전했던 것이 얼마나 일본중심주의에 불과한 것이며 따라서 민족을 단위로 살 수밖에 없는 것이 현재 인류의 현실임을 보여준 작품이다. 「엉덩이에 남은 발자국」역시 이러한 민족적 자결성의 문제를 다루고 있다. 과거 일제하에서 자신의 아버지를 고문했던 일본인 잡혀들어 오게 되자 과거 자신의 아버지가 당했던 수모를 그대로 되풀이하게 하여 복수함으로써 타민족을 억압하는 식민주의의 해독을 비판한다. 자신이 차고 있던 총을 더 이상 필요없다고 내던져버리는 마지막 대목은 이런 힘이 타민족의 억압에 맞서 해방의 싸움에 나설 때 소용이 있는 것이지 자기민족 사이에서 사용되어서는 안 된다는 것을 의미한다. 자민족중심주의의 폐해를 비판하면서 민족적 자결성이 갖는 중요성을 보여준 이 작품 역시 이전의 작품들의 연장선 위에 놓인다.

그런데 「삼팔선」과 「이합」에 이르게 되면 양상이 약간 달라지게 된다. 이전의 작품들이 민족적 자결성의 문제에 멈추고 분단문제에 대해서는 다루지 못한 반면 이 작품들은 민족의 통일이 갖는 중요성과 이를 가로막는 방해물에 대해서 말한다. 「삼팔선」은 주인공이 안동에서 신의주를 거쳐 사리원으로 내려 온 후 사리원에서 삼팔선을 넘어 개성으로 넘어오는 과정을 그린 작품으로 우리 민족이 해방이 되어 자기 땅으로 귀국하는 길임에도 불구하고 이렇게 험난한 과정을 거쳐야만 되는 불행을 실감나게 보여주고 있다. 얼핏 보면 당시 삼팔선을 넘어 이남으로 내려오던 전재민의 힘든 세태를 그냥 그린 것에 불과하다고 생각될지 모르지만 이 작품은 단순히 그러한 고생을 보여주는 데 머무르지 않고 이러한 고생이 해방된 뒤에도 될 수밖에 없는 약소민족의 고달픔을 이야기하고 나아가 이런 상태에까지 이르게 된 우리 민족의 역량에 대한 비판과 외세에 대한 비판을 동시에 하고 있는 것이다. 제 땅 안에서 이동하는데 삼팔선으로 인하여 이렇게 힘들게 움직일 수밖에 없는 현실을 개탄하면서 이렇게 된 데에는 이미 이러한 약소민족을 강대국 마음대로 조종하려는 외세의 개입이 작용하고 있다는 것을 보여준다. 작가는 이러한 불행의 원인은 바로 미소 양군이 남부와 북부를 점령하여 조국이 분열되어 있기 때문에 그러한 것이라고 보고 있기 때문에 더욱 삼팔선을 강조하였던 것이다. 그러기에 그는 이북에서의 소련군의 존재와 이남에서의 미군의 존재에 대해 매우 부정적으로 그리고 있는 것이다. 삼팔선을 넘어 이남으로 내려와서 처음 갖는 인상에 대해 다음과 같이 말하고 있는 대목은 작가의 이러한 외세의 영향력 속에 놓여있는 분단문제가 결국 민족문제일 수밖에 없다는 깊은 인식을 보여주었다. 이 점은 소설의 다음 대목에서 잘 드러난다.

인제야 삼팔선을 건너섰다는 실감이 들면서도 갖은 곤경을 다 겪고 들어서는 첫밤에 딱 마주친 사람이 미병이었고나!고 머리 속에 몇 번이나 뇌어 보았다.[5]

남북한이 삼팔선으로 인해 서로 물자를 교환하지 못하기 때문에 이남의 농민들은 이북의 비료를 사용하지 못하고 북한은 이남의 물자를 받아 사용하지 못하는 것이다. 이로 인해 빚어진 손실이 얼마나 큰가를 실제 농민들의 모습을 통해 보여줌으로써 분단으로 인한 민중이 감수할 수밖에 없는 손실을 보여줌으로써 민족통일의 중요성을 일깨웠다. 그러나 이 작품은 민족의 분열을 초래하는 외세에 대한 인식이 들어서기는 하지만 이것이 어떤 과정을 통하여 이루어지고 있으며 나아가 어떻게 우리 민족의 단결을 저해하고 있는가에 대한 구체적 인식에까지는 나아가지 못하고 막연한 예감을 내비치는 정도에 그치고 말아 아쉬움을 남긴다.

이러한 경향은 「이합」에서도 마찬가지이다. 이데올로기적 대립으로 인하여 부부가 아이 하나씩을 데리고 각각 남북으로 갈라지는 것을 다룬 이 작품은 민족적 통일과 단결을 위해서는 그 분열을 초래할 수 있는 어떤 것도 해서도 안 된다는 강한 인식을 보여주고 있다. 그런데 이 작품 역시 이러한 막연한 인식 정도에 그치고 있어 그 이상의 인식을 보여주지 못하고 만다.

이상에서 본 것처럼 1948년 이전의 작품에서는 민족적 자결성의 중요

---

5   염상섭, 『삼팔선』, 금룡도서, 1948, 76~77면

성과 삼팔선으로 인한 남북한의 분단 및 민족의 단결에 대해서 이야기하는 것에 그치고 있어 새로운 외세에 의해 저질러진 분단과 이를 편승하여 분단을 고착화시키면서 자신의 이익을 추구하는 남북한 국내의 아부세력이 행하는 모습에 대한 구체적 천착에까지 나아가지 못하고 있다.

그러나 1948년에 들어서면서 염상섭의 작품은 이전과 현저하게 달라지기 시작하였다. 이전의 작품들은 민족의 중요성과 막연한 의미의 단결을 보여주는 정도에 그친 반면에 이 무렵에 들면 한층 적극적으로 변하여 민주주의 통일민족국가 성립이란 현실적 과제를 직접 내세우면서 이것에 저해되는 모든 부정적인 것에 대한 강한 비판과 또한 이것을 성취하고자 하는 모든 노력에 대한 지지를 강하게 보여주기 시작한다.

그리하여 이 시기에 새로운 외세에 빌붙어 자신의 이익만을 챙기고 우리 민족의 통일에 대해서는 아무런 관심도 보이지 않거나 혹은 이를 방해하려고 하는 것에 대해 비판을 가하기 시작하였다. 그러한 그의 태도는 이 시기의 산문에서도 여지없이 잘 드러나는데 1948년 『백민』에 실린 특집 「조선문학 재건에 대한 제의」에서 그는 다음과 같이 주장하고 있다.

일제는 물러났으나 우리 자주정신을 그려놓는 외세가 대신 들어와서 차지하고 앉을지 모른다. 또는 일단 물러간 일제가 그 외세의 등에 업혀서 다시 반도의 주인이 되려고 할 경우도 상상되는 것이다. 재건되는 문학은 정권에 아부하거나 추세하거나 또는 편향적 이념 밑에서 나팔(喇叭)을 불고 길잡이로 나서려는 용기를 버리고 이러한 국제정세를 부단히 경계하면서 기본적이요 국가민족의 대본인 교육과 문화발전에 새로운 시각 새로운 결의가 요청된다고 생각한다.

  염상섭은 이전만 해도 남북좌우가 이러한 혼란과 착오를 겪기는 하지만 조만간에 정리가 되어 통일된 민족국가가 성립될 수 있을 것이라고 낙관하였다. 그러나 1948년 들어서면서 유엔 소총회의 결의로 가능한 남한 지역에서의 선거가 발표되면서 이제 민족이 분열의 위기에 들어섰다고 판단하였고 이를 막지 못할 경우 우리 민족의 분열은 물론이고 동족상쟁의 전쟁이 불을 보듯이 빤한 것이라고 전망하였다. 그렇기 때문에 그는 이전과는 비교가 되지 않을 정도로 적극적으로 나서게 되었고 특히 남북한에서 세로운 외세인 미소와 결탁하여 자신의 이익을 노리는 세력에 대해 신랄하게 비판하기 시작하였다.

  그런 점에서 「양과자갑」은 매우 의미 있는 작품이다. 일제 말에 미국과 영국을 적대시하던 일제정책 때문에 미국에서 영문학을 공부하였다는 이유만으로 감금당하기조차 했던 그가 해방 후 소개지인 철원에서 서울로 올라와 이재민으로 집을 구하려고 했고 정상적인 방법으로는 힘들었다. 당시 미군정하에서 영어만 좀하면 쉽게 집을 구할 수 있음에도 불구하고 그는 이러한 방법이 민주주의적 통일민족국가 건설에 도움이 되지 않을 뿐만 아니라 저해한다는 이유로 거부하고 전세로 전전하는 것이다. 대학에서 영문학을 가르치면서 근근이 생활해나가면서도 결코 당시 미군정의 통역정치에 빌붙지 않는 진지한 태도를 잃지 않는다. 정작 영어를 잘하고 있는 자신은 이런 곤경을 당하고 살고 있는데 자기집의 주인댁 딸은 양갈보로 미군에게 빌붙어 커다란 적산가옥을 한 채 얻는 것은 물론이고 집안의 온갖 가구들마저 쉽게 끌어들이는 것이다. 속으로는 마뜩잖게 생각하면서도 당장 나가라는 소리를 듣지 않는다는 이유로 딸을 시켜 주인댁의 딸이 청한 영어번역의 일을 해주라고 하는 아내에 대해 영수는 불쾌하게 생각한다.

당시 미국이란 외세가 들어와 우리나라의 진정한 민주주의의 발전을 도모하지 않고 오히려 자신들에게 빌붙는 세력과 야합하여 사회의 민주적 질서를 유린하고 나아가 우리 민족의 통일을 방해한다는 사실을 비판하고 있는 것이다. 그리고 이러한 흐름에 편승하여 자신의 이속을 차리는 외세의존적 분단세력에 대해서도 비판한다. 이러한 부정적 세력에 대한 비판 못지않게 그는 이 작품의 주인공 영수를 통하여 이 혼란된 민족의 현실 앞에서 결코 굴하거나 타협하지 않고 민주주의적 통일민족국가의 수립을 갈망하고 노력하는 인물을 그려내어 미약하나마 자신의 희망을 드러내 보여 주었다.

이러한 염상섭의 작가의식은 이 시기에 발표된 「재회」에서도 극명하게 드러난다. 이 작품은 형식상으로는 1948년 이전에 쓰여진 「이합」이란 작품의 속편의 성격을 띠고 있으나 실제로는 그와는 다른 이시기의 염상섭의 변모된 작가의식을 고스란히 보여주고 있다. 아내와 이데올로기적 다툼 끝에 아이 하나를 데리고 남으로 내려와 사는 주인공이 서울에서의 생활을 겪으면서 이남 역시 이북과는 다른 차원에서 심각한 문제를 안고 있음을 깨닫는다. 당시 미군정은 민중들의 생활고와는 관계없이 자신들을 지지하는 세력에게 일방적으로 이권을 주면서 민생과는 관계없는 일을 행하기에 많은 양심적인 사람들은 좌절하게 된다. 이 작

품은 당시 이남의 민중들이 겪고 있는 삶의 어려움의 현장을 보여줌으
로써 이들을 이렇게 방치하고 있는 미군정과 이들과 결탁하여 자신의
이속을 채우는 세력에 대하여 강한 비판을 담고 있다.

그런데 이 작품에서는 주인공의 아내가 이북에서 외세가 지배하고 있
는 이북사회에서 그들과 결탁하여 권력을 쥐려고 하는 사람들에 의해
이용당하고 결국은 좌절하여 내려온 것으로 설정하여 남북한이 동일하
게 외세의 지배하에 있고 그들과 결탁하는 세력만이 설치는 세상이라고
비판하는 것이다. 이 점은 이 작품이 「양과자갑」에 비해 한층 더 넓은 시
야를 견지하려고 했음을 알 수 있다. 남북이 각각 안고 있는 문제를 올바
르게 해결하여 통일되는 길을 모색하고자 노력하는 것을 보여주었다.
그런 점에서 마지막 부분에 이르러 헤어진 아내가 이남으로 내려와 서
로 결합하는 장면은 당시 분열되어 있는 남북한이 서로 결합하는 것에
대한 염원으로 읽을 수 있다.

이 시기에 발표된 다른 작품들 역시 당시 염상섭의 작가의식을 엿보
는 데 중요한 단서를 제공해주는데 「이종」과 같은 작품은 남한에서 권
력에 붙지 않고 양심을 지키다 집 한 채 구하지 않고 겨울을 집 걱정으로
보내야하는 이재민들을 통하여 당시 삶의 현실 고단한 모습과 그 속에
서도 자신과 민족의 운명을 걱정하는 사람들의 모습을 보여주었다. 또
한 「혼란」의 경우에는 해방 직후 만주 지역에서 자신들의 권력을 위해
한인조직을 중복해서 만들어 권력싸움을 하고 있는 이들에 대한 비판을
통하여 당시 남한과 북한에서 이루어지고 있던 분단세력에 대해 강한
비판을 가하고 있다.

4. 『효풍』의 의미와 문학사적 의의

해방 이후 일련의 단편소설을 썼던 염상섭이 1948년 1월 1일부터 『자유신문』에 장편소설 『효풍』을 연재하여 그해 11월 3일에 200회로 마무리한다. 해방 직후 염상섭의 소설작품 중에서 가장 중요한 의미를 갖는 이 작품은, 본격적인 분석은 물론이고 이 작품이 염상섭 작품세계에서 갖는 중요성과 해방 직후의 우리 문학사에서 갖는 의미에 대해서 거의 연구되어 있지 않기 때문에, 본격적인 연구를 기다리고 있는 실정이다. 염상섭의 전반적 작품 세계를 다루는 글에서 이 작품에 대해 지나가다가 잠깐 다룬 것이 고작이다. 그런 점에서 이 작품에 대한 파악은 염상섭 문학 연구에 새로운 시각을 부여해줄 수 있을 것으로 기대되며 특히 장편소설이 부재한 해방 직후의 남한 소설사를 한층 풍요롭게 해 줄 것으로 생각된다.

이 작품을 연재하기 시작할 무렵인 1948년 초는 염상섭의 작가의식에 있어 일대전환을 맞이하는 시기이다. 이미 앞에서 보았던 것처럼 그 이전에는 남북좌우의 분열을 보면서도 조만간 해결될 수 있을 것이며 통일민족국가의 성립이 결코 먼 훗날의 일이 아니라고 생각하였다. 그럴 수밖에 없었던 것은 미소공동위원회가 열리고 있었고 이들 강대국들이 어느 정도 양보하여 우리 민족의 진정한 독립을 보장할 수 있을 것이며 이러한 국제적 흐름에 맞추어 우리 민족의 양식 있는 사람들이 협조를 한다면 충분히 가능할 것이라는 기대를 가졌기 때문이다. 그러나 냉전체제가 굳어지면서 이것이 어렵게 됨을 알자 우리 민족이 이제 스스로 나서서 싸우지 않으면 안 된다는 것을 인식하게 되었다. 그렇기 때문에 이전의 소극적 태도에서 벗어나 적극적 태도로 외세에 대하여 강하게 비판하기 시작하였으며 그것에 빌붙어 한몫 보려고 하는 세력에 대해 강도 깊게 비판하였다. 바로 이러한 현실인식의 전반적 변화와 이 작품의 연재가 맞물려 있는 것이며 이러한 현실 인식은 이 작품에서 현실을 묘사하는 작가의 시각의 근간을 이루게 된다.

이 작품은 젊은 남녀 주인공 혜란과 병직이를 중심으로 하여 미국이란 새로운 외세의 진주와 그 영향력이 강화되면서 민족의 자결성이 심각한 위기상황에 봉착하게 되는 시대적 환경 속에서 한편으로는 시대적 조류에 영합하여 돈을 벌고 출세하려고 하는 인간과 다른 한편으로는 그런 시류에 굴하지 않고 개인과 민족의 운명을 개척해나가는 인간들의 삶을 동시에 다루었다.

이 작품의 시대적 배경은 미소공동위원회가 결렬되고 조선문제가 국제연합으로 옮겨져 논의되었지만 후 아직 국제연합 조선위원회가 입국하기 직전인 1947년 말 무렵이다. 박병직은, 일제하 도의원을 지냈고 해방 후에도 양조장을 하면서 미국과의 사업을 통해 돈을 버는 동시에 정계에 손을 뻗쳐 한몫 잡으려고 하는 정상배 박종렬의 아들로서, 아버지가 걷는 길과 다르게 남북좌우의 분열을 막고 우리 민족이 단결하여 외세의 영향력에서 벗어나 통일국가를 수립해야 한다고 생각한다. 그렇기 때문에 그는 여름까지만 해도 미군정을 비판하여 좌익신문사로 호가난 신문사에 근무하였으나 지금은 노선이 다른 신문사로 옮겨 기자생활을 하면서 애인인 혜란과 더불어 새생활을 꿈꾼다.

그의 정치적 입장과 당시 현실을 보는 시각은 초지일관한데 그것은
외세의 주도하에 조국이 분단되는 것을 막아야 한다는 것이고 이를 위
해서는 외세에 빌붙는 어떤 태도도 용납되지 않으며 또한 우리 민족 내
부의 분열을 초래하는 계급주의도 결코 도움이 되지 않는다는 것으로
작가 염상섭의 지향을 어느 정도 대변한다고 해도 좋을 듯한 인물이다.
그의 이러한 태도는 이 작품의 전체에 걸쳐 시종일관 드러나는데 특히
미국인 베커와의 대화에서 분명하게 확인할 수 있다.

당신 같은 분부터 빨갱이와 대다수의 여론의 중류 중추가 무언지를 분간
을 못하니까 실패란 말요! 우리는 무산독재도 부인하지 마는 민족자본의 기
반도 부실한 부르조아들게나 부르조아 아류를 긁어모은 일당독재를 거부한
다는 것이 본심인데 고게 무에 빨갱이란 말요![6]

무산독재도 반대하지만 민족문제에 대해 아무런 관심도 없는 반민족
적 부르조아들이 주도하는 정치 체제도 거부한다는 것이다. 특히 그는
구식민지 시기에 친일을 하였다가 새롭게 조성된 신식민지적 상황에서
새 외세인 미군정에 빌붙어 자신의 이익만을 추구하려고 하는 일련의
정치적 세력에 대한 반대를 더욱 강하게 가졌던 것이다. 당시 좌파가 일
제하에 한때 내세웠던 무산독재를 거부하고 진보적 민주주의나 신민주

---

6   『자유신문』, 1948.3.22.

주의를 내세웠기 때문에 박병직이로서는 이에 대해서는 쉽게 반대할 수 없는 처지였기에 계속 탐색하게 되지만 미군정에 영합하여 출세하려고 하면서 당을 꾸리고 정치를 하는 것에 대해서는 민족적 자결성의 원칙 속에서 단호하게 반대할 수 있었을 것으로 보인다.

그렇기 때문에 그는 당시의 좌파에 대해 완전하게 선을 긋지 못하고 계속하여 일정한 연관을 가지면서 탐색하게 되는데 특히 그와는 다르게 아주 확신 있게 좌파의 노선을 걷고 있던 화순이와 관련하여서는 애정 문제와 얽혀 한층 복잡하게 전개된다. 자신과는 다른 정치적 노선을 걷는 것이 분명한 화순이에 대하여 동의하지 않으면서도 만나게 되면 이끌리고 마는 것이다. 이미 약혼한 혜란과 삼팔선 위에 암자를 하나 지어 살겠다고 입으로 공언하면서도 정작 화순을 보면 갈등을 느껴 동요하게 된다. 특히 화순과 더불어 경찰의 유치장에서 고생을 하고 난 다음에는 더욱 동지적 애정이 불타게 된다. 그리하여 화순을 혼자 북으로 보내자 니 아쉽고 같이 가자니 선뜻 내키지 않고 이런 갈등 속에서 고민한다. 그가 화순과 그의 동료들인 좌파 운동가들과 손을 끊지 못하고 얽혀드는 데에는 단순히 화순과의 애정 문제에 국한되는 것이 아니고 좌파의 입장에 대한 자신의 태도를 완전히 결정하지 못하고 일정하게 공감하는 측면도 개입되어 있기에 복잡한 것이다.

그의 이러한 모호한 태도는 그로 하여금 화순과 같이 행동하게 만들지만 결국에는 이들과 헤어지게 되어 독자적인 길을 걷게 된다. 화순을 비롯한 좌익 젊은이들은 화순의 동료인 이동민을 먼저 이북으로 보내고 그 다음에 이북으로 넘어가려고 노력한다. 이들의 행동에 동참한 병직

은 자기 아버지가 적산가옥으로 만든 별장 집에 숨어서 화순이는 먼저
이북으로 보내고 자신도 그 다음날 올라가려고 하다가 개성 밑인 토성
역에서 잡혀 서울로 돌아온다. 유치장에서 며칠을 보내다가 아버지의
힘으로 풀려난 그는 혜란의 아버지 관식을 만나러 와서 자신의 결심 즉
화순과 관계를 청산하고 이제 혜란과 결혼하겠다는 뜻을 말한다. 모스
크바를 갔다 왔느냐고 빈정대면서 묻는 혜란의 아버지의 말에 대한 대
답으로 시작된 다음의 대화는 박병직이 앞으로 나아갈 길의 방향을 의
미한다.

"모스크바까지는 아니고 이북에 갔다가 왔습니다"
"다시 가게! 내 딸은 워싱톤으로 보내기로 했네"
"워싱톤이고 모스크바고 갈 것이 없지요"
병직이는 넙죽넙죽 대답을 한다.
"왜?"
말이 잠깐 끊었다.
"조선서 할 일두 이루 많은데 그런 데까지 가서 무얼 합니까. 공부를 하자
두 과학방면은 그렇지 않죠마는 저희는 조선서두 넉넉하죠. 조선학만 가지
고도 인생이 모자랄 것 아닙니까"
"자네 언제부터 국수주의자가 되었나"
"아니올시다. 천만에요. 애국주의자일 따름입니다. 모스크바에도 워싱톤
에도 아니가고 조선에서 살자는 주의입니다"[7]

박병직은 화순의 이북행과 자신의 체포를 계기로 이전의 혼란을 정리하고 새로운 길에 나설 것을 결심한다. 국수주의는 반대하면서도 애국주의를 지지하는 그의 이러한 태도는 남북좌우의 혼선 속에서 외세에 붙지 않고 민족적 자결성을 유지하면서 외국과의 협조하에 우리 민족의 자주적 통일 국가를 세우려고 하는 자신의 길을 더욱 다지게 된다. 이미 우익이나 미국에 대해서 반대해 오던 그는 이제 분명하게 좌익과 소련에 대해서도 선을 긋고 갈 수 있게 된 것이다. 그런 점에서 이전에 비해 이러한 혼란과 동요를 겪은 후의 병직의 태도는 한층 다져지게 된다. 이 과정에서 그가 유치장에 갇혀 있다가 풀려나온 후 어떤 내면적 고민을 거쳐 그러한 결정을 하게 되고 일을 정리하게 되었는가에 대한 해명이 부족하기 때문에 설득력을 부분적으로 잃고 있으나 당시 작가 염상섭의 지향을 가장 가깝게 보여준다.

남자 주인공 박병직이 정치적 입장과 애욕을 둘러싸고 방황과 동요를 겪다가 결국 단단한 자신의 길을 걷게 되는 것과 마찬가지로, 여주인공 혜란 역시 다른 의미에서 갈등을 경험하게 된다. 병직이 중간파적 입장에서 출발하였다가 좌파의 입장에 기울어져 있다가 다시 돌아온 것이라면, 혜란은 병직과 마찬가지로 중간파적 입장에서 시작하였다가 우파 및 미국에 쏠렸다가 결국 본래의 길로 돌아오는 것으로 되어 있다.

혜란은 일제시대 미국에 가서 영문학을 하고 돌아와 해방 후에는 대학에서 강의를 하는 김관식의 딸로서 병직이와 약혼을 한 사이이다. 현

---

7   『자유신문』, 1948.11.2.

재 스물넷으로 일제 때 여자전문학교의 영문과를 졸업하고 해방 후에는 모교의 선생으로 있다가 자기의 애인인 병직이 좌익계 신문사의 기자라는 이유로 인하여 빨갱이 취급당하고 급기야는 학교에서 쫓겨난 인물이다. 학교를 그만둔 이후 생활난과 주위의 인연으로 하여 이진석이 경영하는 경요각에 취직한다. 이진석이 자기를 서양사람들과 교제에 이용하여 무역사업을 성취해보려고 한다는 것을 알면서도 생활난 때문에 경요각에 나간다. 이진석은 자기의 무역업의 성패를 좌우할 수 있는 미국인 베커가 혜란에게 관심이 많다는 것을 알고 이를 이용하여 한탕 올리려고 온갖 노력을 한다. 이진석의 부탁으로 자주 만나게 된 베커와의 여러 차례 만남에서 혜란 역시 마음의 동요를 겪게 된다. 자기는 병직이를 위하여 온갖 일을 하고 심지어 돈을 마련하는 어려운 일을 마다하지 않고 하는데도 불구하고 병직은 자신의 이런 것과 아랑곳없이 화순과 더불어 지내는 것을 보면서 자신에게 이렇게 극진하게 해주는 베커에게 일시 마음이 끌리기도 하는 것이다.

혜란이가 유치장 신세를 나흘간 지고 난 후 집에 돌아온 것을 안 베커는 브라운을 대동하여 김관식을 방문하고 그를 미국으로 유학 보낼 것을 청하자 평소에 미국에 빌붙는 것을 못마땅하게 생각하던 혜란의 아버지도 응한다. 병직이가 나와도 '빨갱이' 사위를 보기 싫어 당장 결혼을 시키지 않을 바에야 미국유학이라도 보내는 것이 낫다고 생각한 것이다. 혜란 역시 미국유학을 생각한다. 베커가 단순히 감정적 차원에서 일시적으로 그렇게 하는 것 같지도 않고 병직인 앞으로 어떻게 될지 특히 화순이와의 관계를 어떻게 처리 할지 모르는 상황에서 베커에게 이

끌리고 유학을 마음속으로 결정하게 된다. 그러나 병직이 유치장에서 나와 혜란의 아버지를 만나 자기의 앞으로의 계획을 말했을 때 혜란은 도피적 유학을 포기하고 병직이에게로 기울면서 둘은 새로운 출발을 한다. 그리하여 한때 자신의 입장을 포기하고 현실의 흐름에 떠맡기려고 했던 자신을 반성하고 새롭게 출발한다.

그런 점에서 병직이 자신의 정치적 입장과 애정이란 중첩된 고민 속에서 좌파와 소련에 일시 에 이끌려 자신의 노선을 벗어나 방황하다가 자신의 길을 찾아가는 것과 같이, 혜란 역시 한때 병직과의 불화와 베커의 적극적 유혹 때문에 동요하면서 미국에 대한 환상을 갖게 되었다가 결국 자신의 길인 민족의 자주성을 지키는 길을 걷게 된다. 그리하여 이 둘은 외세에 일방적으로 기울지 않음은 물론이고 민족적 분열을 야기하는 계급주의적 입장으로부터도 거리를 두게 된다.

병직과 혜란처럼 민족의 운명에 대해 무관심하지 않은 채 자신의 삶을 살아나가는 사람 중에서 흥미로운 인물은 혜란의 아버지 김관식이다. 과거 일제시대 미국에 유학을 하여 영문학을 공부하였으나 해방 후 자신의 영어가 진정한 통일민족국가 수립에 일조가 되어야 한다는 믿음 하에서 일체의 미군정에 빌붙는 일을 하지 않고 대학에서 강사를 하면서 술을 벗 삼아 살고 있는 인물이다. 「양과자갑」에 나오는 영수를 연상케 하는 인물로 과거에는 서양식 방식을 따라 살려고도 했지만 해방 직후 미군정에 빌붙어 사려고 하는 치들의 행각을 보면서 정나미가 떨어져 오히려 조선적인 것을 고수하려고 하는 사람이다. 그렇기 때문에 세교가 있는 박종렬 영감이 당의 후보로 나설 것을 요구했을 때 이 방에서 책을 보는 것이 낫다고 하면서 거부하기도 한다.

이처럼 김관식은 민족의 미래를 걱정하는 마음 때문에 자신의 이익에 손해가 갔다 하더라도 이를 감수할 수 있는 태도를 가지고 사는 인물이다. 그렇지만 그는 병직이나 혜란처럼 적극적으로 나서기 보다는 소극적으로 대처하면서, 이 혼탁한 세상과 타협하지 않고 사는 것으로 자신의 뜻의 일부나마 실천하는 사람이다. 그러한 마음을 가지고 사는 그마저도 나중에 장래의 사윗감으로 생각하던 박병직이 유치장에 들어가자 그동안 외국사람들의 힘을 빌지 않고 사려고 했던 자신의 뜻을 일시적으로 접어두고 미국인의 주선에 의한 딸의 유학을 결정하기도 한다. 물론 이 일은 병직이 나온 후 그가 김관식을 만나 해결함으로써 현실화되지는 않았지만 내면적으로 이러한 유혹에 넘어갔던 것이다. 그렇지만 이 인물은 자신이 마음만 먹으면 이속을 채우고 권력을 쥘 수 있는 조건과 기회가 있었음에도 불구하고 그 탁류에 섞이지 않고 자신의 세계를 지킬 수 있었던 것을 생각할 때 병직과 혜란과 마찬가지로 자신의 운명과 민족의 운명을 떼어놓고 생각하지 않았던 인물로 볼 수 있을 것이다.

위에서 언급한 인물들은 정도의 차이에도 불구하고 외세의 영향력하에서 민족적 자결성이 위태로운 상황을 타개하기 위하여 자신의 이익보다는 민족의 미래를 걱정하는 사람들이다. 과거 염상섭의 소설에서 좀처럼 보기 드문 그런 긍정적 주인공을 이 작품 속에서는 만날 수 있다는 점에서 이 시기 그가 느낀 역사적 위기와 이에 대한 자신의 대응이 얼마나 강한 것이었는가를 짐작할 수 있다.그런데 이 작품에는 이러한 긍정적 주인공만이 아니라 이 시기의 세태 속에서 자신의 이익만을 위해 살아가면서 민족의 미래에 아랑곳 하지 않는 부정적 인물도 생생하게 그려지고 있다.

미소공동위원회가 결렬되고 우리 민족의 문제가 국제연합에 상정되면서 남북한의 분열이 눈앞에 나가온 현실에 내해 심히 우려하면서 우리 민족이 분열되지 않고 살 수 있는 길을 모색해보려고 하는 노력을 하는 인물이 등장하는 반면, 오로지 자신의 이속을 채우기 위해 외세라도 등을 업고 일을 하면서 우리 민족의 앞날에 대해서는 관심도 없는 부류들이 등장한다. 가장 먼저 들 수 있는 인물이 박종렬이다. 그는 일제 때 도의원을 지냈으며 해방 후에 양조회사를 운영하면서 친일파라였다는 과거의 자신의 행적에 대한 일말의 반성도 없이 새롭게 들어온 미국이란 외세에 빌붙는 한편 정상배로서 당시 미국에 빌붙어 정권을 장악하고자 하는 당과 보조를 같이 하면서 그 당의 청년단의 뒷배를 보아주고 있는 인물이다. 일제하인 구식민지에서 반민족적 행동을 했던 그가 해방 후 신식민지적 상황에서도 과거의 관행을 그대로 하면서 민족적 이익에 반하여 자신의 이익을 추구하는 인물이다. 그는 서양사람들과의 교제를 위해 영어를 좀 할 줄 아는 혜란의 오빠 태환을 비서관으로 고용하고 그를 행동대원으로 삼아 모든 일을 꾸며 나간다. 사업이 번창하게 되자 일제 때 사귄 경찰서 형사들과 긴밀하게 연결되어 움직이면서 자신과 같은 사람을 비난하는 사람들을 '빨갱이'로 몰아간다. 이처럼 박종렬은 구식민지에서 반민족적인 행위를 하다가 신식민지적 상황에서도 조금도 변화 없이 구태를 지속하는 인물이다. 그런 점에서 해방 후 미국을 등에 업고 새롭게 나서는 인물과 차이를 갖는다.

　다음으로 경요각 주인인 이진석을 들 수 있다. 그는 일제하에 미국에 있었기 때문에 박종렬과 같이 구식민지에서 반민족적 행동을 했던 사람은 아니고 신식민지적 상황에서 자신이 가지고 있는 경력을 적극 활용하여 새롭게 성장하고자 하는 사람이다. 미국에서 한 밑천을 잡아온 그는 미국사람과의 교제를 위해 골동품 가게인 경요각을 차리고 그것을 이용하여 본격적으로 미국을 상대로 한 무역업을 하여 돈을 버는 사람이다. 미국에 빌붙어 자기의 이속을 채우면서 민족의 미래나 운명에 대해서는 아무런 관심도 없는 전형적인 반민족적 모리배이다. 서양사람들을 붙들기 위해 차린 경요각에다 영어를 할 줄 아는 혜란을 고용한 것도 미인을 미끼로 하여 교체를 해볼 계산에서 나온 것이다. 그 자신이 영어를 잘하기 때문에 굳이 영어를 할 줄 아는 사람이 필요 없음에도 불구하고 그녀를 채용한 것은 동양적 여성이란 이국적 취향의 미끼를 이용하고자 하기 때문이다. 특히 베커가 혜란을 마음에 둔다는 것을 알고서는 온갖 수단을 동원하여 그의 환심을 사려고 노력한다. 박종렬과 이진석이 반민족적 성격을 공통적으로 갖고 있으면서도 각각 다른 환경에서 성장한 것으로 설정한 것은 한국과 같은 식민지를 경험한 비서구의 국가의 특수성과 복합성을 드러내기 위한 작가의 깊이 있는 성찰에서 나온 것으로 보인다.

　박종렬과 이진석 이외에도 이 작품에서는 이런 부류의 인물이 여럿 등장한다. 자기 친구인 병직의 아버지 박종렬의 밑에서 일을 하면서 돈깨나 버는 혜란의 오빠 태환 역시 이런 유에 속하는 인물이다. 영어를 좀 한다는 이유로 박종렬의 비서관 일을 하면서 우익 청년단을 이끌고 있는 그는 자기 아버지 김관식과는 딴판으로 자신의 이익을 추구하기 위해 온갖 일을 행하는 인물이다. 장만춘은 일제 말에 영어 선생을 하여 혜란이에게 영어도 가르친 바 있는 전직 교사로서 현재는 거간꾼 노릇을 하면서 겨우 생계를 유지하는 인물이다. 해방 후의 시대적 분위기에 편승히여 '해방덕'을 보려고 혼자 들띠시 나돌다가 지금은 이진석과 같은 젊은 사람의 거간군 노릇을 하면서 산다. 영어를 이용하여 한몫 잡으려다가 겨우 통역으로 잔돈푼이나 만지는 구차한 삶으로 떨어진 인물이다.

이처럼 이 작품에는 긴박한 당시의 민족의 미래와 운명에는 아랑곳없이 자신의 이속과 영화를 꿈꾸면서 하루하루를 생활해나가는 인물들의 다양한 모습이 실감나게 그려져 있다. 이들은 그러한 시대에 맞서서 싸워나가면서 민족의 미래와 운명을 걱정하면서 참다운 인간의 삶을 추구하려고 하는 인물들과 대조되어 한층 두드러지게 나타난다.

그런데 이 작품에서 빼놓을 수 없는 인물이 미국인인 브라운과 베커이다. 일제하의 염상섭의 작품에서 일본인이 전면적으로 나오지 않는 것과는 다르게 이 작품에서는 미국인이 전면에 등장하고 있어 이채를 띤다. 이런 미국인을 등장시키면서도 그는, 반민족적인 부정적 한국인의 성격을 그릴 때와 마찬가지로, 2차 대전을 전후하여 구식민지적 상황과 신식민지적 상황과의 연속성과 차이 속에서 그려내고 있어 그가 얼마나 이 문제에 대하여 심각하게 생각하고 있었는가를 짐작할 수 있다.

브라운은 그의 아버지가 구한국 시대에 건너와 운산금광을 경영하면서 삼십년 넘게 살았으나 일제 말에 미국과 일본이 적대적 관계로 되면서 한국에서 그나마 하던 석유회사마저 버리고 미국으로 건너갔다. 그의 아버지는 해방 후 한국에 나오지 못하고 한국에서 자라다시피한 그의 아들 브라운이 아버지를 대신하여 한국에 나와 새로운 사업을 벌인다. 조선말을 잘 하기 때문에 아무 소속이 없음에도 불구하고 영향력이 크고 세력을 갖고 있는 사람이다. 그는 한국이 세계자본주의체제에 편입되기 시작한 19세기 말과 20세기 초에 한국에 들어온 아버지의 연장선 위에서 2차 대전 후 벌어진 새로운 신식민지적 상황에서 아버지를 대신하여 무역업 등을 통하여 장사를 꿈꾸는 사람이다. 그리하여 당시 한국 내 미국과 일정한 관계가 있는 사람들과의 친분을 십분 활용하여 자신의 지반을 넓혀가면서 동시에 한국인에게 미국의 환상을 심어주는 데 큰 역할을 하는 인물이다.

이에 반해 베커는 브라운과는 다른 미국인의 특징을 아주 잘 보여준다. 그는 2차 대전 후 처음 한국에 들어왔음에도 불구하고 이미 자기 아버지의 도움으로 일본과 중국을 체험하면서 동양에 대한 이국적 선망을 강하게 가지고 있던 인물이다. 그렇기 때문에 그는 장사를 하여 돈을 벌면서도 한국의 민속에 대해 열심히 공부하면서 '동양미'와 '조선미'에 연구하고자 노력한다. 그런 점에서 그는 전형적인 오리엔탈리스트라고 할 수 있을 것이다. 그를 만나는 한국의 지식인들은 대화를 통해 그가 정말 교양인이며 신사임을 느끼게 될 정도다. 실제로 혜란과 같은 매사에 신중하고 조심스러운 인물도 한때는 베커에게 마음이 이끌려가기도 하고 외세에 대해 매우 민감하게 반응하는 혜란의 아버지 김관식도 베커를 만나면서 그를 교양인으로 여기고 딸의 유학을 결심할 정도이다.

이처럼 이 작품에 등장하는 미국인들의 형상은 일방적으로 부정적으로 그려져 있다거나 혹은 희화화되어 실감을 떨어뜨려 오히려 현실의 총체적 파악을 저해하는 그런 것과는 아무런 인연이 없다. 미국인 자신의 내면적 논리를 최대한 충분히 살려줌으로써 구체성을 더하는 한편 그럼에도 불구하고 그들이 신식민시적 상황에서 행하는 깃의 객관적 의미를 보여줌으로써 당시 현실에 대한 총체적 이해를 기능하게 해준다. 이런 점은 이 두 사람의 미국인을 등장시키면서도 결코 중복되지 않는 개성을 창출해내는 점도 결코 염상섭의 작가적 기량을 확인할 수 있는 대목이라 생각한다.

이 작품에서 안타깝게 생각되는 대목은 이 작품의 후반부 즉 그가 『신민일보』 사건으로 인해 이 작품의 주인공 병직이와 혜란이 겪는 것처럼 '빨갱이'로 몰려 붙들려갔다가 나온 이후에 연재한 후반부 부분에서 전반부에 비해 상대적으로 밀도가 떨어진다는 점이다. 이런 점은 그는 자신이 어느 정도 위축된 상황에서 작품을 썼기 때문에 처음 시작할 때 그리고자 했던 것을 다 그릴 수 없는 상황에서 빚어진 것이 아닌가 생각한다. 특히 병직이 유치장에서 나와 아무런 내면적 고민 없이 쉽게 혜란의 집을 찾아와 자기의 뜻을 밝히고 결심하는 과정은 그 대표적인 경우라 할 수 있다.

그럼에도 불구하고 이 작품이 해방이후 염상섭의 창작활동에서 가장 빛나는 작품임은 부인하기 어려울 것으로 생각한다. 일제하 그의 작품 중에서 『삼대』가 그의 대표작이라고 한다면 해방 후 에는 『효풍』을 대표작으로 이야기할 수 있을 정도로 해방 직후 민족 현실의 총체적 상에 접근하고 있다. 특히 2차 대전을 이후 바꾸어진 상황 속에서도 지속되

고 있는 민족 문제에 대해 심도 깊게 추구해 들어간 점은 이 작품에 드러
난 현실 인식이 단순히 민족국가의 단위에 한정되어 있는 것이 아님을
보여주고 있어 한층 의미를 더하고 있다.

해방 직후의 남한의 작가들이 여러 차례 시도했음에도 불구하고 제대
로 된 장편소설 하나 내지 못하였다. 아예 엄두를 내지 못하든가 아니면
연재하다가 중도에 포기하고 말았다. 정치적 상황 탓도 있었겠지만 동
시대의 현실을 그 전체적 흐름 속에서 담아낸다는 것이 결코 쉬운 일이
아닌 것이다. 그런데 염상섭은 당시 '빨갱이'로 몰리는 정치적 박해를
받았음에도 불구하고 그에 굴하지 않고 끝까지 장편을 창작하였다. 구
식민지에서 식식민지로의 전환기라는 세계사적 전환기에 식민지를 경
험했고 이제 분단의 위기에 몰려 있는 비서구의 한 전형적인 국가인 한
국에서 살아가는 다양한 인간 군상들의 운명을 그 현실의 전체적 연관
속에서 그려냈다는 것은 해방 직후의 우리 문학사에서 매우 값진 성과
이며 우리 근대문학사 전체에 있어서도 매우 중요한 의의를 갖는 빛나
는 성취라 할 수 있다.

특히 외세의 억압에서 벗어나 남북좌우를 통합하여 외세를 물리치고
진정한 민주주의적 통일민족국가를 건설하기 위한 작가의 지향이 당대
현실을 배경으로 가장 폭넓게 그려진 작품이기도 하다. 이 작품이 연재
되고 있을 때 이미 남북한은 각각 정부를 수립하여 분단국가 되었음에
도 불구하고 염상섭은 이러한 것에 굴하지 않고 이 상황 속에서도 그것
을 타개하기 위한 젊은 세대들의 분투를 그리고 있어 이 시기 그가 가졌
던 역사적 전망을 한층 더 잘 읽을 수 있다.

파탄난 '생활세계'의 관찰과 기록

염상섭의 해방기 단편소설

| 최현식 |

1. 해방의 의미와 해방기 염상섭 문학의 저변

　이 글은 한국 근현대사에서 새 국가 수립의 가능성이 최대치로 열려 있던 시기이자 동시에 닫혀있던 시대이기도 했던 해방기 현실에 대한 염상섭의 문학적 대응 양상을 단편소설을 중심으로 고찰하기 위해 작성된다.[1]

---

[1]　여기서 해방기는 1945년 8·15해방 이후부터 1950년 6월 한국전쟁 발발 이전까지를 지칭한다. 한국문학사에서 해방기는 단정수립의 결과로 분단이 고착화되고 문맹계 문학가들의 월북이 어느 정도 완료되는 시점인 1948년 8월까지로 대개 설정된다. 이런

　나는 해방기를 새로운 국가수립의 가능성이 열려 있던 시기이면서도 동시에 닫혀 있는 시기로 규정했다. 왜 그런가를 흔히 도둑처럼 찾아왔다고 비유되곤 하는 해방의 본질을 명쾌하게 보여준 채만식의 「논 이야기」(1946)를 통해 해명해 본다. 「논 이야기」의 주인공인 한생원은 해방이 되자 일본인에게 팔았던 땅이 당연히 원래의 주인인 자신의 것이 되리라고 생각한다. 그러나 그 땅은 일본인의 위임장을 받은 관리인에 의해 이미 매각된 상황이었기 때문에, 그가 다시 그 땅을 소유하기 위해서는 돈으로 되사는 수밖에 없게 된다. 이런 상황에서 한생원이 취할 수 있는 태도란, 일제 때나 해방된 지금이나 '국가가 도대체 나에게 해준 것이 무엇인가'라는 뒤틀린 심사 속에서 "독립됐다고 했을 제 내 만세 안 부르길 잘했지"라고 냉소하는 일뿐이다.

　우리는 이 장면에서 적산불하 및 이후 토지개혁에서 일어날 문제점 혹은 일제 잔재의 청산 문제 등을 떠올릴 수도 있겠다. 하지만 「논 이야기」가 새롭게 변화된 세계에 대한 주체들의 열망과 그것을 배반하는 냉혹한 객관현실의 어긋남을 예리하게 포착하는 사회적 은유로 기능한다는 사실이 보다 중요하다. 현재의 관점에서 본다면, 해방은 근대 국민국가의 수립이라는 주관적 열망이 미·소 중심의 냉전체제로의 조선의 재편과 거기에 기생하는 새로운 권력집단의 출현이라는 객관현실에 의해 소거되어 가는 출발점에 불과했다는 사실을 「논 이야기」는 자신도 모르

규정에 원칙적으로 동의한다. 그럼에도 한국전쟁 발발 이전까지로 해방기를 넓혀 잡는 이유는 염상섭이 이즈음 가졌던 문제의식들을 단절의 관점보다는 지속의 관점에서 살펴보려는 의도 때문이다.

게 예고한 것으로 읽힌다. 결과적으로, 주어진 해방은 비유컨대 상상적 임신 혹은 결코 열매를 맺을 수 없는 꽃의 개화에 지나지 않았던 것이다.

그렇다면 1936년 만주로 건너가 해방 후 신의주를 거쳐 1946년 6월 서울로 귀환하여 「해방의 아들」(『신문학』, 1946.11)을 발표하기 전끼지, 근 10여 년을 "작가로서는 고자"[2]의 삶을 살아야 했던 염상섭에게 해방기 현실은 어떻게 의미화 되었을까. 여기서는 그의 생애를 직접 재구하기보다는 작가 자신에 대한 성실한 관찰의 기록물로 흔히 말해지는 해방기의 작품 경향을 일별해 봄으로써 물음에 답해보자.

미리 말해둘 사실 하나는 이즈음 그가 정치적 행위의 한 방법으로서의 문학을 내세웠던 좌·우익 작가들이나 현실에 대한 뚜렷한 시각 없이 당시의 판도를 관망하는 데 멈추어 있던 대다수의 중간파들로부터 한 발자국 떨어져 있었다는 점이다. 이는 그가 1920년대 이래 지켜온 중도적 노선에 대한 작가적 의지가 작용한 결과일 것이다. 하지만 해방된 지 거의 1년 뒤에야 서울로 귀환했다는 객관적 조건에 의해 강제된 것이란 사실 역시 무시할 수 없다. 만주→신의주→서울로의 귀환 과정은 그에게는 '해방'의 의미를 체험적 진실성에 바탕하여 객관적으로 파악할 수 있는 유리한 고지의 선점을 의미한다. 이런 상황 속에서 그에게 여전히 중요했던 것은 특정 이데올로기의 선택 문제가 아니라, 정치적 급변이 일상생활과 인간관계를 어떠한 식으로 변화시켰는가를 포착하는 현실인식의 문제였다.

---

2   염상섭, 「횡보문단회상기」, 『사상계』, 1962.11, 208면.

이런 전제 아래 해방기 염상섭 소설의 경향을 몇 가지로 나누면 다음과 같다. 첫째, ‘작가적 고자’ 상황으로부터 탈출하여 문학적 자의식을 회복하는 과정을 그리고 있는 작품들이다. 「해방의 아들」(원제는 「첫걸음」), 「엉덩이에 남은 발자욱」(『구국』, 1948.1), 「모략」(창작집 『삼팔선』, 1948), 「그 초기」(『백민』, 1948.5)가 해당된다. 이 소설들에서는 갑작스런 해방의 소용돌이 속에서 겪는 혼란, 예컨대 만주에서 벌어지는 일본과 조선을 비롯한 제 민족들의 갈등과 암투, 자신의 정체성을 찾기에 골몰하기보다는 잇속 차리기에 급급한 조선인들의 부끄러운 자화상이 지식인 주인공의 비판적 시선을 통해 세밀하게 그려진다. 이 주인공들에게서 ‘죄인의 민족’이라는 자기 합리화가 엿보이지 않는 바는 아니다. 그러나 그들이 주변 사람들의 갈등과 암투를 조절하고 화해시키는 과정은 작가가 자기 정체성을 회복하는 과정과 다르지 않다.

둘째, 「삼팔선」(창작집 『삼팔선』), 「이합」(『개벽』, 1948.1)과 그 속편 격인 「재회」(『개벽』, 1948.8), 「양과자갑」(원제는 「바쁜 이바지」, 『해방문학선집』, 1948) 등이 해당되는 경향이다. 이들 작품에서는 이데올로기나 체제 선택의 문제와 관련한 갈등, 그로 인한 생활난의 문제가 가족 간의 갈등이란 형태로 표출된다. 이 작품들 역시 지식인 주인공이 등장하는데, 이들은 특정한 선택에 따른 합리적 가치판단이 무엇인가에 대한 고민을 주로 펼친다.

셋째, 해방기의 일상 현실에서 빈번히 빚어지는 갈등, 특히 가족 혹은 친구들 사이에 벌어지는 관계의 뒤틀림 문제를 금욕(金慾)이나 애욕 등과 관련지어 풍속사적으로 조망하는 작품들이 있다. 「임종」(『문예』, 1948.9), 「두 파산」(『신천지』, 1949.8), 「일대의 유업」(『문예』, 1949.10)과 「속 일대의 유업」(『신사조』, 1950.5), 「굴레」(『백민』, 1950.2)가 그것이다. 이 작품들은 실생활에서 벌어지는 인간군상들의 욕망과 그로 인한 갈등을 무미건조하고 냉철하게 묘사하고 있을 따름이다. 그래서인지 그런 상황들에 대한 작가의 가치판단이 유보되어 있다는 느낌조치 갖게 된다. 그 결과 이 작품들은 시대를 관통하는 서사의 긴장감을 획득하지 못한 채 쇄말주의적 묘사로 경도되고 말았다는 부정적 평가를 받게 된다. 그럼에도 「두 파산」이나 「임종」의 경우, 인물들의 뚜렷한 성격대비와 치밀한 심리묘사에 힘입어 이 시기 염상섭 소설의 평판작으로 손꼽힌다.

세 경향의 소설들을 관통하는 작가적 태도의 공통된 특징은 무엇보다 현실을 날것 그대로 드러내려는 욕망이다. 그러나 현실에의 지나친 밀착은 세계에 대한 거리조정의 실패를 야기함으로써 리얼리즘적 기율의 현저한 일탈을 불러오게 된다. 이를 근거로 대다수의 연구자는 다음과 같은 비판을 숨기지 않는다. 그가 당대의 혼란한 현실을 폭로하는 이념인·행동인으로서 '문제적 개인'을 그리는 대신, 현실의 모순을 가족과 친구, 연인의 갈등으로 좁혀 제시하거나 별 의미 없는 자잘한 일상에 대한 관심 속에서 해소하고 있다는 것이다.[3] 이런 비판 속에서 염상섭의

---

3 이런 입장의 대표적인 예로는 신형기, 『해방기소설연구』, 태학사, 1992, 8장 '중간파의 입장'을 꼽을 수 있다. 이와 달리 염상섭의 해방기 작품들이 자기정체성 추구와 인간본연의 욕망을 윤리적 문제와 연관시켜 형상화하고 있으며 이것이 그가 그동안 줄곧 주창해온 민족문학론의 새로운 추구와 관련된다고 평가하고 있는 글로 권영민, 「염상섭의 중간파적 입장」(『염상섭 전집』 10(해설), 민음사, 1987) 및 조남현, 「해방 직후 소설에 나타난 선택적 행위」(김윤식 외, 『해방공간의 문학운동과 문학의 현실인식』, 한울, 1989)가 있다. 그러나 이들 역시 염상섭이 민족문학의 포괄성을 강조하고는 있기는 하지만 전체적인 민족적 삶의 형상화에는 이르지 못한 것으로 평가한다.

중도적 입장, 다시 말해 가치중립적인 태도는 파탄난 일상의 새로운 전망을 적극적으로 모색하는 능동적인 작업으로 이해되지 않는다. 그보다는 어떤 이념의 지향에 대해 판단을 유보하고 일상에 파묻혀 삶의 표피적인 다양성만 추구하는 소극적인 보수주의자의 그것으로 평가된다. 이런 비판들은 충분히 수긍할만한 근거와 의미를 지니고 있다.

그러나 우리는 염상섭의 '중간파'적 태도, 즉 철저한 생활현실의 감각에 기초하고 있는 '가치중립성'에의 지향이 과연 양극으로 수렴되거나, 아무데도 속하지 않는 '박쥐'의 이중성에 멈춰 서 있을 따름인지를 다시금 물어야 한다. 이 문제는 한국문학의 '근대적 성격', 곧 '근대성'에 깊이 연관되는 것이 아닐 수 없다. 이런 점에서 염상섭의 세계에 대한 태도를 수미일관하여 '근대성'과 연관시키는 김윤식의 입장을 살펴보는 일은 우리의 관심을 해결하는 데 적잖은 도움이 될 듯하다.

김윤식은 해방기뿐만 아니라 염상섭 문학 전반을 '제도로서의 가치중립성'이란 틀 속에서 파악하고 해석한다. 그가 말하는 '제도로서의 가치중립성'은, "서양 근대성을 특징짓는 점진적인 합리화의 과정, 즉 도구적 합리화의 보편화, 그에 수반되는 합목적적 행위의 제도화"[4]를 주로 의미한다. 김윤식에 따르면, 염상섭 문학에서 이것은 서울 중산층의 삶의 감각과 일본을 통해 체득한, 그러므로 이식된 것에 지나지 않는 근대적 삶의 감각이 동시에 결합됨으로써 지탱된다. 이런 연유로 이것은 염상섭 소설 전체를 통어하는 세계관의 자격을 지니게 된다.[5] 이런 관점

---

4 윤평중, 『푸코와 하버마스를 넘어서』, 교보문고, 1990, 122~123면.
5 김윤식, 『염상섭 연구』, 서울대 출판부, 1987, 782~785면. 김윤식은 염상섭을 "제도

에서 그는 해방기 염상섭의 소설이 정체성이 혼란된 '박쥐의 성격'에서 벗어나 보수적 민족주의로 옮아가는 과정 역시 선택 가능한 합리성, 즉 중산층의 삶과 윤리적 감각이 지정하는 현실의 법도 내로 포섭되는 것 이상도 이하노 아니라고 본다.[6]

그런데 이런 식의 설명은 염상섭의 합리적인 '선택'의 문제가 주체의 치열한 성찰 과정에서 얻어지는 것이기보다는, '근대'라는 제도가 강제하는 효율성 혹은 현실 논리에 무반성적으로 편승한 결과물인 것처럼 보이게 한다는 점에서 문제적이다. 다시 말해 염상섭에게는 도구적 합리성에 맞선 주체의 비판적 성찰, 곧 효율성의 논리가 지배하는 근대적 일상을 비판하고 거기서 새로운 전망을 도출하려는 비판적 합리성이 결여된 것처럼 오해될 소지가 다분하다는 것이다. 그러나 그가 중도적인 입장에서 보다 효율적인 삶의 논리를 선택하는 인물들을 창조했다고 해서, 또한 그런 삶의 궤적으로부터 완전히 자유롭지 못했다고 해서 근대적 제도가 강요하는 효율성 논리에 무기력하게 순응해간 것으로 규정지을 수 있을까.

따라서 우리는 염상섭의 '선택' 문제가 근대적 제도에 대한 맹목적 추종에서가 아니라, 그 나름의 비판적 합리성에 대한 기대 속에서 이루어진 행위라는 사실에 주의를 기울여야 한다. 그런 점에서 해방기 염상섭의 중도적 노선이 결코 '박쥐적 성격'의 것이 아니었음을 설득력 있게

적 장치로서의 사회구조를 승인하고 그 제도가 인간의식을 결정한다"(같은 책, 766면)는 삶의 감각을 지닌 전형적인 '근대주의자'로 규정한다.
6   위의 책, 808~818면 참조.

논증한 김재용의 연구는 여러모로 시사적이다.[7] 이 글은, 해방기에 씌어 졌지만 단행본으로 출간되거나 연재본 자체로도 연구 대상이 된 적 없는『효풍』(『자유신문』, 1948.1.1~11.3)의 문학사적 가치와 의미를 당대 상황에 대한 폭넓고 깊은 이해를 토대로 밝히고 있다. 가령 그는 염상섭의 『신민일보』창간 관여와 이 신문의 단선반대 논조와 관련한 구류 경력, 단선반대 운동과 관련된 '문화인 108명 연서 남북회담 지지 성명'에의 참여, 좌익단체 관련자를 선도한다는 목적으로 만들어졌지만 실제로는 이들을 효과적으로 통제하기 위한 수단이었던 '국민보도연맹'에의 가입과 같은 전기적 사실을 세밀하게 실증한다. 그럼으로써 염상섭의 중간파적 입장이 다른 중간파들과 달리 현실의 개혁을 염두에 둔 적극적인 정치적 행위였음을 드러내 보인다.[8] 나아가 이런 행위가 좌・우익의

______

7   김재용, 「8・15 이후 염상섭의 활동과 『효풍』의 문학사적 의미」, 『한국문학평론』, 1997 여름.

8   이에 대한 이해를 돕기 위해 간략하게나마 이 당시 염상섭이 작성한 평론들을 조명해본다. 그는 「『민족문학』이란 용어에 관하여」(『호남문화』, 1948.5), 「『자유주의자』의 문학」(『삼천리』, 1948.7), 「문단의 자유 분위기」(『민성』, 1949.1) 등을 통해 자신이 생각하는 문학의 본질과 민족문학이 무엇인가를 적극적으로 개진한다. 그 내용은 그가 20년대에 카프계열의 문인들과 벌였던 논쟁에서 개념화한 '생활의 문학'에서 그리 멀지 않다. 문학(혹은 문인)은 불편부당한 중립적인 존재여야 하며, 그것을 바탕으로 "비판적이요 탐구적이며 생명과 인생과 사회의 진실한 표현미를 생명으로"(「문단의 자유 분위기」) 삼아야 한다는 것이다. 그리고 이런 전제 아래 민족문학의 임무는 특정계급의 이익에 복무하는 것이 아니라 공동선에 기초한 민족공동체 건설을 위해 새로운 문화와 시대윤리의 창출에 힘쓰는 것이라고 재차 강조한다. 이를 위해 (민족) 문학이 추구해야 할 과제를 그는, 김동인, 김동리, 백철, 곽종원, 윤곤강 등이 응답자로 참여하고 있는 「조선문학 재건에 대한 제의」(『백민』, 1948.5)란 지상토론회에서 「사회성과 시대성의 중시」란 제목 아래 다음 5가지로 정리한다. ① 일제 잔재의 청산 ② 새로운 외세가 개입하는 상황과 문학이 또 다시 그것에 빌붙는 사태를 부단히 경계하면서 국가민족의 대본(大本)인 교육과 문화발전에 힘쓸 것 ③ 봉건적 관념과 구습을 타파하는데 문학이 앞장

편협한 입장에서 벗어나 협동전선론의 입장에서 민족의 이익을 도모하려는 진지한 고민의 산물임 역시 여러 자료들을 통해 증빙하고 있다. 이에 근거해 그는 「두 파산」, 「임종」 외에 뚜렷한 주목을 받지 못했던 1949년 이전의 염상섭 소설들이 민족자결성에 대한 적극적 인식과, 그것을 방해하는 외세와 권력 집단에 대한 비판에 기초한 것이라는 긍정적 평가를 내린다.

물론 김재용의 연구는 염상섭의 민족의식 이면에 자리한 '합리성'의 실체에 대한 치밀한 탐구와 분석까지는 이르지 못한 아쉬움이 없지 않다. 하지만 당시의 혼란한 생활현실을 쇄말적으로 묘사하는 데 그치고 있다는 비판 속에서도 염상섭이 왜 그런 방식을 취택했는가를 이해하는 데 많은 도움을 준다는 사실에는 변함이 없다. 요컨대, 문학(예술)이 '작가적 소망 혹은 사회적 모순의 상상적 해결의 장'이란 제임슨의 말을 빌리지 않더라도,[9] 염상섭 역시 파탄난 생활세계를 세밀하게 보여줌으로써 거꾸로 의사소통의 합리성이 구현되는 새로운 생활세계의 건설을 꿈꾸었다는 것이다. 해방기 현실에 대한 염상섭의 부정적이며 냉소적인

설 것 ④ 편협한 국수주의적 민족관이나 역사관을 철폐하고 자주적인 민족관을 세우는 데 문학이 기여할 것 ⑤ 좌익문학을 무조건 배격하는 것이 아니라 조선문학의 재건을 위해서 필요한 요소를 취할 것. 우리는 이를 통해 다음 두 가지를 확인할 수 있다. 첫째, 비록 당대 현실에 적용 가능한 실천적 이론으로 구체화시킨 상태는 아니지만 그가 자주적이며 민주적인 국민국가의 수립을 염원하면서 문학 역시 그에 적극적으로 동참해야 한다는 정치적 입장을 확고히 견지하고 있었다. 둘째, 그것을 위해서라면 좌익문학 역시 참조해야 한다는 매우 유연하고도 개방적인 합리주의자로서의 면모를 유감없이 발휘하고 있었다.

9   F. 제임슨, 여홍상·김영희 역, 『변증법적 문학이론의 전개』, 창작과비평사, 1984, 제5장 '변증법적 비평을 위해' 참조.

태도는 따라서 그런 열망이 좌절될 수밖에 없는 당대 현실의 폭압성에 대한 비판적 인식에서 비롯한 것으로 이해된다.

이런 문제의식을 바탕으로 본고는 '가치중립성'(혹은 가치중립적 태도)이라 불림으로써 그 문학사적 의의와 가치를 제대로 인정받지 못했던 염상섭 문학의 '합리성'을 보다 적극적으로 해석하고자 한다. 앞서 말한 대로, 염상섭의 (민족)문학론은 민족의 공동선에 기초해 민족 전체의 삶을 포괄함과 동시에, 새로운 민족문화와 시대윤리를 창출하는 작업에 초점을 맞추고 있다. 이런 보편적인 민족에 대한 이해가 가족주의의 원리, 구체적으로는 가족 내의 질서와 윤리에 대한 작가의 신뢰가 확장되어 성립된 것임은 널리 알려져 있다.[10] 많은 연구자들은 이로부터 질서의 세계, 윤리를 중시하는 보수주의적 태도, 도시 중산층의 일상생활 묘사 등을 중시하는 그의 문학관이 성립한 것으로 파악한다.

하지만 우리는 다음과 같은 사실에 보다 주목해야 한다. 『삼대』나 「만세전」 등에서 보듯이, 염상섭은 가족(가정)을 인류의 질서가 살아 숨쉬는 공동체적 공간으로 안이하게 그리지는 않는다. 그보다는 돈이나 여자를 둘러싼 타락한 욕망의 쟁투 공간으로, 더 나아가서는 봉건적 가부장제로 인한 세대 간의 갈등이 첨예화되어 종국에는 거의 파멸지경에 이르는 '투쟁의 장'으로 은유화하는 데 더욱 익숙하다.[11] 그렇다면 작가

---

10 대표적인 예로, 김승환, 「염상섭의 가족주의적 정신과 가(家) 사상」, 권영민 편, 『염상섭 문학 연구』, 민음사, 1987.

11 유종호, 「염상섭에 있어서의 삶」, 위의 책, 336~340면; 양진오, 「가족소설의 전개와 의미」, 『포에티카』, 1997 여름, 41~42면. 특히 양진오는 『삼대』의 조덕기의 집안이 효와 예의 유교적 이념으로 합리화된 공간을 이루지 않는다고 본다. 그러면서 그의 집안

가 지향하는 공간과 그려진 공간 사이의 이 엄청난 괴리는 어떻게 설명되어야 설득력을 발휘할 수 있을까.

이런 관심에 대해서는 '생활세계'와 '체계' 개념을 중심으로 '근대성'의 해방적 성격을 모색하는 하버마스의 의사소통의 합리성 이론이 많은 도움을 줄 듯하다. 하버마스에 따르면, '생활세계'란 사회구성원들이 공유된 가치와 상호신뢰에 기반하여 서로의 갈등을 조절하고 욕망을 중재함으로써 개인적·사회적 동일성이 유지되는 인륜적 공간을 뜻한다. 그리고 '체계'는 효율성의 원칙, 즉 도구적 합리성에 기반하여 대상에 대한 제어를 실행하는 경제(화폐)와 관료행정(권력)을 뜻한다. 이때 '체계에 의한 생활세계의 식민화' 과정이 근대화 과정임은 두말할 나위 없다. 하버마스는 이런 근대화 과정에 내재된 병리현상을 극복하기 위해서는 '생활세계' 안에 본래부터 내장되어있는 의사소통구조의 합리성을 재활성화시키는 작업이 가장 시급하고 긴요하다고 주장한다.[12]

이를 참조한다면, 염상섭이 문학론이나 소설의 긍정적 인물을 매개로 상상하는 가족주의의 위상은 '생활세계'의 그것에서 멀리 있지는 않은 듯싶다. 가령 효와 예의 유교적 이념을 바탕으로 하면서도, 조덕기의 형상에서 보이듯이, 추상화된 대로나마 개아(個我)의 자유와 타자에 대한 휴머니티가 살아 숨쉬는 인륜 공간으로서의 가족(혹은 그것의 확장으로서 민족) 이미지를 떠올려 보라. 그러나 냉철한 현실주의자였던 만큼 염상

을 현실적으로 규정하는 힘을 '가족주의'라는 정신이 아니라 '돈'이라는 경제적 기호로 파악한다.

12 윤평중, 앞의 책, 127~133면.

섭은 이상화된 가족상을 손쉽게 제시하거나 설정하지 않았다. 대신 이미 일제와 식민 자본, 사적 욕망 등과 같은 강고한 '체계'의 침투에 의해 파탄나고 있던 가족(민족)의 현실과 그 난맥상을 짚어내는 데 주력했다. 그러니까 그는 당위의 편에 서서 섣부른 전망을 제출하기보다는, 철저히 현실의 논리를 파헤침으로써 '체계'의 폭력성을 폭로함과 동시에, 새로운 윤리나 가치체계의 모색 없이는 '생활세계'의 탈취가 요원함을 실감으로 보여준 셈이다.[13] 이런 점에서 염상섭은 제도에 휘둘리며 거기에 적응하기에 바빴던 '근대주의자'는 결코 아니었다. 오히려 냉철한 현실감각을 바탕으로 근대의 부정성을 철저히 해부하여 그 해독을 널리 알리고 고치려 했던 비판적 합리성의 체현자라는 게 올바른 평가겠다.

필자는 해방기 소설에도 염상섭의 이런 지향이 계속 관철된다는 이해를 전제로 '체계'가 가족 혹은 공동체적 관계를 폭력적으로 파괴하는 당대 현실이 선명하게 부조되어 있는 「이합」과 「재회」, 그리고 「두 파산」을 논의해 보고자 한다. 이들 작품은 작가 체험의 직접적 기록이라는 부담에서 비교적 자유롭다는 점이 무엇보다 주목된다. 게다가 지식인 주인공을 등장시켰을 때와 그렇지 않았을 때 작가의 현실인식이 어떻게 현상되는지를 살펴볼 수 있는 장점도 지니고 있다.

---

13 이는 새로이 진작된 '생활세계', 곧 새로운 가족윤리 모색의 매개자였던 조덕기가 『삼대』의 후편 격인 『무화과』(여기서 조덕기에 해당하는 인물은 이원영이다)에서 '사당지기' 대신 선택했던 '금고지기'의 역할도 제대로 못한 채 파산하는 것으로 그려지는 점에서도 뚜렷이 확인된다.

2. 양심적 지식인이 들여다본 '체계'의 폭력성

—「이합」과 「재회」

반제와 반봉건을 동시의 해결 과제로 안은 채 왼미힌 근대로의 도정에 나서야만 했던 한국 근현대사나 문학사에서 지식인의 역할은 매우 중요했다. 낡은 사상과 체제의 구각을 벗겨내는 계몽주의자로, 아니면 자기반성 없는 맹목적인 근대 추종에 대한 엄격한 비판자로, 나아가 지금・여기보다 나은 세계로 가는 방법을 고민하는 새로운 세계의 입안자로 그들은 간주되었고 또한 스스로도 거기에 동의했다. 하지만 날카로운 현실감각과 균형감각을 상실한 채 허황된 이상주의에 들뜨거나 주어진 현실에 굴복할 때, 그들은 체제에 영합하거나 냉소의 독한 호흡에 감염되는 나락의 상황으로 추락하지 않으면 안 되었다. 이런 상황은 해방기의 지식인에도 마찬가지였다.

아무런 마음의 준비도 없을 때 홀연히 출몰한 해방 앞에서 많은 문학인들은 새로운 가능성에 환호작약하면서도 망연자실할 수밖에 없었다. 도대체 거리를 허용하지 않는 현실의 점착력이 현실에 대한 객관적 인식과 전망을 가로막았기 때문이다.[14] 이런 상황이 초래한 폐해는 대화는

---

[14] 이에 대한 인상적인 장면을 예맹계와 문맹계의 핵심 분자들이 모두 모여 조선문학의 장래를 놓고 난상 토론을 벌였던 아서원 좌담회에서 엿볼 수 있다. 역설적으로 말하자면, 그들에게 해방이 가져온 또 하나의 선물은 "쓸 것은 많은 것 같으나 포착할 수 없는"(「조선문학의 지향—문인좌담회 속기」, 『예술』, 1946.1), 현실 통찰력으로부터의 해방이었다.

없고 주장만이 난무한 해방기의 무수한 문학논쟁에 확연하다. 현실에 대한 불충분한 파악과 자기 것에 대한 맹목적 신뢰, 그리고 이를 부채질한 대외 의존적인 체제의 성립과 그 과정에서 드러난 체제의 경직성과 폐쇄성은 타자와의 의사소통 혹은 대화 가능성을 가로막는 족쇄가 되었다. 그에 따라 합리성의 증가를 위해 선택된 '체계'들은 오히려 그것을 입안한 주체들을 억압하고 배제하는 비합리성의 배양기로 돌변하게 된다.

「이합」과 「재회」는 이런 문제들, 다시 말해 합리성의 '증식' 공간이 아니라 '부식' 공간으로 점차 타락해 가는 해방기 현실을 작가의 분신에 해당하는 양심적 지식인의 눈을 통해 인상 깊게 묘파한다. 먼저 「이합」을 보기로 하자. 이 작품의 주인공 장한은 남쪽이 고향이지만 어떤 사정에 의해 처가가 있는 이곳(북한)에 일시적으로 체류하고 있는 만주 귀환민으로 현직 교사이다. 그는 정치에 대한 중도적 입장 때문에 이미 사회주의 체제가 들어선 이곳 사람들에게 우익으로 끊임없이 의심받는다. 그가 계속 남하하지 않고 북한에 머물게 된 가장 직접적인 이유는 생활의 안정 때문이다. 남한으로 간대야 안정적인 직장을 얻기 힘든 상황인지라, 그곳 군의 교육과장으로 있던 처고모부의 도움을 기꺼이 받아 교원이 되었고 또 적산가옥까지 불하받았던 것이다.

이런 주인공의 상황은 많은 것을 암시한다. 그중에서도 아이들을 교육하는 지식인이자 체제의 아웃사이더(체류자)라는 신분은 그가 북한 현실을 객관적으로 파악하는 데 결정적인 역할을 한다. 이때 이 작품의 표면적 사건인, 군여성위원회의 일에 바빠 가정을 소홀히 하는 아내 '신숙'과의 갈등은 북한 현실에 대한 원경화의 첫 계기가 되고 있어 각별히 주목된다. '신숙'은 당시 북한이 취한 정책에 발맞추어 가부장적 질곡으로부터 벗어나 새 사회 건설에 참여하는 것이 진정한 해방(여성해방)임을 주장하고 몸소 실천하는 모범적인 '혁명 여성'이다. 실제로 이 때문에 그녀는 '삼팔선의 노라'로 칭송 받는다. 이런 상황을 고려하면, 「이합」의 갈등은 가정의 안정을 위해 가부장제를 고수하려는 장한의 욕망과, 그것의 억압으로부터 해방되려는 신숙의 욕망[15]이 어긋남으로써 발생하는 것이다.

그러나 이 갈등은 어떤 해결을 목적으로 한 것이 아니라 염상섭이 당대 현실의 핵심으로 파고 들어가기 위한 하나의 전략적 거점이라는 게 옳을 듯싶다. 무슨 얘긴가 하면, 염상섭은 이 갈등을 매개로 당시 '이성의 부식'화로 급격히 치닫던 북한의 권력재편 과정에서 벌어지는 난맥상들, 곧 '생활세계'에 대한 '체계'의 침투 문제를 다루려했다는 것이다. 이 과정에서 작가는 '결과'에 대한 사후 비판보다는, 그 '결과'에 이르는 '과정'의 비합리성, 즉 점차 경직되고 왜곡되어 가는 의사소통 구조에 대한 비판에 한층 공을 들인다.

여성해방, 남녀동등인 이 시대에 예전 생각만 하고 구속을 하고 압박을 하니까 나는 못 삽네 — 하고 나가니, 그래 아무러면 해방 전보다 더 누르려야

---

15 신숙의 이런 욕망은 반(半) 자발적인 것으로 이해된다. 왜냐하면 "당에도 들기 싫다. 계집은 부엌 속에만 가둬 두겠다고 고집을 부리는 이가 여기서 어떻게 교육자는 되구, 부지를 하구 사시겠단 말씀요"(「이합」,『염상섭 전집』10, 민음사, 1987, 103면)라는 진술에서 보듯이, 거기에는 남편으로 인한 불안정한 생활조건 속에서 안정을 도모하려는 현실감각이 병행되어 있기 때문이다.

했겠습니까. 부인회에도 맘대루 나가서 활동하게 하구 차차 새 시대를 맞이하는 새 살림, 새 가정을 의론해 가며 개량하여 나가려는 생각은 누구나 가진 것인데 덮어놓고 네 정신은 썩고 네 머릿속에는 옛날 노인의 완고한 생각만 가득 찼을 것이니 이야기도 안 된다고 피피 하고 자식까지 나 모른다고 달아나니 이런 고집, 이런 생트집이 어디 있단 말애요[16]

인용에서 보듯이, 장한은 고루한 가부장제를 막무가내로 고수하려는 인물은 아니다. 그는 변화된 시대현실에 대한 객관적 조망을 통해 자신과 타자와의 관계를 새롭게 정립시켜 나가되, 가급적 생활의 안정을 해치지 않는 방향에서 변화를 수용하려는 점진적 개혁주의자이다. 이를 위해 그는 타자와의 합의와 신뢰를 무엇보다 중시하며, 또한 그것의 실천을 통해 의사소통의 합리성을 넓혀가고자 한다.

이런 장한의 면모는 가족 간의 갈등을 중재하고, 나아가 그들이 가족이라는 울타리 안에서 평화롭게 살아갈 방도를 마련코자 애썼던 '조덕기'의 그것과 방불하다. 동시에 누구보다 봉건적 가부장제의 타파를 주장하며 새로운 가족윤리의 모색에 골몰했던 횡보 자신의 그것과도 밀착되어 있다. 하지만 어찌 보면 하루가 다르게 급변하는 해방기 현실 속에서 행해지는 이런 발언은 현실성 떨어지는 관념론자의 그것이랄 수도 있겠다. 그러나 변혁기일수록 시대의 급박한 흐름에 힘없이 떠밀려가지 않기 위해서는 주체의 확고한 정립과 현실에 대한 투철한 산문정신이

---

16 위의 글, 108면.

필요한 법이다. 그렇지 않을 경우, '신숙'에게서 보이는 바의 '새 것'에 대한 맹종과, 그것을 토대로 타자를 혹은 자신의 이익과 목적에 부합되지 않는 모든 것들을 밀어내는 배제의 논리에 빠져들기 십상이다. 이와 같은 배제의 논리는, 결국 편 가르기거나 나와 타자의 상호이해(합의)에 대한 거부 행위이므로 공동선에 복무하려는 이성의 공적 사용과는 거리가 멀다.

그렇다면 무엇이 이런 왜곡된 의사소통 구조를 강제하는가. 이 소설에 나오는 다음 세 가지의 지식(사상) 사용법은 그에 대한 적절한 시사를 제공한다. 첫째는 장한의 아이가 러시아혁명 기념일을 축하하는 학예회에서 낭독할 작문 내용과 관련되어 있다. 아이가 지은 글에는 "×× 인민위원회 만세. 붉은 군대 만세. 스탈린 만세. 조선 독립 만세"(96면)라는 구절이 들어 있었다. 장한은 "이 말이 아직까지도 좀 어설프게 생각되는 것이요, 또 아이들이 으레 써야 할 말로 여기고"(97면) 있다는 이유로, 그러니까 교육자로서의 '불안감' 때문에 아이의 작문에 대해 내심 걱정하는 것이다. 이것은 아이들이 자신이 쓴 글(구호)의 진위를 판단하기에는 미숙하다는 사실, 그리고 저 말들은 일방적으로 주입됨으로써 주체의 반성 대상이 되지 못한다는 점에 대한 우려가 아닐 수 없다. 결국, 체계(권력)는 아이들에게 세상을 폭넓게 이해하는 데 필요한 기본소양을 가르치는 대신 체제에 대한 맹목적인 찬성을 교육함으로써 지배의 효율성을 의도하고 있다는 비판인 셈이다.

둘째는 "정말 주의를 위해서 가정을 버릴 만큼 혁명정신에 철저하다면 말리지는 않는다"(104면)에서 보이는 장한의 아내에 대한 곱지 않은 시선과 관련된다. 물론 표면적으로 이 말에는 아내 신숙이 혁명정신 때문이 아니라 자신(장한)을 무능력자로 치부하기 때문에 딴살림을 차리려 한다는 저속한 의심이 깔려 있다. 하지만 저 말은 해방 이후 신숙의 변모과정을 누구보다 상세히 알고 있는 장한이 그녀의 사상의 즉자성을 비판하는 것으로 이해하는 편이 보다 온당하다. 어떤 이념(지식)을 취함에 있어 그것의 본질 혹은 현실 정합성에 대한 검토가 없을 때 그것은 독단과 독선의 논리로, 종국에는 그에 대한 광기 어린 맹신으로 돌변하기 십상이다. 이런 함정에 빠져있는 아내의 모습을 인상 깊게 그려 보여주는 곳이 앞의 인용부분이다.

이런 식의 진리 내실에 대한 검토 없이 어떤 목적의 효율성만을 위해 추구되는 지식은, 인민정권의 수립에 있어 가장 중요한 전제조건들을 왜곡하는 다음과 같은 사태를 초래하게 된다. 첫째, 적산 불하 문제 등과 관련한 권력의 부당성. 앞서 말했듯이 장한이 북에 남게 된 가장 큰 이유는 실력자였던 처고모부가 주선하여 마련한 집과 교직 때문이었다. 혈연에 대한 배려의 차원에서 부와 직업의 재분배가 시행된 셈이다. 하지만 이렇게 획득된 안정은 결국은 그에게 올가미로 작용하는데, 그는 아내와의 불화 때문에 사상성의 의심을 받게 되며, 급기야는 군인민위원회에서 자아비판을 하라는 징벌을 받기에 이른다. 둘째, 일제잔재의 청산 문제. 장한이 근무하는 학교의 교장은 "뱃속에는 그야말로 봉건(封建)이 들어앉았고 관료(官僚)가 들어앉았고 일제가 남아 있"는 청산되어야할 수구 관료배이다. 하지만 해방 후 그는 "입만은 인민위원회의 마이크로폰"(110면)이 됨으로써 청산되기는커녕 여전히 권력을 누리며 산다. 염상섭의 북한(신의주) 체험을 신뢰할 수 있다면, 이는 당시의 남한 사정과 거의 방불한 것이 아닐 수 없다. 요컨대 교육, 행정과 같은 효율성 중심의 '체계' 논리가 새로운 '생활세계'(자주적이고 민주적인 인민정권)의 건실을 좌질시키는 사태는 북한 사회주의에서도 전혀 동일하게 관철되었던 셈이다.

셋째는 장한의 지식 획득과 사용 방식에 대한 생각과 관련된다.

사상에도 모리(謀利)가 있읍디까? 얼마쯤 연구라도 하구, 얼마쯤이라두 자기의 사상적 체계를 세워 놓고야 말이지, 목적에, 발등에 불이 떨어진다고, 네 네 한대서야 경찰에 붙들여 간 놈이 고문이 무서워서 헷소리 부는 것 같아서, 인텔리로서 양심이 허락할 수 있어야지[17]

작가의 의도가 그대로 배어 나오는 계몽적 메시지가 다분한, 장한의 지식(사상)에 대한 태도이다. 적어도 자신의 양심에 허락되지 않는 지식의 사용은 거부되어야 한다는 것, 이 전언이 이 소설의 한 핵심을 차지하고 있음은 분명하다. 우리는 이 양심을 모두가 공감할 수 있는 보편적 이성 혹은 공동선의 요구에 근거한 것이란 판단을 내려도 무방하리라. 이런 지식(사상)에 대한 자기 동의의 과정은 그것을 현실과의 끊임없는 소통 속에서 검증하고, 그에 따라 얻어지는 새로운 삶의 감각들이 응고되지 않도록 반성하는 자기탐색 및 성찰 행위와 다르지 않다. 그러나 현실

---

17 위의 글, 112면.

의 논리는 그 양심마저 배반할 것(자아비판)을 장한에게 끊임없이 요구
한다. 즉 그들은 동의의 절차도 없이 거짓으로라도 "속 허연 홍당무"(112
면)가 되기를 강요하는 것이다. 이를 물신화된 이데올로그(체계)가 주체
를 식민화하는 또 다른 장면으로 읽는다면 지나친 일일까.[18]

장한은 '체계'의 압박을 견디지 못하고 결국 단독 남하를 결심하게 된
다.[19] 그러면서 "어쨌든 '부위원장' 이 사람을 버려놓은 것이요. 길에서 줏
은 돈은 몸에 안 붙듯이 공짜로 얻은 해방이라서 이 지경인가……?"(113
면, 방점 및 강조는 인용자)라고 말함으로써, 아내와의 갈등 원인을 도착적
인 '체계'와 주어진 해방에 돌리는 동시에 그것들에 대한 부정적 인식을
드러낸다. 사실 이 부분은 아내나 북한 체제에 대한 장한의 맹렬한 비판
에 비추어 본다면, 매우 싱거운 원인 규명이 아닐 수 없다. 그렇다면 작
가는 왜 이런 식의 태도를 표명하게 된 것일까.

이 지점에서 우리는 자연스레 「이합」의 속편격인 「재회」로 나아갈 수
있는 연결고리를 발견한다. 공짜로 얻은 해방이기는 남한도 마찬가지
며, 따라서 남한에서도 체계와 생활세계의 도착 현상이 활개칠 것이란
예상은 장한에게 그리 어렵지 않은 일이다. 그것을 「재회」에서 펼쳐놓
기 위해 작가는 「이합」에서는 되도록 말을 아끼고 있는 것이다. 그런 점

---

18 당시 양심적 지식인들의 지식 사용에 대한 딜레마는 양공주의 영어편지 번역을 둘러싸
고 자존과 양심을 우선 여기는 지식인(영수)과 생활의 논리를 강조하는 아내 사이에
벌어지는 갈등이 예리하게 부조되어 있는 「양과자갑」에 잘 나타나 있다.

19 김윤식은 장한의 남하를 "신숙의 가출의 진짜 이유가 인생살이 중의 부부의 권태이듯,
장한의 탈출도 귀소본능에 속하는 것"(김윤식, 앞의 책, 804면)이라고 평가함으로써
작가의 '체계'에 대한 비판을 부정한다.

에서 「이합」의 마지막 부분 "사람을 만나는 것이 무섭고, 일 년 만에 다시 짊어지는 륙색이 왜 이리 무거운 지 웃통이 뒤로 넘어가는 것 같다"(116면)는 장한의 내면에 대한 진술은 그것을 암시하는 미적 장치로 이해된다. 실제로 「재회」에 가서 직가의 현실인식은 체제 내는 물론 동서 양 진영의 역학관계까지도 포괄할 정도로 체계화된다. 그리고 '체계'의 폭력성에 대한 비판 역시 계몽주의자의 그것으로 느껴질 만큼 매우 직설적인 양상을 띠게 된다. 그러므로 「재회」는 북한의 거울로서의 남한을 확인하는 의미를 지니는 부록과도 같은 작품으로 볼 수 있다.[20]

하여 여기서는 「재회」의 내용을 꼼꼼히 살펴보기보다는, 작품 전체를 통해 염상섭이 당시 남한 현실을 어떻게 인식했는가 하는 점과 함께, 장한과 신숙의 재회를 어떤 식으로 처리하며 그 의미가 무엇인지를 간단히 따져본다.

"그러나 그 소위 정치적 자유란 게, 여기(남한─인용자)에는 얼마나 있는지? 한발로 앙감질치는 생활이기는 남북이 똑같지 않습니까. 비단 땅덩이가 짜개졌대서만 말이 아니라"

"왼발로만 걷는 세상에서 오른발로만 걷는 세상에를 건너와 보니 그게 그 턱이란 말이지만, 그래도 오른발은 같은 앙감질이라도 익숙하고 든든할 게 아닌가!"

---

20 실제로 「재회」는 이렇다 할 사건의 전개 없이 월남 후 장한이 겪은 남한 사회의 난맥상에 대한 비판이 중심을 이루고 있다. 이런 식의 작가적 목소리의 전면적 개입은 서사의 긴장과 남한 현실에 대한 밀도 있는 형상화를 현저히 떨어뜨리게 된다.

하고 형은 웃는다.

"그러나 — 이것은 요새 며칠을 묵은 신문을 보며 생각한 일이지마는, 미국의 방임주의가 특권적 정치세력을 만들어 놓지나 않을지? 그러면 이북의 경제 해방이 무산 독재세력을 만들어 놓기나 일반 아닌가요"

"그야 과도적 현상으로 하는 수 없을지 모르지"

"그러나 언제 두 발로 걸어보겠다는 것인지! 방임주의란 민족 자주를 위해 내버려두는 것도 아니요, 우리가 생각하는 자유주의도 아니거던요. 결국 막연한 민족 분열에서 심각한 계급항쟁에 끌어 가기는 독재나 방임이나 같은 작용을 할 것입니다. 여기서 정말 새로운 민족적 자각이 있어야만 될 텐데 어쩌는 셈들인지?"[21]

다른 설명이 필요 없을 정도로 외세를 등에 업은 새로운 권력집단이 어떻게 분단을 고착화시키고 새로운 '생활세계'에의 희망을 좌절시킬지에 대한 명석한 판단과 예측이 빛나는 부분이다. 아마도 이런 사태 파악은 이미 단독정부 수립으로 가닥을 잡아가던 이 시기 현실에 대한 최상의 인식에 속할 테다. 실제로 한국 현대사는 염상섭의 이와 같은 예리한 통찰에서 크게 벗어남 없이 전개되어 갔다. 바른대로 말해 「재회」에는 작품의 극적 구성과 인물의 구체성을 훼손한다 싶을 정도로 작가의 노골적 주석이라 해도 될 저런 비판들이 곳곳에 박혀 있다. 그럼에도 저런 통찰은 염상섭이 얼마나 날카로운 현실감각의 소유자였는지를 새삼

---

21 「재회」, 『염상섭 전집』 10, 130~131면.

확인케 한다. 이런 산문정신이야말로 김재용이 밝힌 해방기 염상섭의 행적의 사상적 토대가 되었을 것이며, 또한 그를 정말로 박쥐 같은 행적을 보였던 대다수의 중간파로부터 떼어놓는 핵심 동인일 것이다.

그런데 「새회」에서 이 부분은 당대 현실에 대한 작가의 인식을 반영하는 데 그치지 않고 장한이 신숙과 화해를 결심하는 대목으로 설정된다는 점에서도 매우 중요하다. 장한은 분열과 혼란을 극복할 "새로운 민족적 자각"이 필요하다고 말하고 있는데, 이는 그의 가정 현실에도 똑같이 요청되는 사항이다. 사실 이 대목은 「이합」에서 그들의 별거를 두고 동료 교원이 "가정의 삼팔 철벽"이란 뼈있는 농담을 던질 때 그가 "가정은 소국가"(109면)라고 날카롭게 눙쳤던 장면에서 이미 예견된 것이다.

> 그보다도 주위에 대하여 입을 삐죽하며 냉안시하거나 적대시하고 아내까지 반발심으로 대항하고 덤비던 날카로운 감정만이 앞을 섰었기 때문에 그 외의 다른 점에는 눈을 뜨려고도 아니 하였고 무관심하였던 것이다. (…중략…) 그러나 이렇게 떨어져서 얼마만한 거리에 놓고 다시 보는 이북이나 아내가 전과는 다소 다른 각도로 너그럽게 보이는 것이 사실이요, 또 이남에 와서 이 혼돈과 탁란을 보고는, 역시 별수가 없구나! 하는 실망에, 모든 감정이 차차 누그러져 가는 것이었다.[22]

민족 현실에 눈뜬 장한은 아웃사이더라는 방관자적 입장에서 선입견

---

22 위의 글, 132면.

을 가지고 의사소통 과정에 참여조차 하지 않으려 했던 자신의 맹목을 가장 먼저 반성하게 된다. '체계' 속으로 앞장서 달려갔던 신숙이나, 거기에 빠지지 않으려 몸부림쳤던 자신이나 타자의 주체성을 인정하지 않은 것은 매 한 가지였다. 요컨대 두 사람은 자기 입장만 내세웠을 뿐, 가정이란 공동체를 지키기 위한 어떠한 노력도 기울이지 않았다는 점에서는 전혀 동색이다. 이런 자아의 맹목에 대한 각성과 남한 현실에 대한 객관적 인식 및 판단은, 그것과 상동구조를 이루고 있는 타자, 즉 아내와 북한에 대해서도 객관적인 접근을 가능케 하는 원동력이 된다. 특히 자신과 아내가 개인으로서는 어떻게 할 수 없는 체제(체계)의 공동 피해자라는 자각, 곧 측은지심(惻隱之心)의 발동은 갈등 해결의 결정적 근거가 된다.

「재회」는 따라서 해방기의 분단 현실과 그 극복에 대한 소망을 당대 현실의 피해자인 인텔리 부부의 '이합(離合)'을 통해 상징적으로 그려낸 작품으로 이해된다. 많은 사람들의 지적처럼, 막연한 주관적 의지, 또는 남편이 엇나간 아내를 이해하고 받아들이는 것과 같은 가부장적 포용성에 의해 민족 분단이나 여성 문제로 대표되는 복잡한 현실 모순들이 해결될 수 있으리라는 추상적 전망, 구체적 실천에 대한 유보적이고 소극적인 작가적 자세 등은 이 작품의 결정적인 한계로 느껴질 법하다.

하지만 우리는 염상섭의 해방기 소설에서 이런 방식으로나마 밝은 전망을 제시하고 있는 소설이 거의 드물다는 사실과, 「재회」가 탈고된 시기(1948.7.20)와 '문화인 108명 연서 남북회담지지 성명'이 발표된 시기(1948.4.14)가 그리 차이나지 않는다는 점을 주목할 필요가 있다. 이를 고려하면, 「이합」과 「재회」에 제시되는 남북 현실에 대한 가차 없는 비판과 장한과 신숙의 재결합 과정에 관한 핍진한 묘사는, 외세와 야합한 신흥 권력집단에 의해 고착화되어 가던 민족의 분단에 대한 작가의 항의이자 그 극복에 대한 일낭의 강렬한 표현이 아닐 수 없다. 그런 점에서 우리는 엄상섭이 소박하게나마 이성의 부식화 현상이 더욱 가속화되어 가던 당대 현실을 인류의 원리가 구현되는 최소단위인 가정[23] 규범의 새로운 정립, 곧 가족 구성원간의 의사소통과 수평적 관계가 보장되는 가부장적 질서의 수립과 확산을 통해 극복하고자 했던 것으로 이해할 수 있다.

3. 화폐의 물신성과 '관계'의 타락 ─ 「두 파산」

「두 파산」은 「이합」 연작과 달리 두 친구의 관계와 일상인의 생활논리가 '화폐(체계)의 물신성'으로 인해 어떻게 왜곡되고 타락하는가를 집중적으로 파헤친 작품이다. 이 소설은 해방기의 부정적 현실을 다양한 계층의 인물들에 대한 탁월한 심리묘사를 통해 보여주었다는 긍정적 평가와, 시대적 논리와는 무관한 서울 중산층의 삶의 감각만이 덩그렇게

---

23 G. 헤겔, 임석진 역, 『법철학』, 지식산업사, 1989, 94면.

남아 있는 세태소설에 불과하다는 부정적 평가를 한 몸에 받아 왔다.[24] 흔히 염상섭 소설의 특장으로 여겨지는 중산층 생활인의 삶의 감각에 대한 뛰어난 묘사라는 평가에서는 일치하지만, 그려진 내용 곧 작가가 그리고자 했던 현실의 진실성에 대한 평가에서는 전혀 상반되고 있다. 사실 이 작품에는 작가의 세계관을 대변하는 한편, 서사의 긴장과 이완까지도 조절하는 「이합」의 '장한'과 같은 지식인 주인공이 등장하지 않는다. 또한 몇몇 장면을 뺀다면 딱히 해방기랄 것도 없이 일상현실에서도 벌어질 법한 평균적 인물들의 돈을 둘러싼 욕망의 쟁투가 담담하게 그려지고 있을 따름이다.

그렇다면 염상섭이 「이합」과 「재회」, 「양과자갑」에서 보여주었던 시대현실에 대한 예리한 포착과 그것의 형상화에서 벗어나, 평균적 인물들의 금욕(金慾)이나 애욕(「일대의 유업」, 「속 일대의 유업」)에 대한 치밀한 심리묘사로 후퇴하게 이유는 무엇일까. 이를 해명하는 데 도움이 될 만한 추론은 역시 보도연맹에의 가입과 그에 따른 자기검열의 문제, 즉 창작심리의 위축 문제를 거론한 김재용의 견해이다.[25] 과연 「두 파산」은 분단이 완전히 고착화되고 반공 논리가 무소불위의 권력을 휘두르던 1949년 8월에 발표되고 있다. 마녀로 지목 당할 어떤 빌미도 내보여서는 안 된다는 것, 하지만 또 다시 작가적 고자가 될 수는 없다는 자의식 사이의 타협이 그를 일상탐구로 이끌었을 지도 모른다.

24　전자의 대표적인 예로 권영민, 「염상섭의 중간파적 입장」, 『염상섭 전집』 10(해설), 325면 및 정현기, 「「두 파산」, 인물들의 계층적 조명」, 윤홍로 외, 『염상섭 연구』, 새문사, 1982. 후자의 대표적 예로 김윤식, 앞의 책, 818~819면.
25　김재용, 앞의 글, 201~202면.

그러나 한 작가의 작품세계를 들여다볼 때, 달라진 점을 포착하는 것도 중요하지만 작가가 여전히 견지하고 있는 점이 무엇인지를 세밀하게 간취하는 것 역시 중요하다. 진실한 생활의 발견을 어느 누구보다 강조한 그의 문학관에 비추어 볼 때, 필자는 그것을 의사소통을 동한 '합리성의 재활성화' 욕망이라고 본다. 그리고 『삼대』에 비추어 보건대, 리얼리스트로서의 횡보가 사상과 이념의 문제를 통해서가 아니라면, 당연히 그 내용은 '돈의 논리'에 대한 탐구를 중심으로 행해질 수밖에 없을 것이다. 그에 대한 탐구가 「두 파산」과 「일대의 유업」 연작이 아닐까 한다.

'돈의 논리'의 폭력성을 정면에서 다루는 「두 파산」은 젖혀두고라도, 주인공인 기현모의 욕망(애욕)이 봉건적 가부장제의 폭력에 의해 좌절되는 과정을 그리고 있는[26] 「일대의 유업」 연작에서도 기현모가 엇나가게 되는 가장 근본적인 이유는 '돈'이다. 그러니까 그녀와 열여섯 살이나 층지는 지주부는 그녀가 딴마음을 먹고 가산(家産)을 빼돌릴까 의심하여 죽기도 전에 집의 명의를 큰아들 기현에게 돌려놓음은 물론 기현의 삼촌을 후견인으로 들여앉힌 일이 사단의 발단이었다. 그에 따른 배신감과 좌절감이 그녀를 타락한 삶의 길로 들어서게 했음은 물론이다. 결국 비정상적인 관계로 인해 애정과 상호신뢰가 결여돼 있던 지주부 가족의 가부장제 논리를 유지시킨 것도, 파탄낸 것도 '돈'이었던 셈이다.

'돈의 논리'에 의한 '생활세계'의 파탄은 어떤 사상이나 이념의 사물화에 의한 그것보다 훨씬 직접적이고도 전율적인 체감으로 다가오게 마

---

26 김윤식, 앞의 책, 813면.

련이다. 이제 그 체감의 구체를 「두 파산」을 통해 살펴보기로 한다. 목 좋은 문방구를 둘러싼 세 인물(정례부친까지 포함한다면 4명)들의 엇나가는 욕망이 적나라하게 펼쳐지는 「두 파산」의 서사는 어떤 극적 긴장감을 느끼기에는 의외로 단조롭고도 느슨한 편이다. 오히려 각 인물들의 목소리를 통해, 혹은 타자가 누설하는 정보에 의해 제공되는 인물들의 성격이 훨씬 흥미롭다. 이런 서사의 특성상 무엇보다 인물들의 성격, 특히 갈등의 핵심에 위치하고 있는 긍정적 인물과 부정적 인물에 대해 주목할 필요가 있다.

여기서는 두 인물의 성격을 따로따로 관찰하기보다는, 부정적 인물(옥임)을 매개로 긍정적 인물(정례모친)이 어떻게 자기파멸에 근접해 가는지를 관찰하는 우회적 수법을 쓰기로 한다. 이런 방법이 가능한 까닭은 부정적 인물이 야기하는 병리현상에 의해서, 그리고 그에 대한 긍정적 인물의 반작용에 의해서 개별 인물들의 심리와 행위가 드러나도록 이 소설이 짜여져 있기 때문이다.

먼저 부정적 인물인 옥임의 됨됨이부터 살펴보자. 단적으로 말해, 그녀는 "소학교 적부터 한반에서 콧물을 흘리며 같이 자라났고 도오꾜오 가서 여자대학을 다닐 때도 함께 고생했던"(197면) 친구 정례모친에게서 고리대금업을 통해 "잉여가치를 '흡혈'"[27]하는 사물화된 의식의 소유자이다. 옥임은 개항 이래 줄곧 우스갯거리로 신문 가십란의 한편을 차지하던 부박한 박래품으로서의 '모가루', 즉 첨단 유행을 맹종함으로

---

27 G. 루카치, 조만영 외역, 『역사와 계급의식』, 거름, 1986, 165면.

써 자기동일성을 확인하고 나르시시즘의 욕망에 몸을 맡기는 속물근성
으로 가득 찬 '모던 걸'이다. 대학 시절 "세익스피어의 원서를 끼고 다니
구, 〈인형의 집〉에 신이 나 하구, 엘렌 케이의 숭배자"(202면)연 하는 모
습은 '모던 걸'로서 그녀의 허위의식을 십약하여 보어준다. 그러나 그녀
는 귀국해서는 "도지사 대삼의 실내 바님으로 띠빋들려 재멋대로 호강
하는"(200면) 후실자리에 나앉음으로써 자신의 허구적 본질을 스스로
폭로하고 만다.

허울뿐인 모더니티를 실체로 내면화하고 있는 옥임의 허위의식은 그
자체가 하나의 딜레마이자 그녀의 영혼을 파멸시키는 근본요인이다. 왜
냐하면 '모던 걸'이란 정체성을 처음으로 부여해준 것이 '돈'이었고, 그
허상을 유지하기 위한 나르시시즘의 매개 역시 '돈'이었기 때문이다. 이
런 점에서 젊음과 가짜 지식을 대가로 돈과 권력을 사는 첩살이는 그녀
에게 자본제적 교환의 논리(체계의 효율성)와 상동관계에 있는, 가장 합목
적적인 선택행위에 해당한다. 이 논리는 그녀가 타자와 관계 맺을 때 가
장 중요한 척도로 계속하여 작용하게 된다는 점에서 주목을 요한다.

이런 옥임의 합목적적 행위는 돈의 획득이 위기에 처할 때 가장 극단
적인 형태로 왜곡·변질된다. 현재 그녀의 남편은 중풍으로 삼 년째 누
워 있다. 게다가 친일경력으로 인해 반민족행위자처벌법이 국회에서 통
과되는 날이면 징역에 처해지거나 재산을 몰수당하게 될 처지이기도 하
다. 이 때문에 그녀는 "자기대로 살 길을 차려야"(200면)만 하는 위험한
상황으로 내몰리게 된 것이다. 그녀는 자신의 살 길을 고리대금업에서
찾았고 그 첫 대상이 된 것이 정례모친이었다. 그녀는 어려운 처지에 놓

인 정례모친의 문방구 운영에 강요나 다름없는 동업관계를 자청함으로써 손에 먼지 한 톨 안 묻힌 채 정례모친의 땀과 돈을 가로챈다. 이와 같은 갈취는 그녀 자신의 영혼을 파괴하는 데 그치지 않고, 타자는 물론 '생활세계'의 바탕을 이루는 모든 관계를 파탄낸다는 데 문제의 심각성이 존재한다.

이를 후자를 중심으로 찬찬히 살펴보자. 우선 옥임은 신의에 기초한, 그래서 가장 자기목적적인 인간관계의 하나인 친구 사이를 가장 비합리적이며 타락한 교환관계(고리대금업)로 왜곡시킨다. 게다가 옥임은, "그래도 제 돈 내놓고 싸든 비싸든 이자라고 명토 있는 돈을 어엿이 받아먹는 것은 아직도 양심이 있는 생활"(202면)이란 궤변을 늘어놓으며 자신의 타락을 시대의 탓으로 떠넘기기에 급급한 정체불명의 교장을 집달리로 고용하여 정례모친과의 갈등을 간접화시키는 영악함까지도 발휘한다. 이런 상황에서 어릴 적부터 동고동락한 친구라는 인륜 관계가 유지될 가망성은 전혀 없으며, 또한 기본적으로 신용과 이윤에 대한 적절한 분배가 전제되어야 하는 동업관계 역시 성립될 리 만무하다.[28]

옥임의 타자에 대한 이런 관계맺음은 교환가치를 지닌 하나의 수단에 지나지 않는 화폐가 현실을 움직이는 근본적 원리라고 생각하는 '화폐의 물신성'에 기초해 있음은 비교적 분명하다. 비록 그것이 내일이면 어떻게 변모될지 모르는 생활의 안정을 도모하기 위한 본능적인 생존 욕

---

[28] 정례 모친은 돈에 미친 옥임의 인면수심(人面獸心) 같은 태도에 맞서기 위해 이자 지급을 일부러 늦춘다. 하지만 이로 인한 이자의 급격한 증가는 그녀를 파산으로 내모는 결정적인 원인이 된다.

구에서 비롯된 것일지라도, 그것 자체가 왜곡된 욕망에 근거한 것이기에 공감의 여지는 별반 없다.

그러나 더 큰 문제는 옥임이 정례모친을 동업대상자로 택한 이유가 정례모친이 어렵게 유지하고 있는 가족의 안정을 시기하는 마음 때문이린 사실에 있다. 그녀는, 시쳇말로 자신이 한창 잘 나가던 때에 존재도 없던 정례모친이 지금은 안정적인 미래가 거의 보장된 "쭉쭉 뽑아 놓은 자식들"과, "한참 활동적인 허위대 좋은 남편에 둘러싸여 재미있고 기운 꼴 차게 사는 양"(201면)을 영 못마땅하게 여긴다. 우리는 이를 단순히 '사촌이 땅을 사면 배가 아프다'는 식의 유치한 시기심과 질투심의 발로로만 볼 수 없다. 차라리 가짜 근대성으로부터 수혈 받은 구조화된 허위의식이 바깥으로 표출된 것으로 이해하는 편이 나을 듯싶다. 다음에서 보듯이, 타자의 행복을 용인하지 못하는 졸렬함은 결국 충만한 '생활세계'를 다시 가질 수 없는 자의 절망적인 악다구니로 그 모습을 드러내기에 이른다.

"난 돈밖에 몰라. 내일 모레면 거리로 나앉게 된 년이 체면은 뭐구, 우정은 다 뭐냐? 어쨌든 내 돈만 내놓으면 이러니저러니 너 같은 장래 대신 부인께나 같은 년야 감이 말이나 붙여 보려 들겠다든!" 하고, 허청 나오는 코웃음을 친다.[29]

---

29 「두 파산」, 『염상섭 전집』 10, 200면.

옥임의 악다구니는 자신의 낙백한 처지에 대한 단순한 비감을 넘어 윤리적 가치체계의 완전한 상실 혹은 전도를 상징적으로 보여준다. 염상섭은 정례모친의 입을 빌어 이런 윤리 부재와 인간성의 황폐화 상태를 '성격파산'이라 명명한다. 그러나 이 '성격파산'은 결코 개인의 기질적 성격이나 '돈의 논리'에 의해서만 부과되지 않는다는 데 문제의 중요성이 있다. 당시의 역사적 현실 역시 그 중요한 요인 가운데 하나인 것이다. 「이합」과 「재회」에서 보았지만, 해방기는 자주적 국민국가의 건설이라는 공동선이 정치 모리배와 '반민자(反民者)'의 득세 때문에 결정적으로 좌절된 시기이다. 결국 옥임의 '성격파산'(윤리파산) 과정은 일제와 해방기 당시 자신의 파당적 이익에만 급급하여 타자와의 의사소통 회로를 닫아버리거나 타자들의 존립근거 자체를 부정했던 '체계' 옹호자들의 '성격파산' 과정과 상동 관계를 형성한다. 말하자면 그녀는 이 땅에 널리 만연되어 있던 가짜 모더니티 혹은 그것의 역사 자체였던 셈이다.

하지만 이 소설이 발표되던 시기에는 이미 그 '성격파산자'들이 정치·경제·문화 등 모든 부문에서 확실한 주도권을 행사하고 있었다. 이런 의미에서 평균적인 생활감각과 건전한 윤리의식의 소유자였던 정례모친을 '살림의 파산'으로 이끄는 옥임은, 악화가 양화를 구축하고 '체계'가 '생활세계'(친구와 가족관계)를 식민화 하는 병리현상을 비근한 현실 속에서 실현하는 은유적 기호라 하겠다.

정례모친처럼 평범한 윤리의식을 지닌 채 살아가는 소시민들이 소박한 인간성(관계)마저도 파탄 내는 맹독성을 지닌 저런 병원균에 감염되지 않기란 매우 어렵다는 사실은 다음과 같은 결말 장면에서 어렵잖게 짐작할 수 있다.

"마누라, 염려 말아요. 김옥임이 돈쯤 먹자만 들면 삼사십만 원쯤 금세루 녹여내지. 가만 있어요"

정례부친은 잃는 마누라 앞에 앉아서 이렇게 위로 하였다.

"옥임이 돈을 먹자는 것두 아니지만 무슨 재주루"

마누라는 말리는 것도 아니요 부채질하는 것도 아닌 소리를 하였다.

"김옥임도 요새 자동차를 놀려 보구 싶어한다는데 마침 어수룩한 자동차 한 대가 나섰단 말이지. 조금만 참어요, 우리 집문서는 아무래두 김옥임 여사의 돈으로 찾아놓고 말 것이니……"

하며, 정례부친은 잃는 아내를 위하여 뱃속 유하게 껄껄 웃었다.[30]

가계에 보탬은커녕 자동차 사업을 한답시고 처분한 땅을 다 축내고, 게다가 어느 정당의 조직부장이니 훈련부장이니 하며 떠돌아다니는, 새로운 세계에 대한 전망 부재자요 날건달인 남편의 허언(?)은 충분히 이해가 간다. 하지만 문제는 강조한 부분에 드러나는 정례모친의 태도이다. 물론 그것은 지금까지 가족 안정의 기반이 되어온 가게를 **빼앗긴** 사람으로서 그렇지 않다면 오히려 이상하게 느껴질 정도로 당연히 취할 수 있는 태도이다. 그러나 이 부분은 내가 피해를 입는 한이 있어도 남에게 피해를 주지 않겠다는 소극적이지만 건전한 시민의식을 견지해온 그녀의 윤

---

30 위의 글, 203면. 강조는 인용자.

리감각이 위기에 봉착했음을 역설적으로 알려준다. 왜냐하면 지금까지 그 윤리의식을 지켜준 최소한의 물적 토대가 사라졌기 때문이다.

정례모친이 돈에 대한 물신 숭배 때문에 '성격파산'에 이르게 되는 옥임에 비해 도덕적 우위를 확보할 수 있었던 까닭은 무엇보다 안정적인 가족관계를 이루고 있었기 때문이다. 하지만, 근근하게나마 그런 안정을 가능하게 했던 '돈'이 뒷받침되었기 때문이라는 사실 역시 무시할 수 없다. 더군다나 그녀가 지금까지 남편의 행태를 못 본 채 눈감아 온 가부장제 논리의 충실한 수행자였다는 사실은, 그녀가 남편의 사기극에 대해 방관자적 입장을 가장한 암묵적 동조자로 변모할 수 있음을 충분히 예측하게 한다. 요컨대 정례모친이 '살림파탄' 지경에서 '성격파탄' 지경으로 빠져들 가능성은 시간문제인 셈이다. 비합리성이 이미 구조화되어 있는, 화폐와 권력으로 상징되는 '체계'의 폭력성 앞에서 그녀의 소시민적 윤리의식은 생활의 버팀목이 되기에는 너무나 유약한 것이다.

바른대로 말해, 이 부분은 작품 구성상 빼버렸어도 문제가 안 되었을 것이다. 왜냐하면 필자의 해석과는 별도로, 비합리성이 만연되어 가는 시대현실에 대한 완곡한 풍자와 냉소를 의도하는 트리비얼리즘적인 냄새 또한 풍기기 때문이다. 이런 연유로 염상섭이 사물화 현상의 '직접성'에 대한 관찰을 뛰어넘어 그것의 심층부에 자리 잡은 현실연관의 구체적인 세목에 대한 적발[31]까지 나아가지 못한 한계에 머물렀다는 비판을 제기할 수 있다. 「두 파산」에는 그런 측면이 분명히 존재한다. 그는 해방

---

[31] G. 루카치, 앞의 책, 167면.

기의 어지러운 상황들을 작품 여기저기에 배치하고는 있다. 그러나 그
것들은 인물들의 '파산'(옥임의 성격파산과 정례모친의 경제파산)을 강제하는
'사물화된 의식'의 형성과 발현 과정에 밀착되어 있지는 못하다. 그보다
는 돈을 둘러싼 인물간의 갈등을 예각화하는 하나의 요인으로 작동하는
데 그치고 있을 따름이다.

　그렇다면 염상섭은 왜 평소와는 다른 방식으로 결말을 지었을까. 계
속 강조해온 바지만, 「두 파산」에서 염상섭이 우회적으로나마 그리려
했고 또한 그려낸 가장 핵심적인 내용은 화폐와 권력을 두 머리로 가진
'체계'라는 샴쌍둥이가 퍼뜨리는 온갖 병폐들의 폭력성에 관한 문제였
다. 이를 고려한다면, 저 이상스런 결말은 작가의 희망과는 상반되게 전
개되던 당대 현실이 새로운 윤리를 모색하기에는 너무도 절망적이란 사
실과, 그럼에도 삶에 대한 최소한의 윤리감각은 견지해야 한다는 의지
를 동시에 보여주기 위한 의도적 장치로 이해될 수 있겠다. 그러니까 염
상섭은 정례부친의 왜곡된 복수심과 그에 대해 가타부타하지 않는 정례
모친의 심리를 통해 타락한 사회를 조롱하는 한편, 타락한 현실을 타락
한 방식으로 맞서려는 그들 부부의 즉자적 행위 방식 역시 비판하고 있
는 것이다. 이를 간과한 채, 「두 파산」을 서울 중산층의 생활탐구에 바
쳐진 세태묘사라고 간단히 규정한다면 그 이면에 숨어있는 작가의 새로
운 세계에 대한 열망을 지나치게 폄훼하는 일이 아닐까.

4. 왜 다시, 염상섭 문학인가

지금까지 필자는 해방기 염상섭의 단편소설 몇을 중심으로 그의 현실에 대한 냉혹한 관찰과 서실적인 기록이 '제도로서의 근대'에 발맞추어 삶의 균형감각을 유지하려는 노력이었기보다는, 비합리성이 만연해가던 당대 현실 속에서 의사소통 구조의 합리화를 모색하기 위한 노력이었다는 사실을 밝혀왔다. 해방기는 현실을 거리화시켜 객관적으로 파악하는 것이 불가능할 만큼 현실을 구성하는 다양한 제 관계들, 특히 정치, 경제, 이데올로기의 면에서 부침이 심했던 때였다. 이에 따라 대다수의 문학가들 역시 자신이 지지하는 국가체제와 이념을 확산시키기 위해 '문학의 정치화'로 나아가지 않을 수 없었다. 하지만 염상섭은 관념적이고 당위적인 논리로 현실을 재단하는 대신, '중간파' 혹은 자유주의자라는 오명을 뒤집어쓰면서도 오직 현실을 냉철히 해부하고 성찰하는 데 집중했다.

금전, 권력, 이데올로그와 같은 '체계'의 논리가 어떻게 가족관계, 애정관계, 소시민적 윤리의식, 더 나아가서는 사회의 공동선에 대한 의지를 파탄내고 좌절시키는가 하는 문제는 그런 성찰행위의 핵심적인 대상이었다. 이를 위해 그는 '체계'의 논리가 끼치는 가장 커다란 해악으로 의식의 사물화와 특정 개인과 집단의 배타적 욕망 실현을 위한 의사소통 구조의 왜곡을 주목했다. 그러니까 그는 단순히 해방기의 혼란스런 시대상과 욕망의 쟁투 공간으로서의 일상을 재현하는 데 그치지 않았던 것이다. 오히려 한 걸음 더 나아가 완미한 근대상에 대한 그 나름의 구도 아래 의사소통의 왜곡으로 인해 점증하던 '관계'의 타락 양상을 포착하는 데 전력했다. 타락한 '관계'의 속물성은 자기목적적인 관계들, 이를테면 가족, 부부, 친구 관계 등 타자의 행복을 위한 자기희생과 자발적 동의가 '관계'의 필수적 요소로 요구되는 인륜적 공간의 균열과 파괴 속에서 극단적으로 드러나기 마련이다. 횡보는 평범한 일상 속에서 그 난맥상을 세밀히 포착함으로써 인륜성과 합리적 의사소통 구조의 회복이 왜 필요한가를 역설적으로 웅변했던 것이다.

물론 해방기같이 하루가 다르게 급변하는 시대에, 더군다나 이념 쟁투의 소용돌이 속에 휘말려 있던 그 엄중한 시기에 이런 관심은 당장의 현실의 개선을 위해 아무런 쓸모가 없는 것처럼 여겨질 수도 있다. 하지만 현실의 개선이란 결국은 가장 비근하고 익숙한 삶의 논리에 대한 반성에서부터 시작되는 것이라면, 해방기 염상섭의 작업은 결코 쉽사리 보아 넘겨서는 안 된다.

염상섭은 한 치 앞을 제대로 볼 수 없었던 해방기에도, 아니 문학적 생애 내내 현실을 스승 삼아 근대문학의 본질 및 근대적 인간의 성격 탐구에 삶의 열정을 다 바쳤다. 이런 그의 작가적 성실성은 오늘날의 문학 현실에 대해 많은 것을 생각하게 한다. 시대를 핑계삼아 현실과 단절한 채 사인화(私人化)된 세계 속에서 과잉된 자의식을 쏟아 내거나, 아니면 환멸스런 근대의 대안으로 시대착오적인 중세주의를 주창하는 데 급급한 문학들이 대세를 형성하고 있다는 느낌은 나만의 것일까. 그러나 과거와 현재에 대한 성실한 관찰과 보다 나은 미래에의 기획이 부재한 문학, 그것은 우리네 삶의 본질을 꿰뚫는 데 기여하기보다는 자기탐닉과 위안을 위한 미학적 보상물에 그치고 만다. 횡보가 살다간 때에 비해 '관계'의 단절과 '체계'의 지배논리가 더욱 교묘해지고 공고화되는 지금의 현실에서, 그런 유혹에 아랑곳하지 않고 당당히 현실 속으로 걸어가던 그의 진중한 발걸음이 한층 그리워지는 것도, 그의 문학에 대한 종합적인 재검토 및 재평가가 적극 요망되는 것도 바로 이 때문이다.

냉전적 반공주의하에서의 민족적 통합 및 민주주의에 열망

새로 발굴된 「채석장의 소년」을 중심으로

| 김재용 |

1. 염상섭의 아동문학, 「채석장의 소년」

해방 직후부터 줄곧 남북의 통합과 민주주의를 염원하였던 염상섭은 남북에 국가가 각각 들어서는 상황을 맞이하면서 강한 위기의식을 느꼈다. 분단 직전에 연재를 시작하였다가 분단 후에 연재를 마친 장편소설 『효풍』은 이러한 위기의식의 산물이었다. 하지만 염상섭의 이러한 염원에도 불구하고 현실은 더욱 바람직하지 않은 길로 나아갔다. 1949년 중반 국가보안법이 만들어지고 보도연맹이 만들어지면서 그의 우려는 가장 극단적인 행태로 드러났다. 남북이 냉전적 반공주의와 냉전적 반제국주의로 극단화되면서 통합은 한층 멀어졌고 전쟁의 기운마저 감돌 정도로 남북의 상황은 악화되었다. 이러한 억압적인 분위기가 가속화되면서 민주주의 역시 극단적으로 억압되었다.

이 암울한 상황을 면바로 받아치기에는 너무나 객관적 정황이 좋지 않았다. 특히 조선문학가동맹이 확대 개편될 때 잠시 적을 두었던 그로서는 더욱 불리한 것이었다. 적을 두었다는 이유로 보도연맹에 가담할 수밖에 없었던 염상섭으로는 정면으로 당대의 현실을 다루는 것 자체가 쉽지 않았다. 생명이 왔다 갔다 하는 판에 현실 비판적인 작품을 쓴다는 것은 참으로 어려운 일임에 틀림없었다. 장편소설『효풍』을 썼다는 이유로 미군정에 구금된 적이 있을 정도로 해방 후의 현실을 비판적으로 그렸던 그이지만 1949년 중반 이후의 상황은 전혀 달랐던 것이다. 그렇기에 세태를 우회적으로 비판하는 작품을 몇 편 창작하는 것 정도가 그가 할 수 있는 전부였다. 그렇기에 흔히 세태소설이라고 비판 받는 이 시기의 몇 편의 단편소설들은 이러한 억압적인 상황을 고려하지 않는 한 제대로 평가할 수 없다.

물론 염상섭은 이대로 주저앉아 관망만 할 수는 없었다. 염상섭은 자신이 할 수 있는 방법을 찾고자 했다. 냉전적 반공주의의 극단적 정황하에서 그가 창안한 것은 속물화된 세태를 정밀하게 그려내는 방법이었다. 속물화된 현실을 두드러지게 그려냄으로써 그 자체를 보여주고자 했던 것이다. 하지만 이것은 현실의 수동적 반영에 머무를 수밖에 없음을 염상섭 자신도 깨닫게 되었다. 이런 재현의 벽 앞에서 우회적으로 생각해낸 것이 아동문학이었다는 사실은 참으로 역설적이었다. 한 번도 아동문학을 한 적 없었던 염상섭이 갑자기 아동문학을 잡지에 연재하게 된 것이다. 최근에 필자가 발굴한 염상섭의 문제작은 바로 이러한 시대의 산물이었다. 그동안 이 작품에 대해서는 연보에서 불확실한 언급이 나올 정도였다. 연재분에 대해서노 1~2회 정도에 한에서 인급이 있었고[1] 단행본으로 나온 섯에 내해서는 전허 일려진 바 없었디. 이 작품은 아동잡지인 『소학생』에 1950년 1월부터 연재되다가 전쟁으로 중단되었다가 전쟁 중인 1952년에 단행본으로 출판되었다.

이 작품은 두 가지 점에서 주목된다. 하나는 아동문학이란 형식이다. 다른 하나는 만주국 불러오기이다. 현재까지의 연구에 의하면 염상섭은 아동문학을 창작한 바가 없다. 평생 아동문학을 창작한 바 없는 그가 아동문학을 썼다는 것은 단순히 경제적 요인으로만 설명할 수 없다. 경제적 이유라면 굳이 아동문학을 택할 필요가 없었을 것이고 다른 여러 가지 방식이 있었을 것이다. 그런데 아동문학을 창작하였다는 것은 이데올로기적 곤혹스러움을 피하려고 했던 것이 아닌가 한다. 아동문학의 형식을 통해서 염상섭은 과연 무엇을 추구하려고 했는가? 이 점은 민주주의와 관련하여 매우 중요한 문제이기에 집중적으로 살펴보아야 한다. 흥미롭게도 이 작품은 만주국에서 고국으로 돌아온 전재민 가정이 정착하는 과정을 다룬 이른바 귀환서사 계열이다. 염상섭 자신이 1936년 말에 만주국으로 건너갔다가 해방 직후에 귀국하여 이때에 여러 편의 만주국과 관련된 작품을 창작하였다. 그렇기 때문에 염상섭은 만주국 불러들여 무엇을 보여

---

1   김종균, 『염상섭 연구』, 고려대 출판부, 1974.

주려고 했는가 하는 점도 이 작품의 이해하는 데 있어 결정적 중요성을 갖는다. 이 두 점을 중심으로 이 작품을 살펴보면 냉전적 반공주의의 극단의 시대에 염상섭의 작가 의식을 어느 정도 해명할 수 있을 것이다.

2. 만주국 불러오기와 민족적 통합에의 열망

1) 만주국에서의 염상섭

1936년 염상섭이 왜 조선을 떠나 만주국으로 이주했느냐에 대해서는 의견이 구구하다. 필자는 염상섭이 내선일체를 감지하고 이를 피한 것으로 보고 있다. 미나미가 1936년 8월 5일 총독에 취임하면서 식민지 지배 상황은 이전과는 매우 달라졌다. 흔히 미나미가 내세운 내선일체의 구호가 조선의 민중들에게 영향을 미치기 시작한 것은 1937년 7월 7일 중일전쟁 이후, 혹은 1938년 10월 무한 삼진 함락 이후 동아신질서가 제창될 무렵으로 본다. 하지만 실제적으로 미나미의 내선일체 지배는 취임 직후부터 강한 영향을 미쳤다. 그 대표적인 것이 '『동아일보』 일장기 말살 사건'이다. 『동아일보』가 1936년 8월 23일 자에, 이 신문 계열의 잡지 『신동아』가 9월호에 일장기가 말살된 손기정 선수의 사진을 싣자 조선총독부가 대대적인 검거를 하여 결국 『동아일보』와

『신동아』의 폐간을 명하였다. 이후 『동아일보』는 다시 복간되었지만 『신동아』는 그 호로 종간을 맞이하였다. 이전에도 일장기를 지우는 일이 있어도 큰 탈이 없었지만 이 무렵부터는 일체 타협을 하지 않았던 것이다. 미나미가 내세운 내선일체가 시작된 것이다. 조선총독부의 정책이 바뀌어 가고 있음을 지식인들은 알아차리기 시작하였는데 신문 기자 생활을 오래 하면서 이런 민족문제에 아주 예민하게 반응해오던 염상섭은 이 사태의 파장을 어렵지 않게 알아차렸다. 물론 내선일체가 싫다고 만주국으로 건너가는 것은 결코 쉽지 않았다. 생계를 영위할 수 있는 일이 있어야 하는 것이다. 그런 점에서 만주국의 조선어 신문에서 일하는 것은 최소한의 근거지를 마련할 수 있는 일임에 틀림없었다. 이 과정에서 진학문 등 지인의 도움을 받았을 것이다.

여기서 놓치지 말아야 할 것은 염상섭의 만주국 인식이다. 염상섭은 만주국의 통치 이데올로기 오족협화가 내선일체와는 어느 정도 간극을 갖고 있음을 이해했던 것으로 보인다. 일본 제국의 통치 이념이 조선에서는 내선일체, 대만에서는 내대일체이지만 만주국에서는 오족협화였다. 내선일체에서는 내가 일본인이 아니고 조선인이다라고 할 수 있는 여지가 거의 없지만 만주국에서는 내가 일본인이 아니고 조선인이다라고 할 수 공간이 매우 컸다. 그렇기 때문에 염상섭은 조선을 떠나 만주국으로 이주하였던 것이다. 신문기자의 경험을 살려 언론인으로 활동하면 기본적인 생활이 되었기 때문에 큰 문제가 없었을 것으로 판단했을 것이다.

이러한 염상섭이 1939년 말에 『만선일보』를 그만두는 일이 벌어졌다.[2] 염상섭이『만선일보』를 그만둔 데에는 일본 관동군의 간섭이 결정적이라고 생각한다. 만주국 성립 자체가 일본 관동군의 책략에서 나온 것이기 때문에 만주국 성립 이후 관동군의 통치는 지속적으로 이루어졌다. 초기에 관동군은 영국, 미국 등의 눈치를 보느라 마음대로 만주국을 지배할 수 없었다. 독립국으로 만든 것도 사실 이러한 견제로 인한 것이라고 할 수 있다. 초기에는 영미가 주도하는 국제연맹의 눈치를 보았고 나중에 국제연맹을 탈퇴한 후에도 사정은 크게 나아지지 않았기에 만주국을 마음대로 조종할 수 없었다. 독립국의 틀에 구애를 받지 않을 수 없었던 것이다. 하지만 무한 삼진 함락 이후 실질적으로 중국을 지배하게 되었다고 믿은 고노에 내각이 동아신질서를 외칠 무렵인 1939년에 이르면 상황은 매우 달라졌다. 이제는 영미의 눈치를 보는 것이 아니라 영미와 맞서려고 하였다. 허울로 뒤집어썼던 오족협화마저도 던져 버리고 조선인에게 내선일체를 요구하였다. 실제로 관동군은『만선일보』에 사람을 파견하여 사사건건 간섭하였고 염상섭은 이를 견디지 못해『만선일보』를 그만둔 것이다

안동으로 가서 일상의 생활인으로 살고 있던 염상섭이지만 내선일체에 맞서 오족협화를 내세우면서 조선인의 자립을 도모하였다. 그 대표적인 사례가 「북원」 서문이다. 염상섭 자신은 창작을 하지 않지만 만주에서 작가활동을 하던 조선인 작가에게 큰 애정을 갖고 있었다. 그렇기

---

2 염상섭의 자필 이력에는 1939년 9월 무렵『만선일보』를 그만두고 안동에 있는 대동항 건설사업선전에 종사했다고 되어 있으나『만선일보』 지상에는 염상섭이 1940년 1월 6일까지 근무한 것으로 되어 있고 1월 7일부터 후임자인 홍양명이 맡은 것으로 되어 있다.

에 재만조선인 소설가들의 작품을 모은 『싹트는 대지』에 서문도 쓰면서 큰 기대를 보내기도 하였다. 오족협화가 형해화되고 내선일체가 만주국에서도 강요되는 마당에 그가 할 수 있는 일 중의 하나가 바로 후배 소설가들의 직업을 지지하면서 조선인의 존재를 알리는 것이었다. 재만조선인들이 조선어로 창작한 작품을 작품집 등으로 출판하는 것 자체가 오족협화를 활용하여 조선인의 존재감을 드러내는 일이었기에 적극 동참하였다. 그런데 일본인들은 오족협화를 무시하고 내선일체의 시각으로 조선인을 바라보았고 더 나아가서는 아예 조선인들의 존재를 무시하는 방향으로 흘러갔다. 그 대표적인 사건이 바로 1942년에 발간된 『만주국각민족창작선집』의 출판이다. 川端康成, 岸田國土, 島木健作(내지 측), 山田淸三郎, 北村謙次郎 古丁(현지 측)이 편한 이 책에는 재만 러시아계 작가를 비롯하여 많은 만주국 작가들이 수록되어 있는데 조선의 작가들은 들어 있지 않았다. 조선인을 오족협회의 일원으로 간주했다면 이런 식의 편집은 나오지 않았을 것이다. 내선일체의 입장에서 동등하게 보았더라도 이런 식의 구성은 나오지 않았을 것이다. 조선인을 아예 무시했던 것이다. 이 점을 염두에 두고 염상섭은 안수길의 창작집 『북원』에서 이러한 일본인들의 태도를 강하게 비판하였다.[3] 하지만 1944년에 나온 2권에도 조선인들의 작품은 한 편도 들어 있지 않았다. 이러한 일본인의 무시를 견디기 힘들었던 염상섭은 아마도 스스로 장편소설 『개동』을 썼던 것으로 보인다. 이 책을 편집하던 일본인 작가들은 염상섭이 1920

---

3   이러한 상황에 대한 자세한 서술은 필자의 글 「동아시아적 맥락에서 본 만주국 조선인 문학」, 이해영·리상우 편, 『문명의 충격과 근대 동아시아의 전환』(경진, 2012)을 참고.

년대 중반부터 결코 높이 평가하지 않았던 작가들이다. 그런 작가들이 만주국에서 와서 이런 폭력을 행사하는 것을 보아 넘기지 못하였을 것이다. 물론 이 작품의 연재에는 여러 가지 측면이 작용하였겠지만 이것이 중요한 요인이었을 것이라고 생각한다. 염상섭은 조선인들의 자립을 위하여 다양한 각도에서 노력하였기 때문에 해방 후에 당당하게 만주국을 바라볼 수 있었을 것이다.

2) 해방과 만주국의 재현

8·15 이후 만주국에 거주하던 조선 작가 중에서 가장 당당한 이가 바로 염상섭이 아닌가 한다. 유치환처럼 일제에 협력하는 시를 썼던 이들은 만주국의 붕괴에 매우 당황했을 것이고 이를 어떻게 받아들여야 할지 부심했을 것이다. 안수길은 만주국 당국에 협력을 하지는 않았지만 '북향'을 내세우면서 만주에 터전을 마련할 것이라고 결심했기에 만주국의 붕괴를 쉽게 받아들이지 못하였을 것이다. 하지만 염상섭은 당당하게 만주국의 붕괴와 조선의 독립을 받아들였을 것이다. 그 자신이 만주국으로 이주한 것 자체가 북향의식 때문이 아니라 내선일체를 피해 오족협화를 활용하고자 했던 것이기 때문이다. 만주국에서 조선인임을 외치고 싶었던 것이다. 그렇기 때문에 해방 후 신의주를 거쳐 서울에 귀향했을 때 「해방의 아들」과 같은 소설을 쓸 수 있었다.

「해방의 아들」은 기본적으로는 해방의 의미를 묻는 작품이다. 해방된 이후 조선인들이 어떻게 살아가고 있으며 또한 어떻게 미래를 준비해야 하는 것인가에 관한 글이다. 특히 이 작품에서 다루고 있는 몇 가지 주제는 주목할 만하다. 예컨대 남북에 진주한 소련군과 미군의 문제, 서로 앞 다투어 지도자가 되려고 하면서 민중의 실림살이는 돌보지 않고 오로지 한몫 챙기려고 하는 어지러운 현실의 문제 등을 다루는 것이 그러하다. 실제로 염상섭은 해방의 진정한 의미를 이 작품뿐만 아니라 이후의 작품에서도 반복적으로 다루고 있는데 이 작품은 그러한 것들의 편린을 보여주고 있어 흥미롭다.

이 작품의 처음에는 '카렌스키이 도움' 이야기가 나온다. '카렌스키이 도움'은 소련군 병사들이 일본인 아녀자들을 겁탈하는 것을 피하기 위하여 조선인들이나 일본인들이 집 대문에 붙인 글이다. 당시 소련 군인들은 규율이 엉망이었다. 전쟁 막바지에 군인들이 부족하여 자격이 미달되는 이들을 징집하여 대일전선에 배치하였기 때문에 삼팔선 이북에서 불미스러운 일이 많이 일어났다. 그중의 하나가 일본인 여자들을 겁탈하는 것이었기에 조선인들은 혹시나 자신들을 일본인으로 오인하여 아녀자들을 겁탈할 것을 우려하여 집 대문에 이런 글을 써 붙였다. 이에 일본인들 또한 소련군으로부터 위험을 피하기 위하여 조선인집처럼 가장하여 이런 글을 써 붙이기도 한 것이다. 어쨌든 이런 글이 붙어 있는 것 자체는 소련군들의 행패를 증명하는 것이기 때문에 이런 풍경을 묘사하는 것 자체가 북에 진주한 소련과 소련 군인에 대한 작가의 비판에서 나온 것임을 알 수 있다.

해방의 현실에 대한 염상섭의 비판 중의 다른 하나는 모두가 높은 자리 하나를 차지하려고 하는 출세주의적 지향이다. 미소의 영향하에서 남북이 분단될 지도 모르고 또 서민들이 생계를 꾸려 나가기 힘든 상황에서 많은 이들은 이 기회를 한몫 잡는 계기로 삼으려고 한다. 특히 염상섭은 보안대원들을 뚜렷한 예로 든다. 그렇기에 이 작품에서는 작중 주인공을 건국과 독립을 위해 장작을 패서 파는 노동일을 하는 것으로 설정한 것도 당시 출세주의적 풍조에 대한 작가의 비판이라고 할 수 있다. 작중 주인공이 "보안대에 들어가서 총대를 메고 나서야만 건국사업에 보탬이 되는 것일까. 그 소위 한자리 해보겠다는 그런 생각부터 집어 치우자는 것이요. 조군은 아직 취직이 이른 것 같기도 하니 우리 맞붙들고 실지 노동을 해보는 것도 갱생 제일보라는 의미로 좋은 체험일 것 같은데"라고 하는 대목에서 작가 염상섭의 뜻을 잘 엿볼 수 있다.

이처럼 이 작품은 해방 후의 조선의 현실 특히 삼팔선 이북의 현실에 대한 비판이 그 기본축이라고 할 수 있지만 무시할 수 없을 정도의 비중을 차지하는 것은 역시 전사로서의 만주국의 재현이다. 일반적인 조선인이 아니라 만주국에서 살다가 조선으로 귀향하여 살려고 하는 조선인들의 이야기인 것이다. 안동에서 살다가 신의주로 이주한 홍규와 그 주변의 인물들이 겪는 것이 이 소설의 기본 구성이다. 만주국에서 생활하던 조선인들이 해방을 어떻게 맞이하고 있는가를 그려낸 이 소설은 아무나 쓸 수 있는 작품이 아니다. 만주국에서 조선인들의 자립을 위해서 분투한 이가 아니라면 이런 소설을 쓸 수 없는 것이다. 우선 이 작품의 주인공은 만주국에서 조선인들의 자립을 위하여 노력하던 홍규다. 홍규는 만주국 치하에서도 자신이 조선인이라는 것을 의식하면서 조선인들의 자립을 위하여 살아왔던 인물이다. 그렇기 때문에 일본인들이 조선인들을 비하하거나 무시하면 견지지 못하고 울분에 젖기도 하였다. 홍규가 양곡회사를 그만두었을 때 직장에서 타던 배급이 끊기고 '도나리쿠미'에서 배급을 받아야 했지만 시 공서의 일본인이 일본인에게는 배급표를 주지만 조선인에게 배급표를 주지 않고 가로채서 차복하였던 것을 알고서 항의하고 싸우기도 한 인물이다. "죽은 뒤에 물려줄 것이라고는 가난과 굴욕과 압박 밖에 없는 신세가 무엇하자고 자식을 바라느냐고" 하면서 자식을 갖지 말자고 부인에게 말할 정도로 조선인으로서의 자립성이 강한 사람이었다. 이런 인물이기에 그동안 조선인임을 부정하고 일본인으로 행세해 온 조준식(마쓰노)을 어엿한 조선인으로 만들 수 있었던 것이다.

홍규가 조준식을 당당한 조선인으로 만드는 과정에서 흥미로운 것은 친일협력한 인물에 대한 비판이다. 만약 조준식이 그동안 만주국에서 행한 행동이 친일파나 민족반역자로 취급될 정도였다면 홍규는 이런 구명운동에 나서지도 않았을 것이라고 말한다. 조준식은 가정문제로 일본인 행세를 한 것이기 때문에 충분히 도와주어야 한다는 것이다. 실제로 조준식은 시 공서에서 홍규가 조선인 배급 문제로 이리저리 뛰어다녀 경황이 없을 때 조선 사람의 편의를 보아준 적이 있는 인물이기에 이렇게 나설 수 있다고 말할 정도이다. 아무리 이름을 일본식 이름으로 하고 일본인 행세를 해도 조선인이라는 일말의 의식이 있었기에 홍규와 같은 조선인들의 편의를 보아 주었던 것이다. 그렇기 때문에 홍규도 조준식을 구하려고 마음을 먹고 조선인민회에서 증명서를 만들어서 그를 가족의 품에 가게 해 준 것이다. 만약 그가 친일파나 민족반역자였다면 홍규는 이러한 일에 나서지도 않았을 것이다. 그런 점들을 고려할 때 작가 염상섭은 재만조선인 중에서 친일협력을 한 이들과 그렇지 않은 조선인들을 아주 분명하게 구분하고 있다는 점을 알 수 있다. 이 역시 다른 이들은 할 수 없고 염상섭처럼 만주국에서 조선인의 자립을 위하여 노력한 떳떳한 이들만이 가질 수 있는 태도이다.

염상섭이 신의주를 거쳐 서울에 도착한 후 본격적인 글을 쓸 무렵의 남북은 극단적인 분단의 위기에 놓여 있었다. 미소 공동위원회의 불발 이후 조선임시정부의 수립의 전망은 매우 어두워졌다. 특히 2차 미소공동위원회에 마지막 희망을 걸었지만 이 역시 예정된 실패였다. 신의주에 머물면서 어느 정도 짐작한 일이지만 훨씬 심각한 상태로 진행되고 있었다. 염상섭은 이러한 현실을 극복하기 위하여 남북의 협상을 지지하는 지식인의 서명에 참여하는 등 활발한 활동을 하였다. 이 시기에 쓴 그의 작품들은 주로 이 문제에 집중되었다. 만주국은 후경으로 물러났다.

단편소설 「삼팔선」, 「이합」 그리고 「재회」 등의 소설은 북에서 남으로 내려오는 귀환의 과정을 다루기는 하였지만 기본적으로는 삼팔선을 경계로 미군과 소련이 진주한 상황, 남북의 주민이 민족의 운명에는 아랑곳 하지 않고 오로지 자기 잇속을 차리는 행태 등을 다루고 있는 작품들이다. 겉으로는 귀환의 서사처럼 보이지만 속으로는 더 이상 귀환의 문제가 아니고 삼팔선을 경계로 민족의 통일독립이 이루어지지 못한 해방 직후의 현실에 대한 비판인 것이다. 그렇기 때문에 이 작품에 등장하는 인물들이 하나같이 만주에서 살다가 귀환하는 인물로 설정되어 있지만 만주국은 더 이상 작중 인물과 내적 연관이 없는 것으로 그려지고 있다.

「삼팔선」은 소련군과 미군이 일본 군인들의 무장해제를 명분으로 각각 진주해서 조선을 통치하고 이에 대해서 조선인들은 뚜렷한 전망 없이 하루하루를 살아가는 기막힌 혼란의 현실을 신의주에서 서울로 귀환하는 인물을 통해 그리고 있다. 소련군과 미군이 각각 진주하여 다스리고 있어 남북 간에는 그 어떠한 교환도 이루어지지 않아 어려움을 겪게 된다. 주인공이 서울에 도착하여 농민에게 형편을 물었을 때 농민은 비료가 없어서 큰일이라고 한다. 이북의 흥남질소비료공장에서 생산되는 비료가 남으로 올 수 없기 때문에 남쪽의 농민들은 고생을 하게 된다. 어떤 면에서는 일제하에서 이루어진 통합적인 경제마저 거덜이 난 상태라 일시적으로 더 나빠진 것이기도 하다. 일군들의 무장해제를 위해 들어온 소련군과 미군은 조선 사람들의 살림살이에는 아무런 관심이 없는 것이다. 자신들의 이익을 위해 들어왔기 때문에 그것만 신경 쓸 뿐인지 조선 사람들은 안중에도 없는 것이다. 따라서 조선 사람들은 고통을 겪게 되는데 특히 귀환하는 사람들은 더욱 그러하였다. 일제하도 아니고 엄연히 해방이 되었는데도 조선 사람들이 우왕좌왕하면서 자신의 뜻대로 살 수 없는 현실을 개탄하고 있는 것이다. 삼팔선을 두고 북으로 남으로 이동하지만 아무런 것도 정돈되지 않아 어떤 면에서는 일제시대보다 훨씬 더 혼란스러운 것을 비판적으로 보고 있는 것이다.

이 작품에서 귀환은 그렇게 큰 의미를 가지지 못한다. 단지 귀환이라는 모티브를 통하여 혼란스러운 남북의 현실을 보여주고자 하는 것뿐이다. 해방 직후 미군과 소련군이 진주한 삼팔선 이남과 이북의 현실을 보여주려고 할 때 귀환자들의 이동만큼 더 좋은 소재는 없다고 판단했기에 이를 채용한 것뿐이다. 남쪽에서 내려가는 사람, 북쪽으로 올라가는 사람들이 교차하고 있는 곳이 바로 삼팔선이라는 것을 고려할 때 더욱 그러하다. 주인공이 만주국의 안동에서 나왔다는 사실은 거의 의미를 갖기 어려운 것이다. 이제 만주국은 염상섭의 소설에서 하나의 배경 혹은 후경으로 떨어지고 말았다.

단편소설 「이합」 역시 만주국에서 나와 처가 고향에서 터를 잡으려고 하다가 부인과 틀어져서 결국 삼팔선 이남으로 내려가는 한 교사의 이야기이다. 「삼팔선」이 소련군인과 미군이 점령한 삼팔선 이남과 이북의 무질서한 현실을 다루었다면, 이 작품은 조선인들이 앞뒤 재지 않고 한 자리 차지하겠다는 잇속 때문에 더욱 혼란해지는 해방 후의 현실을 다루었다. 주인공 김장한은 처가 고향에서 교사생활을 하는데 아내 신숙이 군 부인회 부위원장을 맡으면서 사단이 생기기 시작한다. 아내는 당과 국가가 요구하는 일이기에 무조건 복종하는 자세로 가정도 팽개치고 나다닌다. 이런 것을 말리는 남편을 봉건적 잔재의 소산이라고 비판할 정도이다. 남편 김장한은 아내의 이런 행위 자체가 싫은 것이 아니라 갑자기 돌변하여 위로부터 시키는 일이라면 무조건 따르는 순응적인 행위가 더 미운 것이다. 결국 아내는 이런 남편을 봉건이라고 규정하고 더 높은 지위를 향하여 타지로 나가고, 이를 결별로 받아들인 남편은 다시 짐을 싸서 형이 있는 서울로 떠나는 것이다. 얼핏 보면 부부의 이별을 다루고 있는 것처럼 보이지만 해방 후 우리 조선인들의 행태, 특히 한 자리를 차지하여 벼락출세하려고 하는 모습을 비판하고 있는 것이다. 출세를 하기 위해서는 위에서 시키는 대로 해야 한다는 것이다. 밑으로부터의 해방이 아니라 위로부터의 해방이 가져다주는 폐해를 조선인들의 삶을 통해서 보여주는 것이다. 이 작품 역시 귀환의 플롯을 띠고 있지만 실제로는 위로부터의 해방이 조선인들에게 가져다 준 실제적인 의미를 묻는 것이라고 할 수 있다. 이 작품에서도 주인공이 만주에서 귀환하고 있다는 것은 하나의 배경으로 떨어지고 말았다.

앞서 「삼팔선」이 소련군과 미군이 주둔한 삼팔선 이남과 이북의 혼란을 다루었다면, 「이합」은 위로부터의 해방 속에서 조선인들이 한몫 잡으려고 하는 행태를 비판하고 있는 것이다. 이 두 개의 주제는 첫 작품인 「해방의 아들」에서도 부분적으로 드러나고 있음을 이미 지적한 바 있다. 물론 「해방의 아들」에서는 해방 전후의 역사적 연속성이 강하기 때문에 이 주제가 밑으로 잠복되어 있었던 것이다. 하지만 당면한 현실에 대한 비판적 개입이 급한 까닭에 이러한 현실의 문제들이 부상하고 오히려 만주국이 배경으로 떨어지고 마는 것이다. 해방 전후의 역사적 연속성 문제를 다루었을 때에는 만주국이 핵심적인 전사로서 작동했지만, 당면의 현실에의 개입에서는 후경으로 물러난 것이다.

3) 만주 전재민의 정착과 민족적 통합에의 열망

1948년 8월 남북이 분단된 것은 염상섭에게 참기 어려운 고통이었다. 안동에서 신의주로, 신의주에서 서울로 귀환한 후에 본격적인 글쓰기를 하면서 집중했던 것이 통일독립이었기 때문이었다. 염상섭은 삼팔선 이북과 이남을 모두 체험하였기 때문에 당시 그 어떤 작가보다도 한반도의 미래에 대해서 많은 생각을 갖게 되었다. 게다가 만주국에서 활동할 때에도 끝없이 조선 민족의 자립이란 문제에 대해서 고민하면서 협력하지 않고 살아온 터라 더욱 그러하였다. 하지만 현실에서는 그의 바람과는 반대로 분단이 되었다. 그토록 걱정하던 사태가 벌어진 것이다. 아마도 염상섭의 고통은 더욱 컸을 것이다.

하지만 염상섭을 더욱 고통스럽게 만든 것은 분단 이후 남한의 냉전적 반공주의 억압의 현실이었다. 분단이 확정되자 일반 사회뿐만 아니라 문학계에서도 반공적 억압이 가속화되었다. 한때 남북의 통일을 바라며 했던 모든 형태의 노력이 갑자기 불온하게 취급당하였다. 염상섭은 남북협상을 지지하다가 구금될 정도로 분단 극복을 위해 노력했는데 이 모든 것이 갑자기 빨갱이로 취급당하는 사태가 벌어졌다. 이제는 현실의 문제에 직접적으로 개입하는 것조차 불가능해져 버린 것이다. 1949년 중반 이후에는 국가보안법이 만들어져 전무한 사상적 탄압이 가해졌기에 염상섭과 같은 지식인이 발언할 공간은 더욱 좁아졌다. 그 자신도 강제로 보도연맹에 가입할 정도니 당시의 사정을 짐작할 수 있다.

우회적인 글쓰기만이 가능해진 공간에서 염상섭이 찾은 것 중의 하나가 만주국이라는 것은 대단히 역설적이다. 만주국에서 선생을 하다가 서울로 귀환하였지만 잠시 들었던 적산가옥이 불타는 바람에 산골의 방공굴로 이사하여 거주하는 한 여인네의 이야기이다. 만주국에서 일본말로 학생들을 가르쳤기에 해방된 남쪽에서 선생을 할 수도 없어서 공장에 나가 노동일을 하면서 남매를 키운다, 아동문학의 틀을 갖고 있기에 얼핏 보면 아동들의 우애를 다룬 것처럼 보인다. 잘 사는 집 아이가 잘 살지 못하는 아이를 이해하고 끌어안는 것이 주 이야기이기 때문이다. 하지만 이 작품의 진짜 주제는 민족적 통합이다. 해방 전에 일본 제국의 치하에 있을 때 뿔뿔이 헤어져 살아야 했던 조선 사람들이 해방 후에는 누구의 눈치도 보지 않고 함께 모여서 살아야 한다는 것이다. 현실에서는 남북이 갈라져 따로 살고 있는 것이기에 진정한 독립과는 거리가 먼 것이다. 미국과 소련이 자국의 이해를 위해 한반도의 통일독립을 진정으로 주선하지 않는 탓도 있고, 다른 한편에서는 조선인들이 개개인의 잇속을 차리기 위하여 민족의 장래를 제대로 보지 않는 탓도 있는 것이다. 이런 점들 때문에 조선 민족이 갈라져 살아가야 하고 식민지와는 다른 방식으로 고통을 감내해야 하는 것은 도저히 참을 수 없다는 것이다. 자칫 잘못하면 전쟁이 나서 많은 사람들이 다치는 극단적인 사태도 벌어질 수 있다. 그렇기에 이런 방식으로의 통합이라도 보여줌으로써 통일과 독립의 의미를 되새기고 분단세력에 경고를 주려고 한 것으로 보인다.

현실에서 통일독립이 좌절되고 험난한 앞길만이 예고된 상태에서 조선 민족이 통합된 모습을 애써 찾으려고 했을 때 현실에서는 결코 쉽지 않았다. 또 발견한다 하더라도 그리는 것은 다른 문제이다. 현실에 직접적으로 개입하는 것이 어렵기 때문이다. 이럴 때 그가 떠올린 것이 만주에서 돌아온 조선인들이 원래 한반도에서 거주하던 이들과 잘 섞여 사는 모습이다. 실제로 이 작품은 이전의 귀환 이야기와는 매우 다르다. 「해방의 아들」이 안동에서 신의주이고 「삼팔선」과 「이합」이 신의주에서 서울이라면, 이 작품은 이미 서울로 귀환하여 살고 있는 것을 배경으로 하고 있다. 서울로 오기까지 어떤 과정을 겪었는가 하는 것은 이 작품에서는 전혀 나오지 않는다. 알 수 있는 정보는 과거 만주국에서 일본어로 학생들을 가르치면서 살았다는 것과 거기서 남편을 잃었다는 것밖에 없다. 이제 만주국은 전사도 아니고 배경이 아니고 오로지 과거의 기억일 뿐이다. 민족이 분열되는 안타까운 현실에서 통합된 민족이란 가느다란 희망을 보여주기 위하여 불러온 것에 지나지 않는 것이다. 만주국의 삶이 현재와 전혀 연결되지 않는다.

이러한 점은 이 작품의 중심축이 더 이상 만주에서 온 사람이 아니라 서울에서 살고 있는 사람이라는 점에서 더욱 분명하게 드러난다. 앞의 작품들에서는 하나같이 만주에서 귀환하는 이들이 작품의 중심축이 되고 있다. 하지만 이 작품에서는 귀환하여 서울에 정착하는 이는 부차적이고 중심축은 해방 전부터 서울에서 거주하였다가 해방 후에도 그대로 살고 있는 붙박이 인물이다. 이미 단단한 기반을 갖고 있는 서울 사람이 만주에서 귀환한 뿌리 뽑힌 이를 받아들이는 과정이 이 작품의 핵심이다.

3. 아동문학의 형식과 민주주의에의 열망

냉전적 반공주의의 폭압적인 상황에서 염상섭이 아동문학의 형식을 통해 끌어들인 것은 민주주의이다. 이 민주주의가 가장 뚜렷하게 드러나는 것이 바로 작중 주인공인 규상에서이다. 규상은 비교적 잘 사는 집안의 아이임에도 불구하고 항상 자기보다 힘이 약한 사람에 대한 동정과 연민을 갖고 산다. 비록 어머니를 잃고 계모 밑에서 살기에 마음속에 큰 상처를 안고 있지만 자기를 내세우지 않는디. 그렇기 때문에 이 동네에시 들이와서 힘들게 시는 완식이를 보았을 때 깊이 공간하고 벗으로 지내기를 원한다. 완식이가 학비를 벌기 위해 어머니와 같이 채석장에서 일하는 것을 없이 여기면서 깔보는 영길이의 태도에 대해 강한 비판을 보이는 것도 바로 이러한 심성에서 나오는 것이다. 영길이는 항상 힘을 내세워 주변의 사람들을 제압하는 아이이다. 자기보다 좀 나은 형편인 규상이를 무시하지 못하는 것도 벗으로서의 연대감보다는 자기보다 잘 살기에 눈치를 보는 것뿐이다. 반면에 자기보다 힘이 없거나 잘 살지 못하는 아이들을 보면 무시하기도 하고 없이 여기는 것이다. 그렇기에 가난한 완식이를 무시하고 왕따를 시키는 것이다. 규상은 이런 영길에 대해서 그냥 두고 보지 않는다. 자기보다 힘이 세지만 옳은 길이 아니라고 했을 때에는 항의하고 심지어는 싸우기도 하는 것이다. 그런 점에서 규상이는 일제하 『삼대』에 나오는 덕기라든가, 해방 직후 『효풍』에 나오는 이를 잇는 인물이라고 할 수 있다.

규상과 더불어 이 작품에서 민주주의와 관련하여 주목을 요하는 인물은 완식이다. 완식은 홀어머니와 함께 만주국에서 서울로 왔지만 기댈 곳이 전혀 없는 전재민의 아이이다. 남산의 전재민 적산가옥이 불타는 바람에 어쩔 수 없이 이 마을의 방공호에 살고 있지만 자존심은 하늘을 찌른다. 학교에 가고 싶지만 돈이 없어 어머니와 함께 채석장에 나가 학비를 벌지만 자기에게 위압을 가하는 이들과는 타협하지 않는다. 비록 가난하지만 인간으로서의 자존심을 굽히지 않는 것이다. 영길이에게 대들었던 것도 부당한 것에 타협하지 않겠다는 의식이 있기에 가능하다. 그리고 규상 같은 친구들이 선의로 대하는 일이라도 자신의 자존심을 저해하는 느낌이 들면 바로 거부할 정도로 결기가 센 아이이다. 비록 가난하지만 누구에게도 굴종하지 않으려고 하는 태도는 그 자체로 민주주의의 중요한 태도인 것이다. 힘이 센 권력에 아부하지 않고 추종하지 않고 자기를 지키려는 태도야말로 민주주의의 출발인 것이기 때문이다. 이러한 면은 운동화 삽화에서 잘 드러난다. 완식이가 운동화가 없다는 것을 알고는 규상이 자기의 운동화를 주려고 했을 때 직접 그에게 주지 않고 완식의 집에 슬그머니 두고 온다. 완식이의 자존심을 잘 알고 있는 터라 이러한 방법을 취한 것이다. 친구의 자존심을 다치지 않게 하려고 하는 규상의 뜻도 가상하지만 더욱 돋보이는 것은 어려운 처지에서도 결코 굽히지 않는 완식의 이 자존적 태도이다. 근대 이후 힘센 권력에 빌붙어 살아온 사람에 대한 한없는 증오와 비판을 행하였던 염상섭이 추구하였던 가치를 이 아이도 가지고 있는 것이다.

이 작품에서는 또 다른 민주주의에의 열망을 확인할 수 있는데 그것은 아이와 어른의 관계에서이다. 전통적인 가부장적 질서가 강한 이 사회에서 아이와 어른의 관계는 일방적인 수직적 관계에 기초해 있었다. 그런 점에서 민주주의가 가장 취약한 곳 중의 하나가 가정과 사회에서는 위계이다. 특히 어른들이 아이들에 대해 일방적으로 가하는 폭력은 민주주의를 해치는 결정적인 요인이라고 할 수 있다. 서구 근대에 대해서 대단히 비판적인 염상섭이기에 서구 근대 이전 세계에 대해서 일정한 동경을 가지고 있기는 하지만 이 가부장적인 전통에 대해서는 아주 강하게 비판하였다. 남성들이 여성을 억압하는 것과 더불어 염상섭이 가장 비판하는 것 중의 하나가 바로 이 가부장적 질서이다. 그런데 이 작품에서는 다른 가능성을 보여줌으로써 이를 비판하고 있어 흥미롭다.

규상이 새로 이사 온 완식과 친해진 후에 이 가정 내막을 알게 되면서 친구의 엄마를 자기 집에서 일할 수 있게 한다. 채석장과 공장에서 힘들게 일하던 친구의 엄마를 자기 집에서 일하게 함으로써 좀 더 나은 환경을 제공하려고 한다. 그런데 이 일은 어른들로서는 하기 힘든 일이다. 그런데 주인공은 이를 아버지에게 설득하여 관철하고 만다. 보통 이런 가정의 중요한 결정은 어른들이 한다. 특히 아버지들이 그 중심에 서는 것이다. 그런데 이 작품에서는 아이들의 결정을 아버지가 받아들이는 방식으로 그려져 있다. 결코 당시 사회에서 찾아보기 힘든 이러한 설정을 한 것은 우리 사회가 민주주의를 제대로 구현하는 것이 얼마나 중요한가에 대한 작가의 지향을 읽을 수 있다.

완식이 어머니는 이런 각박한 세상에 이렇게 인정 있는 사람도 있는가 생각하면, 세상이 밝아진 것 같고, 살 재미를 오래간만에 깨닫는 듯도 싶다.

"좋습니다. 어린 아이들의 의사나 기분을 존중하셔야죠."

규상이 아버지가 고개를 끄덕끄덕하니까, 영감님도 웃으며,

"아이들 중심으로 어른 독재가 아니신 걸 보니, 댁에선 민주주의를 단단히 실천하십니다그려."

하고 말을 받는다.

"암 그렇죠, 워낙은 가정에서부터 민주 정신이 실천돼야죠. 어린이의 의사와 인격을 존중하는 것이 민주주의 실천의 첫걸음이라구 나는 생각합니다만, 터놓고 말씀하면 아이들이 남의 집에 얹혀서 끼아치고 있다, 밥을 얻어먹고 있다는, 이런 생각이 들어서는 안 될 거니까, 할 만큼 일을 하고 정당한 보수를 받는 것이라는 것을 잘 알아듣도록 일러 주세요. 나두 그런 생각으루 대접해 드릴 것이니까요."(165~166면)

해방이 된 후에 우리 사회가 한층 더 민주주의로 다가설 것으로 예상했던 염상섭의 기대는 시간이 갈수록 사그라들었다. 자기의 이익을 위해서는 무엇이든지 하려고 하고 권력의 힘에 기대어 모든 것을 해결하려고 하고 거기에 순응하는 조선인들을 보았을 때 염상섭의 실망은 컸다. 특히 냉전적 반공주의가 강화되면서 개인의 자유와 공동체의 수평적 연대가 위축되고 그 대신에 국가가 강화되는 것을 보면서 민주주의의 실현에는 시간이 걸린다는 사실을 알게 되었다. 그가 어른이 아닌 아이들에게 희망을 건 것도 바로 이러한 이유 때문일 것이다. 또한 그가 갑자기 '소년소설'이라고 이름이 붙은 아동문학을 창작한 것도 이러한 미래에의 희망 때문이 아니었던가 한다.

4. 민족적 통합과 민주주의의 변증법

염상섭은 1차 대선을 전후하여 서구의 근대에 대해서 비판적인 입장을 가졌다. 이전만 해도 서구 근대는 무조건 추구해야 할 대상이자 목표였지만 유럽 국가들이 제국주의적 이익을 위해 서로 갈등하고 마침내 전쟁을 치르는 것을 보면서 서구 근대 전반에 대해 회의를 가지게 되었고 이후에는 서구 근대에 대한 비판적 입장을 줄곧 견지하였다. 서구 근대를 비판한다고 해서 서구 그 자체를 전부 부정하는 것은 아니었다. 서구의 문명 중에서도 취해야 할 것은 취하고 버릴 것은 버리자는 태도였다. 단지 일방적으로 따라가지는 않는다는 것이다. 이런 염상섭이었기에 서구의 근대와 다르게 전개되는 비서구 근대의 양상을 주목하였고 그 긍정과 부정적 양상을 예리하게 관찰하면서 넘어서려고 노력하였다.

염상섭은 내셔널리즘에 기초한 서구의 국민국가가 제국주의로 전화할 수 있다는 것을 잘 알고 있는 터라 국민국가와 내셔널리즘을 극도로 경계하였다. 일제의 식민지인 조선이 이 길을 그대로 답습할 수 있음을 경계하면서 제국으로부터의 해방을 추구하였고, 해방된 이후에는 새로운 국가가 역시 서구의 국민국가를 그대로 밟을 것을 우려하면서도 통일독립을 지향하였다. 그가 해방을 바라고 통일독립을 기대하지만 항상 그것이 서구의 단순한 내셔널리즘과 국민국가로 귀결되는 것을 방지하기 위해 사유하였는데 그 핵심이 바로 민주주의였다. 민족적 통합이란 절실한 과제가 민주주의와 결합하지 못할 때 발생할 수 있는 위험을 알기에 그 둘 사이의 연관을 강조하였던 것이다. 민족적 통합이 내부의 차이(계급적 성적)를 무화하고 국가를 강화하는 방향으로 나아가는 것을 막는 것이 바로 민주주의인 것이라는 점을 염상섭은 1920년대 이후 줄곧 강조하였고 이 점은 해방 후에도 마찬가지였다. 「채석장의 소년」이 비록 냉전적 반공주의의 극단의 시대하에서 창작된 것이어서 앞서 보았던 것처럼 만주국을 불러온다든가 아동문학의 형식을 띠는 등 우회적인 방식을 채택하지만 민족적 통합과 민주주의를 결부시키는 동시에 확보하려는 지향만큼은 강하게 관철하고 있음을 알 수 있다. 바로 이 점이 염상섭 문학을 오늘날에도 새롭게 읽을 수 있는 근거이기도 한 것이다.

소설과 일상성[*]

염상섭의 후기[**] 단편소설의 성격에 관하여

| 한수영 |

---

[*] 이 글은 지금부터 약 20년 전에 쓴 글이다. 그 당시에 이 글을 쓰고자 마음먹었던 가장 큰 이유는 일상성과 리얼리즘의 관계양상을 문학사를 통해 다시 검토해 보고 싶었기 때문이다. 1990년대 중반 이후 연구와 창작, 그리고 비평계에 리얼리즘에 관한 도저한 회의와 부정의 회오리가 불어 닥쳤고, 특히 '일상성'의 중요성 및 그 회복을 강조하면서, 리얼리즘과 일상성의 변증법적인 관계를 지나치게 단순화하거나, '일상성' 자체를 물화하는 경향들이 두드러지게 나타난 바 있었다. 그래서, 근대문학과 일상성, 혹은 리얼리즘과 일상성의 관계를 어떻게 정초(定礎)하고 인식해야 할 것인가를 다시 고민하지 않을 수 없었고, 이 글은 그에 관한 내 나름의 공부 과정에서 씌어졌다. 동일한 테마로 나는 김수영의 시나 채만식의 소설, 그리고 1990년대 문학에 나타난 일상성의 문제를 연이어 살펴 본 적이 있고, 이 글은 그중의 하나인 셈이다. 이제『염상섭 문학의 재인식』(1998)의 개정증보판을 냄에 있어, 마땅히 그 사이에 진행된 연구와 비평의 성과들을 반영하면서 옛글을 전면 새롭게 고쳐 써야 마땅하나, 분주한 일상과 게으른 천품 탓에 부분적인 수정에 그쳤다. 몹시 궁색하나마, 염상섭의 후기 단편에 관한 내 생각이 그 때와 크게 달라진 것이 없고, 이 글의 문제의식과 결론에 관한 비판이나 지적이 더러 없지 않았으나, 글의 논지와 틀을 바꾸어야 할 만큼 큰 것은 아니었다는 점을, 면책의 구실로 삼는다. 다만, 최근의 한기형·이혜령 편,『저수하의 시간, 염상섭을 읽다』(소명출판, 2014)는 전면적이고 괄목할 만한 염상섭 연구의 새로운 성과로 기억하고 싶고, 본 글에서 주목했던 후기 단편에서의 여성문제에 관한 염상섭의 인식이 이미 그의 작품 활동 초기에서부터 나타나고 있음을 세밀하게 조명하고 확인한 김영민의 일련의 연구 성과들, 특히「염상섭 초기 문학의 재인식―'제야' 연구」(국제한국문학문화학회,『사이間SAI』16, 2014)와「염상섭 초기산문 연구」(성균관대 대동문화연구원,『대동문화연구』85, 2014)는, 이 글의 논지와 연결지어 살펴 볼만한 최근의 연구 성과로 언급해 두고자 한다.

1. 횡보의 만년 소설에 대한 기존의 평가 — 서론을 대신하여

횡보 염상섭의 소설에 대한 연구와 비평은 날이 갈수록 활발해지고 있고, 그동안 이루어진 것만으로도 횡보의 소설 세계를 조망하는 데에는 어느 정도의 성과를 낳았다고 할 수 있다. 그러나 횡보가 평생에 걸쳐 쓴 작품의 수가 워낙 양이 많고, 더구나 그의 개인사와 우리 근대사가 겹쳐지는 그 주름의 골이 너무도 깊은 까닭에 그의 소설에 대한 개별적인 해석에서부터 문학사적 평가에 이르기까지 아직 넘어야 할 산과 계곡이 많이 남아 있다고 할 것이다.

우선 그동안 이루어진 연구들은 대부분이 횡보의 출세작이나 평판작으로 알려진 작품들 몇몇에 집중되어 있을 뿐만 아니라, 그런 작품들의 분석을 통해 얻어진 결론을 곧 횡보 소설 전체에 일반화하는 경향이 강했기 때문에, 이런 편향들이 알게 모르게 횡보 소설에 대한 단일한 인상이 형성되는 데 큰 몫을 맡았던 것이다. 이 글에서 다루고자 하는 횡보 만년의 단편들도 그동안 이루어진 염상섭 연구에서는 거의 사각지대(死角地帶)로 남겨져 있었다.

필자의 과문(寡聞)을 전제로 하고, 횡보의 만년 단편들에 대해 언급한 글들 중 의미 있는 것을 잠깐 살펴보면, 우선 김종균의 『염상섭 연구』와 김윤식의 『염상섭 연구』(서울대 출판부, 1987), 이남호의 「염상섭 단편소설의 특징」[1] 그리고 김경수의 「염상섭 단편소설의 세계」[2] 정도를 꼽을 수 있다. 김종균과 김윤식의 책은 횡보의 문학세계 전반을 다루는 방대한 작업이며, 만년의 단편들에 대한 연구는 그 작업의 일환으로 이루어진 것이다. 김종균은 우선 횡보의 그 방대한 소설들을 거의 다 읽고 꼼꼼한 서지와 실증적인 분석을 했다는 점에서 횡보 문학 연구의 선편에 해당한다. 그는 1946~63년까지의 작품을 진기, 중기, 후기에 이어지는 후반기로 나누고, 그 문학의 특질을 '내성의 문학'이라고 규정했다. 그런데, 해방 직후의 작품들과 50년대의 작품들을 한데 묶은 것은 작품들의 성격을 염두에 둘 때 다소 어색하다. 해방 직후만 하더라도 횡보가 민족의 운명과 역사, 그리고 현실에 대해 해방 전 못지않은 뜨거운 작가적 관심을 기울였던 것에 비해, 한국전쟁 이후부터는 그의 관심이 그것에서부터 상당히 물러나버리기 때문이다. 더구나, 50년대의 횡보의 단편들을 '무질서한 성풍속에 대한 윤리적 비판'이라고 규정한 것은 소설의 의미맥락을 지나치게 표면에 드러난 양상에 국한시켜 해석한 결과라고 생각한다.

김윤식은『염상섭 연구』에서, 횡보의 만년 작품의 세계는 장단편을 막론하고(그는 전쟁 이후의 작품에서는 장편보다는 단편이 훨씬 더 뛰어난 것이라는 점을 전제한다), 그가 횡보 문학의 '존재근거'로 설정하고 있는 '가치중립의 세계'를 재확인시켜 주는 것이라고 본다. 다시 말하면 만년의 작품들은 이미『삼대』에서 한 절정을 이루었던 횡보의 '가치중립의 세계'의 연장선상에 해당하는, 일종의 '군더더기'에 지나지 않는다는 것이다. 그는 바둑의 비유를 내세워, 대국(對局)의 판세는 이미 결정된 것이라면, 후기

1　권영민 편,『염상섭 연구』(민음사, 1987)에 수록되어 있음.
2　『두 파산(한국명작소설총서 21)』(솔, 1996)의 해설 원고.

의 작품은 고작 '끝내기'에 해당하는 것이라고 규정했다. 방대한 횡보의 소설세계를 일이관지(一以貫之)하는 하나의 '일관성의 체계'로 묶어세우려는 김윤식의 기획은 주목할 만한 것이지만, 그가 전가의 보도처럼 내세우는 서울 중인계급 출신의 감각으로 형성된 '가치중립성'이라는 프리즘은 횡보 소설의 총체를 감당하는 해석의 근거로서는 적절하지 않은 점이 많다. 특히 개별 작품의 의미를 분석하고 해석할 때에 항상 적용되는 '가치중립성'은 실제 소설의 내용과 상충하는 경우가 종종 나타난다.

이남호는 횡보의 소설 중 장편은 해방 전의 것이, 그리고 단편은 해방 후 특히 50년대부터 작고하기까지의 것이 진면목에 해당한다는 독특한 주장을 폈다. 그 근거로 그는 김종균의 통계를 빌려, 단편은 해방 전이 37편, 해방 후가 113편으로 우선 편수로 비교되거니와, 그런 압도적인 양에 비해 제대로 주목받지 못한 것은 잘못이라고 했다. 그러나 그런 주장에도 불구하고, 만년의 단편들에 대한 세간의 평가들(이남호는 특히 당대 비평으로서 이어령이나 천상병의 평가를 부정하는 것처럼 시작했다)을 크게 넘어서지 못한 채, '표피적 일상에 머무른 한계는 인정한다고 하더라도 꼼꼼한 관찰과 세밀한 묘사는 높이 살 만하다'[3]고 다소 모호한 절충에 그쳤다.

김경수는 횡보의 단편이 연구와 비평에서 방치되고 있다고 횡보 연구의 관행을 비판하면서, 장편 못지않은 성과를 낸 단편에 많은 관심을 기울일 것을 역설했다. 그러나 그 역시 횡보 단편들이 지닌 '일상의 세밀한 관찰'이라는 기존 연구의 틀을 다시 단편에 되풀이 적용하는 정도에

---

3 이남호, 「염상섭 단편소설의 특징」, 『염상섭 연구』, 민음사, 1987, 240~241면.

그치고 말았다. 특히 50년대 이후의 후기 단편들이 보여주는 인물 형상화나 주제의식의 새로운 가치들을 밝혀내는 데까지는 이르지 못했다.

당대 비평으로서 횡보 소설에 대한 이어령의 냉소적인 비판은 만년의 작품을 평가하는 일성한 나침반 역할을 했다. 이어령은 '삼사십년 전의 틀도 끊임없이 찍어대는 국화빵'[4]이라거나 '늘상 반복되는 안방과 건넌방 이야기'[5]라고 부정적인 평가를 내렸다. 이러한 부정적 평가를 내리게 된 젊은 약관의 비평가와 환갑을 넘긴 노작가의 작품 사이에 놓여 있는 거리는, 단지 작가 대 비평가라는 평면적인 구도로 이해해서는 안 될, 훨씬 더 복잡한 매개항들이 개입될 필요가 있다. 우선 그 사이에는 근대 문학 제1세대에 해당하는 19세기에 출생한 노작가의 역사체험과, 연전에 겪은 전쟁 체험이 유일무이한 인류최대의 재난으로 각인되어 있을 약관의 비평가의 체험의 차이가 놓여 있다. 또한 근대가 무엇인지 심사숙고할 겨를도 없이, 전후의 새로운 사조에 편승해 근대의 부정과 새로운 현대의 시작을 선언하는[6] 다소 설익은 매니페스토의 시대의식과, 근

---

4   이어령, 「1957년의 작가들」, 『사상계』, 1958.1.
5   위의 글.
6   1950년대의 비평가들이 거의 예외 없이 2차 세계대전의 종말을 곧 근대세계의 종말로 인식하고 있었다는 것은 흥미롭다. 그렇게 된 가장 큰 이유는, 이들 세대의 '전후' 인식이 무엇보다도 서유럽의 '전후', 즉 'postwar'에 관한 논리와 인식을 무비판적으로 차용했던 탓이다. 그리고 이것은 곧 '세계문학과의 동일성 내지 동시성'을 확보하고자 했던 욕망의 결과물이기도 했다. 그러나 엄밀히 검토해 보면, 이 당시 지식인들이 견지하고 있던 '전후' 인식은 최소한 세 개의 '전쟁'이 겹친 상태로 형성되었는데, 첫째가 유럽의 '2차 세계대전', 두 번째가 '태평양전쟁', 그리고 마지막이 '한국전쟁'이었다. 각각의 전쟁을 철학 및 사상사의 맥락에서 어떻게 전유할 것인가의 문제와는 별도로, 이 서로 다른 성격을 지닌 세 개의 전쟁을 모두 '근대세계의 종말', 혹은 '근대 부정'의 표지로 삼는 논리적 단순성은 전후세대가 그 이전 세대와 벌였던 논쟁과정, 혹은 인정투

대란 무엇인가를 끊임없이 고민하고 확인하기 위해 애쓴 제1세대 근대 소설가의 시대의식의 차이가 거기에 놓여 있다. 횡보에게, 인간이 만든 제도와 그 제도의 테두리를 벗어나려는 인간의 욕망이 계속 관심과 의문의 대상이었다면, 전통의 전면적인 부정을 통해 전후세대의 새로운 세계를 건설하려는 젊은 비평가에게는 전통으로서의 제도의 관성과 인간의 욕망 사이에 일어나는 복잡다단한 양상에 대한 관심은 한낱 남루한 리얼리즘의 외피에 불과한 것이었다.

2. 횡보의 소설과 일상성의 문제

횡보 소설의 문학사적 평가에서 예외없이 거론되는 것은 그의 소설이 구현하고 있는 근대 소설로서의 일상성에 관한 성취라고 할 수 있다. 이 점은 「만세전」이 지닌 근대소설다움을 그런 관점에서 꼼꼼히 검토한 김우창의 「비범한 삶과 나날의 삶」에서 잘 드러나고 있지만, 앞에 든 김윤식이나 이남호, 김경수 등의 연구에서도 이 점만은 예외없이 횡보 소설의 한 특징으로 지적되고 있기도 하다. 그러나 소설에서의 일상성을 단순히 '세밀한 관찰'이나 '구체적인 생활 감각' 그리고 그러한 감각과 인

쟁 과정을 검토할 때 유념해야 할 대목이라고 생각한다.

식의 바탕에서 가능한 '자세한 묘사' 따위의 외형적 차원에서 그치지 않고, 현실의 재현과 관련된 인식론적인 차원으로 다가설 때는 좀 더 깊은 논의가 필요해진다.

소설에서의 '일상성'을 문제삼을 때 우리는 두 가지 점을 생각할 수가 있다. 우선, '일상성' 자체가 근대 소설이 지닌 하나의 역사적 특질로 드러나는 경우와 관련되어서이다. 이러한 논의는 근대 소설을 '부르주아지의 서사시'로 규정할 때 가능한 접근 방식이다. 그리고 이럴 때의 '일상성'은 무엇보다도 '비속한 것'이나 '사소한 것' 그리고 '개인의 주관적 경험의 외화(이것은 개인주의의 발전 및 확대와 직접적인 관련을 지닌다)'와 같은, 근대 이전의 이야기 문학에서는 발견하기 어려웠지만 시민 계급이 역사와 사회, 그리고 문화의 전면에 등장하면서 그들의 정서와 생활 양식 그리고 가치 체계를 적극적으로 반영하게 되면서 나타난 현실 재현의 한 특질이라고 볼 수 있다.[7]

아우얼바흐는 일상성의 이러한 측면과 관련하여 근대 리얼리즘과 구분되는 고대 리얼리즘의 한계이자 특징을 다음과 같이 지적했다.

일상적으로 사실적인 것, 일상생활에 속하는 일체의 것은 희극의 수준 이외의 다른 문체 수준에서 다루어져서는 안 되었고 이것은 문제적인 것의 천착을 허용하지 않는다는 것을 뜻했다. 따라서 리얼리즘의 경계는 매우 좁은 것이었다. 리얼리즘이란 말을 조금 더 엄격하게 쓴다면, 일상적인 직업과 사

---

7 이안 와트, 전철민 역, 『소설의 발생』, 열린책들, 1988, 6장을 볼 것.

회 계급─상인, 공인, 농민, 노예, 일상적인 장면과 장소─가정, 가게, 밭, 창고, 일상적 관습과 제도─결혼, 아이들, 일, 밥벌이, 간단히 말하여 서민과 그들의 생활을 문학적으로 심각하게 다룬다는 것은 고대의 리얼리즘이 생각할 수 없었던 것이라고 결론지을 수밖에 없다.[8]

'일상성'의 다른 한 측면은 '구체성'과 관련되는 것으로(바로 이 두 번째의 '일상성' 개념이 횡보 소설의 일상성을 검토하는 데 중요한 의의를 가진다), 현상과 본질 또는 개별과 보편의 관계에서처럼 현실에 대한 인간의 인식 및 자기인식과 관련되는 부분이다.[9] 이럴 때의 일상성은 우선, '사람들의 개별적 삶을 매일매일의 테두리 속에서 조직하는 것'이다. 개인들은 모두 그 자신의 일상 속에서 그 자신의 경험이나 가능성, 그리고 활동들을 기반으로 관계들을 발전시켜 나가며, 일상적 현실을 그 자신의 세계로 간주한다. 이 일상의 세계는 인간에게 너무도 친숙하고 낯익은 세계이므로, 현실의 진정한 모습은 일상의 세계를 통해 곧바로 드러나기가 어렵다. 형식주의가 고안해 낸 이른바 '낯설게하기(defamilization)'란 이런 점에서 시사하는 바가 있는데, 그것은 인간을 둘러싼 친숙한 세계로서의 일상성 안에서 대상에 대한 '인식의 자기동일성'을 깨트림으로써 대상의 본질에 다가가기 위한 예술 원리의 하나라고 할 수 있다. 그러나 '낯설게하기'는 일상의 친숙함이 부서져나가는 것만으로 대상의 본질

---

8   에리히 아우얼바흐, 김우창·유종호 역, 『미메시스─고대·중세편』, 민음사, 1987, 44면.

9   카렐 코지크, 박정호 역, 『구체성의 변증법』, 거름, 1984, 2장을 볼 것. 이하에서 논의되는 일상성의 개념은 대체로 코지크의 논의에서 끌어온 것이다.

이 각인되지 않는다는 점을 생각할 때, '일상 / 비일상'의 변증법적 관계 위에 서있는 개념이라고 볼 수 없으며, 따라서 물신화된 일상성의 진정한 극복과는 거리가 멀다.

예술의 중요한 존재이유 중의 하나는 바로 이러한 물신화된 일상성을 극복하고 현실의 진정한 국면을 인식할 수 있도록 만드는 데 있다. 그런데 예술이 종종 선택하는 일상 극복의 방법이란 '거대한 역사'를 일상 속에 투사시켜 일상의 반복적 리듬을 끊고, 일상성을 단번에 파괴하려는 시도로 나아가는 것이다. 그러나 이러한 시도는 일상과 역사가 상호 침투하는 변증법적 관계임을 무시하고, 둘 사이를 분열시킴으로써 한편으로는 일상의 공허화로, 다른 한편으로는 역사의 신비화로 빠져드는 지름길이 된다.

횡보 소설의 일상성을 문제삼는다는 것은, 어떤 의미에서 그의 소설의 가장 근본적인 부분을 문제삼는다는 것과 같은 말이 될 수도 있다. 그의 소설에 드러나는 일상성의 진폭으로 인해, 여전히 횡보의 소설은 비속한 자연주의에 머물렀다는(심지어는 그 극단으로서의 트리비얼리즘에 함몰하고 말았다는) 부정적 평가와 균형잡힌 리얼리즘의 세계를 보여준다는 긍정적 평가 사이를 오가는 진자 운동을 계속하고 있기 때문이다.

논의를 좀 더 현실적이고 생산적인 국면으로 이끌기 위해서는 횡보 소설 자체의 성취와 한계를 문제삼는 방식을 잠시 접어 두고, 그의 소설이 구현하는 일상성의 문제가, 근대 소설의 전개 과정에서 어떤 의미를 띠는가 하는 데로 논점을 옮겨볼 필요가 있다. 1930년대 후반에 장편소설을 둘러싸고 벌어졌던 일련의 논의 과정은 우리 근대 소설사에서 매우 중요한 의미를 띠는 것이었는데, 특히 이 무렵에 장편소설의 개조에 대해 활발하게 자기 고민을 펼쳤던 김남천의 문제의식이 이러한 '일상성'에 놓여 있었다. 물론, 당시에 김남천이 제기했던 일련의 소설론과 그 주제들, 이를테면 자기고발의 문제나 주체 재건의 문제, 그리고 모럴과 풍속 및 세태에 관한 논의가 한꺼번에 모두 '일상성'의 개념에 흡수 포괄되기는 어렵다. 그러나 이 시기에 이루어진 김남천의 비평적 성찰은 프로문학의 등장 이후, 소설의 세계를 지배해 왔던 '일상과 비일상의 분열 현상', 다시 말하면 이념에 의해 고양된 세계와 위대한 행위의 세계, 그리고 그러한 세계에 배치된 인물들의 도식적 형상화가 실제로 리얼리즘 소설의 진면목이라 할 일상과 역사의 상호침투를 통한 물신화된 일상의 극복을 이루어내지 못했다는 사실을 반성하고 있는 것은 분명하다.

대체로 문학이 일상성에 참여하는 것은 결코 부끄러운 일이나 오입(誤入)이 아닐 것이다. 아카데미즘이 시사성이나 일상성을 배격하는 것은 자신이 학문과 진리의 영역에서 멀리 떠나 학문 봉쇄나 진리 유린에 이르러 있는 것을 말함에 불과할 것이다. 일상성이나 시사성을 떠나는 데서 문학이 융성하는 것도 행복되는 것도 아무것도 아니다. 일상성과 시사성의 가운데 침투하여 대중의 생활 속에서 비판력과 정서를 배양해주고 진정한 향락을 누리게 하는 것만이 문학의 본래의 정신이다. 불행은 그러므로 이 일상성과 시사성을 그릇되게 피상적으로 오해하는 데 유래한다고 보는 것이 온당할 것이다. 진정한 시사란 비판이나 변별이 서지 않은 곳엔 없는 것이며, 일성상이란 것도 역사의 동향에 대한 합리적인 인식이 서지 않은 곳엔 있을 수 없는 것인데, 이곳에선 시사성이나 일상성을 국한된 일부의 저급한 독자의 취미나 기호를 추수하는 곳에 성립되는 것으로 알고 있다. 시사적 흥미나 일상성이란 것이 오히려 추잡하고 우연적이고 엽기적이고 감상적이고 색정적인 것을 물리치는 가운데서야 형성될 수 있다는 것을 신문 당국자나 신문소설 집필자나 한가지로 명심할 필요가 있을 것이다.[10] (강조는 인용자)

프로 문학 진영의 비평가들이 이기영의 「서화」와 장편『고향』의 인물 형상화 방법이나 현실 재현의 방식에 대해, 정도의 차이는 있지만 대체로 프로소설의 한 획을 긋는 새로운 창작방법으로 평가하게 되었던 이면에는, 리얼리즘과 관련된 '일상'에 대한 고려가 자리잡고 있었던 것이다. 이 점에서, 김남천은 횡보의 20, 30년대 소설을 직접 검토의 대상에 놓고 자신의 고민을 펼칠 필요가 있었다. 그러나 당시에 김남천의 눈에 포착된 것은 채만식 정도였고, 그나마 흡족한 수준은 아닌 채로였으며, 횡보의 소설을 그러한 성찰의 대상으로 놓고 논의가 이루어진 일은 거의 없었다는 점이 하나의 아쉬움으로 남는다.

횡보의 소설에 나타나는 일상성의 의미는, 물신화된 일상의 극복을 위한 일상과 역사의 상호관계라기보다는, 일상의 반복적 리듬을 깨는 역사의 일상 속으로의 침투에도 불구하고, 일상이 얼마나 완강한 자기 관성과 힘으로 자신의 고유한 질서를 버텨 유지하고 있는가를 보여준다는 점에 있다. 「만세전」을 통해 횡보가 식민지적 근대화가 지닌 부정성

---

10 김남천, 「작금의 신문소설—통속소설론을 위한 감상」, 『비판』 제52호, 1938.12. 여기서는 임규찬·한기형 편, 『카프비평자료총서』 7, 태학사 1990, 769면에서 인용함.

(즉 착취로서의 식민지적 근대화)이 부정적 전통으로서의 봉건성에 어떻게 삼투되어 있으며, 그 둘이 결합하여 식민지 조선을 어떤 상황으로 내몰고 있는지를 보여줌으로서, 일찍이 이광수가 드러냈던 계몽적 근대주의의 맹목성을 거뜬히 넘어설 수 있었던 것은 '일상성'에 대한 그의 이러한 천착과 밀접한 관련을 지니는 것이었다. 횡보 이전의 우리 소설들(대표적으로 이광수의 소설들)이나 프로소설에서 일상의 질서가 너무도 가볍게 처리되거나 아예 제대로 드러나지 않는 점에 비하면, 횡보 소설의 이러한 특징은 근대 소설의 발전에 있어 중요한 의미를 띠는 것이다.

물론 이 점은 소설의 역사적 전개 과정에서 생각할 수 있는 '상대적인 개성'이다. 고매한 정신과 이념, 그리고 그에 바탕한 위대한 행위들이 일상의 굳건한 부정적 질서를 가볍게 걷어내고, 이념과 행위를 현실 속에서 실현하려는 움직임이나 또는 그런 인물이 횡보 소설에서 종종 냉소적으로 그려지는 이유는, 이념과 행위의 가치 자체의 성격 때문이 아니라, 그러한 이념과 행위와 인물이 '일상의 질서'를 너무 무시하거나 고려하지 않는 데서 오는 맹목성 때문이다. 1930년대 후반의 프로 비평가들의 고민의 한 자락이 바로 이 문제에 놓여 있으며, 그들이 발견한 한국 프로소설의 한계가 바로 횡보 소설의 '일상성'이 보여주는 것의 대척점에 놓여 있었던 것이다.

한편으로 횡보 소설의 일상성은 일상에 대한 역사의 폭력적 개입마저도 일상의 질서로 압도해 버리는 방식으로 드러난다. 이 점을 가장 잘 보여주는 것이 한국전쟁 기간 중에 쓴 장편 『취우』라고 할 수 있다. 전쟁이야말로 인간이 누리는 일상의 반복적 리듬을 파괴하고 낯설고 서툰

비일상의 영역으로 내모는 일종의 강제적 힘으로 작용한다. 1950년대의 수많은 한국소설들이 이러한 비일상의 체험을 낯설고 생경한 체험 그 자체로 드러내기에 여념이 없었다. 그리고 젊은 작가들 대부분이 그 영향권 아래 놓여 있었던 실존주의야말로, 그들이 전쟁을 통해 경험한 일상 세계의 파괴를 논리적으로 보완해 줄 가상 훌륭한 철학이었다. 그러나 앞에서도 살펴보았듯이, 일상과 역사의 이러한 첨예한 분리와 단절은, 일상의 역사성을 통해 물신화된 일상을 극복하는 것을 방해하는 관념적 방식이다. 그 대표단수로 꼽을 수 있는 장용학의 소설이 추상성의 한계를 넘어서지 못하는 가장 중요한 이유가 여기에 있다. 이럴 때 역사는 일상성과는 아무 관련없이 불쑥 뛰어들어 낯익고 편안한 세계를 파괴하는 하나의 '초월적 실재'로 작용하며, 이것은 필경 역사에 대한 신비주의나 역사 허무주의로 나아가게 된다.

횡보의 『취우』는 이러한 경향의 극단적인 대척점에 자리잡고 있다. 이 소설에서 전쟁은 친숙한 일상의 세계를 일시적으로 파괴하는 역할을 하지만, 곧 '전쟁의 일상화'라는 방식으로, 다시 전쟁을(즉 하나의 역사적 상황을) 거대한 일상의 질서 안으로 녹여버리고 있는 것이다. 적어도 『취우』의 소설 공간 내에서는 일상의 붕괴에 대한 젊은 작가들의 호들갑스러운 반응은 들어설 자리가 없다. 역설적으로 『취우』는 일상의 질서 속에서 전면적으로 드러나지 않고 일정하게 잠재되어 있던 인간의 비속함과 욕망이 전쟁 상황을 매개로 하여 얼마나 전면화되는가를 보여주려고 애쓰며, 일상의 질서를 구축하고 있는 생존 조건에 관한 문제들이 얼마나 강화된 형태로 새로운 일상을 구성하는가를 보여주려는 데 초점을 맞추고 있다. 이런 의미에서 김동리의 소설 「실존무」는 『취우』의 세계와 비슷한 자리에 놓여 있다. 『실존무』는 그 제목과는 달리 당대의 지식인 사회를 휩쓸고 있던 '실존주의'의 허장성세와 그에 대한 내실 있는 이해도 없이 하나의 유행사조로 실존주의를 떠들어대는 사이비 지식인들을 비아냥거리고, 전쟁 상황하에서도 일상의 질서는 조금도 변하지 않고 인간을 그 질서의 영역 속으로 끌어들이고 있음을 보여준 소설이다.[11]

이상의 논의를 정리해 볼 때, 횡보 소설의 일상성은 그것이 소설 속에 녹아듦으로 해서 그의 소설을 본격적인 리얼리즘의 구현으로 고양시킬 수 있는 가능성의 의미보다도, 당대 소설의 중심적 흐름이 역사와 삶에 내재해 있는 일상의 관성과 힘을 무시하고 곧장 추상과 보편, 혹은 이념적 지향의 무매개적 낙관으로 치달을 때 그러한 흐름에 일정한 제동을 걸고 소설과 일상의 관계에 일정한 균형 감각을 회복하도록 이끌어주는 역할을 했다는 점에서 문학사적 의미가 더 강하게 드러난다고 볼 수 있다. 즉, 염상섭 소설의 일상성은 이광수 소설에 드러나는 맹목적 근대주의나 프로소설의 추상적인 경향성과 일정한 길항관계에 놓일 때, 그리고 50년대의 한국전쟁을 치른 전후문학의 추상적 보편주의와 일정한 길항관계에 놓일 때 비로소 빛을 뿜어내는 것이다. 1950년대와 60년대 초반에 걸쳐 발표된 그의 단편을 검토하는 하나의 분석틀도 이러한 관계 양상 속에서 마련될 필요가 있다. 횡보 소설 그 자체는 일상과 역사의 변증법적인 통일에까지 나아가지 못하며, 언제나 일상이 역사를 압도하

11　이 문제와 관련하여 졸고, 「1950년대 한국문예비평론연구」(연세대 박사논문, 1996)의 2장에서 다루고 있는 실존주의 논쟁 부분을 참고할 수 있다.

는 방식이 지배하고 있다. 특히, 1950년대 이후의 소설에는 이러한 성격이 좀 더 강화되어 나타난다. 그럼에도 불구하고, 이 시기에 씌어진 횡보의 소설은 삶의 바탕에 깊이 내재되어 있는 내밀한 결과 무늬를 포착해 형상해냄으로써, 같은 시기의 어떤 소설보다노 억사와 일상이 만날 수 있는 접지면(接地面)을 폭넓게 마련해 주고 있다.

3. 후기 단편들의 대강의 면모와 그 특징

횡보의 소설에는 일정한 단층이 형성되어 있다. 특히 앞에서 언급한 일상과 역사의 관계를 중심에 놓고 볼 때, 횡보의 작품 전개 과정에는 일상과 역사의 균형이 가까스로 유지되면서, 동 시대의 어떤 소설보다도 현실을 구성하는 진실의 한 측면을 여실히 드러내주는 소설이 있는가 하면(동시에 그러한 결과로서의 소설의 가치 지향이 다른 소설들에 비해 한결 구체성과 시의성을 획득하는 경우가 있는가 하면), 일상과 역사의 균형 있는 관계망이 무너지고, 속악한 일상의 지리멸렬한 현상의 파편 속으로 깊숙이 침잠해버리는 경우도 비일비재하다. 이 점은 한 작가의 작품군 속에서 결작이 있는 한편으로 태작이나 졸작도 섞여 있다는 통상적인 의미와는 다르다. 좀 더 근본적으로 횡보에게 있어, 일상과 역사가 만나는 접점의 면적이 어떤 경우에 더 커지고 어떤 경우에 더 줄어들게 되는가 하는, 창작방법과 관련된 논의이기 때문이다. 후기 단편들을 검토하는 자리에서 이점과 관련하여 가장 먼저 부딪치는 의문은 단편집 『일대의 유업』 앞 머리에 실린 다음과 같은 작가의 발언이다.

오랜만에 작품집을 내게 되니 무슨 큰 출세나 한 듯싶다. 더구나 마침 제2 공화국의 태동기와 때를 같이 하여 상자되어 7·29선거를 치르는 등 어수 선한 고비를 넘기고, 아마 신정부의 수립을 전후하여 풀려나오게 된 것도 시 기의 우연한 일치이겠지마는, 무슨 기연이나 있는 듯이 저절로 기꺼운 미소 를 떠오르게 한다. 건국 후 십이년 간의 독재로부터 해방된 기쁨을, 협저에 서 썩던 나의 작품들마저 함께 맞이하는 듯이 시원하기 짝이 없기에 말이다. 4·19와는 시간적으로 공교로운 일치이지마는, 건국기로부터 각지에 써 온 작품이 6, 70편 되는지 백편 가까이 되는지 하는 터인데, 사정이야 어쨌든지 간에 그대로 묵혀두다가 비로소 그 일부나마 세상 구경을 시키게 되니 만득 의 생남이나 한 듯이 혼자 좋아할 수밖에 없다. 그리고 또 하나 반가운 것은, 이것도 4·19혁명이 출판계에 가져온 한 전기인지는 모르거니와, 외국문학 의 번역소개에 편중하던 감이 불무하던 종래의 출판계가 일전하여 국내작 품에로 시각을 돌리려는 신경향이다. 이 사품에 나의 이 변변치 않은 작품까 지도 풀려나가게 되었는지 모르나, 어쨌든 출판계의 시야가 대외로부터 대 내로 넓어진다는 것은 천만다행한 일이다. (을유, 1면)[12]

---

[12] 이 글에서 다루는 1950~63년 사이의 횡보의 작품은 주로 다음의 다섯 가지 텍스트에 실린 것을 대상으로 삼은 것이다. ① 염상섭, 『일대의 유업』(을유문화사, 1960) ②『현 대한국단편문학전집』 13(문원각, 1974) ③『현대한국단편문학전집』 14 ④『염상섭 전집』 11(민음사, 1987) ⑤『예술원보』 제2호, 3호, 5호, 6호. 앞으로 작품을 인용하고

4·19가 일어난 지 넉 달 뒤에 쓴 이 머리말에서는 유난히 책의 출판을 4·19혁명과 연관지으려고 애쓴 흔적이 역력하다. 『일대의 유업』에 실린 단편들은 대체로 1949년 해방 직후부터 1958년에 걸쳐 발표된 작품들이다. 해방 직후 작품 중에서, 만에 하나라도 협저에서 썩어야 할 가능성이 있는 작품들, 예컨대 「양괴지갑」이나 「이합」, 「재회」와 같은 문제작들은 전부 빠져 있다. 이 작품들이야말로 해방 직후의 정치적 상황에서 횡보의 가치 지향을 가장 잘 드러내 보이는 것들에 해당하며, 그만큼 중요한 작품이기도 한데, 오랜만에 단편집을 묶어내면서 다 빼버린 이면의 논리가 결코 간단하지는 않을 것이다. 그러면서도 4·19혁명에 대한 환희와 기쁨의 정서는 노골적으로 드러나 있다. 실제로 『일대의 유업』에 실린 단편들 중에서 4·19로 맞은 정치적 해방이 정녕 기꺼운 것일 수밖에 없음을 보여주는, 다시 말하자면 정치적 억압에 대한 대응 논리와 그 극복으로서의 현실을 그린 그런 소설은 하나도 보이지 않는다. 바로 이러한 괴리가 그의 소설에 편재해 있는 일종의 단층 현상을 해석하기 어렵도록 만드는 부분이다. 신간회의 성립과 장편 『삼대』가 맺고 있는 일정한 상관관계, 그리고 해방 직후에 단정반대와 『효풍』이 맺고 있는 상관관계를 생각할 때, 50년대의 단편들은 역사적 현실의 전면에서 한참 후퇴하여 강화된 일상의 세계에 깊이 침잠한 하나의 단층 지대를 형성하고 있다. 그 점은 후기에 발표한 단편들의 전체적인 면모를 통해 여실히 드러난다.

그 면수를 밝힐 때는 출판사나 간행물의 이름과 면수를 밝히는 것으로 대신한다.

횡보가 만년의 10여 년에 발표한 단편들은 대체로 다음과 같이 주제
나 소재의 성격에 따라 몇 계열로 나누어 볼 수 있다.

① 전쟁체험을 다룬 소설들 : 「산도깨비」(1951), 「자전거」(1952. 나중에
「가위에 눌린 사람들」, 「생지옥」 등으로 제목 바꿈), 「해방의 아침」
(1951), 「탐내는 하꼬방」(1952), 「귀향」(1953) 등.

② 만주체험이나 민족문제를 다룬 것 ; 「짖지 않는 개」(1953) 등.

③ 전후 도시서민의 궁핍상과 애환을 그린 것 : 「쌀」(1958), 「남의 집살
이」(1959) 등.

④ 여성의 순정, 또는 애정의 윤리를 다룬 것 : 「정염에 사른 모욕감」(1957),
「그 그릇과 기녀」(1957), 「택일하던 날」(1958), 「싸우면서도 사랑은」
(1959), 「순정의 저변」(1958) 등.

⑤ 혈연 또는 가족의 문제 : 「돌아온 어머니」(1957), 「법 없어도 살 사람」
(1958) 등.

⑥ 결혼의 파탄 또는 처첩의 갈등을 다룬 것 : 「굴레」(1950), 「해지는 보
금자리 풍경」(1953), 「어머니」(1956), 「위협」(1956), 「동서」(1957.
문원각 판에는 「제사」로 제목 바꿈), 「늙은 것도 설은데」(1957), 「수
절내기」(1958), 「이연(離緣)」(1958), 「결혼 뒤」(1959), 「20대에 들
어와서」(1960), 『얼룩진 시대풍경』(1961), 「어설픈 사람들」(1961),
「의처증」(1961), 「감사 전」(1963) 등.

⑦ 여성해방적 문제제기 : 「자취」(1956), 「우주시대 전후의 아들딸」
(1958) 등.

물론 이러한 분류에 다소 자의적인 기준이 작용할 수도 있음을 인정하고, 또 분류의 범주에 해당하지 않는 여타의 작품들도 제법 있다는 것을 전제한 바탕 위에서, 우리는 분류의 결과로부터 몇 가지 특징을 찾아낼 수 있다.

넌서, 작품 숫자로 가징 많은 경우는 ①과 ⑥의 계열에 속하는 작품이다. ①은 엄밀하게 말하면 반공소설의 범주에 해당하는 것들이지만, 이데올로기의 향배가 분명히 드러나는 이러한 작품의 경우에도 횡보는 그것을 속악한 반공소설의 차원으로 전락시키지 않고 전쟁 와중이나 전후의 상황을 가능하면 객관적으로 묘사하려는 노력을 보여준다. 그런 까닭에 그의 소설에 그려지는 인공 치하 3개월 동안의 서울 모습과 인천상륙작전 이후 수복된 다음의 서울 모습들을 통해 전쟁 실상의 일단을 엿볼 수 있는 것도 사실이다. 특히, 횡보의 장기인 의식주(衣食住)의 가장 일차적인 필요와 결핍이 빚어내는 다양한 상황들에 대한 고찰, 즉 생필품의 부족과 거주 공간의 부족, 그리고 죽음에 대한 구체적 공포가 인간을 어떤 고통 속으로 몰아가는지, 그런 상황에서 인간관계는 어떻게 변화하는지에 대한 그 나름의 진실한 고찰이 이런 소설들에 일정 부분 담겨 있는 것이다.

⑥에 해당하는 작품들은, 작품 숫자로도 가장 많기도 하지만, 소설의 내용으로 보건대 ④, ⑤, ⑥, ⑦이 사실은 그 소재와 주제의 측면에서 서로 중복되거나 덧포개지면서 횡보 만년의 단편들에서 단연 압도적인 비중을 차지하고 있다. 일찍이 이어령이 '안방 문학'이라고 비아냥거렸던 이유도 우선 이야기의 표면적인 줄거리로 볼 때, 횡보의 50년대 단편들

이 거의 대부분 처첩의 갈등을 중심에 둔 여성들의 대립과 반목을 다룬 이야기이거나, 아내 있는 남자의 바람피운 이야기, 또는 남편 있는 아내의 외도를 다루고 있기 때문이다. 횡보의 소설에서 사랑을 전제로 한 남녀의 관계가 제대로 된 결혼으로 이어지는 이야기 구조를 지닌 소설은 거의 없다시피 한다. 이 글에서 다루는 다섯 가지 텍스트에서 그런 이야기 구조를 띠고 있는 예외적인 소설은 「택일하던 날」(과 「싸우면서도 사랑은」은 이어지는 소설이다) 단 한 편뿐이다. 물론 이 시기의 횡보 소설 전부를 읽어보지 않은 상태에서 내리는 이러한 단정이 다소 성급하지 않은 것은 아니나, 그만큼 횡보 소설에 나오는 가족과 사랑, 그리고 결혼은 온통 파탄과 혼란, 그리고 배신과 부정으로 얼룩져 있다. 그리고 그러한 파탄의 양상과 그 상황에 놓여 있는 인간의 심리를 집요할 정도로 추적해 들어간다.

소설의 이러한 양상들이 작가의식이 역사나 현실로부터 떨어져 나가면서 생겨나는 걷잡을 수 없는 지리멸렬함이거나, 혹은 해방 전에 절정을 이룬 횡보 소설세계에서는 없어도 좋을 '군더더기'로 평가받는 근거가 되었다. 또는 거기에 굳이 애정어린 평가를 내려 '전후의 타락한 윤리와 풍속에 대한 준열한 비판'이라는, 견강부회에 가까운 평가절상이 시도되기도 한다. 그러나, 오히려 우리의 의문은 거꾸로, 왜 횡보가 이런 문제에 그토록 집착했는가 하는 데로 모인다.

횡보의 소설에는 일찍부터 애정과 결혼의 문제에서 제기되는 복잡한 양상이 등장한다. 김종균은 『염상섭 연구』에서 이런 계열의 소설들에 대한 통계적 고찰을 시도한 바 있다. 이를테면 과부 주인공, 기녀 주인공,

처녀의 혼전 임신, 유부녀의 패륜, 유부남의 외도 등으로 나누어 그런 소설들의 내용을 횡보의 연애관을 대비시켜 가면서 살피고 있는 것이다.[13] 그러나 앞서 언급했듯이 만년의 단편들이 이러한 문제를 집중해서 다루고, 그 양도 압도적인 까닭은 조금 다른 각도에서 살펴봐야 할 필요가 있다. 무엇보다 주목할 만한 것은, 여성 문제에 대한 횡보의 시각이 여성을 중심에 놓고 고민하는 쪽으로 기운다는 것이다. 섣불리 이것을 횡보 만년의 단편에서 발견되는 '여성해방론적 시각'이라고 단정짓는 것은 성급한 일이나, 만년의 단편들을 통해 횡보는 여성이 당하고 있는 억압과 착취, 그리고 소외의 문제를 그것을 가능하도록 만드는 제도(이를테면 결혼과 가족이라고 지칭할 수 있는)의 문제와 연관지어 고민한다는 점은 분명하다. 이 글은 그러한 자취들을 작품을 통해 분석하고 재구성함으로써 만년의 단편들에 나타나는 하나의 특징적인 양상을 밝혀보고자 한다.

4. 여성의 억압과 착취에 대한 횡보의 문제의식

앞에서 언급한 ④, ⑤, ⑥, ⑦의 계열에 드는 작품 중에서 남녀의 성차별이나 여성의 수난을 전면화시킨 작품으로는 우선 「우주시대 전후의

---

13 김종균, 앞의 책, 291~314면을 볼 것.

아들딸」과 「자취」를 꼽을 수 있다. 이 작품들은 면밀한 해석이 필요없이 곧바로 문면의 의미맥락을 통해 횡보의 주제의식이 어디에 놓여 있는가를 알 수 있다. 「우주시대 전후의 아들딸」은 딸만 내리 다섯을 둔 '김교장'과 여섯 번째 아이를 임신하고 초조하게 출산을 기다리는 그의 부인이 벌이는 한판의 희화이다. 제기하는 문제의식에 비해 소설의 결구가 너무 안이하고 소설 전체를 관통하는 토운(tone)이 가벼운 것이 불만이기는 하지만, 아들을 낳아야 된다는 봉건적인 남아선호사상에 빠져있는 김교장에 대해 횡보가 설정하고 있는 '비판적 거리두기'는 매우 심각하다. 횡보는 아내의 목소리를 통해 김교장을 비판한다.

"이번에 그 돈 잡아 먹는 귀신이 또 나온다면, 이젠 마지막야. 정신차려!"
태기가 있기 시작하였을 때부터 노상 입버릇처럼 이런 소리를 해 온 남편이기도 하였다.
(…중략…)
여자란 시집을 가면 의례 아들을 낳아서 손(孫)을 잇게 해야 하는 의무나 책임이 있는 것으로 알고 강제로 부득부득 아들을 낳아야 한다고 종주먹을 대니, 이거야 안한 도둑질도 했다고 고문(拷問)을 당하는거나 다를 것이 무어냐고 분한 때도 없지 않아서 자기 역시 그렇게 바라는 아들이건마는, 낳면 낳고 말면 말라지─ 하고 그 간절한 소원을 남의 일같이 튀겨버리고 말기도 하는 것이었다.
'응! 또 혹은 몰라. 딸만 낳는 그런 탯줄인 바에야 아주 끊어버리자는 말인지도 모르지.' (을유, 90~91면)

그러나 김교장의 아내는 여섯 번째에도 또 딸을 낳는다. 낙망한 김교장의 태도가 전격적으로 바뀐 것은 해산 쓰레기에 섞여 나온 여나문개의 키니네가 든 약봉지 때문이었다. 아내의 자살 기도를 눈치 챈 김교장은 다시 아내를 탓하거나 마지막이라는 위협을 못하게 된다. 심교상의 완고한 남아선호사상에 빗대어 횡보가 설정하고 있는 그 대척점의 입장은 앞집에 사는 쌍둥이네 식구들의 대화이다. 누이와 오랍동생, 그리고 그 어머니가 이른바 '정자은행'과 '인공수정'에 관해 나누는 대화는 김교장의 보수적 사고와 극명한 대조를 이룬다.

이 소설의 희극적 토운과는 달리 비극적인 여성의 개인사를 진지하게 조명해 들어간 작품이 「자취」이다. 이 소설의 주인공인 정임은 홀아버지와 줄줄이 딸린 사내 동생을 이끌고 살림을 하다가 몰락한 양반집에 대를 이어주기 위해 첩으로 들어간다. 아들을 낳았지만, 난봉꾼인 남편의 호색질과 본처의 구박을 견디다 못해 시집을 뛰쳐나와 갖은 고생을 하며 전전하다가 여승이 된다. 정임의 박복한 삶은 딱히 시집을 잘못 간 데서 시작된 것은 아니다. 그의 비극은 그가 딸로 태어난 것에서부터 시작되었다.

정임이는 운명할 때까지 딸의 시집 보낼 걱정을 하던 모친을 여읜 뒤로 늙은 아버지의 조선옷 귀를 거두어야 하고 인쇄소에 나가는 오라비와 학교에 가는 두 동생을 맡아서 살림꾼이 되고 말았었다. (…중략…) 상점에 나가는 부친과 공장에 가는 오라비, 그리고 동생 남매를 차례차례 내보내고 집을 치우고 나면 제 치장을 할 새도 없이 빨래에 얽매였고, 아랫방 마님과 동무 삼아서 다듬이질 바느질에 얽매였던 정임이었다. (…중략…) 정임이 역시 그치다꺼리에 뼛골이 빠지고 찜증이 난 끝이라, 그렇지 않기로 부친 앞에서 싫다 좋다가 없을 것이지마는, 첩이고 뭐고 가릴 나위 없이 잘 살고 양반이라니 부엌데기를 면하고 올라앉아 살게 되겠거니 하여 좋기도 하였던 것이다.

(문원각 14권, 244~245면)

정임에게 결혼은 실상 지칠 대로 지친 가사노동으로부터의 탈출이라는 의미가 더 컸다. 그것이 또 다른 가사노동의 연장으로 이어질 뿐 아니라, 삼중사중의 억압과 착취의 고통 속으로 휘말려 들어가는 것임을 정임은 몰랐다.

이 소설은 수십 년 만에 어릴 적 동무 정임이의 소식을 여동생으로부터 전해 들은 난영이가 정임의 자취를 되밟아가는 일종의 관찰자 시점으로 되어 있다. 부분적이긴 하지만 난영의 처지가 정임의 삶에 살짝 덧포개어져 있다.

오십이 가까운 이 나이가 지금 세상에서는 아직 젊다면 젊겠지만, 환도 후에 남편을 여의고 쓸쓸한 집 속에서 손주 새끼를 둘이나 데리고 시달리다가, 며느리가 저녁 때 들어와서 툴툴거리며 해주는 밥이나 얻어 먹고 앉았는 자기(난영－인용자)의 신세를 생각하면 승이 된 정임이가 부럽기도 하였다.

(문원각 14권, 241면)

여동생 순영으로부터 여승이 된 정임이 산너머 탑골 승방에 거처한다는 소식을 들은 난영이 분연히 일어나, 정임을 만나기 전에 그의 유일한 소생인 아들의 뒷소식이라도 알아내기 위해 뛰어나니는 것은 박복기구한 정임의 삶에 강한 동병상련을 느꼈기 때문이다. 정임이 시집을 뛰쳐나오게 된 직접적인 계기는 그의 남편이 또다시 세 번째 부인을 집에 들어앉혀 살림을 하게 된 것이었다. 그것을 대신 따셔주기 위해 세 번째 부인을 만났던 난영은 그 상대가 자신의 여학교 동창이란 것을 알고 대경실색한다. 그 여인의 삶도 결코 행복하지 않으리라는 짐작은 소설에 직접 드러나지 않더라도 충분히 짐작할 수 있는 일이 아닌가. 그러므로 이 소설 「자취」는 주인공 정임의 비극적 일생이 남겨 놓은 '자취'이기도 하지만, 동시에 그의 동무였던 난영의 자취이면서 한 남편을 놓고 시앗다툼을 벌인 본처와 세 번째 여인들이 모두 같은 궤적을 그리는 하나의 '자취'인 셈이기도 한 것이다. 소설의 말미에 난영의 독백은 그러한 주제를 압축해서 나타내고 있다.

"전생에 무슨 죄를 지었길래 계집으로 태어나서……"

어떤 아낙네나 답답할 때면 입 밖에 내는 군소리를 한 마디 속으로 웅얼거렸다. 그것은 물론 팔자 사나운 정임이를 두고 한 말이나 자기 자신의 저물어 가는 생애를 돌아다보고 하는 말이기도 하고 여성 전체를 얼싸안은 신세타령이기도 하였다. 그러나 이 나라의 여성, 이 시대의 여성의 이러한 막연한 탄식이 어디서 오는 것인지를 생각해 볼 힘이 난영이에게는 없었다. (문원각 14권, 252면. 강조는 인용자)

만년의 단편들에 등장하는 여성들이 모두 이 두 소설에서처럼 피해자이거나 억압과 착취의 대상으로 그려지고 있는 것은 아니다. 경우에 따라서는 애욕에 눈이 멀어 여러 번 남편을 바꾸어가며 분탕질을 하는 타락한 여인(이를테면 「해뜨는 보금자리 풍경」의 '정원'이나 「어머니」의 '혜련'의 경우)들도 있다. 그러나 섬세하게 읽어나가면 이런 여인들의 경우조차도, 횡보는 일방적인 윤리의 잣대를 들이대어 그들의 타락을 비판하는 것이 아니라 더 큰 틀에서 볼 때는 이들 역시 일종의 피해자일 수도 있음을 감지하도록 만든다. 만일, 횡보가 윤리의 파탄을 문제삼은 것이라면 기녀나 까페 여급과 유부남의 사랑을 기녀나 까페 여급의 입장에서 그려내지 않았을 것이다. 「순정의 저변」과 같은 경우, 이 소설은 기생 출신 봉희가 유부남 영규에게 보내는 헌신적이고 순수한 애정을 그린 것이다. 순수하다는 의미는 횡보의 대개의 작품들이 그렇듯이, 남녀의 관계 ─ 그것이 애정 관계일 경우 특히 ─ 가 금전에 얽힌 이해관계로 이합을 거듭하지만, 봉희의 영규에 대한 사랑은 이해관계를 초월한 것이란 뜻이다. '결혼'이라는 제도를 중심에 놓고 보자면 봉희와 영규의 사랑은 야합이며 혼외정사이다. 또한 윤리적으로 바람직하지 않은 결합이다. 단순히 풍속의 묘사에 그 의중이 있거나 윤리적 당위에 무게중심이 가 있는 것이라면, 이 소설의 창작의도를 제대로 설명할 길이 없어진다.

더욱이 김윤식이 횡보 소설을 가로지르는 하나의 원리로 내세우는 '가치중립성'과 그것을 확보하도록 만드는 가족 제도로서의 '가부장제'에 대한 지지가 횡보의 소설 전체에 걸쳐 확인된다는 주장은 이 대목에서 재고할 여지가 있다. 「일대의 유업」은 어린 두 아들을 둔 젊은 과부의 몰락의 과정을 그리고 있는 소설이다. 이 소설은 「양과자갑」과 「이합」

「재회」와 같이 횡보의 소설이 역사와 일상의 접점을 형성하는 공간으로부터 강화된 일상의 영역으로 훨씬 깊이 침잠하는 하나의 단초에 해당하는 소설이다. 그러므로 이 소설에 대한 해석은 50, 60년대 횡보 만년 소설의 해석에 있어 하나의 시금석에 해당한다고 볼 수 있다. 김윤식은 「일대의 유업」에 대해 염상섭 소설의 세계는 더 나아가길 그치고 하나의 종착역에 도달한 것이며, 그 이후의 모든 작업은 이 소설의 재탕에 지나지 않는다고 했다.[14]

가부장제의 위대성에 대한 보수주의자의 재확인이라는, 「일대의 유업」에 대한 해석이 정확한 것이 되려면 이 소설의 주인공인 기현모가 제 스스로의 욕망에 의해 몰락할 때라야만 가능하게 된다. 그러나 기현모는 물론 제 자신의 욕망에 충실하려는 잠재적인 과감성도 지니고 있지만, 그보다는 먼저 과부로서 견디어내야 할 주변 요소들, 즉 상속 제도와 과부에 대한 사람들의 편견들과 싸워야 하며, 무엇보다도 생계를 꾸려갈 수단을 확보해야 한다는 절박한 문제에 봉착하게 된다. 남편이 죽기 전부터 집문서를 아들의 이름으로 바꿈으로써 상속 절차를 끝내놓은 것, 그 후견인으로 기현모 자신이 아니라 시동생을 등재시켜 놓은 사실, 생계를 꾸리기 위해 하숙을 놓은 사실, 젊은 하숙생이 들어오게 되면서 감당해야했던 구설수, 그리고 시동생에게 빼앗긴 집의 소유권 따위가 기현모의 욕망에 우선하는 조건들이다. 과부가 되기 전까지 기현 어머니는 지극히 평범한 한 사람의 아낙이었다. 그녀가 내심 사모하던 김선

---

14 김윤식, 『염상섭 연구』, 민음사 1987, 811~818면.

생에게 실연당하고 점차 요정의 일원으로 전락해 갈 수밖에 없는 근본 요인은 가부장제에 기반해 있는 젊은 과부가 감당해야 할 사회적 조건과 편견이지, 여자의 처신과 욕망이 아니다.

횡보의 소설에는 가사 노동의 강도 높음이 자주 묘사되고 있으며, 그러한 가사 노동에 의해 육체적 혹사를 감내하는 여성의 모습이 자주 등장한다. 궁극적으로 여성이 아내와 며느리로서 애정이 매개된 진정한 결혼 생활이 아니라, 제도에 속박된 일종의 반노예적 상태로 가혹한 가사노동을 감내할 수밖에 없는 이유는 여성이 경제적으로 독립할 수 있는 능력이 없기 때문이다.

「동서」라는 단편에 등장하는 주인공 순옥은 스물셋에 상처한 남자의 재취로 시집을 온다. 남편은 상처하기 전부터 첩치가를 하여 본가에는 아예 들리지도 않는 인물이다. 순옥은 이런 와중에도 전실 소생의 아이 둘을 거두고, 역시 남편의 첩치가로 골머리를 앓는 큰동서의 시중에다 소박맞고 친정에 와있는 시누이의 시중까지 이중삼중의 노역에 시달리며 산다. 그런 순옥을 보고 친정 여동생인 순영은 아예 집을 나와버리라고 종용하지만 순옥은 완고하다.

"형, 그 생각이 틀렸단 말야. 남편 보구 시집 왔지 언제 두 애 길러 주러 보모루 왔읍디까? 보모루 데려왔건 월급을 내레. 이 고된 드난살이만 해두 식모 월급이 있겠지."

순영이는 형의 신세가 딱해서 그러는 것이지마는 내친 걸음 자꾸 따지고 덤비는 것이다.

“내 걱정 마라. 나가긴 쉽지만 버린 몸으로 이만두 못한 못된 놈 만나서 죽
도록 고생하니 정들인 아이들 데리구 거기 맘 붙이구 사는 것만두 얼마나 편
하냐.”

아무리 늘쑤셔야 움직일 것 같지 않은 순옥이의 가라앉은 말소리다.

“꼭 시집을 가야 맛인가. 취직을 해서 혼자 벌어먹는 것이 이 고생보다야
편하지.”

“취직? 넌 중학교라두 나왔지? 국민학교를 나온 것이 고래쩍인데, 지금 서
른 줄에 들어서 무슨 취직을 하라니? 방직공장에를 가면 예전에는 잠을 못
자서 뒤깐에 가서 코를 골구 존다던데, 지금은 어떤지? 흥!” 하고 순옥이는
또 코웃음을 친다. (문원각 14권, 285~286면)

결국 순옥이 가장 염려하는 것은 집을 버리고 나가면 무엇을 먹고 살
것인가 하는 문제에 봉착했을 때 달리 대안이 없다는 점이다. 자기의 처
지와 조건에서는 결국 이 곳을 뛰쳐나간다고 하더라도 다시 이 집에서
의 육체적, 정신적 혹사에 비해 크게 나을 것 없는 열악한 상황이 자신을
기다리고 있으리라는 예견이 그를 운명적 체념으로 몰고 가는 것이다.
그러므로 여성이 자신의 삶의 주체가 되어 당당히 서느냐 그렇지 않으
냐의 문제는 궁극적으로 여성이 경제적 주체로서 자신의 삶을 꾸려갈
수 있는가 하는 문제와 직결되는 것이다. 이런 틀로 횡보의 소설들에 등
장하는 여성과 그들의 선택적 행위를 분류하면 ① 경제 활동의 주체로
서지 못할 때 선택할 수 있는 길이란 자의든 타의든 남성의 성적 도구로
전락하여 생계의 근본적인 문제를 해결하는 길(여기에서 처첩 간의 갈등이

나 불륜의 관계가 형성된다) ② 경제 활동의 주체로 나서는 길에서는 여성이 선택할 수 있는 경제 활동이란 지극히 제한되어 있다. 대체로 횡보 소설에 여성의 직업으로 가장 빈번히 등장하는 것이 식모살이이며, 기중 나은 것이 극장 매표원(「이연」의 경우)이나 다방 레지, 간호보조사(「얼룩진 시대풍경」의 경우), 양장점 종업원(「인프루엔자」의 경우) 정도이다. 기생이나 양공주란 경제적 주체로 나선 경우라기보다는 오히려 ①의 경우에 해당하는 것이라 볼 수 있다. 물론 횡보 후기 단편의 결혼과 가족, 혹은 성적 관계의 문제가 오로지 이러한 도식에 의해 분류되는 것은 아니다. 개중에는 성적 욕망을 오로지 욕망 자체의 문제로 접근해 들어간 소설도 없지 않다. 그러나 후기 단편에서 압도적으로 부각되는 것은 가부장적 지배 질서에 의해 수난과 착취를 감내할 수밖에 없는 여성에 대한 문제의식이라고 할 수 있다.

흔히 횡보 소설에서 그려지는 인간관계란 '돈'을 중심으로 한 경제적 이해관계에 종속된다는 일반화된 지적이 있는데, 이런 지적을 뒤집어 생각해 보면, 인간관계가 형성될 수 있는 여러 다양한 선택지 중에서도 횡보는 유독 경제적 이해관계에 집착한다는 말로도 읽혀지게 된다. 그러나, 횡보 소설의 경제적 국면은 하나의 '요인'으로 작용하고 있는 것이 아니라, 사회 전체의 구조 자체가 그러한 인간관계만을 형성할 수밖에 없음을 말하고 있음을 놓쳐서는 곤란하다. 후기의 단편에 오면, 『삼대』에서 구경할 수 있었던 재산 형성의 봉건적 유제(遺制)(즉 부호의 상속)의 흔적마저 말끔히 사라지고, 인간은 자신의 삶을 도모하기 위해 무엇이든 한 가지 일을 붙들 수밖에 없는 고립된 경제적 존재들로 드러나게 된다. 『삼대』의 덕기는 어떤 의미에서 경제와 관련된 봉건적 유제의 마지막 수혜자이기도 한 것이다. 그가 지닌 미덕으로서의 아량과 동정심은 그러한 수혜의 덕분으로 형성되는 것이기도 하다. 그러므로 50, 60년대 단편을 구성하고 있는 횡보의 소설 세계는 「두 파산」에서 두 개의 파산을 낳도록 만든 사회 구조의 연장선상에 놓여 있으며, 한층 악화된 형태로 드러나고 있다. 그러므로 인간관계는 훨씬 더 강팍한 형태로 속악하게 변질되며, 구조화된 이러한 완강한 일상의 질서를 깨트릴 수 없는 주체는 스스로 일상의 질서로 편입되거나 체념하거나 둘 중의 하나를 선택할 수밖에 없는 것이다.

이러한 의미에서 '여성'의 문제에 횡보가 주목한 것은, '여성'의 사회적 존재성이야말로, 자본주의적 경제 구조와 낡은 봉건적 유제의 관성이 결합하여 그 모순이 중층적으로 드러나는 영역임을 횡보가 발견한 것이라고 보아도 좋을 것이다. 그러나 이러한 발견이 곧장 여성 해방의 문제 제기로 번져 나가 고발의 형태이건 비판의 형태이건 적극적인 이념화로 치닫지 않는 것이 횡보 특유의 현실 감각이다. 횡보는 이러한 낭만적인 초월이나 고매한 이념의 현현과는 전혀 반대의 지점에 서 있는 작가이기 때문이다. 누차 살펴보았지만, 그에게 가장 중요한 것은 부정적이든 긍정적이든 일상의 완강한 질서를 존중하는 것이며, 어떠한 비판의식이나 문제 제기도 이 일상의 질서의 관성을 넘어 서는 자리에서 이루어질 수가 없는 것이다. 일상성에 관한 한 그 점이 횡보의 특징이면서 동시에 한계이기도 한 것이다.

5. 후기 단편의 단층들 ― 맺음말을 대신하여

「얼룩진 시대 풍경」과 「남의 집 살이」는 후기 단편에서 또 하나의 단층을 형성하는 작품이다. 왜냐하면, 「얼룩진 시대 풍경」에서 「양과자갑」, 「이합」, 「재회」 이후 일상과 역사의 접점을 포기하고 일상의 질서 속에 깊이 침잠해 들어갔던 횡보가 다시 역사와의 접점을 모색하며 기지개를 켜고 있기 때문이며, 「남의 집 살이」는 일상의 질서에서 한발자국도 벗어남이 없던 횡보가 인간의 원초적 고향인 유년의 근원적 체험과 빈곤의 문제를 결부지어 일말의 낭만적 정조를 드러내기 때문이다.

「남의 집 살이」의 주인공 영자는 열다섯 살 난 소녀다. 아버지는 9·28 때 이북으로 넘어간 부역자고, 어머니는 친정에 어린 삼남매를 두고 개가해 버렸다. 그래서 영자는 학교 문턱도 못 가본 까막눈이다. 그는 서울로 식모살이를 오게 되었고, 손아래 여동생 역시 어느 시골에 식모살이를 나가 있다. 그는 동생들과 조금이라도 가까이 지내고 싶어 남들이 다 부러워하는 서울 부잣집의 식모살이를 마다하고 도로 시골로 내려가겠다고 울며 조른 덕에 동생이 있는 곳으로 옮겨 가게 된다. 서울에 도착하던 첫날 밤, 영자는 고향과 자신의 유년의 추억을 떠올린다.

어질증이 좀 진정이 되니까, 영자는 별이 총총한 캉캄한 하늘을 치어다보면서 역시 고향생각이 났다. 문득 머리에 떠오르는 것은 열두 살 때이던가? 이런 암흑 칠야에 별만 치어다 보며 사십 리 길을 뜀박질을 하다 시피 혼자서 걷던 때의 일이다. 그때는 큰이모집에 붙여 있었는데, 읍내의 중학교에서 내일이 운동회라고 뺀드가 뿡빵거리고 오늘 마지막 대연습을 한대서 온 동리의 아이들이 구경에 미쳐 날뛰어가고 한참 웅성거리는 판에, 영자는 그만 이모에게 붙들렸다. 해산 기미가 있으니 당장으로 외가에 가서 서기에 시어 달라고 맡겨둔 애기 포대기를 가져오라는 것이었다. 외갓집까지는 사십 리 길 왕복 팔십 리다. 기가 찬 노릇이었다. 오정이 훨씬 넘은 뒤인데 거기를 갔다가 늦어 자고 오게 되면, 내일 운동회 구경은 못할 것 같다. 그러나 뉘 앞이라구! 밥을 먹여 주는 이모의 심부름이니 쓰다 달다 말 한마디 없이 나섰다. 학교편에서 울려오는 뿡빵거리는 소리가 멀어지는 것이 아까워서 느럭느럭 타박 타박 걸었다. 그러나 그 나팔소리, 북소리가 아주 안 들리게 되니까 영자는 그대로 줄다름질을 하다시피 하여 가을해에 어둑어둑해서 외가에를 득도하였다.[15]

영자의 고통은 피붙이들과의 이산(離散)이며, 그것은 근본적으로 빈곤 때문이다. 그리고 영자의 운명을 규정한 빈곤은 역사적인 것이다. 그에게는 빨갱이의 자식이며 일자무식이라는 두 가지 레테르가 따라붙어 다닌다. 영자의 성격을 형상화하기 위해 동원한 어린 시절의 회상 장면은 자못 감동적이다. 따뜻한 향수(鄕愁)와 충만한 정신의 유토피아로 남아 있어야 할 유년의 기억을 황폐한 악몽으로밖에 떠올리지 못하는, 한 불운한 여성을 향한 노작가의 연민과 동정이 느껴진다. 횡보의 소설에

---

15 염상섭, 「남의집살이」, 『예술원보』 제3호, 1959.12, 158~159면.

서 이러한 감상적인 부분은 좀체 찾기 어렵다. 그의 소설에서 형성되는 인간관계나 인간형은 대체로 매우 건조하고 팍팍한 편이다. 이것은 그가 인물을 그릴 때나 인간관계를 그릴 때 궁극적으로 어떤 형태이든 물질적 이해관계를 매개로 하여 그려내기 때문이다. 그의 소설에서는 시혜나 동정마저도 순수한 연민에 의해 이루어지는 경우가 드물다. 횡보 소설의 그런 특징들을 염두에 둘 때, 식모살이를 떠나 와 낯선 대도시의 밤하늘을 바라보면서 헤어진 살붙이들을 그리워하고, 운동회날의 그 시끌벅적함과 화려함을 동경하며 고달픈 심부름을 해결하기 위해 밤길을 내닫던 유년의 추억을 떠올리는 장면은 무척 이색적인 대목이자, 동시에 노작가가 빚어내는 새로운 진면목이 아닐 수 없다. 결국 동생이 있는 곳으로 내려간 영자는 이모와 고모의 눈총을 받으며 다시 서울 부잣집으로 쫓겨가게 되고, 마침내는 횡보 소설 특유의 그 일상성의 질서에 편입되어 동네의 다른 식모들과 금세 희희낙락하며 식모살이에 적응하게 되고 만다. 그러나 영자의 이 적응성은 그의 영악함이나 물질적 풍요에 현혹되어 생긴 것은 아니다. 자신의 삶을 주체적으로 결정하지 못하는 어린 소녀의 운명을 결정짓는 더 큰 사회적 구조의 힘에 의해 가능한 것이다.

「얼룩진 시대 풍경」은 「양과자갑」의 문제의식이 다시 그 모습을 슬며시 드러내고 있다. 「양과자갑」에서 제국주의 일본의 위치를 대신 차지하는 미국의 위치와 그에 편승하여 빠르게 변해 가는 세태의 조짐을 '영어'라는 새로운 특권언어를 통해 보여주고 있다면, 「얼룩진 시대풍경」에서는 한 가족의 실타래처럼 얽히고설킨 감정의 앙금과 부채 문제를 말끔히 해결하는 것으로 '아메리칸 드림'이 등장한다. 춘식은 괴팍한 홀어머니 밑에서 전전긍긍하는 외아들이다. 그는 전처 경순이와 사이가 좋았지만 어머니의 강짜로 이혼하고 노름에 절어 사는 무능력한 인간이다. 허우대가 멀쩡한 그에게 다방 레지인 필례가 접근하고, 필례와 혼인하겠다는 조건으로 육체관계도 가지고 그녀에게서 삼십만 환이라는 돈도 꾸어다 노름판에 쏟아붓는다. 그러나 필례도 어머니가 반대해서 결혼할 가능성이 없다. 그 와중에 점차 필례의 빚 독촉이 심해진다. 그러다가 경순으로부터 만나자는 연락을 받고 나간 춘식은 희색이 만연해진다.

> 경순이가 영어 야학을 시작하여 열심으로 회화를 공부하는 것은 '커다란 야심'이 있어서였다. 일년에 몇 차례씩 혼혈아를 모아서 미국으로 데려갈 때마다 보모나 간호원이 수가 난다는 말을 듣고서 불야 불야 시작한 것이었다. (…중략…) 결국 미군이 씨를 뿌려 놓고 간 전쟁고아를 깨끗이 거두어 가는 것인데, 말하자면 미국의 독지가인 가정으로 입양시키는 사회사업이요 자선사업이다. 경순이는 정작 에미 떠러진 자기 자식은 내버려 두고, 이 사업에 봉사를 하게 되어 언짢기도 하고 좋기도 하거니와, 그 사품에 미국 구경도 하고 운수 좋으면 거기에 떨어져서 간호학교를 졸업하게도 될 것이요, 장래에는 영주권을 얻어서, 아주 그 땅에 뼈가 묻쳐도 아까울 것이 없다는 생각이다. 보기에 따라서는 조국에 배반하는 생각이지마는, 자기 개인의 생활을 위하여서는 입신의 웅지를 품고 큰 희망에 타고 떠나려는 먼길이다.[16]

---

16 염상섭, 「얼룩진 시대풍경」, 『예술원보』 제6호, 1961.12, 34면.

경순이의 이러한 희망은 일면 진지한 것이고 자기 나름의 성찰도 없는 바가 아니지만, 정작 문제가 되는 것은 춘식과 그의 누이와 춘식의 모친이다. 이들을 다루는 부분에서 소설은 다소 풍자적인 어조를 띠게 된다. 맹목적인 '아메리칸 드림'에 사로잡힌 춘식 일가의 행동거지를 대하는 횡보의 어조는 상당히 비판적이다. 그러한 비판적 태도는 '얼룩진 시대 풍경'이라는 제목에서부터 이미 감지할 수 있다. 외세를 맹목적으로 추종하는 시대 풍조에 대한 비판은 횡보의 후기 작품에서는 매우 이례적인 것이다. 그러므로 하나의 변종이며, 후기 소설의 적층(積層)에서는 일종의 단층을 형성하는 것이라고 볼 수 있다.

지금까지 50년대와 60년대에 걸친 횡보의 후기 단편소설의 면모와 그 특징의 몇 가지 부면을 검토해 보았다. 횡보 소설을 가로 지르는 가장 중요한 틀은 일상성에 대한 그의 관심과 천착이며, 소설의 전개 과정에서 이 일상성은 역사와의 접점을 크게 형성하기도 하고 때로는 일상성의 영역에 깊이 침잠하는 모습을 보여주기도 한다. 후기 단편은 주로 이 후자의 경우에 속하는 세계라고 할 수 있다. 그러나, 그런 가운데에서도 횡보의 소설은 그 특유의 모습으로, 많은 50년대 소설들이 함몰했던 역사의 추상성과는 다른 자리에서 현실의 진면목을 재현해 내기 위해 노력했다. '여성의 삶'은 새롭게 그의 일상성이 착목한 영역이며, 이 문제를 통해 전쟁 이후의 속악한 현실과 인간관계를 그려내고 있으며, 그것을 배태한 현실의 전체적인 구조를 그려내려고 애썼던 그의 자취를 더듬어 볼 수 있다.

제4부

세계문학으로서의 염상섭 문학

세계문학으로서의 염상섭 문학

| 김재용 |

1. 지구적 세계문학으로의 전환과
세계문학으로서의 한국문학

세계문학으로서의 한국문학은 한국문학의 번역만으로는 결코 성취할 수 없다. 좋은 번역을 통한 소개가 매우 중요한 것은 사실이지만 번역의 양적인 축적이 이루어진다고 해서 자동적으로 한국문학의 세계화가 달성되는 것은 아니다. 한국문학이 세계문학이 되어야 하는 근거를 담고 있는 담론을 개발하지 않고서는 결코 세계문학의 장에서 시민권을 얻기 힘든 것이다. 현재 세계문학의 장은 미국을 중심으로 한 유럽의 문학계가 독점하고 있다. 구미에서 문제적인 작품이 과거에 비해 현저하게 덜 나오고 있음에도 불구하고 세계문학의 장은 여전히 구미의 지식인과 문학계가 독점하고 있는 실정이다. 이런 환경 속에서 세계문학으로서의 한국문학의 담론을 개발하는 아주 익숙한 길은 구미의 문학 담론에 한국문학을 맞추는 방식이다. 시시로 변하고 있는 구미의 문학 담론에 잘 맞을 수 있는 작가와 작품을 골라 그 틀에 맞추어 소개하고 해석함으로써 한국문학이 결코 변방의 것이 아님을 역설하는 것이다. 최근에 한국문학계가 노력하는 이 방식은 한국문학을 영원히 변방에 묶어두는 것이다. 설령 운 좋게 이러한 틀에 잘 맞는 작가가 있다 하더라도 일회적이거나 일시적일 수밖에 없다. 또한 그것은 한국문학의 풍부함과 다양성을 희생해서 얻은 것이라 허구적일 수밖에 없다. 이러한 곤경을 벗어나기 위해서는 구미의 문학 담론과 이것에 기초한 세계문학론의 유럽중심주의를 해체하고 새로운 세계문학론을 만들어 내는 것이다. 한국문학을 비롯한 비서구의 문학이 갖는 특성을 충분히 담아내면서도 구미의 문학을 설명할 수 있는 세계문학의 틀을 주조하는 것이다. 이 작업은 미답의 영역이기에 한국문학과 비서구문학 전반에 대한 탐구가 전제되어야 하는 지난한 작업이다.

이 글에서는 염상섭 문학의 세계문학적 위상을 유럽중심적 세계문학의 틀을 벗어나 새로운 지국적 세계문학의 틀을 염두에 두고 탐구하고자 한다. 필자가 보기에 20세기 한국문학을 지구적 세계문학의 틀에서 놓고 볼 때 염상섭이 가장 뚜렷하게 그 자리를 차지할 수 있다고 생각한다. 새로운 지구적 세계문학의 정전에 염상섭이 들어 갈 수 있는 이유를 밝히는 것은 염상섭 문학이 갖고 있는 특성을 밝히는 것과 아울러 지구적 세계문학의 이론적 틀을 만들어 나가는 과정이기도 하다.

염상섭 문학의 동시대성은 널리 알려져 있다. 동시대의 다른 소설가들이 한 두 편의 역사소설을 창작한 것과 달리 염상섭은 철저하게 동시대를 배경으로 한 작품만을 썼다. 또한 그 시대적 배경이 창작의 시점에서 2~3년을 넘지 않을 정도로 철저하게 현재성을 추구하였다. 이 무서운 동시대성의 산문정신은 그의 소설세계를 떠받쳐주는 기둥인 셈이다. 그런데 동시대성을 구성하는 지향은 크게 두 가지이다. 하나는 공업화의 자본주의에 대한 비판과 그 대안에 대한 추구이다. 다른 하나는 제국주의에 대한 비판이다.

염상섭은 19세기 이후 조선인들이 편입된 이 공업화의 자본주의 문명에 대해 철저하게 비판적인 시선을 견지하였다. 공업화의 자본주의는 인간들을 배금주의와 물질주의적 욕망의 노예로 만들기 때문에 이 문명으로는 인간이 행복해질 수 없다는 생각을 했다. 인간의 기본적인 욕망들이 자본주의의 인간관계 속에서 어떻게 왜곡되어 그 종말을 맞이하는가를 아주 여실하게 그렸다. 당시 프로문학가들조차 제대로 감당하지 못하였던 이러한 비판적 묘사에서 배금주의와 물질주의 속에서 일상을 누리다가 파멸당하는 숱한 군상들을 만나게 된다. 또한 염상섭은 다양한 형태의 사회주의자들도 그려내고 있는데 이러한 문제의식과 무관하지 않다. 물론 민족문제나 제국주의에 대한 철저한 인식이 없는 한국의 실재하는 사회주의자들에 대해서 항상 비판하는 자세를 취하고 있었지만 문제의식의 출발점에 대해서는 항상 호의적이었던 것도 바로 공업화의 자본주의에 대한 불신 때문이라고 할 수 있다.

염상섭이 추구한 동시대성의 다른 측면은 당대 제국주의에 대한 근본적인 비판이다. 공업화 이후 제도화되기 시작한 유럽의 내셔널리즘과 제국주의는 비서구를 상품시장과 원료 공급지로 만들고 철저한 위계를 구축하였다. 유럽은 제국주의의 추악한 면을 숨기기 위하여 자신들을 진보를 행하는 문명으로, 비서구를 그렇지 못한 야만으로 이분화화는 지적 조작을 다방면에 걸쳐 창안하였고 이를 널리 퍼뜨렸다. 진보의 미명하에 유럽이 행한 추악한 행동은 1880년대에 유럽 제국주의 열강들의 아프리카 분할을 시작으로, 비서구인들의 비판에도 아랑곳없이 치달았다. 제동기 없는 제국주의의 질주는 결국 1차 대전이란 참혹한 결과로 이어졌다. 이 전쟁은 유럽 제국 내부에서 스스로 정화할 수 있는 동력이 없음을 보여준 사건이다. 염상섭은 동경유학 시절 유럽 제국주의의 이러한 붕괴를 보면서 애초에 가졌던 서구 문명에 대한 환상을 접었다. 염상섭 역시 일본 동경으로 유학갈 때에는 여느 한국의 지식인들과 마찬가지로 비록 유럽을 직접 가보지는 못하지만 일본을 통해 유럽과 서구의 문명을 배우고자 했던 것이다. 하지만 일본 체류기간 동안 그가 얻은 것은 유럽 문명에 대한 환멸이었다. 그가 1920년에 동인지를 낼 때 '폐허'라는 제호를 내 건 것은 단순히 3.1운동 이후의 조선의 모습만을 이야기한 것은 아니다. 선망의 대상이었던 유럽문명이 붕괴하고 이를 대신할 새로운 문명이 아직 도래하지 않은 세계의 모습을 '폐허'라고 불렀던 것이다.

제국주의에 대한 염상섭의 통찰은 여기에 그치지 않는다. 1차 대전의 폐허를 딛고 유럽 대신에 새로운 제국인 미국과 일본이 부상하고 있으며 이것이 조선의 민중들의 삶에 직접적으로 영향을 주고 있다는 점을 간파하였다. 19세기 말 이후 미국은 유럽과는 다른 길을 걸었다. 유럽 제국들처럼 비서구의 나라들을 직접 침략하여 통치하는 방식을 거부하였다. 대신에 자기의 이익이 미치는 비서구의 나라들에 군대를 보내 장악한 후 물러나 간접적으로 지배를 하는 방식을 고안하였다. 총독부를 설치하는 구제국주의 방식 대신에 자신의 영향력이 미치는 현지인들이 스스로 나라를 만들게 하고 이를 멀리서 조종하는 방식이다. 유럽과 다른 지정학적 조건에서 나온 미국의 이러한 신제국주의 방식은 스페인의 식민지였던 쿠바를 자신의 영향력 안에 놓았던 미서전쟁에서 가장 뚜렷하게 드러났다. 미국은 진보라는 문명의 수사 대신에 민주주의를 택하였다. 2차 대전 이후 일본을 이긴 미국이 민주주의에 기초한 새로운 세계질서를 만든다고 했을 때 염상섭은 1차 대전 이후 진화한 제국 미국의 행태를 통해서 미래를 예견하였다.

아시아 국가였던 일본은 미국과 다른 선택을 하였다. 한때 유럽의 식민지로 전락할 위기에 처했던 일본이 선택한 방식은 아시아주의라는 지역주의 이데올로기였다. 실질적으로는 유럽 제국주의들이 행하였던 방식을 고스란히 답습하면서도 내세우는 이데올로기는 진보의 문명이 아니라 ‘동양평화론’이었다. 조선과 ‘만주국’을 식민지로 만들면서 일본 제국주의가 내세운 것은 바로 이 명분이었다. 하지만 일본도 미국의 제국 방식에 뒤떨어질 수 없다는 인식이 들면서 ‘만주국’을 만들 무렵에는 만주국을 독립국으로 위장하면서 ‘내적지도’만을 고수할 정도로 진화해 나갔다. 이런 노력에도 불구하고 구제국주의의 잔영이 많았던 일본은 미국에 패하였고 2차 대전 이후에는 제국의 위치에서 탈락하였다.

이런 점들을 염두에 두고 두 편의 작품을 다루고자 한다. 첫째는 1928년에 발표된 『이심』이다. 1차 대전 이후의 새로운 세계질서를 만들어나가던 미국과 일본의 제국주의적 양상을 한 조선 신여성의 자기 파멸적인 삶의 여정을 통해 비판하고 있는 작품이다. 둘째는 1948년에 발표된 『효풍』이다. 2차 대전 이후 미국과 소련이 새로운 세계질서를 재편하는 과정을 한 조선 신여성의 자기 긍정에 이르는 여정을 통하여 신랄하게 비판한 작품이다. 이 두 작품 분석 가운데 10년에 걸친 '만주국'에서의 염상섭의 삶을 조명하고자 한다. 『이심』과 『효풍』이 결코 단절된 것이 아니라 연속적임을 보여주기 위한 것이다.

2. 베르사이유체제하의 미일의 불안한 동거와
신여성의 자기 파멸─『이심』

염상섭 소설 『이심』은 통속소설로 치부되어 높은 평가를 받지 못하고 있는 작품 중의 하나이다. 일부 연구자들이 이 작품의 다른 가능성을 이야기한 바 있으나 그것도 통속소설이 아니라는 정도로 그치고 만다. 하지만 이 작품은 보는 이의 시각에 따라 문제적일 수 있다. 염상섭은 신여성의 미래와 운명에 대해 각별한 애정을 갖고 이를 추적한 바 있다. 구여성의 틀에서 벗어나 새로운 여성을 추구하는 이들에 대해서 깊은 관심을 갖고 다양한 인물을 창조하였다. 주변의 유혹과 눈총에도 불구하고 자신의 새로운 삶을 개척하는 신여성을 창조하기도 하지만 온갖 난관 속에서 헤매다가 결국 방황을 타개하지 못하고 파멸하는 신여성을 그리기도 한다. 후자의 대표적인 경우가 바로 이 작품이다.

신여성 박춘경이 파멸하는 데는 자신조차도 어쩌지 못하는 보이지 않는 힘에 의한 우연도 작용하지만 매력적인 남자의 유혹을 견디지 못하는 자신의 성벽도 한 몫을 차지한다. 하지만 그녀의 운명을 파국적으로 몰고 가는 가장 큰 힘은 돈이다. "이거고 저거고 돈만 있으면 고만이다. 돈이 장사다. 돈에 입이 붙었고 돈이 탈을 쓰고 용춤을 추는 세상이다. 돈! 돈!"이라고 할 정도로 박춘경의 운명을 좌우하는 것은 돈이다. 처음에 이창호를 만나 같이 살게 된 때는 돈과 관계없는 것이지만 그 이후에 만나는 모든 남자와의 관계는 돈으로 얽혀 있다. 마지막으로 만났던 미국인 커닝햄과의 관계도 마찬가지이다. 물론 박춘경은 돈의 노예로 살기는 하지만 때때로 이것으로부터 벗어나려고 온갖 애를 쓴다. 그렇기 때문에 돈에 눈멀어 벌이는 온갖 음모에 참가했다가도 스스로 자신의 이러한 모습에 두려움을 느끼면서 한발 빼기도 한다. 이 작품의 제목이 두 가지의 마음이라고 했을 때는 바로 이것을 가리키는 것으로 보인다. 돈과 무관하게 멀쩡한 정신으로 살려고 하지만 힘들 때는 돈의 힘에 굴복하여 자신을 이겨내지 못하는 것이다.

두 가지 마음을 갖고 있지만 결국 돈의 노예로 전락하여 파멸하고 마는 신여성을 통하여 염상섭은 공업화의 자본주의가 갖는 물질주의를 강하게 비판한다. 염상섭이 보기에 자본주의는 결코 바람직한 문명의 방식이 아니라는 것이며 인류는 그 너머를 추구하여 한다고 보았던 것이다. 그렇기 때문에 염상섭은 식민지 조선에서 자본주의가 작동하고 있는 양태와 그 속에서 물화되어가는 인물을 그리는 것을 작가적 사명으로 생각하였다. 이 작품에서 박춘경의 파멸을 그린 것은 작가의 이런 태도에서 나온 것이기 때문에 단순히 통속적이라고 할 수는 없다. 서구와의 조우 이후 조선의 사람들이 자본주의 속에서 살아가는 모습을 이 작품처럼 세밀하게 그려낸 것도 쉽지 않다.

이 작품을 문제작으로 만드는 것은 비단 공업 자본주의의 배금주의에 대한 것만은 아니다. 이 작품이 문제적인 것은 일본인과 미국인의 등장이다. 조선으로 이주한 일본인들이 꽤 많았고 이들이 조선인들의 삶에 직접적으로 영향을 미쳤기 때문에 조선의 작품에서 재조 일본인들이 등장하는 것은 그렇게 부자연스러운 일이 아닐 것이다. 하지만 한국현대문학의 작품을 보게 되면 의외로 재조일본인들이 등장하지 않는다. 한 여성의 파멸을 그리고 비슷하게 그리고 있어 문제적인 채만식의 『탁류』의 경우 재조 일본인들의 비율이 가장 높은 군산이란 도시[1]를 배경으로 하고 있음에도 불구하고 전혀 재조 일본인들이 등장하지 않는다. 식민주의에 대한 작가의 의식적 비판이 재조일본인들의 무시로 드러난 것일 터이다. 하지만 재조 일본인들이 조선인들의 삶에 큰 영향을 미치

---

[1] Jun Uchida, *Brokers of Empire : Japanese Settler Colonialism in Korea, 1876-1945*, Harvard University Asia Center, 2011, p.63.

고 있기 때문에 그들을 등장시켜 그 의미를 읽어내는 것이 식민지 조선의 실상을 제대로 보여주는 것이다. 그런 점에서 드물게 재조 일본인을 그려낸 염상섭은 독보적이라고 할 수 있으며 식민주의에 대한 염상섭의 시각이 결코 부분적이지 않고 전면적이라는 점을 말해주는 것이다.

이 작품에서 재조 일본인 좌야의 성격은 돈의 탐욕에 물든 사기꾼으로 나오고 있어 더욱 문제적이다.[2] 좌야는 이 소설에 등장하는 인물 중에서 돈의 노예로 가장 타락한 인물이다. 패밀리 호텔을 경영하는 동시에 미두에도 손을 대면서 일확천금을 노리다가 탄로 나자 청도로 도망하였다가 잡히고 만다. 일본인 좌야에 대한 이러한 비판은 일본 제국에 대한 비판으로 이어진다. 일본이 조선을 식민지할 때 내세운 명문이 동양평화였다. 조선이 스스로 나라를 세울 능력이 없어 주변 열강들이 침략을 노리게 되자 조선은 물론이고 일본 등도 심각한 파국을 맞기 때문에 문명한 일본이 조선을 다스리는 것이 모두에게 이익이라는 논리였다. 염상섭은 좌야를 통하여 일본의 조선 식민지 지배는 결국 일확천금을 노리는 것에 불과하다는 것을 보여주는 것이다. 일본이 자본주의 국가로 성장하자 서구와 마찬가지로 상품 시장과 원료 공급지가 필요한 것이고 동양평화론은 이를 숨기기 위해 만든 것에 불과하다는 것이다.

이 작품을 더욱 문제적으로 만드는 것은 미국인 커닝햄의 등장이다. 일본인과 달리 미국인의 등장은 다소 뜬금없는 일로 보일 수도 있다. 일

---

2   염상섭의 작품에 등장하는 일본인의 다양한 모습에 대해서는 시라카와 유타가의 저서 『한국 근대 지일 작가와 그 문학연구』(깊은샘, 2010)에 실린 「1930년을 전후한 시기의 장편소설에 보이는 일본」을 참고. 시리카와 교수는 좌야가 등장하는 일본인 중 가장 저질적인 유형이라고 하였다.

본 제국이 조선을 지배하고 많은 일본인들이 조선에 이주하였기 때문에 일본인의 등장은 자연스러운 것이다. 하지만 조선과는 직접적 관계가 없는 미국과 미국인을 등장시키는 것은 매우 부자연스럽고 억지스러운 느낌마저 자아낸다. 이 작품이 통속적인 것이 아니라 문제적인 것은 오히려 미국인을 등장시키고 있다는 점이다. 1차 대전 이후 형성된 베르사이유체제에서 미국은 가장 중심적인 국가였다. 유럽의 구제국주의와는 다른 방식으로 제국을 지배하고 관리하는 미국은 새로운 세계질서의 기본 축이었다. 미국과 일본은 이 새로운 체제에서 부상하는 두 나라였고 특히 아시아 지역은 이 두 나라의 관계에 따라 향방이 바뀔 정도이다. 그렇기 때문에 미국은 일본처럼 조선에 직접적으로 관여하지는 않지만 거시적인 틀에서 보면 매우 중요한 역할을 하고 있는 나라이다. 눈에는 보이지 않지만 큰 힘으로 작용하고 있는 미국을 읽어내려고 하는 염상섭의 노력이 이렇게 미국인의 등장으로 나타난 것이라 할 수 있다. 그가 관여하여 있는 곳이 석유회사라는 것은 더욱 의미심장하다. 일본을 비롯한 동아시아 지역의 석유를 좌지우지한 것이 바로 미국의 석유회사였고 나중에 일본이 태평양 전쟁을 감행한 결정적 이유 중의 하나가 바로 미국의 대일본 석유 수출금지였다는 것을 감안하면 더욱 그러하다. 미국과 일본은 베르사이유체제의 새로운 두 강대국으로 공존을 모색하였고 그 속에서 아시아를 비롯한 세계질서가 유지되고 있는 것처럼 보였다. 신여성 박춘경이 커닝햄을 만나서 데이트를 하는 곳이 미국의 군함이 인천에 기항하는 것을 계기로 만국공원에서 벌이는 음악회라는 것은 매우 상징적이다. 미국과 일본 두 강대국이 공존하면서 세계를 지배하는 것을 환기하는 것이다.

작가는 일본인 좌야를 일확천금을 노리는 저질의 사기꾼으로 그리는 대신에, 커닝햄을 매우 정직하고 신사적인 인물로 그리고 있다. 커닝햄은 신심으로 박춘경으로 좋아하고 있으며, 비록 그것이 이국적인 취향을 크게 벗어난 것이 아니라 하더라도 진심에서 우러나는 것이라 할 수 있다. 성적 탐욕과 사기의 미끼로만 박춘경을 대하는 좌야와는 완연하게 다른 것이다. 물론 커닝햄 역시 미국 자본주의의 첨병이라는 사실을 작가는 감추지 않는다. 그가 텍사스 석유회사의 동아시아 직원으로 일본의 고베와 조선의 경성을 넘나들면서 미국 자본주의의 동아시아적 이익을 위해 뛰고 있는 인물이라는 것을 드러내놓고 있다. 그 역시 베르사이유체제하의 미국 강대국의 한 하수인이라는 점에서 다른 강대국인 일본의 하수인인 좌야와 별반 다르지 않다. 그럼에도 불구하고 커닝햄은 좌야와 매우 다르다. 좌야가 일확천금을 노리는 사기꾼이라면, 커닝햄은 세련되게 이익을 추구하는 신사적이고 교양있는 인물이다. 남을 속이지 않고 자신의 감정에 충실하려는 정직성을 가지고 있는 인물인 것이다.

공히 자본주의의 이익을 추구하기 위해 나선 사람들이지만 일본인과 미국인의 방식이 다르다는 것을 보여주는 것은 베르사이유체제하의 새로운 강대국 두 나라에 대한 작가의 인식에서 비롯된 것이다. 미국은 유럽의 구제국주의를 답습하고 새로운 제국주의를 모색하고 실행하는 반면에, 일본은 아시아 지역주의를 내세우면서도 사실은 유럽의 구제국주의 방식을 그대로 답습하는 것에 지나지 않다는 것을 작가는 통찰하고 있는 것이다. 이러한 점은 언제가 미국과 일본이 자신의 이익을 위해 결국 한판의 전쟁을 치를 것이며 그럴 경우 민주주의에 기초한 미국이 그렇지 못한 일본을 누를 수 있을 것이라는 예상으로 이어진다.

3. 미일의 대립과 '만주국' '오족협화'의 활용

염상섭 문학 연구에서 공백으로 남아 있는 것이 '만주국' 시절이다. 1936년에 신경으로 가서 1946년에 서울에 돌아올 때까지 무려 10년의 세월을 보낸 곳이 '만주국'이었음에도 불구하고 이 시기의 염상섭 문학에 대한 연구는 거의 전무하다시피 하다. 그럴 수밖에 없는 일차적인 요인은 이 시기에 쓴 작품양이 퍽 적고 그나마 마지막에 쓴 장편소설『개동』이 아직 발굴되어 있지 않고 있기 때문이다. 하지만 이것으로 이 시기 염상섭 문학에 대한 공백이 해명되는 것은 아니다. 필자가 보기에 '만주국'을 평가할 수 있을 정도의 연구 축적이 우리 학계에 없기에 이 시절의 염상섭의 활동을 보지 못하는 것이 한 요인이 아닌가 한다. 그러한 상황이 크게 바뀌지 않았기 때문에 특별하게 더 나아질 것이 없기는 하지만 그렇다고 계속 이렇게 묻어둘 수만은 없는 것이다. 왜냐하면 이 시기의 염상섭의 의식을 규명하지 않고서는 1936년 이전의 염상섭 문학과 해방 이후의 그것을 연결시켜 논리적으로 해명할 수 없기 때문이다. 특히 여기서 다루는 1928년의 『이심』과 1948년의 『효풍』 사이의 연속성을 해명하기 위해서는 더욱 절실하다.

'만주국' 시절의 염상섭 문학에 대한 천착은 미국과 일본에 대한 그의 관심과 결부될 때 제대로 이해될 수 있다고 생각한다. 염상섭은 1936년에 조선의 '내선일체'를 피해 '오족협화'의 땅 '만주국'을 선택하였다. 1936년부터 일본 제국은 조선에서 '내선일체'를 강요하였다. 그 이전만 해도 동화를 말하기는 하지만 매우 느슨하고 완만한 형태의 것이었기에 직접적이지 않았다. 하지만 '내선일체'를 주장한 이후에는 급진적인 동화를 요구하였고 이를 정책으로 만들어가기 시작하였다. 신문사에서 오랜 생활을 하였던 염상섭은 이러한 기미를 알아차렸을 것이 틀림없다. 결국 엄혹한 시절이 다가오는 것을 예감한 염상섭이 선택한 것은 '만주국'이었다. 당시 '만주국'은 '오족협화'를 내세우고 있어 '내선일체'의 조선과는 사뭇 사정 달랐다. 조선인들이 자기의 언어로 자기 이름 석 자를 쓰고 내세우는 것이 '내선일체'에는 위배되지만, '오족협화'에서는 오히려 선양되었기 때문이다. 다가오는 엄혹한 겨울을 피해 '만주국'으로 건너간 것이다.

염상섭은 만주로 건너간 이후에 처음에는 조선과 다른 분위기 속에서 상대적인 자유로움을 누렸지만 무한 삼진 함락 이후 일본 제국이 '동아신질서'를 제창하고 이를 '만주국'에서도 적용하려고 하면서부터는 큰 어려움을 겪었다. 『만선일보』를 그만둔 것도 이러한 정국의 변화와 무관치 않은 것이다. 그럼에도 불구하고 염상섭은 일제말까지 협력하지 않고 잘 견뎌낼 수 있었다. 이의 뚜렷한 증거로는 1942년 1월과 2월에

『만선일보』에 미국과 영국을 규탄하는 작가들의 칼럼을 게재했는데 유치환을 비롯한 많은 조선인 작가들이 글을 썼음에도 불구하고 염상섭은 이름을 올리지 않았다. 또한 후배 작가인 재만조선인 작가의 작품집과 안수길의 작품집의 서문에서이다.『싹트는 대지』(1941)의 서문에서 조선문학의 독자성을 위해 '만주국' 당국에 조선인의 작품을 중국어와 일본어로 번역해줄 것을 강력하게 요구했지만, 가와바타 야스나리[川端康成]가 편집위원으로 참여하기도 한『만주국각민족창작선집』(1942)에서 일체 조선인의 작품을 무시하자 이에 항의하는 글을 안수길의 작품집 『북원』 서문에 다시 쓸 정도로 조선인의 정체성을 강하게 지켜나갔다.[3]

'만주국' 정부에 협력하지 않으면서 이 시절을 견뎌나갈 수 있었던 것에는 여러 가지 요인이 작용했겠지만 가장 중요한 것은 '만주국' 성립 이후 미국과 일본의 대립을 목격하면서 세계의 정세를 파악할 수 있었던 안목이라고 생각한다. 언젠가 미국과 일본이 일대 전쟁을 벌일 거라고 예견하였던 염상섭으로서는 만주사변과 '만주국' 성립이 그 중요한 계기라고 간주하였다. 이제 미국과 일본이 만주사변을 계기로 서로 대립할 것이고 이는 장차 미국과 일본의 전쟁으로 치달을 것이며 일본이 미국을 이기기는 어려울 것이라는 판단이었다. 만주사변이 일어난 직후 염상섭은 이러한 인식을 내비쳤다.『무화과』의 첫머리에 만주사변에 대한 미국의 반응을 간접적으로 보여주고 있다.

---

3   이 문제와 관련된 만주국에서의 염상섭의 자세한 활동에 대해서는『문명의 충격과 근대 동아시아의 전환』(경진, 2012)에 실린 필자의 글「동아시아적 맥락에서 본 '만주국' 조선인 문학」을 참고할 수 있다.

X신문사 이층 이사실에서는 지금 막 아래층 기계간에서 올려온 자기 신문의 호외를 보느라고들 이야기를 중단하고 잠잠하여졌다. 호외는 한 달 전부터 일어난 만주사변에 관한 것이었다.

"정말 만몽독립이 구체화하려는가?"

젊은 이사 하나가 마주 앉은 주필을 쳐다본다. 자기는 시국에 대하여 아주 맹문이 노릇이 하기는 억울하여 한마디 해본 것이다.

"만몽독립이 아니라 동사성독립을 획책한다는 것이지만 된달 수도 없고 안 된달 수도 없겠지요."

주필의 말은 된다는 말인지 안 된다는 말인지 알 수 없다.

"원금개란 처음 듣는 이름인데……"

오늘 사면된 영업국장이 입을 벌렸다.

"학자티의 샌님인 듯하더군. 정치가는 못 될 거야. 더구나 이 난국에서……!"

주필도 대답할 지식이 없던지 잠자코 앉았으려니까 편집국장이 일본신문에서 얻은 지식으로 대신 대꾸를 한다.

"이래저래 장학량이만 발붙일 곳이 없게 되었군. 북평에 내려가 앉기가 잘못이지. 북평과 장씨 부자와는 연이 없는 게야."

"어쨌든 연맹 이사회가 열리면 양단간에 귀정이 나겠지. 게다가 이번에는 미국도 가만 있지는 않을 테니까……."

이번에는 미국 출신인 또 한 사람 이사가 입을 벌리니까 이사장 영감이 말을 얼른 받아서

"만국공법이 불여일대포일성이지요"

하고 삼십 년 전 조선의 지사가 양계초를 숭배하고 『음빙실문집』을 탐독하

던 시절에 한창 유행하던 말을 감추어 두었던 육혈포나 꺼내 밀듯이 내놓고
호걸풍의 너털웃음을 커다랗게 터뜨려 놓는다[4]

만주사변이 발생하고 '만주국'이 건립되기 직전에 연재된 이 작품의
첫 대목에서 염상섭이 이 장면을 집어넣은 것은 조선 민중들의 일상이
미국과 일본이란 신제국주의 양대국의 관계에 깊은 영향을 받고 있다는
것을 보여주기 위한 것이라 할 수 있다. 일본 신문에서 본 것을 근거로
말하는 편집국장과 미국 유학생 출신의 이사를 대비시키면서 구한말을
떠올리는 것은 이러한 작가의 깊은 통찰에서 나온 것이라 할 수 있다. 실
제로 미국은 국제연맹을 통하여 만주사변과 '만주국'을 성토하였고 이
에 불만을 가진 일본이 국제연맹을 탈퇴하게 되어 1차 대전 이후 간신히
봉합됐던 베르사이유체제에 금이 가기 시작하였다. 염상섭은 미국과 일
본이 일대 전쟁을 치를 것이며 미국이 일본을 이길 것으로 보았기에 조
선은 이를 잘 활용해야 한다고 보았다. 아마도 염상섭은 만주사변 이후
미일 중심의 세계정세를 면밀하게 파악했을 것이며 1936년에 조선을
떠나 만주로 간 것도 이와 무관하지 않을 것이다. 국제연맹을 탈퇴한 일
본이 향후 나갈 방향은 빤한 것이다. 미국과 대립하면서 자신의 기반을
마련하기 위하여 동아시아와 대동아시아 지역을 자신의 영향권하에 놓
으려고 할 것이며 그 과정에서 조선은 핵심적인 기지가 될 것이다. 그렇
기 때문에 '내선일체'의 조선을 떠나 '오족협화'의 '만주국'으로 건너간

---

4   염상섭, 『무화과』, 동아출판사, 1995, 13~14면.

것이다. 그리고 '만주국'에서 활동하면서도 일체 일본 제국에 협력하지 않고 오히려 '오족협화'를 활용하면서 때를 기다렸던 것이다. 이러한 것은 『이심』에서 보여주었던 인식의 연장선에서 나온 것으로 해방 직후 『효풍』으로 이어진다.

4. 미소 냉전체제하의 한반도의 위기와 신여성의 자기 긍정―『효풍』

미국과 일본의 전쟁에서 미국이 승리하고 조선이 일본의 압제에서 벗어난 것은 염상섭에게 결코 우연이 아니었다. 미국과 일본이 언젠가는 결전을 치를 것이며, 여러 가지 요인들을 감안할 때, 미국이 승리할 것이라고 확신하고 견뎌왔기 때문이다. '만주국'의 통치이념인 오족협화론을 적절하게 이용하면서 견뎌낼 수 있었던 것은 바로 이러한 내면의 확신이 있었기 때문에 가능한 것이었다.

해방 후 미소의 대립 속에서 한반도가 분단될 위기에 처했을 때 작정하고 쓴 작품이 장편소설 『효풍』이다. 『효풍』은 염상섭의 여느 작품처럼 한 신여성의 애욕의 문제를 주선으로 전개된다. 앞서 다루었던 『이심』이 신여성의 애욕문제를 주선으로 한 것과 같은 맥락이다. 후자에서는 신여성이 온갖 시련을 겪으면서도 끝내 이를 헤쳐나가지 못하고 운명에 굴한 반면, 이 작품에서는 신여성이 온갖 유혹에도 불구하고 결국은 자신의 주관을 내세우면서 당당한 길을 걷는다.

주인공인 신여성 김혜란은 일제시대 미국에 가서 영문학을 전공하고 온 김관식의 딸로서 일제 때 여자전문학교의 영문과를 졸업한 후 해방 후 모교의 여학교에서 교편을 잡다 빨갱이라는 소문 때문에 학교를 그만두고 지금은 이진석이 차려 놓은 경요각의 영어 점원으로 일하고 있는 인물이다. 처음에는 이진석이 미국인들과의 교제에 자기를 이용하여 무역사업을 성취해보려고 하는 낌새를 알아차리고는 극구 피하지만 베커의 적극성과 교양 탓으로 하여 차츰 호감을 갖게 된다. 특히 애인인 박병직이 사회주의자들과 휩쓸려 다니고 화순과 같은 인물과 어울리는 것에 불만을 가지게 되면서 점차 베커와 가까워진다. 미국인 베커가 다른 미국인 브라운을 대동하여 혜란의 아버지인 김관식까지 설득하여 미국으로 유학하게끔 만드는 데까지 발전한다. 자기 딸이 미국인과 어울리는 것을 못마땅하게 생각하던 김관식이 유학에 대해서는 찬성을 하는 데에는 베커와 함께 온 브라운과 같은 인물의 추천이 큰 몫을 차지한다. 일본군과의 전쟁에 참여한 바 있는 베커와 달리 브라운은 집안 자체가 구한말부터 조선에 들어와 사업을 했을 정도로 조선에 대한 관심이 많은 집안 출신이다. 태평양 전쟁이 터진 후 잠시 미국으로 돌아갔다고 다시 해방된 조선에 아버지 대신에 들어온 브라운은, 김관식 집안과의 세교 덕분에, 김관식의 마음을 살 수 있는 인물이다. 단순히 돈으로 환심을 사는 방식과는 너무도 다르다. 『이심』에서 좌야가 돈으로 춘경을 유혹하는 것과 달리 커닝햄이 여성의 인격을 존중해주면서 환심을 사는 것과 일맥상통하는 것이다.

　이 작품에서 유학은 매우 중요한 의미를 갖는다. 베커가 돈으로 혜란의 관심을 끌지 않고 대신에 미국으로 유학을 보내려고 하는 대목을 혜란을 애인인 병직으로부티 격리시키고 그 후 일을 노모하려는 베커의 청년적 야심 차원에서만 이헤허는 것은 이 작품의 깊은 의미를 이해하지 못하는 것이다. 물론 그러한 측면이 없는 것은 아니지만 그 이상의 것을 담고 있기에 면밀한 독서가 필요하다. 즉 신제국주의로서의 미국의 면모이다. 이러한 미국의 행태를 여실하게 드러낸 인물이 바로 베커다. 베커는 철저하게 자신의 상업적 이윤을 얻기 위하여 조선에서 활동하고 있으며 그렇기에 건국과는 무관하게 무역을 통해 자신의 사적 이익을 추구하려는 이진석과 만날 수 있었던 것이다. 하지만 그는 조선에서 철저하게 민주주의를 내세운다. 혜란을 만나면서 베커는 자신이 민주주의 나라인 미국 출신이며 또한 교양있는 신사 출신임을 내세운다. 이러한 베커의 행동양식 때문에 처음에는 단순한 이국취향으로 자기를 넘보는 정도로 베커를 바라보던 혜란도 베커에 대해 호감을 갖게 된다.

　　"미스 김! 나 같은 속 모를 이국총각과 이렇게 둘이만 마주 앉았으면 무서운 생각도 드시겠지? 허허허……."

　하고 베커는 커다랗게 달뜬 웃음을 떠뜨려 놓는다.

　　"무서워요! 당신 나라 병정은 무서워요. 더구나 찻간에서는."

　하고 혜란이는 풍유적으로 이렇게 대꾸를 하며 웃다가,

　　"그러나 민주주의 국가의 젠틀맨은 믿습니다. 여자를 덮어놓고 존경하거나 애호하는 것이 아니라 여자의 인격을 아는 민주주의 국가의 신사를 나는 존경할 줄 압니다."[5]

민주주의는 신제국주의로서의 미국이 구제국주의였던 유럽과 차별화하기 위해 사용하였던 수사였다. 19세기 말 스페인으로부터 쿠바를 인수받으면서 미국이 내세운 것은 민주주의였다. 앞서 유럽의 제국주의 국가들이 19세기 중엽 이후 내세운 것이 문명의 진보였다면 미국은 진보 대신에 민주주의의 문명을 내세웠다. 쿠바의 점령에서 가장 잘 드러나는 것처럼 신제국주의로서의 미국은 결코 식민지를 만들어 직접 통치하는 구제국주의의 방식을 택하지 않았다. 일단 필요한 경우 군대를 동원하여 해당 지역을 점령하고 그 다음에는 군대를 철수한 후 자신의 영향권하에 있는 현지 정부를 수립하여 간접적인 통치를 하는 것이다. 항구적으로 유지하기 위해서는 미국을 이해하는 현지인이 다수 필요하다는 것이고 이를 위해서는 미국 유학이 최선이다. 미국 유학을 하지 않아도 미국의 민주주의 문명을 이해하게끔 만드는 것이 더 좋겠지만 가능하다면 장학금을 마련하여 미국으로 유학을 보내어 미국의 민주주의에 심취하게 만들고 난 후 다시 현지로 돌려보내 미국의 영향권하에서 살아가게 하는 것이다. 베커가 혜란을 유학시키려고 하고 배후에서 브라운이 거드는 것은 이런 역사적 맥락에서 제대로 이해될 수 있다. 미국의 영원한 동반자를 만들려는 노력은 거의 성공하는 것처럼 보였지만 박병

---

5   염상섭, 『효풍』, 실천문학사, 1998, 73면.

직의 개심과 혜란의 동조로 좌절된다. 염상섭은 신제국주의로서의 미국의 특성을 잘 이해하고 있었기에 이러한 설정을 할 수 있었던 것으로 보인다. 제국주의의 이러한 진화를 읽어내는 것도 쉽지 않지만 이를 조선의 일상에서 그려내는 것은 더욱 어려운 일임을 고려할 때 염상섭의 작가의식은 결코 만만치 않은 것임을 알 수 있다.

5. 조선의 일상을 통한 현대세계체제 비판

염상섭은 조선 신여성의 애욕을 주선으로 하여 두 편의 문제적인 장편소설을 창작하였다. 남녀의 애정을 다루고 있기에 통속적인 것으로 보일 수 있지만 애정의 일상에서 한 시대의 흐름이 집약적으로 드러날 수 있다고 믿기에 이러한 방법을 선호하였다. 『이심』에서는 1차 대전 이후 미국과 일본이 주축이 된 베르사이유체제로 간신히 세계질서를 유지하는 듯하지만 이내 만주사변으로 인하여 붕괴되는 현대세계체제의 취약성을 보여주었다면, 『효풍』에서는 2차 대전 이후 미국과 소련이 주축이 된 냉전체제로 간신히 봉합하여 위기를 돌파하려고 하지만 잠재하고 있는 현대세계체제의 위기를 보여주었다. 전자에서는 특히 제국주의 일본이 내건 동양평화론이 사실은 자신의 제국적 이익추구를 은폐하기 위한 것임을, 후자에서는 특히 미국이 내건 민주주의론 역시 신제국주의적 방식으로 제국의 이윤을 추구하는 것을 가리기 위한 것임을 여실하게 비판하고 있다. 이런 점들은 모두 19세기 중엽 이후 유럽 세계가 형성한 공업화의 자본주의에 기초한 현대세계체제의 문제점들을 근본적으로 비판하려고 하는 사유에서 나온 것이다. 작가로서의 삶을 시작하려고 할 때 1차 대전 이후의 현재 세계를 폐허라고 불렀던 그 문제의식이 이렇게 확장되었던 것이다. 이런 점에서 염상섭은 19세기 중엽 이후 유럽의 작가들이 거의 외면하였던 문제들을 비서구의 시각에서 제대로 비판한 작가였다고 할 수 있고 그런 점에서 지구적 세계문학의 한 자리를 당당히 차지할 수 있다고 생각한다.